EVE RUDSCHIES

Süßes Gift und bittere Orangen

MORD KÜCHENFERTIG Landshut im Advent 1541. Anna Lucretia von Leonsperg, die uneheliche Tochter Herzog Ludwigs X. von Bayern, fiebert ihrer Heirat entgegen. Doch Unheimliches geschieht auf Burg Trausnitz: Ihr Verlobter, der Gelehrte Johann Albrecht Widmannstetter, entgeht nur knapp dem Tod in der Löwengrube und ein Bote aus Württemberg stirbt auf unerklärliche Weise in der Hofküche, während sein Brief verschwunden bleibt. Zudem leidet ihr Vater an Diabetes, dem »süßen Fluss«.

Bald tobt ein Krieg der deutschen und italienischen Köche um die bessere Heilkost. Trotz einer kompletten Ernährungsumstellung weist der Herzog mehrfach Vergiftungserscheinungen auf. Was geschieht in der Hofküche? Mithilfe ihres Verlobten und der resoluten Frau des Küchenmeisters versucht Anna Lucretia, Licht in die düsteren Geschehnisse zu bringen, die ihren Vater und ihr Lebensglück bedrohen …

Eve Rudschies wurde in Paris geboren. Dort und an der Côte d'Azur verbrachte sie ihre Kindheit und Jugend. Sie hat Geschichte, Geografie, Alte Sprachen und Philosophie an der renommierten École Normale Supérieure und an der Pariser Sorbonne studiert, wo sie auch einige Jahre als wissenschaftliche Assistentin arbeitete. Seit 1985 unterrichtet die Autorin Geografie, Geschichte, Latein und Politik an der Europäischen Schule München. Selbst seit ihrer Kindheit eine leidenschaftliche Köchin, sammelt sie historische Kochbücher und beschäftigt sich intensiv mit der Geschichte des Essens.

EVE RUDSCHIES

Süßes Gift und bittere Orangen

Historischer Kriminalroman

GMEINER *Original*

Besuchen Sie uns im Internet:
www.gmeiner-verlag.de

Im Ehnried 5, 88605 Meßkirch
Telefon 07575/2095-0
info@gmeiner-verlag.de

1. Auflage 2013

Lektorat: Claudia Senghaas, Kirchardt
Herstellung: Julia Franze
Umschlaggestaltung: U.O.R.G. Lutz Eberle, Stuttgart
unter Verwendung des Bildes Stilleben mit Früchten, Nüssen und Meise«
von J.S. Beck (Wallraf-Richartz-Museum, Köln, Inv.Nr. 2472)
sowie des Bildes »Die Gesandten« von H. Holbein d. J.,
http://de.wikipedia.org/wiki/Die_Gesandten
und des Bildes »Still life with candy« von Georg Flegel,
http://commons.wikimedia.org/wiki/File:Georg_Flegel_(circle)_Still_life_with_candy.jpg
Druck: GGP Media GmbH, Pößneck
Printed in Germany
ISBN 978-3-8392-1354-4

1

Die rothaarige Katze vor Johann Albrecht Widmannstetter riss bedrohlich das Maul auf, doch vernahm er kein Fauchen, sondern ein tiefes, kehliges Grollen. Übler Gestank stieg ihm in die Nase und biss sich in seinen schmerzenden Kopf. Seine Glieder verweigerten jegliche Bewegung. Mühsam schlug er die Lider auf: Zwei funkelnde Augenpaare beobachteten ihn aufmerksam, vier goldgrüne Edelsteine in übergroßen Katzengesichtern. Wo war die rothaarige Katze? Wer waren diese beiden mit ihren runden Ohren und den riesigen Bärentatzen? Hatte er geträumt? Träumte er weiter?

Widmannstetters sonst so scharfer Verstand arbeitete nur mühsam. Er fror. Er blickte hoch zum klaren Novemberhimmel und sah die Sterne. Als er den Blick wieder senkte, standen die beiden sphinxartigen Gestalten mit den Edelsteinaugen immer noch vor ihm. Der Gestank vernichtete seinen Zweifel, ebenso wie seine Hoffnung. »Bei allen Teufeln, was mache ich hier bloß?« Wie gelähmt lag er auf seinem wunden Rücken in der Löwengrube von Burg Trausnitz, der prachtvollen Residenz des Landshuter Herzogs Ludwig. Warum nur hatte der sich Löwen zulegen müssen? Nur weil sein Herr Bruder in München Krokodile hatte? Mit seinem Schicksal zu hadern half nicht, das war ihm klar. Er musste hier raus, bevor es sich die zwei Löwinnen anders überlegten. Doch wie? Der Löwengraben war tief, seine Mauern hoch, wenn auch nicht völlig glatt. Vielleicht konnte er, da von zierlichem Wuchs, hochklettern? Um Hilfe rufen?

Er versuchte fieberhaft, sich an alles zu erinnern, was er über Löwen im Allgemeinen und diese im Besonderen wusste. Die beiden Weibchen und das jetzt unsichtbare, doch beeindruckende Männchen waren wohlgenährt und besser gepflegt als manch menschliches Wesen im Schloss. Sie besaßen einen Unterschlupf, der direkt an die Küche grenzte und deshalb auch im Winter Wärme bot. Würden sie ihn zur Mauer kriechen lassen? Er hatte vor einiger Zeit ein arabisches Manuskript übersetzt, das Jagdbuch eines syrischen Fürsten aus der Zeit des zweiten Kreuzzuges. Aus diesem Grund wusste er, dass Löwinnen jagen, während der königliche Gemahl ruht. Sie lauern ihrer Beute auf, folgen Blutspuren, reagieren auf Bewegungen und spielen mit ihrem Opfer wie jede kleine grausame Hauskatze mit einer Maus. Widmannstetter erschauderte: Hier war er die Maus! Er betastete langsam mit der rechten Hand seinen Gürtel und geriet in Panik: Sein Messer war nicht mehr da. Trotz pochenden Kopfes und schmerzenden Körpers sprang er auf, lief drei Schritte zur Mauer, zog sich hoch, schien an ihr zu kleben, nutzte jeden auch noch so kleinen Vorsprung an den Steinen. Leider fehlten diese völlig unterhalb des Grabenrandes, den er nur mit den Fingerkuppen erreichen konnte. Ohne richtigen Halt hing er da und spürte, wie seine Füße abrutschten. Er verdammte die unmäßig breiten Ochsenmaulschuhe, sein jüngstes Zugeständnis an die deutsche Mode. Mit seinen spitzen italienischen Stiefeln wäre er schon oben gewesen. Er riskierte einen Blick nach unten. Die Löwinnen peitschten nervös mit den Schwänzen. Auf jede seiner Bewegungen antworteten sie mit einem Muskelzittern unter dem Rückenfell. Das Männchen trat aus dem Bau und brüllte. Das feuerte seine Gefährtinnen an. Widmannstetter wusste: Sie würden springen und nach ihm greifen. Er verlor Stolz und Verstand. Wie ein Besessener schrie er um Hilfe, kratzte sich am Rand der Mauer die Fingerkuppen blutig und drohte doch abzustürzen. Hinein in die Fänge der Löwinnen!

Da brach um den Löwengraben herum ein höllisches Getöse aus. Es gackerte, krächzte, quakte und röhrte laut in den umliegenden Hühner- und Hirschgräben sowie im Fasanenhaus. Dann griff die Panik auf das Vieh in den Stallgebäuden über. Die Hunde im Zwinger bellten, sogar die sonst eher gleichgültigen Greifvögel im Falkenturm meldeten sich. Hilflose Wut befiel Widmannstetter, fast wäre er hinuntergefallen.

»Verfluchtes Viehzeug! Ist denn da draußen niemand?«

In der Hofküche oberhalb des Löwengrabens sowie im Zerwirkgewölbe, das von der Küche her über den Hirschgraben zum Hofstall führte, nahm Widmannstetter Unruhe wahr. Man musste sich doch endlich über diesen tierischen Aufruhr wundern! Er schrie noch lauter. Die Raubkatzen stellten sich an der Mauer hoch und versuchten, ihn mit ihren Tatzen zu erreichen. Ein menschlicher Schatten zeichnete sich über ihm gegen den klaren Himmel ab.

»Hier, hier bin ich, hier unten bei den Löwen. Helft mir, macht schnell!«

Der Schatten beugte sich ohne Eile über ihn. Er schien unentschlossen, ob er etwas unternehmen sollte oder nicht. Dann endlich, eine halbe Ewigkeit war vergangen, wurde dem Verzweifelten ein Seil zugeworfen. In diesem Augenblick bohrten sich die Krallen einer Löwin durch die Schlitze seiner Kniehose in seine Haut. Fast gleichzeitig warf er seinen dunklen Übermantel nach unten – in der irrigen Hoffnung, die von dem weiten Kleidungsstück abgelenkten Tiere würden von ihm lassen – und griff nach dem Seil. Das zweite Raubtier sprang an der Mauer hoch und bekam sein linkes Bein zu fassen. Einen fürchterlichen Moment lang hing der schmächtige Gelehrte zwischen der Löwin und dem Seil. Er brüllte vor Schmerz und Wut.

»Worauf wartet Ihr? Zieht mich hoch!«

Einen Augenblick später lag er im äußeren Burghof, aus beiden Beinen blutend, frierend, am ganzen Körper zitternd. Über ihm stand Sebastian Langhahn, der blasse, rothaarige Soßenkoch der herzoglichen Hofküche. Dieser rührte sich nicht vom Fleck, musterte wortlos den nach Luft ringenden, empörten Geretteten.

»Bei allen Teufeln, worauf wartest du? Hol Hilfe, ich kann nicht laufen.«

Ob der Soßenkoch tatsächlich reagierte, blieb Widmannstetter verborgen, denn da brach aus dem Hofstallgebäude das Küchenvolk hervor, laut staunend und fragend. Halb bewusstlos wurde der Verletzte in die Küche getragen, während sich die Löwen den Ärger über die entgangene Beute aus dem Leib brüllten, was alle anderen Tiere nochmals in Angst und Schrecken versetzte.

Im riesigen Küchentrakt war es an diesem Novemberabend dunkel. Nur von der sorgfältig gehüteten Glut und ein paar hastig entzündeten Öllampen kam etwas Licht. In dieser Jahreszeit wurde früh zu Abend gegessen, früh aufgeräumt und früh zu Bett gegangen.

Widmannstetter fragte sich, ob nicht ein zweiter Albtraum dem ersten folgte, so missgelaunt starrten ihn die verschlafenen Fratzen um ihn herum an. Wollten sie ihn ausbluten lassen wie eine Martinsgans? Er spürte schmerzhaft seine offenen, blutenden Wunden. Endlich erschien helleres Kerzenlicht.

»Was ist hier los? Eine Prügelei? Ein Diebstahl?«

Der herzogliche Küchenmeister Joris Kärgl erblickte den auf einem Arbeitsblock liegenden, vor Schmerz sich krümmenden Verletzten. Er schnappte überrascht nach Luft, reagierte aber sofort.

»Bei allen Heiligen, Doktor Widmannstetter, was ist geschehen?« Er wartete nicht auf eine Antwort, sondern gab mit sicherer Stimme Befehle. »Bertha, hol schnell die Herzogin Sabina! Du, Martin, lauf zum Wundarzt und bring ihn her! Nein, den Kaplan brauchen wir noch nicht.«

Dann schickte Kärgl um frisches Wasser zum Brunnen, und ließ in der kleinen Mundküche im Siedehaus ein Feuer entzünden. Niemand murrte. Nach und nach erhellte sich das Gewölbe, wo Widmannstetter sich beinahe so fremd und verloren fühlte wie in der Löwengrube. Seine Welt waren der Fürstenbau, die prächtige Bibliothek, der große Dürnitz, wie der beheizbare Speisesaal der Burg hieß, und die geschäftige, reiche Stadt unten an der Isar, die wunderbare neue Residenz, die in Windeseile wuchs dank seines klugen Verstandes und umfangreichen Wissens. Dies hier, die Hofküche, kannte er nicht, verrußt, verschmiert, verraucht, diesen Bauchsack, der Tag für Tag Unmengen lebender Kreaturen verschlang – wie ihn vielleicht auch in dieser Nacht.

Seine Welt war vor allem Anna Lucretia, die sich jetzt sorgenvoll über ihn beugte. Er verspürte immense Erleichterung.

»Bin ich schon tot? Gott sei gelobt, mein teures Herz, wenn ich Euch sehe, spüre ich keine Schmerzen mehr. Meine Sünden sind mir vergeben. Ich bin im Paradies.«

Er hörte und sah nichts mehr. Alles war auf einmal wohlig schwarz. Dann erklang Anna Lucretias Stimme, schrill, gequält.

»Tante Sabina, er stirbt, was sollen wir tun? Mein Gott! Er stirbt gleich.«

Beißender Essiggeruch stieg in Widmannstetters Nase. Eiskaltes Wasser lief ihm über Kopf und Füße. Er begann, erbärmlich zu zittern. Das Paradies war verloren.

»Rede keinen Unsinn, Kind. Hilf lieber. Er stirbt nicht, nicht jetzt.«

Sabinas Stimme gab genauso präzise Befehle wie vorher die des Küchenmeisters.

»Er muss ans Feuer. Körper hoch! Augen auf, Meister Albrecht! Kind, gib mir den Essig! Nein, besser das Ammoniaksalz.«

Widmannstetter verzog Mund und Nase, schlug schwach um sich und erblickte wieder, Gott sei's gelobt, die tapfer gegen ihre Tränen kämpfende Anna Lucretia. Augenblicklich vergaß er die Küche, seinen Schmerz und das Ammoniaksalz. Er hatte sie noch nie so gesehen: ohne Kopfhaube, Haarschnüre oder Barett, ohne Gürtel und kunstvoll geschlitzte Ärmel. So wird sie aussehen in unserer Hochzeitsnacht, dachte er bei sich. Die braunen Locken zum einfachen Zopf geflochten, in langem Hemd und gefüttertem Mantel. Die Januarnacht wird noch kälter sein als heute. Genauso wird sie mich anlächeln: liebevoll, hingebungsvoll. Genauso wird sie versuchen, ihren Kummer über die kommende Stunde zu verbergen und trotzig tapfer tun. Sein Herz schlug höher, er hatte das Paradies wiedergefunden.

Der herbeigeeilte Wundarzt Adrian Sittich wunderte sich

nicht wenig über die Art der Verletzungen. Gefasst erzählte Widmannstetter ihm von der Löwengrube und seiner Rettung durch den Soßenkoch. Das wiederum empörte den Küchenmeister Kärgl.

»Was hast du denn zu dieser unchristlichen Zeit im Burghof gemacht?«

Langhahn, der hier vor dem Feuer genauso blutlos wirkte wie draußen, antwortete ebenso langsam, wie er den Gelehrten von den Löwenmäulern weggezogen hatte.

»Bevor ich neben dem Kurzbein, dieser Sackpfeife, einschlafen kann, muss ich mich immer erst müde laufen.«

»Hast wohl nicht genug Arbeit in meiner Küche?«, fragte ihn Kärgl. Ein Raunen ging durchs Küchenvolk. Der alte Küchenmeister, ein hochrangiger herzoglicher Beamter, war Herr über sie alle, dennoch: Der Soßenkoch war wichtig und gehörte zu den Besten seines Faches. Würde Langhahn sich so anherrschen lassen? Dieser entdeckte auf der anderen Seite der Küche vor der Söllertür den Oberkoch Theodor Grünberger und den Zuckerbäcker Xaver Kurzbein.

»Fragt doch die beiden, Küchenmeister«, knurrte er mit seiner frechen Langsamkeit, »wenn Euch danach ist. Eigenlob soll stinken, aber wenn es von den anderen kommt, werde ich nicht widersprechen.«

Der Herzogin Sabina reichte es. Was war das für eine Nacht? Der fast Verlobte ihrer Nichte war, Gott weiß wie, in der Löwengrube gelandet und drohte, in der Mundküche wie ein frisch geschlachtetes Schwein zu verbluten – und Köche und Küchenmeister wollten sich an die Gurgel!

»Geht alle weg hier«, herrschte Sabina die Herumstehenden an. Sie ergriff Anna Lucretias Hand. »Wir brauchen keine

Messerhelden. Der Küchenmeister bleibt und auch Ihr, Grünberger. Bertha, kümmere dich ums Feuer! Vier Mann holen eine Bahre und warten. Herr Wundarzt: an die Arbeit! Alle anderen: hinaus!«

Mit Erstaunen entdeckte Widmannstetter, wie vertraut sich seine Anna Lucretia, einzige, wenn auch uneheliche Tochter Herzog Ludwigs, und Herzogin Sabina von Württemberg, ihre Tante, in dieser ihm so fremden Welt bewegten. Sabina diskutierte fachmännisch mit dem Wundarzt.

»So, Herr Sittich, die Wunden sind nicht so tief, wie wir befürchteten. Das Bluten hört langsam auf. Reinigt die Blessuren und bereitet die Verbände vor! Anna Lucretia, geh in meinen Destillierraum, hol das Holunderöl, die Tinkturen aus Christusspeer und Agrimonia!«

In kürzester Zeit war das Mädchen mit dem Gewünschten zurück.

»Gut. Die Tinkturen auf die Wunden, um das Blut zu stillen. Gieße das Öl auf die Verbände! Das hilft gegen Fäulnis.«

Etwas unschlüssig fragte der Küchenmeister, ob er nicht den herzoglichen Leibmedikus benachrichtigen solle. Sabina lächelte nur spöttisch, aber der Wundarzt regte sich auf.

»Meister Kärgl, ich bitte Euch! Er wird uns aus fünf Büchern vorlesen, den Verletzten kaum ansehen und morgen über seinen Urin philosophieren. Ich verstehe Euch ja. Doktor Widmannstetter ist unserem Herzog lieb und teuer, aber lassen wir die Diplomatie und machen wir es wie für jeden anderen.«

Kärgl bestand nicht weiter auf seinem Vorschlag. Er eilte zum Zehrgaden, der riesigen Speisekammer im Söller oberhalb der Küche, um auf Sabinas Befehl Salbei und einen kräftigen italienischen Wein zu holen.

»Hör mir zu, Kind«, erklärte diese ihrer aufmerksamen Nichte. »Er hat viel Blut verloren, den feuchtwarmen Lebenssaft. Das wird der Glühwein, auch warm und feucht, ersetzen. Seinen Wunden aber, die von Raubtieren stammen, droht Fäulnis. Sie müssen trocknen. Deswegen nehmen wir Salbei, weil sich unsere Heilige Jungfrau Maria auf der Flucht nach Ägypten hinter einen Salbeibusch gerettet hat. Das reicht aber noch nicht. Es braucht auch warme, trockene Gewürze und viel Zucker, damit die schwarze Galle, die von den Löwenkrallen angeregt wurde, sich nicht gegen das schwache Blut durchsetzt. Grünberger, ich brauche Euch jetzt.«

Der Oberkoch war fast auf einer Bank vor dem Siedehäuschen eingeschlafen. Ächzend erhob er sich.

»Zu Euren Diensten, Ihro Durchlaucht.«

»Ihr holt uns Gewürze und Zucker für einen kräftigen Hypocras: Zimt, Galgant, Ingwer, langen Pfeffer, Muskatnuss und Majoran. Kein Kardamom, keine Nelke, die trocknen das Blut nicht genug, dafür eine Unze Paradieskörnchen. Alles fein zerstoßen bitte, der Geist der Gewürze muss sich mit dem Wein vollständig mischen. Worauf wartet Ihr, Grünberger?«

Der kugelrunde Mann wagte es nicht, zu fluchen. Das Symbol seines Küchenrangs, der Schlüssel zur Zucker- und Gewürzkammer, den er als Einziger besaß, lag in seiner Truhe, ganz oben in seiner Schlafstube neben dem Söllerturm. Die Frage, ob der heilende Hypocras ohne von weither geholte Gewürze und kostbaren Zucker wirken würde, erübrigte sich. Er machte sich auf den Weg. Sabina wandte sich ihrer Nichte zu, die von Kärgl Wein und Salbei entgegennahm.

»Kind, lass schon den Wein mit den Kräutern aufkochen. Wir werden Doktor Widmannstetter noch ein wenig Schlafmohn geben, damit er trotz Schmerzen ruhen kann.«

Anna Lucretia schrie auf.

»Schlafmohn? Oh nein, liebste Tante, er ist so schwach. Was, wenn er nicht mehr aufwacht?«

»Beruhige dich, Kind, er kriegt nur eine Messerspitze davon.«

Mit zitternden Händen hängte das Mädchen einen kleinen Kessel über das Feuer im Siedehäuschen. Inzwischen hatte Theodor Grünberger den Zucker und die Gewürze in einem Mörser zerstampft. Das Einrühren und Einkochen übernahm er wortlos.

Wenig später lag Widmannstetter leicht berauscht in einem kleinen Gemach im Pfaffenstock unter einem Berg aus Daunen- und Felldecken. Nur äußerst widerwillig ließ sich Anna Lucretia vom Krankenlager vertreiben. Doch ihre Tante blieb erbarmungslos.

»Offiziell seid ihr noch nicht einmal verlobt.« Anna Lucretia blickte sie so wütend an, dass die Herzogin sie unsanft rügte. »Stellt Euch nicht so an, mein Fräulein von Leonsperg! Diese Löwengrubengeschichte ist seltsam. So oder so hat irgendjemand Schuld auf sich geladen. Das muss schnellstens geklärt werden. Dafür brauchen wir einen gesunden Doktor Widmannstetter.«

»Schuld? Wer soll Schuld tragen?« Anna Lucretia geriet in hellen Aufruhr. »Es war ein schrecklicher Unfall. Das ist doch schon schlimm genug.«

»Nein, Kind.« Sabina schüttelte düster den Kopf. »Es gibt nur zwei Möglichkeiten: Entweder ist er in die Löwengrube allein reingefallen, dann war er schändlich betrunken. Oder man hat ihn reingeworfen, dann ist das ein Fall für den Henker. Wir werden sehen, Kind, ob er Vergebung verdient. Geh jetzt schlafen!«

Doch die ganze Nacht machte Anna Lucretia kein Auge zu. Johann Albrecht war nicht betrunken gewesen, dessen war sie sich sicher. Wer hatte versucht, ihn den Löwen zum Fraß vorzuwerfen? Aus welchem Grund? Es war wohlbekannt, dass der Bau der Stadtresidenz nach italienischem Vorbild, der erste Bau seiner Art nördlich der Alpen, etlichen Leuten missfiel. Niemand machte ein Hehl daraus: Sei es der neidische Hof in München, seien es die beleidigten Handwerker und Künstler in Landshut. Aber deswegen ein Mord? An Widmannstetter, dem gelehrten Dekorations- und Stilberater? Da hätte es viel eher den italienischen Baumeister, einen wahrlich unentbehrlichen Mann, oder wenigstens einen aus seiner zahlreichen Bautruppe treffen müssen, die er von jenseits der Alpen mitgebracht hatte. Das alles ergab keinen Sinn.

2

Drei Tage nach Widmannstetters Sturz in die Löwengrube konnte dieser endlich wieder vor seinem Herrn erscheinen.

Obwohl nach wie vor ein beeindruckender Mann, hatte Herzog Ludwig X. von Landshut sichtlich Mühe, der Angelegenheit mit voller Aufmerksamkeit zu folgen. Der große, kräftige Fürst, ein Lebemann mit majestätisch-ebenmäßigen Zügen und warmen, braunen Augen, die er seiner Tochter vererbt hatte, neigte schon seit Langem zur berüchtigten Wittelsbacher Fettleibigkeit. Sein nach neuester Mode wallender Bart und seine akkurat unter den Ohrläppchen geschnittenen Haare, seine ebenso modische wie kostbare Kleidung ließen leicht vergessen, dass er in letzter Zeit beunruhigend kränkelte. Beingeschwüre, permanenter Durst, häufige Lungen- und Halsfieber plagten ihn zunehmend.

Umso lebhafter hörte Herzogin Sabina Widmannstetter zu. Sie führte schon lang den Landshuter Hofstaat für ihren unverheirateten Bruder. Als ihr gewalttätiger Gatte Herzog Ulrich von Württemberg die Lehre Luthers angenommen hatte, wurde sie mit dem Tod bedroht, sollte sie es ihm nicht gleichtun. Sabina weigerte sich und floh zu ihren bayerischen Brüdern, zunächst nach München. Dort blieb sie nur kurze Zeit. Zu sehr schwankte Herzog Wilhelm IV. zwischen Bruderliebe und seinem Respekt vor den Rechten eines Ehemannes. Allerdings war auch Angst vor einem protestantischen Angriff im Spiel – Herzog Ulrich hatte oft genug bewiesen, dass er zu allem fähig war. Angst vielleicht auch vor Leonhard von Eck, Wilhelms unermüdlichem Berater, dem die Herzogin viel zu selbstbewusst war. Ludwig dagegen stand der Schwester treu und zuverlässig bei. Er überließ ihr die Aufgaben bei Hof, die einer Gattin zugestanden hätten. So nahm sie selbstverständlich an der Anhörung Widmannstetters teil. Außerdem befanden sich Anna Lucretia und Ludwigs engster Berater Dr. Johann Weißenfelder im Raum. Alle erwarteten eine ausweichende Aussage, niemand wollte an einen kriminellen Hintergrund glauben.

Doch Widmannstetter verkündete laut und deutlich seine unerschütterliche Überzeugung, Opfer eines Angriffs gewesen zu sein, obwohl er sich an nichts von dem erinnern konnte, was zu seinem Erwachen in der Löwengrube geführt hatte.

»Von wem seid Ihr denn angegriffen worden?«, fragte Weißenfelder, ein sehr kluger, älterer Herr.

»Vom herzoglichen Baumeister Niklas Überreiter.« Widmannstetter zögerte keinen Augenblick mit seiner Antwort.

Ein Moment betretener Stille folgte dieser klaren Anklage. Anna Lucretia jubelte innerlich. Was auch immer kommen sollte, ihr Johann Albrecht hatte sich nicht wie ein wildes Tier benommen, war nicht aus eigenem Verschulden in die Löwengrube gestürzt. Alles hatte bestimmt Sinn und fand gleich seine Erklärung. Weißenfelder ergriff das Wort.

»Herr Doktor Widmannstetter, wie könnt Ihr so sicher sein? Schließt Ihr einen Schwächeanfall aus, vielleicht aufgrund von Müdigkeit, der beißenden Kälte? Oder etwa Geistesabwesenheit, eine leichte Benommenheit? War nichts davon im Spiel?«

Der Gelehrte verstand sofort, in welche Richtung Weißenfelders Vermutung führte. Er sah Anna Lucretia direkt in die Augen.

»Nein, nichts davon. Das schwöre ich bei unserem Herrn und Retter Jesus Christus, Gottes eingeborenem Sohn. Auch wenn mein Geist nicht Herr meines Körpers gewesen wäre, was hätte ich im äußeren Burghof hinter dem Küchenbau suchen sollen? Es war Niklas Überreiter. Ich hatte am Nachmittag in der Stadt eine heftige Auseinandersetzung mit ihm. Das war Grund genug.«

Weißenfelders tiefe Stimme stockte ein wenig; er räusperte sich und suchte nach Worten.

»Doktor Widmannstetter, es geht hier um die Ehre und vielleicht auch um das Leben eines bisher gänzlich unbescholtenen Mannes. Tragt uns bitte genau vor, was sich ereignet hat. Was war der Anlass dieser Auseinandersetzung mit dem Baumeister?«

Widmannstetter blickte zu Anna Lucretia. Heute sah sie so aus, wie er sie immer kannte. Die braunen Locken mit bestickten Bändern fest geschnürt, aber ohne schräg sitzendes Samtbarett oder weiten Krempelhut, die sich die koketten Damen so gern bei der Männertracht ausliehen. Die Tochter des frohsinnig-lebenslustigen Wittelsbachers Ludwig geizte gewiss nicht mit ihren Reizen. Ihr miederartiger Gürtel zeichnete die schlanke Taille nach und betonte die runden Hüften, wie es die neueste Mode verlangte. Auch die dazugehörende, mit Perlen und Seide bestickte Tasche fehlte nicht. Die Falten ihres plissierten Hemdes saßen tadellos zwischen der dünnen, ebenfalls seidenbestickten Halskrause und ihrem am Dekolleté eckig geschnittenen Westlein. Er merkte trotz ihrer schweren, pelzgefütterten Ärmel und ihrer Schaube, des dunklen Übermantels, dass sie leicht zitterte. An einer langen silbernen Halskette trug sie das Pomander, das er für sie im Sommer aus Italien mitgebracht hatte, eine fein ziselierte, gelöcherte Silberkugel, gefüllt mit allerlei duftenden Substanzen, der letzte Schrei in Sachen Frauenputz. Er erinnerte sich, wie er versucht hatte, ein Duftporträt von ihr zusammenzustellen. Nichts von dem sonst beliebten, aber starken Moschus: Auffälligkeit bedeute längst nicht Schönheit, dafür immer fehlende Reinlichkeit, hatte sie ihm einmal trocken über eine Münchner Hofdame gesagt. Kein Moschus also. In die wachsartige Duftpaste kamen Ambrastückchen, dezent Muskatnuss und Nelken und viel pudrige Iriswurzel ergänzt mit jungfräulichem Veilchenöl.

Denn Anna Lucretia besaß eine Ernsthaftigkeit, eine stille Wachsamkeit und auch Eigensinn, die trotz aller körperlichen Ähnlichkeit vom Wesen ihres Vaters weit entfernt waren. Widmannstetter lächelte gerührt. Das hatte sie wahrscheinlich von ihrer Mutter. Diese glühend verehrte Hofmätresse hatte Hals über Kopf ausgerechnet den einfachen Doktor der Universität geheiratet, bei dem Widmannstetter in Tübingen Griechisch und Hebräisch gelernt hatte. Das gab es nicht jeden Tag. Ja, Anna Lucretia war die einzig Richtige. All die fröhlichen Italienerinnen, die er vor seiner Berufung nach Landshut in Rom so genossen hatte, brauchte er nicht mehr. Sabina wurde ungeduldig.

»Also, Doktor Widmannstetter, was war der Grund dieser Auseinandersetzung?«

»Es war Eure Nichte, das Fräulein von Leonsperg, Ihro Durchlaucht.«

Herzog Ludwig fuhr hoch.

»Meine Tochter? Wie ist das möglich?«

»Hoheit, es war schon spät, aber ich arbeitete noch in der neuen Residenz. Alle Italiener waren bereits gegangen, die Deutschen an der Baustelle draußen auch. Ich befand mich im Nemesiszimmer. Ihr werdet Euch erinnern, gnädiger Fürst, am Vortag haben wir lange zusammengesessen: unschlüssig, wie wir die Schicksalsgöttin darstellen wollen. Ihr fandet meinen ersten Entwurf zu düster. Ich überlegte also vor Ort, welche Figuren wir wo platzieren sollten, mit welchen Attributen. Da stand auf einmal der Baumeister Niklas Überreiter vor mir. Ein gewaltiger Schreck durchfuhr meine Glieder. Er ist von kräftigster Statur und freundlich sah er nicht aus. Ich begrüßte ihn dennoch höflich. Er sah sich meine Notizen und Skizzen an, lobte sie auch, doch spöttisch tat er das. Nie hätte er gedacht, so sagte er, ich könne das eigene Schicksal so genau voraussagen. Meine Fortuna, auf ihrer Weltkugel schwankend, müsse wohl dem einmal hierhin, einmal dorthin blasenden Wind folgen. Nemesis, die Rachegöttin, für die ich ein eigenständiges Bild vorgesehen habe, drehe ja schnell am Schicksalsrad. Da hätte ich auch meine anderen Figuren bestens ausgesucht: die schöne Helena und das brennende Troja, den Tod des Polykrates oder den Scheiterhaufen von König Krösus. Mir wurde es langsam nicht geheuer. Ich fragte ihn direkt, was er mit seinen Anspielungen sagen wolle. Er war deutlich: Ich solle der eigenen Weisheit folgen und das Schicksal nicht über alle Maßen herausfordern.«

Herzog Ludwig schüttelte verwundert den Kopf. »Was meinte er denn damit?«

»Dass das Glück, Euch beim Bau Eurer neuen Residenz

dienen zu dürfen, Hoheit, schon ungeheuer groß ist. Folglich erwarte mich großes Unglück, wenn ich annehme, was Ihr mir in Eurer unermesslichen Großzügigkeit schenken wolltet, nämlich die Hand Eurer einzigen Tochter. Das ist inzwischen kein Geheimnis mehr.«

»Er hat Euch also bedroht«, ärgerte sich der Herzog.

»Mehr als das, Hoheit, er hat mich deutlich vor den Folgen gewarnt.«

Ludwig zuckte wie ein von Stechfliegen geplagter Ochse.

»Das verstehe ich nicht. Überreiter ist von mir immer gut behandelt worden. Ich schätze ihn sehr, sonst hätte ich ihm nicht den Bau des neuen Weinkellers auf der Trausnitz anvertraut. Der wird immerhin noch größer und schöner als der des Kaisers in Wien.«

Weißenfelder schüttelte nachdenklich den Kopf. »Das sieht der Baumeister womöglich ganz anders, Hoheit.«

»Wie denn wohl, Herr Hofrat?«

»Niklas Überreiter musste schon zweimal zurücktreten. Beim deutschen Bau der neuen Residenz durfte er Baumeister Zwitzel nur assistieren. Als Ihr den italienischen Bau ins Auge fasstet, im Sommer des Jahres 1536, ließet Ihr die beiden nach Mantua kommen, damit sie dort mit Euch den Palazzo Te studierten. Dennoch habt Ihr am Ende den Maestro Sigismondo und dessen Bautruppe verpflichtet. Wie Ihr wisst, Hoheit, sind die Landshuter Zünfte darüber sehr erbost. Da steht Überreiter, wenn er auch der erste Betroffene ist, keinesfalls allein.«

Herzog Ludwig glich jetzt einem wütenden Stier. »Jeder soll tun, was er gut kann. Die Italiener können nun mal besser in ihrem Stil bauen als meine Landshuter. So etwas wie meine italienische Residenz wird einmalig sein in den deutschen Ländern. Das hat sogar mein Bruder in München verstanden mit seinem Hofrat Eck! Sie bringt Ruhm und Glanz für die Ewigkeit in unser Herzogtum. Dafür bleibt uns die Trausnitz, die Wiege der Wittelsbacher, nicht weniger lieb und teuer. Die habe ich nie vernachlässigt, oder? Dort durfte der Baumeister Überreiter immer hervorragende Arbeit leisten. Da vertraue ich ihm voll und ganz. Doktor Widmannstetter ist für den italienischen Bau seit fast zwei Jahren bei uns tätig. Warum ihn jetzt meucheln?«

»Weil er meint, ich wäre ihm versprochen worden, Vater.« Anna Lucretias Stimme erstickte fast in Tränen. Ludwig war völlig verdutzt.

»Versprochen? Versprochen? Nach dem Tod seiner Frau vor vier Jahren hat er um deine Hand angehalten. Du warst damals kaum 14 Jahre alt. Mir schien das viel zu früh. Ich habe ihn auf eine spätere Entscheidung vertröstet und ihm geraten, er möge sich nach einer gestandenen Witwe umsehen. Seine Kinder waren damals noch sehr klein.«

»Er hat Euch anscheinend anders verstanden, liebster Vater. Mir beteuert er, er warte nur auf den Tag, an dem er wieder bei Euch um meine Hand bitten kann. Dann kam aber Johann Albrecht, ich meine Doktor Widmannstetter, der in meinem Herzen den Platz einnimmt, den Ihr mir erlaubt habt, ihm zu geben. Seit Michaeli, seit Ihr nämlich die Verlobung bestimmt habt, sucht mich der Baumeister immer wieder auf …«

»Was?«, rief Sabina aufgebracht. »Das sagst du uns erst jetzt?«

Das verschämte Mädchen rang verzweifelt nach Luft.

»Was hätte ich tun sollen, liebste Tante? Er bedrängt mich nicht. Er will mich nur warnen, sagt er, damit ich mich nicht ins Verderben stürze. Johann Albrecht hätte als Student und als Gelehrter schon in Deutschland ein liederliches Leben geführt. In Rom als päpstlicher Sekretär habe er an schlimmen Ausschweifungen teilgenommen. Er erzählt von Duellen, Kurtisanen, von veruntreutem Geld! Seine Kenntnis des Hebräischen und des Arabischen, wofür er allseits so bewundert würde, gäbe ihm Zugang zu allerlei Hexerei. Ich, ja wir alle seien seine allzu willigen Opfer. Er soll ein verkappter Jude und Lutheraner sein, der über Landshut dem falschen Glauben in Bayern den Weg bereiten will. Ich sagte ihm mehrmals, er müsse Euch, Vater, das alles vortragen, wenn er diese Aussagen belegen kann. Er meinte, nur ich habe die Macht, diese Schlange von uns fernzuhalten.« Anna Lucretia zitterte am ganzen Leib. »Ich dachte, enttäuschte Liebe blendet ihn. Er tat mir leid. Ich dachte, ich müsste nur bis zur Verlobungsfeier durchhalten, danach würde er sich seinem Schicksal fügen. Er tut Johann Albrecht Unrecht, das weiß ich. Aber nie hätte ich angenommen, er könne ihm Gewalt antun.«

Allein der Hofrat Weißenfelder behielt einen kühlen Kopf. Er schlug vor, die Vesper im Fürstenbau einzunehmen; er selbst würde zum Dürnitz gehen, wo sicher auch Überreiter seine Vesper einnehmen würde. Später käme er dann mit diesem zurück, sie sollten ohne Vorbehalt anhören, was er zu sagen habe. Niemand widersprach.

Sabina ließ aus der Küche ein Blamensir für ihren Bruder kommen. Das delikate Mus aus gesottener Hähnchenbrust, Mandeln, leichtem Wein, Schmalz, kostbarem Reismehl und noch kostbarerem Zucker hielt sie zu dieser außergewöhnlichen Stunde für notwendig. Ludwig aß zur Vesper sowieso immer mehr als das übliche Brot mit Wein. Vor allem, so sagte sich Sabina, brauchte er jetzt eine Speise, die seine nach den Italienreisen grenzenlos gewordene Vorliebe für Süßes befriedigte und sein erhitztes Gemüt kühlte. Das tat der Zucker im Blamensir bestimmt wirkungsvoller als das wärmende Salz oder gar allzu heiße Gewürze wie Zimt oder Ingwer.

Als das Mus auf dem Tisch im privaten Speisesaal des Herzogs stand, holte sie aus dem Zimmergewürzschränkchen kandierte Veilchen. Eigenhändig zermalmte sie diese in einem kleinen Marmormörser und gab das Pulver über die Speise. Ein zartes, kühles Lila überzog das cremeweiße Gericht. Sabina lächelte zufrieden.

»Möchtet Ihr etwas davon, Doktor Widmannstetter? Gegen Wut und schwarze Galle hilft das Blamensir vortrefflich.«

Der Gelehrte bedankte sich herzlich. Er wusste den Wert einer solchen Speise zu schätzen. Seine Frage, ob nicht die Fürstin und ihre Nichte auch davon essen würden, verneinte die Herzogin.

»Wir Frauen bleiben bei Wein und Brot. Unser Blut ist kälter als das männliche. Später vielleicht, wenn wir den Baumeister angehört haben.«

3

Am frühen Nachmittag kehrten Anna Lucretia und Widmannstetter, Sabina und Ludwig in das Arbeitszimmer des Herzogs zurück. Es dunkelte schon an diesem Novembertag. Große Kerzen und ein Kaminfeuer kämpften gegen das grünliche Licht der Butzenscheiben. Weißenfelder erwartete sie zusammen mit Überreiter.

Anna Lucretia verspürte Kälte trotz des Pelzfutters ihrer Schaube. Sie bedauerte, keinen Kopfputz außer ihren Haarbändern zu haben, denn sie fühlte sich diesem riesigen Mann gegenüber immer winzig. Jeder Raum verkleinerte sich, wenn Niklas Überreiter ihn betrat. Dabei wirkte er weder abstoßend noch erschreckend. Aber Überreiter war ein Bär von einem Mann – so groß, so kräftig, dass man zwangsläufig glaubte, er könne seine Kraft kaum bändigen. Seine auffallend weißen, spitzen Zähne, der lauernde Blick und sein dichtes Haar erinnerten an ein prächtiges Raubtier. Gerne trug er pelzverbrämte Kleidung und Schmuck, die von seinem Jägerglück zeugten. Dennoch kannten ihn Hof und Stadt als einen friedlichen, besonnenen Mann. Bei seiner Aussage entstand kein anderes Bild. Überreiter bestritt nicht, den gelehrten Doktor Widmannstetter eindringlich, wie er sagte, gewarnt zu haben.

»Beschimpft oder gar bedroht habe ich ihn aber nicht«, beteuerte er. »Meine Warnung, die Schicksalsgöttin nicht allzu schamlos herauszufordern, hatte andere Gründe.«

»Welche denn, Herr Baumeister?« Weißenfelder legte Widmannstetter, dem der Kragen zu platzen drohte, von hinten beruhigend eine Hand auf die Schulter. »Und warum seid Ihr überhaupt zum italienischen Bau gegangen?«

»Das tue ich oft, Herr Hofrat. Erstaunt Euch das? Ich habe am deutschen Bau mitgewirkt, ich bin Baumeister, ich wohne fast gegenüber in der Schirmgasse. Es interessiert mich brennend zu sehen, was sich dort tut.«

»War es schon dunkel, als Ihr ankamt?«

»Ja, weil ich selbst lang im Weinkeller gearbeitet hatte. Ich habe noch eine Laterne bei mir zu Hause geholt. Ich war sehr überrascht, Doktor Widmannstetter dort zu dieser Zeit zu finden, habe aber schnell verstanden, warum. Er war sturzbetrunken und redete wirr. Vermutlich wartete er, dass sein Rausch nachlässt, bevor er sich auf den steilen Weg zur Trausnitz machte. Bei diesem Anblick kam mir die Galle hoch. Er merkte das und pöbelte mich an. Da habe ich meine Warnung ausgesprochen. Hoheit, dieser Mann mag wichtig sein für den italienischen Bau Eurer Stadtresidenz, aber ein ehrbarer Gatte für das Fräulein von Leonsperg wird nie und nimmer aus ihm. Hört auf mich, ich flehe Euch an! Dieses Unglück muss verhindert werden. Das sage ich heute, das sage ich morgen. Niemand denkt anders in Eurer Stadt.«

Während Ludwig, Sabina und Weißenfelder sich ratlos ansahen, sprang Widmannstetter auf seine schmerzenden Beine. Unbändige Empörung schien seine schmale Brust zu sprengen. Unter den bartlosen Wangen bebten die Kieferknochen. In Anna Lucretias Augen wuchs er in diesem Moment zu Überreiters Größe an. Doch war ihr klar, in welchem Dilemma Vater und Tante steckten. Widmannstetter gelang es, ruhig zu sprechen.

»Hoheit, Ihro Durchlaucht, ich war nicht betrunken. An diesem Abend nicht und an keinem anderen. Das schwöre ich bei meiner Ehre und bei der Ehre Eurer Tochter und Nichte. Sie hat ihr Vertrauen und ihre Liebe keinem Trunkenbold geschenkt. Mit meinem italienischen Leben, dem eines ungebundenen Mannes, habe ich für immer abgeschlossen. Eine fremde Hand hat mich den Löwen zum Fraß vorgeworfen.«

Überreiter blieb gelassen.

»Meine war es nicht. Ich bleibe bei meiner Aussage. Aber wer weiß? Doktor Widmannstetter sagt, er könne sich von dem Moment an, da er das äußere Burgtor passiert hat, an nichts mehr erinnern. Was mich ja nicht verwundert. Vielleicht ist er doch Opfer eines Verbrechers geworden? Der Soßenkoch, dieser Langhahn, soll sich doch schon bei seiner Rettung merkwürdig verhalten haben. Hat möglicherweise Doktor Widmannstetter, noch benebelt, etwas gesehen, was dem Soßenkoch oder wem auch immer missfallen hat? Was machte der Mann zu dieser späten Stunde bei der Löwengrube?«

Das waren tatsächlich Fragen, die, schenkte man dem Baumeister Glauben, bisher einer Antwort harrten. Herzog Ludwig litt unter dieser Ungewissheit. Er befahl sowohl Überreiter als auch dem nach wie vor empört bebenden Widmannstetter, auf dem Gang zu warten. Kaum war die dicke Tür geschlossen, warf sich Anna Lucretia völlig aufgelöst ihrem Vater zu Füßen.

»Vater, oh Vater, wie kann er es nur wagen! Er lügt! Johann Albrecht sagt die Wahrheit. Er war nicht betrunken. Die Tante und ich haben ihn in der Küche versorgt. Er roch nicht nach

Wein oder sonst etwas, nicht wahr, teure Tante? Das ist eine gemeine, eine feige Lüge, nur Neid und Missgunst. Ihr müsst ihn aus Landshut verjagen, Vater. Sonst erzählt er das noch der ganzen Stadt.«

Der Herzog zog seine Tochter zu sich hoch und streichelte zärtlich ihre Hand.

»Mein Kind, beruhige dich. Ich glaube nicht an die Trunkenheit von Doktor Widmannstetter, oder dass sie ihn in die Löwengrube geführt hätte. Diese zwei Männer begehren dich, deine Schönheit und deine Tugend. Dafür sind sie nicht zu verdammen. Den einen machst du glücklich, den anderen unglücklich. Deswegen geraten sie jetzt aneinander. Das hört auf, sobald wir die Verlobung gefeiert haben.«

Anna Lucretia schüttelte wild den Kopf.

»Aber Vater, einer von ihnen muss ein Lügner und ein Schuft sein. Das ist entsetzlich, mehr noch für sie als für mich.«

»Nein, das muss nicht sein. Und wie ich die beiden kenne, kann es nicht sein. Beide haben es gut bei mir. Sie haben das Unglück, dieselbe Jungfrau zu begehren. Das erhitzt gefährlich ihre Köpfe. Bei dieser unerwarteten Begegnung am Katharinentag hat jeder von dem anderen das Schlimmste erwartet und gemeint, es zu erleben. Morgen bestimmen wir den endgültigen Tag für dein Verlobungsfest. Dann ist alles vergessen.«

Anna Lucretias Gesicht hellte sich auf, doch Sabina und Weißenfelder tauschten zweifelnde Blicke.

»Lieber Bruder, ich neige dazu, Euch recht zu geben. Trotzdem erscheint es mir dringend, aufzuklären, was Doktor Widmannstetter geschah. Waren es weder Trunkenheit noch die

Heimtücke des Baumeisters, so bleibt nur ein schandhaftes Verbrechen übrig. Es muss eine äußerst dunkle Angelegenheit dahinter stecken.«

Bevor Sabina weiterreden konnte, pochte es an der Tür. Der Wachmann trat ein und eilte zum Herzog.

»Hoheit, der Küchenmeister bittet darum, sofort vorgelassen zu werden.«

Schon stand ein äußerst aufgebrachter Joris Kärgl im Raum. Der sonst so penibel bedachte Mann rang um Fassung.

»Hoheit, Doktor Weißenfelder, kommt schnell. Wir haben einen Toten in der Küche.«

»Und deswegen störst du uns? Das ist doch nicht die erste Messerstecherei. Schreib einen Bericht und komm erst wieder, wenn ein Urteil zu fällen ist.«

Kärgl sah seinen unwirschen Herrn hilflos an.

»Das kann ich nicht, Hoheit. Der Tote ist mir völlig unbekannt. Er ist erst vor kurzer Zeit als Bote des Herzogs von Württemberg angekommen. Ich hatte angeordnet, er solle sich in der Küche stärken, bevor die Herzogin ihn empfangen konnte.«

»Ein Bote aus Württemberg!« Sabina erbleichte. »Jesus Maria! Warum ist er nicht sofort zu mir gebracht worden?«

Der Küchenmeister wusste nicht mehr ein noch aus.

»Wegen Eurer wichtigen Besprechung, Ihro Durchlaucht. Außerdem war der Mann todmüde. Er musste etwas ruhen.«

Die Herzogin hörte ihm nicht mehr zu, sondern verließ in großer Hast mit Anna Lucretia den Raum. Weißenfelder begleitete Herzog Ludwig, der wegen seines Bauchumfanges und seiner schlechten Beine von ihm und einem Kammerdiener gestützt wurde. Den Burghof füllte auf einmal bis zur letzten Ecke das hocherregte Gesinde aus sämtlichen Wirtschaftsgebäuden im äußeren Burgbereich. Wie Ameisen kletterten sie überall hin, wo sie sich bessere Sicht erhofften: auf das Schlosspflegerhaus, auf die Zisternen, auf den Torbogen, auf das Dach und die Eisenträger des Brunnenhäuschens. Es roch streng nach den hart Arbeitenden. Stall- und Schmiedegerüche, Pferdemist, Maurerschweiß, Schlachtabfälle, Fischbecken und Waschhaus, Bierkessel und Weinfässer, alles mischte sich auf engstem Raum und stieg beißend in die fürstlichen Nasen. Bei jedem Schritt ihrer Herren und Herrinnen teilte sich die Menge wie ein schmutziges Rotes Meer.

Endlich gelangten auch Herzog Ludwig und Weißenfelder in die Küche. Dort war alles im Augenblick der fleißigsten Betriebsamkeit erstarrt. Die Feuerstellen glühten, die Kessel dampften, mancher Fisch zappelte noch um sein Leben, während dicke Aale sich davonstahlen. Kein Mensch aber rührte sich, alle sahen gebannt zur Kellertreppe, wo der unbekannte Tote mit dem Kopf nach unten auf dem Rücken lag. Grenzenlose Überraschung schien sich auf seinem Gesicht abzuzeichnen. Der Mann war jung und sah gesund aus. Er trug Reisekleidung: eng anliegende Lederhosen, Stiefel, einen knielangen Kittel aus grob gewalkter Wolle, einen breiten Gürtel mit einem Messer sowie einen Schulterumhang mit Kapuze aus grünem, dicken Filz. Kärgl zeigte auf einen Schemel zwischen den Pastetenöfen und der kleinen Pastetenküche, neben dem noch ein spitz zulaufender, dunkelroter Hut mit Krempe, ein Reisemantel und ein länglicher Filzrucksack lagen.

»Das hatte er noch, als er ankam. Sein Pferd ist im Stall.«

Sabina und Ludwig schwiegen bedrückt; Weißenfelder übernahm die Befragung.

»Schildert uns ausführlich, was sich ereignet hat!«

»Großer Gott, das weiß ich nicht, Herr Hofrat.« Der Küchenmeister wirkte noch hilfloser als zuvor. »Am frühen Nachmittag kam ein Mann aus der Wache mit ihm hierher. Der Bote, sagte er, käme aus Württemberg zur Herzogin Sabina. Er dürfe aber noch nicht zu ihr. Er war hungrig, erschöpft und fror. Deswegen ließ ihn der Wachmann nicht in der Audienzstube warten, sondern brachte ihn zu uns.«

»Der Seitz Jörg, jawohl«, sagte der Wachmann Seitz laut und trat vor.

»Berichte!«, befahl ihm Weißenfelder knapp.

»Habe ich etwas falsch gemacht? Ich konnt doch nit wissen, dass der Gevatter Tod ihn in der Küch holt. Wenn ich das gewusst hätt, hätt ich ihm Wein und Suppe gar selber in die Audienzstube gebracht. Da war der Teufel am Werk, der wär vielleicht sogar in die Audienz …«

»Rede keinen Unsinn, Mann«, herrschte ihn Weißenfelder an. »Sag uns lieber genau, was der Mann erklärt hat, als er auf der Trausnitz ankam.«

»Ja, sofort, gern, Herr Rat! Er sagte: Der Herzog von Württemberg schickt mich … Ja, das sagte er.«

»Welcher Herzog?«, unterbrach ihn Sabina, aufgebracht von so viel Einfältigkeit. »Der Vater oder der Sohn?«

»Welcher? Vater oder Sohn?«, stammelte schwitzend Jörg Seitz. »Das hat er nicht gesagt, Ihro Durchlaucht. Also, das … das hat er nicht gesagt.«

»Das hat er bestimmt gesagt, du Esel. Herzog Ulrich von Württemberg oder Herzog Christoph von Württemberg?«

»Ach, das meinen Ihro Durchlaucht.« Jörg lächelte triumphierend und stand stramm. »Herzog Christoph von Württemberg, Ihro Durchlaucht!«

»Großer Gott, mein Sohn lebt! Rede weiter, Wachmann, und erinnere dich genau!«

»Er sagte also: Herzog Christoph von Württemberg schickt mich. Ich habe einen Brief für unsere Herzogin Sabina und auch eine mündliche Botschaft muss ich übermitteln .... Das ist alles. Er hat kein weiteres Wort gesagt, bei meiner Ehr.«

»Einen Brief? Hast du ihn gesehen?«

»Nein, Herzogin. Er hat mir den Brief nicht gezeigt. Ich kann auch nicht so gut lesen, und unser Hauptmann war gerade ...«

»Unsinn! Tritt zurück!« Seitz gehorchte. »Und Ihr, Meister Kärgl?«

»Nein, Fürstin, ich habe mit dem Mann kaum geredet. Die Schlachtwochen stehen bevor, ich muss rechnen und vorbereiten. Den Mann habe ich dem Grünberger übergeben. Er sollte ihn versorgen, bis die Wache ihn wieder holen kommt.«

Der kugelrunde Oberkoch mit den apfelroten Wangen trat eifrig vor.

»Den Mann habe ich umsorgt, Hoheit, Ihro Durchlaucht, Herr Hofrat. Ich wusste ja, er kommt für Ihro Durchlaucht. Ich habe ihn bei den Pastetenöfen hingesetzt. Es ist da so warm wie am Kamin und dort war er niemandem im Weg. Er hat eine Schüssel Erbsensuppe gekriegt und Brot und Wein und ein gutes Stück Ochsenbrust dazu und als er fragte, ob er nicht etwas Meerrettich oder Agraz dazu haben könnte, habe ich ihm sogar vom Hypocrassenf gegeben, den der Langhahn gerade gerührt hatte für heute Abend. Das hat ihm geschmeckt. Er hat alles aufgegessen. Er sah zufrieden aus.«

»Und dann? Was hat er gemacht? Was ist geschehen?«

»Wie kann ich das wissen, Herr Hofrat?« Grünberger zuckte mehrmals mit den kräftigen Schultern. »Um die Zeit haben wir alle Hände voll zu tun. Ich habe mich nicht mehr um ihn gekümmert. Ich wusste ja, er wird abgeholt.«

Genaueres war nicht in Erfahrung zu bringen. Der Mann hatte auf seinem Schemel gesessen, gegessen und getrunken, dabei wurde er auch vom Zuckerbäcker Xaver Kurzbein gesehen. Das war verständlich. Die Zuckerbäckerei befand sich gegenüber der Pastetenküche, auf der anderen Seite der Kellertreppe und der Tür zum inneren Burghof. Der kleine Mann mit der riesigen Knollennase wurde eindringlich befragt, wusste aber nicht viel zu berichten.

»Ich habe nur gesehen, dass er auf einmal vor der Treppe stand und plötzlich nicht mehr da war. Vielleicht hat er die Stufen nicht gesehen, vielleicht war ihm vor Müdigkeit schwindlig. Ich habe nach ihm geschaut, bin sofort die Treppe hinunter und wollte ihn aufrichten. Da war er schon tot.«

»Warum warst du so sicher?«, wollte Weißenfelder wissen. Kurzbeins Knollennase schniefte verächtlich.

»Der rührte sich weniger als ein Holzscheit. Der schnaufte nicht. Der redete nicht. Ich nenne es tot sein. Tot ist er doch, oder?«

Auf Sabinas Geheiß sah Weißenfelder am Toten nach dem Wappen ihres Sohnes: Er fand es einmal am Gürtel und einmal auf dem Rücken des Kapuzenumhanges. Den Brief entdeckte er nicht, auch nicht später beim Pferd des Toten.

4

Über den alten Dürnitz, den ersten großen Speisesaal im Schloss, betrat die herzogliche Familie, gefolgt nur von Widmannstetter, die Sankt-Georgs-Kapelle, ein hohes Heiligtum für jeden Wittelsbacher. Dort versanken sie in ein langes Gebet.

Anna Lucretia liebte diesen Ort, der die Handschrift ihres Vaters trug. Ludwig hatte an seinem ersten Regierungstag begonnen, ihn auf das Schönste umzugestalten. Ihm verdankte die Kapelle ihre herrlich warmen Farben, korallenrot und ockergelb, ihr Rosenholz, ihr luftiges Netzrippengewölbe und das wunderschöne Oratorium auf der Westempore. Von hier oben lächelten Anna Lucretias Lieblingsfiguren, die Heiligen Katharina und Barbara, zwei anmutige Jungfrauen mit freiem, goldenem Haar und einfachem, doch fein bemalten Gewand unter einem mächtigen Baldachin. Als kleines Mädchen hatte sie stets zu ihnen emporgesehen, wenn sie sich, selten genug, auf der Trausnitz aufhalten durfte. Ludwig war ihr ein liebevoll aufmerksamer Vater gewesen, doch war sie ein uneheliches Kind. Noch bis vor Kurzem wurde permanent verhandelt über eine vorteilhafte Heirat für den mitregierenden bayerischen Herzog in Landshut. Da sollte kein Gesandter einer hochgeborenen Zukünftigen Anna Lucretia zu Gesicht bekommen. Ludwig sah diese Versuche gelassen. Nach Anna Lucretias Mutter hatte eine andere schöne Landshuterin sein Herz erobert und erfolgreich behauptet. Diese legte wenig Wert darauf, das Kind ihrer Vorgängerin bei Hof zu sehen, wo sie selbst offiziell nur Gast war.

So wuchs das Mädchen nach der Heirat ihrer Mutter in der Obhut ihrer treuen Amme Grete auf dem Schlösschen Leonsperg in der Nähe Landshuts auf, nach dem sie bald genannt wurde. »Margareta mit dem Wurm, Barbara mit dem Turm, Katharina mit dem Radl, das sind die drei heiligen Madln« – das war das Schlaflied ihrer Kindheit nach dem Abendgebet mit Grete gewesen. Die heilige Margareta in der Person der wortkargen Amme stand ihr – so dachte sie – leibhaftig zur Seite. Den zwei anderen heiligen Jungfrauen hatte sie umso mehr nachgeeifert. »Lieber Gott, lass mich so gelehrt werden wie die heilige Katharina! Lieber Gott, lass mich so tugendhaft sein wie die heilige Barbara!« Das gelang ihr leicht. Ludwig ließ den Wissensdurst seiner Tochter uneingeschränkt befriedigen. Sie bekam Unterricht in Geschichte, in Musik und Zeichenkunst, lernte Latein und Griechisch, sprach italienisch so gut wie französisch. In dieser Hinsicht wurde der Makel der Unehelichkeit ihr Glück. Einer für eine frühe Hochzeit und das Gebären möglichst vieler Nachkommen bestimmten Herzogstochter hätte man eine solche Erziehung nur schwer zugestanden. Über ihr Streben nach Tugend schmunzelte Ludwig, kritisierte es aber niemals. Von ihm bekam sie den zärtlichen Beinamen Lucretia. Endlich durfte sie ständig auf der Trausnitz wohnen. Sabina setzte sich dafür ein, nachdem sie ihre bisher versteckt gehaltene Nichte endlich kennengelernt hatte. Dann kam Johann Albrecht Widmannstetter als Berater für die neue Stadtresidenz. Schnell merkten dieser und der Herzog, dass die inzwischen hochgebildete Tochter die Planung für den italienischen Bau nicht nur genau verfolgte, sondern auch erstaunlich oft befruchtete. Aus der gegenseitigen Bewunderung erwuchs alsbald

Liebe zwischen der damals 16-Jährigen und dem 17 Jahre älteren Widmannstetter. Ja, es war nicht schwierig gewesen, ihre Bemühungen wurden belohnt.

Nun aber verspürte Anna Lucretia Angst. War alles zu einfach gewesen? Auch der Tod ihrer geliebten Amme im letzten Frühling hatte ihr Vertrauen in ein gütiges Schicksal nicht getrübt. Ihr kam zum ersten Mal in den Sinn, dass ihre lächelnden Vorbilder aus dem Emporenhimmelreich, Katharina und Barbara, sich den Heiligenschein durch den Märtyrertod oder schmerzhafteste Prüfungen verdient hatten. Auch davon hatte Grete nie gesprochen. Plötzlich erschrak sie auch über ihren bisher geliebten Beinamen. Natürlich wusste sie, warum ihr Vater sie immer etwas verschmitzt so nannte. Mit der römischen Heldenmatrone, die nach ihrer Vergewaltigung den Freitod wählte, hatte sie wahrlich nichts gemein. Was wäre, falls es doch Ähnlichkeit gab? Falls jetzt für sie die Zeit der Prüfung angebrochen wäre? Sie spürte Böses, Unbekanntes um sich herum. Woher kam es? Von dem Toten in der Küche, der Sabina so viel Kummer bereitete? Von Johann Albrecht, der neben ihr kniete und ihren Blick schon lange suchte, ohne dass sie ihn erwiderte? Was, falls er gelogen hatte? Sie blickte ihn endlich an, fand ihn genauso liebevoll und tröstlich wie sonst, zweifelte dennoch weiter. Sie betete noch inniger zu Katharina und Barbara, diesmal aber nicht zu den sonnigen Figuren auf der Empore, sondern zu ihnen als zwei der Vierzehnheiligen, der mächtigen Nothelfer. »Steht mir bei, was immer kommen mag!« Das wiederholte sie noch in ihrem Kopf, als alle die Kapelle verließen und in den Palas zurückkehrten.

Das Arbeitszimmer des Herzogs, in dem sie Weißenfelder

wiederfanden, war ein angenehmer Raum mit Wandtäfelung, breiten Scherensesseln und einem prächtigen, zweigeschossigen Kachelofen. Seine grünglasierten, wie kostbares Brokat gemusterten Kacheln waren ein stolzes Zeugnis der Landshuter Hafnerkunst. Alle rückten unwillkürlich zu diesem Ofen, weil es dort deutlich wärmer war als in der Kapelle. Ludwig nahm zärtlich die rechte Hand Sabinas zwischen seine. Er zeigte sich gelassen.

»So, liebste Schwester, Ihr hegt dunkle Gedanken nach dem Unfall des Boten Eures Sohnes. Befreit Euch doch davon!«

»Unfall? Ihr nennt es einen Unfall?« Wie von einer Schlange gebissen fuhr Sabina hoch. »Ein niederträchtiges Verbrechen war das. Wir werden bald die Folgen zu spüren bekommen.«

Ludwigs Geduld war begrenzt. Seine Beine schmerzten. Wie so oft in letzter Zeit verspürte er gleichzeitig großen Durst und den Drang, Wasser zu lassen, was ihn abermals zum Aufstehen zwang. Anna Lucretia rief nach dem Kammerdiener. Danach kam Ludwig mühselig zurück.

»Ihr wittert überall Verbrechen in letzter Zeit. Findet Ihr das nicht übertrieben? Ihr lebt nicht mehr bei Eurem Gatten in Stuttgart, sondern an meinem Hof.«

»Wo ich mich bisher sicher fühlte, Bruder. Jetzt zweifle ich. Verbrechen wittere ich nicht, ich sehe sie, wo sie sind und ich leugne sie nicht. Der Bote meines Sohnes hat entweder einen Unfall gehabt oder er ist hingemeuchelt worden. Es gibt wohl keine dritte Möglichkeit, oder? Doch in beiden Fällen ist der Brief meines Sohnes verschwunden. Entweder hat man den Boten getötet, um an den Brief zu kommen, oder man hat ihm den Brief gestohlen – vor oder nach seiner Ankunft auf der Trausnitz. Das bedeutet, dass Ulrich von Württemberg, dieser Teufel in Menschengestalt, mich hier, an Eurem Hof, lieber Bruder, beobachtet und mir droht.«

Ludwig war sprachlos. Ihm fiel nichts ein. Hilflos sah er zu seinem Berater Weißenfelder, der aber gleichfalls stumm blieb. Sabinas Verstand war messerscharf; sie war von unbestechlichem Wesen. Sie erinnerte ihn schon immer an ihre gemeinsame verstorbene Mutter, die Herzogin Kunigunde. Ihr verdankte er weit mehr als nur sein Leben. Als sein Vater, Herzog Albrecht, gegen das Wittelsbacher Nachfolgegesetz verstieß und seinen ältesten Sohn Wilhelm als alleinigen Erben einsetzte, rebellierte Kunigunde. Die stolze Habsburgerin liebte ihren Mann, den sie ohne Zustimmung ihres Vaters geheiratet hatte. Doch sie begehrte auf. In ganz Bayern ließ sie proklamieren, sie, die Kaisertochter und herzogliche Gemahlin, hätte weder Bastarde noch gemeine Grafen geboren, sondern Fürsten. Ludwig nahm den Kampf auf gegen den inzwischen alleinregierenden Wilhelm. Kunigunde brachte Volk und Bürger auf die Seite des jüngeren Sohnes. Wilhelm musste aufgeben. Der doppelte Hof und die gemeinsame Regierung funktionierten danach besser als erwartet. Bayern blühte unter den Ländern des Reiches.

Wie die Mutter, so die Tochter: Sabina, obwohl nicht verwitwet, trug die Witwenhaube mit dem langen Wickeltuch ums Kinn. »Der Mann, den ich geheiratet habe, existiert nicht mehr. Mit einem Anhänger Luthers habe ich nichts gemein.« So beantwortete sie die häufige Frage nach ihrer schwarzweißen Tracht. Die Ähnlichkeit mit ihrer Mutter Kunigunde gefiel ihr, das wusste Ludwig. Ihm auch … meistens. In diesem Moment aber ganz und gar nicht. In Ulrichs Schatten sah Sabina Teufel.

»Meine Schwester, Ihr mögt recht haben, falls dieser Brief existiert. Ich muss sagen, daran habe ich meine Zweifel.«

»Ihr habt doch den Wachmann gehört.«

»Wie Ihr selbst bemerktet, Herzogin, ist der Wachmann ein Esel«, meinte Weißenfelder scharfsinnig. »Hat er verstanden, was ihm gesagt wurde? Erinnert er sich richtig? In der Küche jedenfalls hat niemand von einem Brief gehört. Alle berichten, der Mann hätte nur zu Euch gewollt.«

»Dann, Herr Hofrat, muss ich froh sein, dass der Mann die Treppe übersehen hat und starb. Sonst wäre ich nicht mehr am Leben.«

Weißenfelder erwiderte darauf nichts. Ludwig sah so ungläubig ins kantige Gesicht seiner Schwester, dass Sabina ihn heftig anfuhr.

»Seid Ihr so naiv? Wenn der Mann keinen Brief hatte und behauptete, mein Sohn hätte ihn geschickt, war er ein von Ulrich gedungener Mörder! Was habe ich Euch gesagt im Frühjahr, als Ihr und unser Bruder es zugelassen habt, dass er Württemberg zurückerhielt? Das wisst Ihr noch, oder?«

Ludwig zuckte unter diesen verbalen Hieben. Er seufzte tief.

»Ihr habt gesagt, er solle Württemberg nie zurückbekommen, weil er ein Mörder und Verräter ist.«

»Nein, mein Bruder, ich habe gesagt: weil er ein Mörder und Verräter *bleiben wird*. Dass er das *ist*, weiß jedermann. Der Kaiser hat nicht umsonst die Reichsacht über ihn verhängt. Die Seele seines gemeuchelten Hofmeisters schreit nach Gerechtigkeit. Ich habe gesagt, er kann nicht anders. Ihr wolltet Frieden, mein Bruder. Den bekommt Ihr von ihm niemals! Er wird nie aufhören, die reformierte Partei gegen den Katholischen Bund, gegen Bayern und gegen den Kaiser zum Krieg aufzustacheln. Und nie wird er es aufgeben, mich vernichten zu wollen. Er weiß, dass ich ihn durchschaue. Er weiß vor allem, dass mein Sohn sich ihm niemals unterwerfen wird. Wir werden bedroht, Ludwig. Im besten Fall ich allein, im schlimmsten Fall Ihr, Euer Herzogtum und alle Anhänger des wahren Glaubens. Ich habe es Euch im Frühjahr gesagt: Ulrich ist ein Brandstifter. Aber nein, wie immer musste unser Bruder auf diese Schlange von Eck, seinen teuren Hofrat, hören! Und dieses Mal auch Ihr, Ludwig! Jetzt kommt das Verderben.«

Sabina hatte sich in Rage geredet. Nun beherrschte sich auch der Herzog nicht mehr.

»Eck! Immer Eck! Es reicht. Ist es das Ende der Katholiken im Reich, wenn ein müder Mann eine Stufe übersieht? Zügelt Eure Fantasie, Schwester, bei allem Verständnis. Eck ist listig und schlau, das stimmt. Seine Klugheit erweist uns große Dienste. Dank seiner vielen Ideen muss sich Bayern in diesen stürmischen Zeiten weder dem Kaiser noch den Lutheranern unterwerfen, ist eigenständiger denn je und …«

»… und elend allein, ohne richtige Freunde, weil sie alle mehrmals verraten wurden bei diesem schnöden Schaukelspiel. Wir sind Wittelsbacher, wir sind Habsburger, wir sind Katholiken, Bruder! Daran ist nicht zu rütteln. Wenn wir nicht beständig verteidigen, was wir sind, werden wir alles verlieren. Wann versteht Ihr das endlich?«

Weißenfelder erschrak beim Anblick seines Fürsten. Vor Wut zitterte Ludwig am ganzen Körper. Seine Lippen waren bleich, seine Augen rot und geschwollen. Er konnte nicht weiter untätig bleiben.

»Hoheit, Ihro Durchlaucht, lasst Euch um Gottes willen nicht so erhitzen von Sorgen und Vermutungen. Es muss geklärt werden, was dieser Bote hier wollte. Vielleicht erscheint dann alles in einem anderen Licht. Ihro Durchlaucht, wir sollten einen Boten zu Eurem Sohn schicken mit der Bitte um schnelle Antwort. Ich kann mir kaum vorstellen, dass gravierende Nachrichten mit dem Toten unterwegs waren. Ihr tauscht regelmäßig Briefe aus, nicht wahr?«

Sabina hatte sich gefangen. Sie schien selbst erschrocken zu sein über ihren Ausbruch. Sie streckte Ludwig beide Hände entgegen, doch der nickte nur erschöpft.

»Verzeiht mir, Bruder. Ihr kennt meine Not. Doktor Widmannstetter, was sagt Ihr zur Anregung unseres Hofrats?«

Der Gelehrte fuhr hoch. Während der Auseinandersetzung hatte er nur Augen gehabt für Anna Lucretia und war zutiefst beunruhigt über ihre Angst und ihr hilfloses Unverständnis. Obwohl er nicht verstand, warum er gefragt wurde, bejahte er eifrig, wie Anna Lucretias Blick es von ihm forderte. Auch Ludwig fand Atem und Stimme wieder und gab sein Einverständnis.

An diesem Abend zog sich jeder in seine Schlafstube zurück; niemand verspürte Hunger. Ludwig allein verlangte zu später Stunde noch nach Speise und Trank. Anna Lucretia weinte unaufhörlich. Das Ereignis dieses Tages machte ihre Verlobung vergessen. Während ihres Gebetes in der Kapelle hatte sie sich vorgenommen, ihren Vater zu bitten, das Verlobungsfest am Tag der heiligen Barbara auszurichten. Jetzt schien alles dunkel, alles unmöglich. Sie fühlte sich unheimlichen Mächten ausgeliefert, die bisher ihrem Leben fern gewesen waren.

5

Am nächsten Morgen nach der Messe teilten Vater und Tante Anna Lucretia zu deren großer Überraschung mit, die Verlobung würde an Mariae Empfängnis stattfinden, nur vier Tage später, als sie gehofft hatte. Ludwig, blass und etwas unsicher auf den Beinen, streichelte zärtlich über die Wange seiner Tochter.

»Wir hatten zunächst an den Tag der heiligen Barbara gedacht, da wir wissen, wie sehr du sie verehrst. Aber bis dahin ist die Zeit zu knapp. Wir müssen meinen Bruder in München benachrichtigen und das Festmahl muss vorbereitet werden. Du hast die schönste Verlobung verdient. Das Fest zu Mariae Empfängnis ist auch einer frommen Jungfrau würdig, findest du nicht?«

Anna Lucretia fühlte solche Erleichterung, dass sie vor Freude lang schluchzte und im Trubel der Vorbereitungen die heilige Barbara vergaß. Erst am 4. Dezember wachte sie voller Reue auf und lief trotz beißender Kälte in den Hofgarten hinaus. Dort schnitt sie, wie ihre Amme es bisher jedes Jahr für sie getan hatte, Äste von nackten Apfelbäumen, die sie in der Kapelle in einen Krug mit Wasser steckte. Sie wollte, dass Johann Albrecht am Heiligen Abend das Wunder ihres Erblühens in der dunkelsten Nacht des Jahres mit ihr erleben konnte.

Beim Verlobungsmahl vier Tage später war dieses Wunder noch in weiter Ferne. Obwohl Tauwetter eingesetzt hatte, herrschte im Festsaal des fertiggestellten deutschen Baus der

Residenz eisige Stimmung. Anna Lucretia und Widmannstetter, eine Zeit lang wohlig eingerichtet auf einer Insel der Seligkeit, wurden schlagartig von der rauen Wirklichkeit eingeholt.

Ludwigs Lebenswerk, die Stadtresidenz, war am Ende des Jahres 1541 alles andere als einladend. Die streng geometrische Fassade, an der die Fensterrahmen noch unbemalt waren, und mit ihren nur vier antiken Statuen wirkte wie ein Fremdkörper in Landshut. Viele der alten Häuser am Marktplatz und ein Teil der Stadtmauer samt Wachturm an der Isarseite hatten Platz machen müssen für die zwei neuen Gebäude und die dahinterliegenden Stallungen. Die imposante Martinskirche, ihre kleineren Schwestern drum herum und die Ziegelsteingiebel der Bürgerhäuser schienen dem Kubus in ihrer Mitte ausweichen zu wollen.

Anna Lucretia wiederum war auf die Schöpfung ihres Vaters und ihres Verlobten sehr stolz. Dennoch vermisste sie die Trausnitz und fühlte sich sogar gedemütigt. Das ›Piano nobile‹, die herzogliche Wohnung im ersten Stock, war klein. Sie bot Platz für weit weniger Gäste als die großen Speisesäle auf der Burg. Der unehelichen Tochter stand nur eine bescheidene Verlobungsgesellschaft zu. Das war bitter, aber nicht alles, was das Mädchen betrübte. Obwohl sie sich zurückgesetzt fühlte, zeigte ihr die langjährige Herzensdame ihres Vaters dennoch offen Neid und Feindseligkeit.

Ursula von Weichs, herzogliche Mätresse seit 15 Jahren, war eine herbe, eigenwillige Schönheit, wie ihr Liebhaber kokett und kunstsinnig zugleich. Sie wagte es, das blonde Haar genau wie er auf Ohrläppchenlänge geschnitten zu tragen. Dazu trug sie das gleiche goldbestickte Samtbarett auf dem Kopf. Ihre blauen Augen konnten freundlich und fröhlich blicken – doch das taten sie an diesem Tag nicht. Ursula wollte nicht einsehen, dass Ludwig seiner unehelichen Tochter durch die Heirat ein ehrbares Leben ermöglichte, aber nicht ihr, die auch eine geheime Eheschließung akzeptiert hätte. Sie sprach kaum und gab vor, unpässlich zu sein, um ihrem unverhohlenen Gram Anstand zu verleihen.

Auf der anderen Tischseite war die Stimmung nicht heiterer. Trotz Einladung war Herzog Wilhelm nicht aus München gekommen. Auch Frau oder Sohn hatte er nicht geschickt, sondern seinen wichtigsten Berater, den einflussreichen Hofrat Doktor Leonhard von Eck, was Sabina in höchstem Maße erzürnte. Ohnehin war sie betrübt und besorgt, da ihr Bote bisher aus Württemberg nicht zurückgekommen war. Die Herzogin verabscheute Eck, der, wie sie meinte, ihre beiden Brüder bevormundete und zum eigenen Nutzen hinterging.

Eck dachte genau das Gleiche von ihr, wusste es aber bei Tisch besser zu verbergen. Schon seine Erscheinung machte jede Entspannung unmöglich: Eck, Doktor des Rechts der Universität Bologna, trug stets den schwarzen Gelehrtentalar. Die strengen Falten seiner Schaube und der eckige Hut unterstrichen das scharfkantige, hagere Gesicht mit den ausgeprägten Wangenknochen und dem autoritären Mund. Seinen dunklen, weit auseinandergesetzten Augen entging nichts. Sie waren der Grund, warum Sabina ihn mit einer Schlange verglich. Sein Gehör, sein Verstand und sein Wille waren genauso scharf wie seine Augen, genauso schnell. Längst hatte er aufgehört, sich milde geben zu wollen. Niemand nahm es ihm ab. Trotz des Schweigens in der herzoglichen Familie redete er munter mit seinen Landshuter Kollegen, vor allem Weißenfelder, sowie mit dem italienischen Architekten der Stadtresidenz, Meister Sigismondo.

Das Essen rettete schließlich die Stimmung und lieferte gleichzeitig reichlich Gesprächsstoff. Der Architekt hatte nicht nur seinen Bautrupp nach Landshut mitgebracht, sondern auch einen Koch namens Claudio Soldani. Dieser kochte seither auch für Ludwig und Ursula, wenn der Herzog seine Privaträume in der neuen Residenz nutzte. Diese waren durch einen oberirdischen Geheimgang mit Ursulas Haus verbunden, eine für die Hofmätresse viel einfachere Situation als auf der Trausnitz. Soldani hatte eingewilligt, das Verlobungsmahl nach Ludwigs Wünschen zu kredenzen: ausschließlich italienisch und dem Anlass angemessen. Da die Festgesellschaft nur klein war, wurde auf die sonst übliche strenge Speisenordnung verzichtet. Allen setzte Soldani dieselben Speisen vor wie dem Herzog und der Herzogin. Auch Schaugerichte wie gefüllter Bergadler oder Bärenkopf wurden nicht aufgetischt. Stattdessen zierten vergoldete Orangen und Zitronen mit grünen Blättern den Tisch. Man aß nicht aus der Servierschüssel oder auf Brotscheiben, sondern von feinen Zinntellern, eine willkommene Annehmlichkeit für die aufgeklärten Gäste. Den Malvasierwein trank man aus leichten Noppengläsern. Weniger Freude bereitete manchen Anwesenden eine erst vor Kurzem erfundene Neuigkeit: die Miniaturausgabe einer Heugabel in Metall. Besonders Sabina sah sie angewidert an.

»Was soll denn das sein, lieber Bruder?«

Ursula von Weichs lächelte darüber – unerträglich arrogant, wie die Herzogin fand.

»Eine Tischgabel, Ihro Durchlaucht. Sie ist sehr passend, um kleine Bissen zum Mund zu führen.«

Sabinas versteinerte Mine veranlasste Widmannstetter, der Mätresse zu Hilfe zu kommen.

»Die Benutzung dieses Objektes ist am päpstlichen Hof gang und gäbe. Ich wäre dort ausgelacht worden, hätte ich es nicht gelernt. Es ist einfach und bringt mehr Essensfreude als Messer und Löffel allein. Die französische Königin, eine geborene Medici, hat dieses Utensil mit großem Erfolg am Pariser Hof eingeführt.«

»Dort sollen die Sitten auch besonders verdorben sein, wie ich gehört habe«, entgegnete ihm Sabina. »Wenn auf fürstlichen Tischen Dinge liegen, die in die Hände von Bauern und vom Teufel gehören, wundert mich aber auch gar nichts mehr. Ich halte es mit unseren Vätern, denen ein Messer in der Hand genügte.«

Sie tadelte auch die süßen Vorspeisen. Die Salbeitorte fand noch ihren Beifall, aber sonst missbilligte sie, was Anna Lucretia so köstlich schmeckte und außerdem bezaubernd aussah: elfenbeinfarbene Mandeln in Honig und Orangensaft gekocht, gebratenes Eiklar in Limonenblütensirup mit leuchtend roten Granatapfelkernen und – das allerschönste – ganze Eidotter in Zitronensirup sanft pochiert, bestreut mit kandierten Orangenblüten und Pistazienkernen.

»Das ist die mailändische Art«, berichtete Sigismondo.

Ludwig lächelte stolz: Sein Landshut konnte es aufnehmen mit der größten und reichsten italienischen Stadt. Leonhard von Eck verstand das gut. Ob es ihm gefiel oder nicht, blieb sein Geheimnis. Er lobte alles ausführlich, hantierte geschickt mit der Gabel, die er für die Teigtaschen mit Huhn- und Parmesanfüllung für unverzichtbar erklärte. Sabina empörte das.

»Diese sogenannten Ravioli halte ich für mehr als verzichtbar. Wozu braucht man so salzigen Käse? Noch dazu gerieben und vermischt mit Zucker und Zimt! Soll es den Magen kühlen oder wärmen? Wenn das nicht krankmacht …« Auch die Zuckermengen bereiteten ihr Sorgen. »Nur weil die Venezianer auf der Insel Kandie die Pflanze heutzutage anbauen, muss man sich doch nicht damit vollstopfen. Zuviel davon ist Gift!«

Mit ihrer Meinung stand sie allein. Anna Lucretia empörte es ihrerseits, dass die Tante die Pilzsuppe, ein delikates Töpfchen mit süßem Weißwein, Baumöl*, Orangensaft, Zimt, Nelken und Zucker stehen ließ und nur von der Königinnensuppe aus Huhn, Rebhuhn, Mandeln und Pistazien probierte. Die Hofräte, der magere Doktor Eck an erster Stelle, aßen mit Wonne, was ihnen die Speiseordnung am Hof sonst verwehrte. Widmannstetter schwelgte in Erinnerungen an seine Jahre beim Papst und genoss sichtlich die Schönheit seiner Verlobten. Ludwig gönnte sich zwischen den Gerichten noch Dragees aus einer fein ziselierten silbernen Dose. Anna Lucretia strahlte und Maestro Sigismondo erklärte bei jeder Speise, Landshut sei dabei, selbst Venedig zu übertreffen.

Bei den Fleischgerichten verloren alle jedes Maß: nur edle Vögel köstlich zubereitet. Sie seufzten ekstatisch beim Anblick von gebratenen Hühnern in fünf verschiedenen Farben und verschlangen das nach katalanischer Art geschmorte Federvieh. Die Soße aus Mandeln, Weißbrot, Essig, Zucker und indischen Gewürzen wurde als Meisterwerk Soldanis

* Olivenöl

bezeichnet. Sogar Sabina labte sich am lombardischen Reistopf und vergaß Parmesan, Zimt und Zucker zugunsten der feinen Schicht aus Hühnerbrüstchen. Die am Spieß gebratenen gefüllten Waldvögel mit paradiesischer Feigensoße verschwanden, als ob niemand vorher etwas gegessen hätte.

Herzog Ludwig aß und trank noch mehr als sonst. Anspannung wie Zustimmung steigerten seinen Appetit, wie auch draußen der laute Jubel der Stadtbevölkerung. Dank seiner Großzügigkeit besaß Landshut den Ruf, die dicksten Bettler Bayerns zu haben. Zur Feier des Tages waren aus der herzoglichen Küche Unmengen an Brot, Wein und Wildschweinpfeffer an Arm und Reich verteilt worden, eine seltene Köstlichkeit. Lob und Dank ertönten regelmäßig vor dem ›Piano nobile‹ der neuen Residenz. Ludwigs Gier machte auch nicht Halt vor den verschiedenen Sorten Nachtisch, einer erlesenen Auswahl an schneeweißen Leckereien zu Ehren der jungfräulichen Verlobten.

Anna Lucretias Herz zersprang schier vor Freude und Dankbarkeit. Ihr Magen aber erlaubte keine weiteren Sprünge. Ihrem Vater zuliebe kostete sie ein wenig von der Mandeltorte, den glasierten Dattelrollen, dem Marzipan und dem Eischnee – Ludwig langte umso herzhafter zu, verachtete auch nicht den dazu gereichten Götterwein. Am Ende aß er nur noch allein vor den besorgten Mienen der Gäste. Er streckte die Hand ein letztes Mal zum Schüsselchen mit den kandierten Mandeln aus, als er abrupt zusammenbrach.

Der Herzog blieb fast die ganze Nacht über bewusstlos. Erst in den Morgenstunden erwachte er mühsam in seiner Schlafstube. Seine Beine zitterten, Durst und Harndrang quälten ihn. Sabina und Anna Lucretia weinten am Kopfende des Bettes. Der Burgkaplan betete unaufhörlich mit lauter Stimme. Die anderen Anwesenden blieben stumm.

Der herzogliche Leibarzt triumphierte nach einer ganzen Nacht vergeblicher Bemühungen. Dr. Stephan Ulmitzer war ein großer, wohlgenährter Mann, erstaunlich blass für seinen Bauchumfang. Auf der winzigen Nase trug er ein Paar Brillengläser, die ersten je in Landshut gesehenen. So sehe er besser durch den Urin seiner Patienten, meinte er. Das Gesinde auf der Trausnitz fürchtete sich vor diesen ›Schlangenaugen‹. Ulmitzer räusperte sich vernehmlich. Der Kaplan beendete sein Gebet.

»Unser gütiger Herr, Herzog Ludwig, leidet am süßen Fluss. Dieser beruht auf einer Erhitzung der Nieren. Sie befördern zu viel des Lebenssaftes Urin aus dem Körper, wodurch dieser Wärme und Feuchtigkeit verliert. Ergo der große Durst. Dieser Wärme- und Feuchtigkeitsverlust macht unseren Herrn anfällig für weitere Erhitzungen wie Fieber und Geschwüre. Deshalb muss er durch seine Ernährung umso mehr zu sich nehmen. Warme, fette Speisen, viele weiße Gerichte, viel Honig, Zucker, Süßweine, da durch den süßen Fluss der Körper sonst zu sauer wird. Das empfindet Seine Hoheit selbst, da er sich von diesen Speisen angezogen fühlt.«

Bestürzung machte sich in der Schlafstube breit. Niemand wagte, am Ratschluss des Arztes zu zweifeln. Dennoch konnte keiner den Gedanken verdrängen, der herzogliche Magen litte unter den ihm zugemuteten Mengen. Was tun? Widmannstetter fand als Erster die Sprache wieder.

»Verzeiht meine Kühnheit, Hoheit. Der Doktor Paracelsus aus Salzburg meinte, der süße Fluss sei weit mehr als die

Erhitzung der Nieren. Es sei eine Überhitzung des Magens und des Appetits, hat er geschrieben, die zu Fettleibigkeit und Flüssigkeitsverlust führt. Er schreibt, die Patienten müssten wenig essen und sich viel bewegen, um trockene Hitze zu gewinnen. Das stand übrigens auch in den Schriften arabischer Ärzte, die ich in Rom übersetzt habe. Sollten wir nicht eher die Meinung des Doktors Paracelsus berücksichtigen?«

Ulmitzer sah auf Widmannstetter herab wie auf eine lästige Fliege.

»Der gute Doktor Paracelsus hat, soweit ich weiß, nicht einmal in lateinischer Sprache geschrieben.«

Widmannstetter ließ sich nicht einschüchtern.

»Das mag sein, Herr Hofarzt. Sein Ruf hat davon keinen Schaden gelitten, denn seine Heilungserfolge sind zahlreich. Er ist der Meinung, ein Temperament, das zu Unmäßigkeit neigt, müsse in tödliches Ungleichgewicht geraten. Eine dem entgegengesetzte Ernährung bringt das verlorene Gleichgewicht zurück. So brauchen Melancholiker, von trockener, kalter Natur, warme, feuchte Speisen; Choleriker, von trockener, warmer Natur, benötigen kalte und feuchte Nahrung; Phlegmatiker, von kalter, feuchter Natur, sollten trockenes und warmes Essen einnehmen; und die Sanguiniker, wie unser Herzog von warmer und feuchter Natur, verlangen nach kalten und trockenen Speisen, wenn ihre Körpersäfte nicht mehr im richtigen Verhältnis zueinanderstehen. Das ist doch leicht zu begreifen, oder etwa nicht?«

Bei jedem Wort Widmannstetters erschien eine neue Falte auf Ulmitzers Gesicht. Seine Mundwinkel erreichten fast das Kinn.

»Mein Herr Gelehrter, der heilige Hieronymus lehrt uns, dass der Geschmackssinn der einzig lebensnotwendige ist. Denn er erkennt, was für den Körper giftig ist. Galen und Avicenna schreiben, dass er untrüglich merkt, was ihm zugutekommt, mithin gesund ist. Aldobrandinus von Siena meint, dass das Schmackhafte die Verdauung erst ermöglicht. Magnignus von Mailand versichert uns, dass ausschließlich der eigene Geschmack des Essenden ihm zuverlässig sagt, was er benötigt. Unser Herzog tut und isst, dem Anschein zum Trotz, das für ihn Richtige.«

Widmannstetter hob fassungslos die Schultern.

»Genauso viele Zitate kann ich aus arabischen Manuskripten ins Feld führen, Doktor Ulmitzer. Wer kann unserem Herzog am besten helfen? Das scheinen mir Hieronymus, Galen und Avicenna nicht zu sein. Mehr kann ich dazu nicht sagen.«

Die Anwesenden sahen einander ratlos an. Niemand wagte, sich in die gelehrte Diskussion einzumischen. Sabina ertrug das nicht lange.

»Doktor Widmannstetter, was schlägt Paracelsus gegen den süßen Fluss vor?«

Der Befragte antwortete zögerlich, fast ängstlich.

»Viel Bewegung, wie ich schon sagte, leichter, herber Wein, grobes Brot, viel Wurzelgemüse, Fleisch und Fisch nach Herzenslust, wenig Honig und Zucker, da sie den Appetit erhitzen.«

Empörtes Raunen unterbrach ihn. Grobes Brot, herber Wein und Wurzelgemüse waren Bauernkost – ein Edelmann würde davon elend sterben. Was für gefährliche Hexerei! Ulmitzer fasste verächtlich nach seiner Brille. Er blieb bei seiner Aussage. Da mischte sich Eck ein.

»Doktor Paracelsus ist im April dieses Jahres in Salzburg verstorben, nicht wahr?« Widmannstetter bejahte. »Dieser Doktor Paracelsus, der an einer geheimnisvollen Vergiftung gestorben ist, war der Leibarzt des Erzbischofs von Salzburg. Der Leibarzt von Herzog Ernst von Bayern, dem dritten Bruder der beiden regierenden Herzöge von Bayern, nicht wahr?« Widmannstetter nickte. »Meint Ihr wirklich, wir könnten den Empfehlungen eines Arztes folgen, der sich möglicherweise selbst vergiftet hat und einem Mann diente, der unseren beiden Herzögen nicht wohlgesonnen ist?«

Widmannstetter war sprachlos, aber Sabina explodierte regelrecht.

»Mein Bruder Ernst? Mein jüngster Bruder seinen älteren Brüdern nicht wohlgesonnen? Unverschämt, Hofrat! Paracelsus hat ihm treu gedient und große Erfolge erzielt. Das hat mein Bruder Ernst mir immer wieder berichtet. Sie schweigen jetzt! Wir wissen nicht weiter, das ist die Wahrheit. Aber ich weiß, diese Teufelsmode mit dem Zucker bringt Ludwig um und ich vertraue dem Doktor Paracelsus, ob er in lateinischer Sprache geschrieben hat oder nicht, weil mein geliebter Bruder Ernst ihm auch vertraut hat. Liebster Bruder«, sie kniete sich vor Ludwigs Bettstatt nieder und ergriff seine Hand, »was denkt Ihr? Könnt Ihr uns antworten?«

Auch Anna Lucretia flehte ihn leise an.

»Liebster Vater, bitte, ich brauche Euch doch so dringend. Ihr dürft nicht sterben. Das Glück und die Zukunft Eurer Tochter hängen von Eurem Wohlergehen ab. Was soll denn aus mir werden, wenn Ihr jetzt sterbt? Versucht, den Rat von Doktor Paracelsus zu befolgen.«

6

Als auf Burg Trausnitz und in Landshut der Entschluss des Herzogs bekannt wurde, die Paracelsusdiät zu befolgen, löste das den größten Sturm der Empörung aus, den die friedliche Residenzstadt je erlebt hatte. Der Hauch eines Aufstands wehte durch die Stuben. Die Bürger zitterten um ihren geliebten Fürsten wie um ihre Eigenständigkeit. Vom Münchner Hof regiert zu werden, hieße, den Kampf der zwei bayerischen Residenzstädte um Reichtum und Pracht zu verlieren. Das durfte nicht sein! Nie wurde in dieser Adventszeit so inbrünstig gebetet, nie in der stillen Zeit so heftig debattiert. Adlige Familien stritten bei jeder Mahlzeit darüber – zur großen Belustigung des Gesindes.

Sollte man aus Solidarität mit dem Herzog den standesgemäßen Speisen entsagen? Begab man sich als Adliger dabei in Lebensgefahr? Die Bürgerlichen, ob arm oder reich, sahen die Sache gelassener. Es hatte noch keinen Hochgestellten, ob Ritter oder König, umgebracht, sich eine schöne Jungfrau von niedrigem Stand oder gar eine dralle Bäuerin ins Bett zu holen – Ludwig erwiesenermaßen noch weniger als andere. Das süße Fräulein von Leonsperg war der wandelnde Beweis. Warum also sollte der Genuss von Gerstenbrei und Rübenkraut ihm zusetzen? Doch eines war allen bewusst: Des Herzogs Zustand musste verzweifelt sein, wenn zu solch waghalsigen Maßnahmen gegriffen wurde.

Deshalb hörten Beten und Weinen nicht auf. Von der reichen Bruderschaft in Sankt Martin bis zu den siechen Armen im Spital, im abgeriegelten Blatternhaus wie bei den geschäftigen Kaufleuten der Neustadt, aus der Freyung wie den sieben Klöstern stiegen die gleichen Bittgesuche in den Himmel. Auf der Trausnitz herrschte Schockstarre in den Mägen. Angst um den Herzog hatte jedermann, aber auch davor, die nach Stand und Stellung vom Küchenmeister streng bemessenen Speisen in Menge und Qualität schwinden zu sehen. Wenn der Burgherr beim Abendessen auf seine üblichen neun Gänge verzichtete, was für eine Kettenreaktion würde das auslösen? Nur noch vier für die Grafen, Räte, Ritter, Damen und Jungfrauen am vorderen Tisch im Dürnitz? Nur noch drei für die Priester, Kämmerer und Pferdeknechte? Zwei für die Torwächter und Jäger? Nur noch ein Gang für das schwer arbeitende Gesinde? Würde der Schlaftrunk noch ausgeschenkt? Die morgendliche Suppe noch gereicht? Auf heimliche Gaben hoffte niemand. Die Küchenordnung sah vor, dass alles, was an Fleisch, Gebratenem, Gesottenem, Fisch oder anderem übrig blieb, vermerkt, aufgehoben und beim folgenden Mahl weiterverwendet werden musste. Das Fett von Rind-, Schaf- oder Schweinefleisch wurde fleißig abgeschöpft und aufbewahrt. Wiedererwärmt kam es bei nächster Gelegenheit in die bescheidenen Kraut- und Rübentöpfe sowie auf den Hafer- und Gerstenbrei, sodass frisch ausgelassenes Schmalz nicht ohne Not dazu gebraucht wurde. Nicht einmal die Fischinnereien überließ der Küchenmeister Kärgl den Katzen! Daraus machten die Köche schmackhafte Pasteten. Niemand betrat die Küche ohne Erlaubnis, kein Koch durfte etwas aus ihr weggeben. Das verspürten besonders die ewig hungrigen Kapläne und die Chorknaben. Sobald sie morgens ihre Suppe gegessen hatten, verjagten die

Küchenwächter sie aus der Burg. Erst zum Singen ließ man sie wieder hinein.

Überall auf der Trausnitz herrschte dieselbe Gepflogenheit: Aus den Kellern durfte kein Fässchen herausgetragen werden, aus den Ställen kein Kännchen Milchrahm, aus der Bäckerei kein noch so bescheidener Laib Brot. Wer vom Markt oder aus dem Obstgarten mit einer Bestellung in die Burg zurückkam, eilte zum Küchenmeister und dann in den Zehrgaden, die herzogliche Vorratskammer unter dem Dürnitz. Seit Menschengedenken waren die reichen Landshuter Herzöge als großzügige, aber auch strenge Hausherren bekannt. Ihr Seelenheil bedeutete ihnen mindestens so viel wie die satten Mägen in ihrem Hofstaat. Alle Überschüsse der Burgwirtschaft speisten die Kranken im Spital, die Armen der sieben Klöster, die Pilger auf der Durchreise und das städtische Bettelvolk. Niemand machte sich etwas vor: Vom Tod bedroht, würde Ludwig seine guten Werke nicht einschränken. Man könnte sich glücklich schätzen, wenn er sie nicht erweiterte – und damit dem Burgvolk etwas nahm. Ein zweites Schreckgespenst drückte auf die vorweihnachtliche Stimmung. Was, falls der Herzog in seinem medizinischen wie büßenden Eifer die Qualität des Essens für alle verminderte?

Die Diätvorschriften des Paracelsus sprachen sich in Windeseile herum. Ein mühsam und freudlos an Roggenbrot kauender Hausherr würde seinen Untertanen gewiss keine zarte Milchsemmel gönnen. Sollte er tatsächlich nur noch leichten Weißwein trinken, bedeutete das für die Adligen Obstwein, Most oder gar Bier. Vielleicht das ungesunde Wasser? Horrorvorstellungen schossen durch die erhitzten Köpfe. Statt Lachs und Hecht in feiner Butter nur noch Stockfisch und

Salzheringe. Die Soße dazu? Wohl nichts aus Limonensaft, Zucker und teuren Gewürzen, eher eine beißende Zwiebel-Essigtunke. Lebewohl Wildbret, Kapaun, Mandeln, Feigen, Datteln, Aal und Weißbrot! Stattdessen tagaus, tagein Kraut, Linsen, Bohnen, Hanf, Knoblauch, Rettich, Gerstenbrei und Gepökeltes. Der bloße Gedanke an diesen Schreckensreigen erzeugte Würgen und Weinen.

Sabina rechnete zunächst mit einem raschen Abklingen des Getöses. Nach zwei Tagen wurde ihr klar, dass genau das Gegenteil geschah. Sie selbst, Weißenfelder und Eck, der immer noch auf der Trausnitz weilte, empfingen eine Delegation aufgelöster Bürger nach der anderen. Alle fragten, ob denn jede Hoffnung für den Herzog verloren wäre. Auf der Burg roch es förmlich nach Mord und Totschlag. Die widersprüchlichsten Gerüchte über die zukünftigen Speisepläne verbreiteten sich in Windeseile. Am Abend des zweiten Tages nach Mariae Erwählung brach Anna Lucretia, die bisher geschwiegen hatte, in Sabinas Armen zusammen. Sie weinte so heftig, dass die Herzogin trotz beruhigendem Streicheln und gutem Zureden nicht verstand, was sie schluchzend erzählte. Schließlich schüttelte sie Anna Lucretia unsanft.

»Jetzt ist genug, Kind. Zur Sache! Gibt es etwas, was ich wissen muss? Oder ist es Herzklopfen vor der Hochzeitsnacht? Soll ich dir Melissenwein bringen lassen?«

Sabinas Entschlossenheit wirkte; Anna Lucretia sah verschämt zu ihr hoch. Sie rang nach Luft.

»Liebste Tante, natürlich gibt es etwas. Ich bin doch nicht so dumm.«

»Dann rede schnell und verständlich.«

»Es geht um Johann Albrecht. Er wird ständig angepöbelt

und bedroht. Die einen nennen ihn Hochstapler, die anderen schimpfen ihn einen Vergifter, Juden und Mörder. Der Soßenkoch, dieser rothaarige Judas, bedauert offen, ihn aus der Löwengrube gerettet zu haben. ›Schade, dass die Katzen dich nicht bis auf den letzten Knochen gefressen haben.‹ Tante! Das hat Langhahn Johann Albrecht ins Gesicht gesagt. Der Soßenkoch! Wie kann er das nur wagen! Und erst Quirin Quast, der Fürschneider! Im Moment werden die Schweine geschlachtet, man hört sie überall quieken. Quast hat Johann Albrecht am Hals gepackt und ihm gesagt, er wünsche ihm, was dem Borstenvieh gerade geschieht. Bei dem lauten Gebrüll würde niemand merken, ob eine Sau mehr oder weniger in der Wurst lande. Tante, man muss diese Schurken bestrafen. Mein Vater muss sie aus der Burg jagen. So ein Benehmen darf er nicht dulden. Ihr auch nicht, liebste Tante, sonst tun diese Unmenschen Johann Albrecht noch Schlimmes an. Die sind wie verhext.«

Anna Lucretia hatte erwartet, dass die Herzogin wütend werden würde. Doch Sabina sah so besorgt und nachdenklich aus, dass ihre Nichte noch tiefer erschrak.

»Ja, wie verhext. Das hast du gut getroffen, Kind. Wer weiß, vielleicht stimmt es.«

Anna Lucretia verstand die Welt nicht mehr.

»Was meint Ihr, liebste Tante? Wer soll sie verhexen? Und warum?«

»Warum und wie, das ist sehr einfach. Der Magen und die Eitelkeit sind weit mächtiger als das Denkvermögen. Dazu braucht es nicht einmal einen üblen Zauberer. Dass manch Bösewicht dies gern für sich nutzen will, das rieche ich förmlich. Obwohl mir niemand glaubt.«

»Meint Ihr den Herzog von Württemberg und die Protestanten?«

»Ulrich, der alte Teufel? Ja, bestimmt. Und noch mehr … aber das hilft uns nicht. Es muss etwas geschehen. Wenn es stimmt, was du mir berichtest, werden diese Leichtgläubigen völlig verrückt spielen.«

»Es stimmt alles, liebste Tante. Der Doktor Ulmitzer hat mir gesagt, ich werde meinen Vater umbringen, wenn ich weiter zu Johann Albrecht halte. Ihr könnt Euch vorstellen, was er sonst überall erzählt. Tante, ich verstehe das nicht. Dabei ist es doch ganz einfach. Sie haben alle Angst zu verhungern oder vergiftet zu werden. Dabei muss allein mein Vater der Diät des Doktor Paracelsus folgen. Es hat doch niemand verlangt oder angeordnet, dass es ihm alle gleichtun.«

Obwohl sie unmittelbar vor dem großen Kachelofen saß, schien Sabina zu frieren. Sie legte die Füße auf die warmen Ziegelstufen, zog ihre mit schwarzem Lammfell gefütterte Schaube über ihre Arme und Hände. Den Kopf auf die Brust gesenkt, dachte sie intensiv nach. Kein Muskel ihres weißen, scharfkantigen Gesichts bewegte sich unter der streng gefalteten Witwenhaube. Anna Lucretia erschauderte bei diesem Anblick wie vor den Grabsteinfiguren der Familiengruft im Kloster Seligenthal. Sie wagte es nicht, Sabinas Schweigen zu brechen und presste sich zitternd gegen die dunklen, glasierten Kacheln des heißen Ofens. Endlich sprach Sabina weiter.

»So einfach ist es nicht, Kind. Wir können nicht alles beim Alten belassen. Niemand wird sich erdreisten, besser als der Herzog zu speisen. Mein Bruder wird, fürchte ich, die Diät nicht durchhalten. Seit deinem Verlobungsmahl hat er fast nichts zu sich genommen, weil ihm beim Gedanken an den

Tod noch übel wird. Im Augenblick würde er jedem alles gönnen und sich selbst vor lauter Schreck nichts. Das wird schnell vorbei sein. Schon jetzt fühlt er sich viel frischer. Sein Appetit wird zurückkehren, was auch gut ist. Dann wird es für ihn hart werden. Erst recht, wenn die Edlen in seiner Umgebung das genießen, was ihm so schlecht bekommt. Das hält er nicht aus, ich kenne ihn. Folglich werden wir nie wissen, was ihn krank macht oder gesund. Nein, es ist unvermeidlich: Du, ich, die Räte und alle seine Tischgenossen dürfen nichts anderes essen als er. Das wird auch uns guttun, glaubst du nicht? Unsere Väter, die nicht in Limonensirup, schwerem Wein, Butter und Reiscreme geschwelgt haben, erkrankten nicht am süßen Fluss. Ich lebe lange genug, um es zu wissen. Die Bauern kennen das nicht einmal, Galen hin oder her. Sieh dir den dürren, schlauen Fuchs an, den Doktor Eck! Schreit Zeter und Mordio gegen meinen Bruder Ernst und seinen Paracelsus. Selbst isst er aber, wo er nur kann, nach altem Brauch. Er schwört auf seine Forellen und seinen Claret aus Kehlheim, während er meinen Münchner Bruder mästet. Ach, der gute Wilhelm! Er ist ein Spielzeug in Ecks Händen.«

Sabina war dabei, sich in Rage zu reden. Anna Lucretia unterbrach sie.

»Liebste Tante, ich glaube Euch jedes Wort. Lasst uns überlegen, was zu tun ist, damit mein Vater seine Diät durchhält und Johann Albrecht deswegen nicht gemeuchelt wird. Darf ich Euch mein Herz offenbaren? Seht, ich weine nicht mehr wie ein dummes Mädchen. Ich bin ganz ruhig.«

»Rede, Kind. Dumm bist du nicht, sonst würdest du nicht diesen mageren Zugvogel dem hünenhaften Baumeister vorziehen.«

Anna Lucretia lächelte gequält. Zugvogel? Warum gebrauchte die Herzogin dieses Wort? Es traf in ihr auf die tiefe Angst, Johann Albrecht ziehen zu sehen, wie er gekommen war. Jeder Hof, jedes Land würde den Gelehrten willkommen heißen. Der Papst rief immer noch nach ihm. Was, falls das Treiben in Landshut ihm zu bunt würde? Allenthalben wartete auf ihn ein genauso gutes Leben, landauf, landab bestimmt bessere Frauen als die uneheliche Tochter eines alten, gebrechlichen Herzogs. Weitergezogen oder tot – beides schrecklich! Er musste bleiben, ihr Vater genesen und diese Verrückten sollten ruhig halten. Andernfalls gab es für sie weder Glück noch Hoffnung mehr.

»Redest du endlich? Oder hast du nur Luft im Kopf?«

Sabina klopfte ihr unsanft auf die Schulter. Das Mädchen fuhr hoch.

»Ja, Tante, entschuldigt! Ich denke, die allermeisten Leute müssen die gleiche Kost bekommen wie bisher. Nicht weniger und nichts anderes. Das ganze Gesinde, die Küche, die Wächter, die Geistlichen, die niedrigen Offiziere und die Schreiber – alle, die nicht an den oberen Tischen beim Herzog essen. Ihre Tafel würde meinen Vater sowieso nicht in Versuchung bringen. Aus ihren Reihen wird niemand mehr verrückt spielen. Bleibt der engere Hofstaat. Das sind schon weit weniger Leute. Die dürfen weder Hunger noch Erschöpfung fürchten. Denen können wir erklären, warum Ihr so entschieden habt. Was meint Ihr, liebe Tante?«

Sabinas ernstes Gesicht hatte sich bei Anna Lucretias Worten aufgehellt. Sie nickte.

»Sehr gut, Kind. Ich dachte, mein Sohn wäre der einzige politische Kopf von allen Nachkommen meiner seligen Mutter. Auch du hast ihr Blut. Ich hätte es nicht besser sagen können. So machen wir es.«

Anna Lucretia gefiel das Lob ihrer Tante nur teilweise. Sie war der Meinung, dass ihre eigene, oft schmerzlich vermisste Mutter, immerhin die Tochter des Bürgermeisters und Ehefrau eines Gelehrten, ihr einiges auf den steinigen Lebensweg mitgegeben hatte. Nicht alles verdankte sie den Habsburgern und Wittelsbachern, von denen die meisten sie am liebsten totschwiegen. Das wusste sie ganz genau. Ebenso wie ihre schöne Mutter Anna Margaretha Eisengrein wünschte sie sich eine Gelehrtenehe in einem Haus voll kostbarer Bücher statt ständiger Kriege um eine Hofmätresse oder die Selbstzufriedenheit einer bürgerlichen Hausfrau. Doch es war nicht der richtige Augenblick, um sich mit Sabina zu streiten. »Ein politischer Kopf«, hatte die alte Herzogin gemeint. Wie seltsam! Anna Lucretia wusste nicht so recht, was sie davon halten sollte. Aber wenn es ihrem Vater und Johann Albrecht half … Sie wagte sich weiter vor.

»Wir dürfen nicht allein entscheiden und handeln, liebste Tante. Es darf nicht der Eindruck entstehen, der Herzog würde von Euch und von mir wie ein kleines Kind gegängelt.«

»Vorzüglich, Kind, ganz wie meine selige Mutter.« Sabina lachte lauthals. »Du hast auch die wichtigste Spielregel verstanden: Die Weiber müssen lenken, aber im Hintergrund. Glaub mir, du bist zu schade für einen einfachen Gelehrten wie Widmannstetter. Warte noch, ich finde jemand Besseren für dich!«

Das feuerrot flammende Gesicht ihrer Nichte belustigte sie noch mehr. Ein neuer Lachanfall gab Anna Lucretia die Zeit, ihre überbordende Wut mühsam zu verbergen. Niemals hätte die junge Frau vermutet, sie könne solche Angriffslust verspüren. Was glaubte die alte Krähe am Kachelofen denn? Dass sie darauf brannte, sich blaues Blut zu schnappen? Lenken und im Hintergrund bleiben! Wie wäre es mit dem Befolgen der eigenen Lektion? Ob der blutrünstige Ulrich von Württemberg doch nicht ein paar gute Gründe hatte, seine Gattin kaltzustellen? Dieser Gedanke erschreckte Anna Lucretia und brachte sie zur Besinnung. Nicht ohne Stolz hielt sie sich für sanft, vernünftig, aufrichtig und für eine gute Christin. Wollte sie wirklich die alte Herzogin, ihre einzige Verbündete in dieser wirren Lage, herzlos vor den Kopf stoßen? Sabina wünschte ihrer Nichte doch nichts Böses. Bevor ihr Schweigen und ihr innerer Kampf beleidigend werden konnten, rang sich das Mädchen ein Lächeln ab. Lenken und im Hintergrund bleiben? Nein, diesmal nicht.

»Ich will niemand anderen, liebe Tante. Ich bin verlobt, ich habe mein Wort gegeben. Ich will, dass mein Vater lebt und dem Mann, der ihm hilft, dankbar sein. Das ist alles.«

Sabina wischte sich noch eine Träne aus ihren Lachfalten.

»Ist gut, Kind, du brauchst kein schlechtes Gewissen zu haben. Es ist genug zu tun.«

Herzog Ludwig zeigte sich erleichtert von dem Vorschlag, den Geringeren im Hofstaat Tafelopfer zu ersparen. Die Sache an sich tat ihm von Herzen weh. Er brauchte Wohlwollen und Zufriedenheit um sich herum wie die Luft zum Atmen. Dass diese nicht immer und um jeden Preis zu haben waren, akzeptierte er wohl oder übel. Wenn sich Verstimmungen vermeiden ließen, vermied er sie. So übernahm er auf der Stelle den Vorschlag seiner Tochter.

Ludwig wollte seine Entscheidung im Gewölbe des alten Dürnitz selbst verkünden. Das fiel ihm sichtbar schwer, als er vor seinen Räten, den Adligen, Kämmerern und allen, die zu seinem engeren Gefolge gehörten, sowie vor dem Küchenmeister und den Köchen stand. Es war eisig kalt und dunkel in der niedrigen, zweischiffigen Halle, einem der ältesten Teile der Burg. Das dicke Gemäuer hielt die Feuchtigkeit zurück; ein schmaler Kamin vermochte kaum – im Gegensatz zum großen Kachelofen im neuen Dürnitz – etwas Wärme zu spenden. Nicht umsonst speiste dort das gemeine Hofgesinde – Diener, Knechte und Mägde, Wachen und Wäscherinnen, Pagen, Chorknaben und junge Mädchen für alles. Die Bediensteten der Küche genossen das Privileg, unter sich in der großen Mundküche zu essen. Ganz bewusst wollte der Herzog im Dürnitz seine Ansprache halten. Der festliche neue Saal mit seinen fröhlichen Wandmalereien, seinen zahlreichen hölzernen Leuchtern, bequemen Tischen und breiten Bänken schien Ludwig nicht geeignet für eine Verzichtsansprache. Auch grenzte der alte Dürnitz an die Küche. So konnten Küchenmeister und Köche ihre Pfannen, Tiegel und Töpfe im Auge behalten.

Der Herzog fand zunächst keinen Anfang. Die Adligen, eingehüllt in dunkle, pelzgefütterte Schauben, ein Samtbarett auf dem Kopf, starrten dumpf vor sich hin wie schwerfällige, in der Kälte dampfende Rösser. Nur sein Hofrat Weißenfelder und dessen Münchner Kollege, der groß gewachsene, hagere Leonhard von Eck im Gelehrtentalar, schauten offen zu ihm. Der Herzog hatte nicht mit Eck gerechnet, obwohl dieser seit seinem Zusammenbruch immer noch auf der Trausnitz weilte. Ecks Anwesenheit irritierte Ludwig. Was wollte der Hofrat?

Sein Münchner Bruder verköstigte ihn, nicht er, der Herr der Bezirke Landshut und Straubing. Dennoch: Eck blickte ihn ermutigend an, aufmunternder als Weißenfelder. Sabina und Anna Lucretia hielten sich nervös zurück. Schließlich riss sich Ludwig trotz des Schweigens und der allgemeinen Betretenheit zusammen und begann seine Ansprache.

Seit er dem Tod durch Völlerei, einer Todsünde immerhin, entkommen war, wisse er, dass Gott der Allmächtige ihm die Gnade des Weiterlebens in der irdischen Welt nur gewährte, damit er Buße tun könne. »Nicht umsonst ist das bei der Verlobung meines einzigen Kindes geschehen«, so fuhr er fort. »Dieses Kind, meine liebe, tugendhafte Tochter Anna von Leonsperg, ist nicht im Schutz der heiligen Ehe geboren. Daran ist sie nicht schuld, ich aber sehr wohl. Dafür habe ich unseren Schöpfer und Retter nie um Vergebung gebeten. Ich habe mich weiterhin der körperlichen Sünde hingegeben. Ohne innezuhalten, ohne zum Himmel aufzublicken.« Ein empörtes Raunen kam dem schwer atmenden Herzog entgegen. Anna Lucretia packte die Hand ihrer Tante, als diese gerade laut protestieren wollte. Denn es war unnötig. Mehrere Damen, von Weißenfelders imposantem Eheweib angeführt, warfen sich vor Ludwig auf die Knie.

»Gnädiger Fürst, wie könnt Ihr so etwas sagen? Ihr seid der gütigste, großzügigste Herr, den wir kennen. Ihr tut Euch Unrecht. Ihr bringt Euer teures Leben in Gefahr. Ihr müsst keinesfalls büßen.«

Angewidert wich Ludwig zurück. Die flehenden Damen in ihren schweren, dunkel glänzenden Gewändern kamen ihm vor wie unbeholfene Käfer. Er hob erbost die Stimme.

»Ihr erlaubt, dass ich meine Ansprache beende. Wie gesagt,

ich habe ohne ausreichende Reue gesündigt, das hat mir unser gnädigster Herr deutlich gezeigt. Ich darf so nicht weitermachen. Ich kann meine Tochter erst in die Ehe führen, wenn ich mich mit dem Schöpfer versöhnt habe. Das schulde ich ihm und meiner Anna Lucretia. Ich wünsche deshalb, die letzten Wochen der Adventszeit sowie das Weihnachtsoktav danach so zu verbringen, dass ich in Frieden nach dem Fest der Taufe des Herrn mein Kind vermählen kann. Doch ich kenne meine Schwächen. Euch, meinen Edlen, habe ich das schlechteste Beispiel gegeben. Ich habe Euch alle zur Völlerei verführt. Dem müssen wir in dieser Zeit gemeinsam abschwören. Ich brauche Euren Beistand.«

Nun war klar, was der Herzog von ihnen verlangte: schmerzhaften Verzicht vom Adel, aber nicht vom Hofgesinde. Die Empörung darüber verlieh Weißenfelders Weib Engelszungen.

»Gnädigster Fürst«, flötete sie, »unser Beistand ist Euch gewiss und war es immer. Noch nie wurde in der Stadt und am Hof so inständig, so selbstlos gebetet wie in den letzten Tagen. Hört Ihr das nicht, liebster Herr? Unser aller Fürbitte trägt Euch mit vereinter Kraft. Gott hat Euch uns zurückgegeben, das ist offensichtlich. Ihr könnt Eure Lande weiter beglücken. Bringt Euch nicht ein zweites Mal in Gefahr! Ihr müsst eine würdige Nahrung zu Euch nehmen! Wir teilen tagtäglich Eure Tafel. Niemals würden wir von Völlerei reden. Ihr seid ein stattlicher Edelmann, der edler, kräftigender Speisen bedarf. Lasst in den Klöstern für Euch fasten! Dafür bekommen sie von uns Novizen und reiche Gaben. Dann züchtigen sie ihre Leiber mit voller Hingabe für den besten und gerechtesten aller Fürsten.«

Sabina befreite sich empört aus Anna Lucretias Umklammerung. Dennoch kam sie nicht zu Wort – Leonhard von Eck war schneller. Wie ein großer Rabe sprang er aus den Reihen der Räte und stellte sich an die Seite des Herzogs. Verächtlich sah er zu den knienden Frauen, die bei jedem seiner Sätze zusammenzuckten.

»Euch alle Ehre, Hoheit, da Ihr tatkräftig Eure Sünden bereut und büßen wollt. Schämt euch, ihr Weiber, die ihr die Buße scheut! Reicht es euch nicht, dass eure Mutter Eva uns ins Verderben gestürzt hat? Euretwegen werden wir als Sünder empfangen und als Sünder geboren. Meint ihr etwa wie die teuflischen Lutheraner, Gottes Gnade allein entscheide über das Seelenheil? Egal, was wir in unserem armseligen Leben anstellen mögen? Wie verkommen ihr seid! Hoheit, Ihr habt tausendmal recht: Buße tut not! Bald feiern wir die Geburt des Erlösers. Der König der Könige, der die Welt in seiner Hand hält, hat sich in dieser Stunde und für die Zeit seines Verweilens in diesem Jammertal zum Ärmsten der Armen gemacht. Der himmlische König ist uns als Bettler erschienen, damit der irdische König angesichts seiner Sünden zum Bettler wird und aus tiefstem Herzen bereut. Hoheit, so wie die drei Könige aus dem Morgenland, so ist es richtig, dass auch Ihr vor der Krippe kniet und den Erlöser anbetet. Gott spricht aus Eurem Herzen. Tut, was Ihr für richtig haltet. Ist das die Buße, so sollen Eure Leute es Euch gleichtun. Vertraut auf den Herrn! Seine Zeichen werden sichtbar sein, wenn er die Buße von Euch nicht mehr verlangt.«

Völlige Stille folgte auf Ecks Rede. Er zupfte schnell die Falten seines Talars zurecht, kreuzte seine Arme unter der Schaube und ging mit nur drei Schritten zu den Räten zurück.

Seine dunklen Augen glühten noch, dennoch zuckte kein einziger Muskel seiner scharf geschnittenen Gesichtszüge. Anna Lucretia traute ihren Ohren kaum. Sie sah kurz zu Sabina, die wie angewurzelt neben ihr stand. Die Verblüffung schien sie zu lähmen. Die junge Frau suchte den Blick ihres Verlobten. Er war, wie sie fand, finster, aber völlig undurchdringlich. Ludwig war der Einzige, der nicht überrascht schien. Belustigt beobachtete er zunächst die Szene, die sich ihm bot, hieß dann die keuchende Frau Weißenfelder aufzustehen und führte sie zu ihrem Gatten zurück, still gefolgt von ihren vier niedergeschlagenen Mitstreiterinnen.

Erst Ludwigs Bewegungen lösten die allgemeine Starre. Der Hofkaplan, der wohlgenährte, freundliche Johannes Landsberger, bekreuzigte sich mit Begeisterung dreimal und dankte dem Herrn Hofrat Doktor von Eck dafür, dass er im richtigen Augenblick an die einfachen Pflichten eines jeden Christenmenschen erinnert hatte. Nach ihm bekreuzigten sich auch der herzogliche Kanzler Doktor Rosenpusch sowie der Hofmeister Christoph von Praitenpach, dann Weißenfelder, Widmannstetter, Anna Lucretia und Sabina. Die alte Herzogin tat es langsam und demonstrativ, weder ärgerlich noch sichtbar erfreut, was nach ihr eine Welle von resignierten Bekreuzigungen auslöste.

Ludwig bedankte sich hocherfreut für die zugesicherte Unterstützung. Währenddessen hatten sich der Küchenmeister und die Köche weder gerührt noch bekreuzigt. Die Ratlosigkeit stand ihnen ins Gesicht geschrieben. Joris Kärgl zögerte nun nicht länger. Bedächtig trat er vor den Herzog und dessen Schwester Sabina.

»Hoheit, Ihro Durchlaucht, wir benötigen jetzt genaue

Instruktionen. Da Ihr, gnädigster Herr, seit Eurem letzten Unwohlsein fast nichts zu Euch genommen habt, haben wir Eure Tafel bereitet wie stets. Wie sollen wir es nun halten? Nach den Empfehlungen des Doktors Paracelsus? Dafür brauchen wir Beratung. Oder sollen wir die Speisen nach den üblichen Regeln der Fastenzeit zubereiten? Hat der Hofrat Eck das gemeint? Oder beides zusammen? Wie sollen wir vorgehen?«

Eine kleine Gruppe junger Adliger, die sich besonders langsam bekreuzigt hatten, pflichtete dem Küchenmeister leise bei. Anna Lucretias feines Ohr vernahm sogar die freche Frage, mit welcher Soße sie, die noblen Männer, serviert werden sollten. Sabina nahm die Sache in die Hand. Ein neues Auftreten Ecks wollte sie unbedingt verhindern.

»Selbstverständlich erfolgen die Zubereitungen nach den Empfehlungen des Doktors Paracelsus. Sie sind in sich Buße genug, gerade, was Brot und Gemüse betrifft. Wir fangen gleich an, die herzogliche Tafel danach herzurichten. Ich werde jeden Tag in die Küche kommen, da es nach großen Veränderungen verlangt. Wir machen uns sofort an die Arbeit. Kommt! Komm auch du, Anna Lucretia!«

Doch nach nur einem Schritt stand Claudio Soldani vor ihr, der italienische Koch, der das schicksalhafte Verlobungsmahl zubereitet hatte. Soldani verbeugte sich überschwänglich vor der Herzogin.

»Verzeiht bitte, per favore, verzeiht, Ihro Durchlaucht, graciosa Principessa! Darf ich kurz sprechen?« Sabina sah ihn so grimmig an, dass er unwillkürlich zurückwich, doch ließ er sich nicht vertreiben. »Es ist wichtig, molto importante. Ihr müsst mir zuhören.«

»Später. Morgen in der Küche.«

»Nein, bitte nein, hier jetzt, noch vor der noblen Gesellschaft«, versuchte Soldani die Herzogin keuchend und schwitzend zu beschwichtigen.

Mordlust stieg in Sabina empor. Dieser Giftmischer hatte ihren Bruder beinahe auf dem Gewissen. Was wollte er? Ein öffentliches Geständnis ablegen? Reue und Verzeihung vor dem ganzen Hofstaat? Nicht mit ihr! Er sollte sich glücklich schätzen, dass sie ihn nicht zu seinen Vätern jenseits der Alpen zurückgejagt hatte, vom endgültigen Jenseits ganz zu schweigen!

Anna Lucretia ahnte den bevorstehenden Ausbruch ihrer Tante. Den musste sie verhindern. Sie zupfte am Ärmel ihres Vaters. Ludwig verstand, was sie ihm sagen wollte und legte von hinten seine feste Hand auf Sabinas zuckende Schulter. Er wandte sich direkt an den Koch.

»Was gibt es, Signor Soldani? Was wollt Ihr uns mitteilen? Redet ohne Furcht!«

Der Italiener schmolz förmlich dahin vor Dankbarkeit.

»Si, si, nobile Principe, mille grazie, tausend Dank, es ist sehr wichtig, veramente, sehr, sehr wichtig.«

»Nur zu, Signor, wir hören alle zu.«

Der schüchterne Soldani zögerte, denn er war nun das Zentrum der allgemeinen Aufmerksamkeit. Einige der Umstehenden wünschten ihn in die Hölle: Sabina war nach wie vor wütend; Kärgl empört, weil er sich übergangen fühlte; die anderen Köche blickten höhnisch oder gar verächtlich. Soldani räusperte sich und begann zu reden – langsam und bedächtig, suchte oft nach den genauen Bezeichnungen, vermied aber das Italienische, soweit er konnte.

»Hoheit, Ihro Durchlaucht, die Speisen nach den Empfehlungen dieses Doktor Paracelsus sind mir natürlich nicht vertraut, dennoch höre ich viel darüber in den letzten Tagen. Viele fürchten sich davor. Oder fürchten für Euch, Hoheit. Viele schimpfen diese Speisen Bauernkost oder Viehfraß, da sie angeblich aus feuchten, kalten Stoffen bestehen – schädlich also in dieser Jahreszeit, noch schädlicher für die Körpersäfte eines Edlen. Aber ich habe von dem, was ich gehört habe, einen ganz anderen Eindruck gewonnen.

Primo: Bei Fisch und Fleisch muss sich, wie mir scheint, nichts ändern, ganz im Gegenteil. Bei den wertvollen Gewürzen, abgesehen vom Zucker, auch nicht. Anstelle von Zucker: Was spricht gegen Obst, ob frisch oder gedörrt? Jede Frucht eines in den Himmel wachsenden Baumes ist eines Edelmannes würdig. Das weiß jedermann in meiner Heimatstadt Bologna, die man ›la grassa‹, ›die Fette‹, nennt, weil dort besser, schöner, reichlicher gegessen wird als überall sonst in Italien. Nicht mal Rom, Mailand und Venedig genießen so viele, so gute Speisen wie meine Bologneser. Keine Stadt hat bessere Köche. Ich, Claudio Soldani, bin nur einer von Hunderten. Secundo, nobile Principe, graziosa Principessa«, der Italiener verbeugte sich tief vor Sabina, »niemand muss sich fürchten, mehr verduri, mehr Gemüse meine ich, zu essen, das tun die welschen Adligen aus guten Gründen ausgiebig und gern. Non è vero, Maestro Sigismondo?«

Der stolze Architekt der Stadtresidenz stand mit seinem Stuckateurmeister Benedetto di Bertoldi neben Widmannstetter in den Reihen der Hofkünstler. Breit lächelnd bestätigte er die Aussagen seines Kochs.

»Er sagt die Wahrheit, gentile Signori. Das habt Ihr doch

selbst erfahren bei Euren Besuchen in Mantua, Hoheit. Jeder, vom Fürsten zum Bettler und natürlich alle unsere Damen, bei uns weiß: Nichts öffnet besser den Magen für eine edle Tafel und für Körper wie Geist, für die Ruhe oder die Spiele der Nacht als pikante kleine Speisen am Anfang eines jeden Mahles. Nicht wahr, Meister Widmannstetter? Ihr habt lang genug in Italien gelebt. Das muss Euch in Fleisch und Blut übergegangen sein. Deswegen dachtet Ihr Euch vermutlich nur Gutes bei der Diät Eures Doktor Paracelsus. Den verduri verdankt Ihr bestimmt, mit Verlaub, manch feurig süße Stunde.«

Der angesprochene Gelehrte wäre gern vor Scham im Erdboden versunken, doch entgingen ihm nicht die plötzlich leuchtenden Blicke der Umstehenden, die eine Minute vorher nur mürrische Feindseligkeit gezeigt hatten. Das vermeintliche Strafessen des Doktor Paracelsus eröffnete auf einen Schlag ganz andere Perspektiven. So empfanden es offensichtlich auch die meisten Damen, die genauso aufgeregt blickten wie die Männer. Anna Lucretia spürte eine noch nie gekannte Eifersucht, gegen die sie mit Macht ankämpfte. Sie wusste doch, dass Johann Albrecht in Italien kein klösterliches Leben geführt hatte. Verzweifelt bemühte sie ihren politischen Kopf: Alles war gut, was der Gesundheit ihres Vaters diente und ihrem Verlobten weniger Hass entgegenbrachte. Mit diesem Gedanken im Kopf blickte sie zu Sabina. Die Herzogin sah, erstaunlicherweise genau wie Leonhard von Eck, konsterniert aus. Anna Lucretia lächelte sie ermutigend so lang an, bis die alte Dame endlich gute Miene zum bösen Spiel machte; Eck aber blieb wie versteinert. Sie rang sich für ihren Verlobten, der ihr auch nur einen kurzen, schmerzerfüllten Blick zuwarf, kein Lächeln ab.

Zusammen mit den drei Italienern wurde er von einer neugierigen Menge bestürmt, zu der sich sogar Herzog Ludwig gesellte. Der Küchenmeister Kärgl und seine deutschen Köche, Eck, Sabina und Anna Lucretia konnten lediglich stumm warten. Nur Wortfetzen hörten sie; die Italiener gaben detailliert Auskunft. Ja, alle Rüben, sogar die bescheidensten, taugten zur Weckung und Erhaltung von Leidenschaft allein ihrer Form wegen, gerade im Winter. Am besten seien natürlich die würzigeren, sprich die Sellerieknolle, der Meerrettich sowie die Petersilien- und Kerbelwurzeln. Kredenzte man diese ›im Harnisch‹, von goldenem, fetten Käse ummantelt, schmeckten sie noch dazu vorzüglich; noch feiner nur auf einem Bett aus Winterkresse oder Moschusmalve. Verschmähen sollte man auch die armseligen Zwiebeln nicht. In geringen Mengen verzehrt, steigerten sie das Verlangen und verstärkten seine Befriedigung mit wohltuend lustvoller Feuchtigkeit. Wunder wirkte ebenso die stachelige Blume einer großen Distelart, genannt Artischocke. Die war im milden Italien allgegenwärtig, im rauen Bayern leider aber unmöglich anzubauen. Doch verzichtete die italienische Bautruppe keinesfalls auf diese stimulierende Köstlichkeit. Denn das dicke Herz der Blume ließ sich problemlos trocknen und bei Bedarf wieder einweichen. Es schmeckte dann wie frisch, wirkte genauso und ja, Signor Soldani besaß genug Reserven davon, um bis zum Frühling jeden der Anwesenden damit zu verköstigen. Übrigens: nicht nur Stacheliges, Würziges oder Wurzelartiges belebte die Liebesgeister. Das vermochte auch jedes samenartige Lebensmittel, wie die Spiegelgesetze der Schöpfung es lehrten, von den groben dicken Bohnen oder Kichererbsen bis zu den edlen Kernen der Pinien. Die Frageflut riss nicht ab. Joris Kärgl bat Sabina, sich mit seinen Köchen zurückziehen zu dürfen. Die Herzogin ließ ihn gehen.

»Morgen besprechen wir mit diesem Soldani den Speiseplan. Ich erscheine schon früh in der Küche. Komm, Kind«, sie wandte sich an Anna Lucretia, »wir haben hier nichts mehr zu suchen.«

Nichts mehr zu suchen? Anna Lucretia rebellierte innerlich. Gehen wie ein trotziges Kind, ohne mit Johann Albrecht einen letzten Blick ausgetauscht zu haben? Warum und wofür wusste sie selbst nicht so genau. Um nicht mit ihrer Wut und ihren Fragen allein zu bleiben? Sie versuchte vergeblich, Sabinas Griff nach ihrer Hand abzuschütteln.

»Tante, wir können doch Doktor Eck nicht allein lassen.«

Die Herzogin war verblüfft, doch ließ sie sich nicht beeindrucken. Sie drehte sich zu Eck und deutete eine Verbeugung an.

»Herr Hofrat, Ihr verzeiht, ich werde müde, spüre die Kälte in den Knochen. Ich ziehe mich für heute Abend zurück. Wir wünschen eine gesegnete Nachtruhe.«

Der hagere Mann schien, ungewöhnlich für ihn, aus einem tiefen Traum aufzuwachen.

»Ja? Oh, selbstverständlich, Ihro Durchlaucht. Wenn Ihr erlaubt, werde ich jeden Tag aus meinen Kehlheimer Gütern Forellen und klaren Wein für die herzogliche Tafel liefern lassen. Eine gute Nacht, Ihro Durchlaucht.«

Anna Lucretias Hand war nun frei. Ohne Sabina anzusehen, machte sie vor Eck einen tiefen Knicks.

»Wenn Ihr erlaubt, Herr Hofrat: Ich würde mich freuen, Euch noch etwas länger Gesellschaft zu leisten.«

Er sah sehr wohl die Herausforderung in ihren Augen und zögerte – für seine Verhältnisse – bemerkenswert lang.

»Für Eure Freundlichkeit bin ich Euch verbunden, Fräulein von Leonsperg, aber ich werde mich jetzt auch zurückziehen. Morgen muss ich nach München reiten. Eine erholsame Nachtruhe wünsche ich Euch.«

Es gab kein Entkommen. Sabina ergriff schmerzlich ihre Hand und zog Anna Lucretia fort. Um Johann Albrecht und die Italiener tobte es weiter. Sie sah nur noch, wie Eck in seinem schwarzen Talar durch die Laufgangstür verschwand.

7

Ursula von Weichs fand in ihrem Stadthaus keine Ruhe. Seit Ludwigs Zusammenbruch und dem Streit in der Stadtresidenz hatte sie ihren Geliebten nicht mehr gesehen. Nur durch ihren Bruder, den persönlichen Sekretär Weißenfelders, wusste sie von den undurchsichtigen Ereignissen auf der Trausnitz. Mit jedem Tag verfinsterten sich ihre Gedanken mehr. Ludwig rief sie nicht mehr zu sich, das war ihre einzige Gewissheit – oder wurde er daran gehindert? In beiden Fällen bedeutete das für sie die Vernichtung ihrer Zukunft. Entweder würde der Herzog schnell sterben, dann wäre sie eine Ausgestoßene für den Rest ihres Lebens; oder er würde vollständig unter den Einfluss seiner Schwester geraten, eine vielleicht noch düsterere Aussicht für sie. Obwohl sie die warme Stube kaum verließ, fror sie; ihr ganzer Körper schmerzte. Ihr kleiner Malteser Schoßhund, sonst fröhlich und verspielt, schmiegte sich an ihre Füße, sobald sie sich setzte, und verließ sie nicht. Stundenlang legte sich Ursula die Karten. Wie sah ihre Zukunft aus? Die Tarockfiguren tanzten einen teuflischen Reigen vor ihren brennenden Augen, weckten so etwas wie ein Todesverlangen in ihr, das sie beinahe als wohltuend empfand. Sie erschrak nicht, als der schwere Türklopfer gegen die Haustür schlug und ihre zitternde Magd eine große, dunkle Gestalt zu ihr führte.

»Gestattet Ihr den späten Besuch, Fräulein von Weichs?«

»Doktor von Eck?« Ursulas Überraschung vertrieb ihre

Trübsal. »Was macht Ihr hier? Bringt Ihr Nachrichten von der Trausnitz?«

Ecks stechender Blick wanderte kurz durch den Raum, in dem er niemals zuvor gewesen war. Seine aufmerksamen Augen entdeckten eine anmutige, mit allen möglichen Annehmlichkeiten reich ausgestattete Wohnstube. Ganz oben auf dem großen, grün und rosenrot glänzenden Kachelofen schliefen zwei weiße Katzen, selig eingerollt wie ein türkischer Turban. Die Teppiche auf dem Boden, die bequemen Scherenstühle und die Samtdecke auf dem Tisch waren in den gleichen Farben gehalten: tiefgrün und rosenrot. Diese Stube war zum dauerhaften Wohnen eingerichtet und nicht mit den Bretttischen, Truhen und Wandteppichen, wie bei häufigen Hofumzügen üblich. Auf einer treppenartigen Anrichte schimmerten sanft im Kerzenlicht teure Glasgefäße sowie Zinn- und Silbergeschirr. Neben Ursula von Weichs hing an der Wand über dem Trictrac-Spieltischlein ein kostbares Schachbrett aus Elfenbein und Ebenholz. Die hohen Bogenfenster besaßen eine Sitzbank und weiße, rhombenverzierte Glasscheiben. Zu dem Brunnenschrank gesellte sich ein prall gefüllter Bücherschrank, für den Hofrat eine absolute Neuigkeit. Wie in einem magischen Auge spiegelte sich dieser unglaubliche Luxus als Gesamtbild in einer sogenannten Hexe, einem runden, sehr stark nach außen gewölbten Spiegel aus Venedig. Ecks Blick wanderte weiter und entdeckte weder Bett noch Feuerstelle, dafür aber Türen sowie eine frisch gewachste, breite Holztreppe.

»Ihr habt ein großes Haus, Fräulein von Weichs, ein schönes Haus.«

»Das ist mir nicht neu, Herr Hofrat.« Ursula hatte keine

Nerven für derart Nichtssagendes. »Deswegen seid Ihr nicht hier, nicht wahr?«

Ecks scharfes Gesicht schien fast freundlich, sein strenger, obwohl irritierend voller Mund leicht entspannt. Wollte er Mitleid ausdrücken? Das ertrug Ursula nicht. Einen Moment lang sah der herzogliche Rat nicht mehr die von Ungewissheit geschüttelte Frau, sondern die prächtige Hofmätresse mit kurzem, blonden Haar, leuchtend hellblauen Augen, rosigem Teint und runden, glatten Schultern im eckigen, rot-grünen Kleidausschnitt und dem durchsichtigen, goldbestickten Hemd. Der Moment währte nicht lang. Ursulas stolzer Mund fing an zu zittern, Tränen flossen über ihre Wangen, sie fiel schluchzend auf den ersten Schemel, der neben ihr stand. Ihre Magd, in grünem Kleid mit weißer Schürze, eilte zu ihr, während Eck sich ruhig auf einem Scherenstuhl niederließ. Ursula schickte sie mit einer verzweifelten Handbewegung hinaus.

»Lass uns allein! Ich rufe nach dir.« Dann schluchzte sie hemmungslos. »Ludwig ist tot, nicht wahr? Sagt es mir doch endlich!«

»Aber nicht doch, Fräulein von Weichs. Dem Herzog geht es schon viel besser. Eben deshalb bin ich hier.«

»Deswegen seid Ihr da?« Ursula, gerade noch aufgelöst vor lauter Sorge, wurde wütend. »Ludwig ist wohlauf und ich erfahre es von Euch? Nicht von ihm selbst, nicht von der Herzogin, nicht von seinem Kanzler oder dem Hofmeister, nicht einmal von Fräulein von Leonsperg? Ich habe ein großes, schönes Haus? Nicht mehr lang! Und glaubt nicht, ich kehre zu meinem Vater zurück an den Dreifaltigkeitsplatz am Fuß der Trausnitz! Wenn ich nur daran denke! Oh nein!

Wenn Ludwig lebt und Ihr kommt heute Abend zu mir, dann bleibt mir nur das Kloster.«

»Ich bin nicht Euer Feind, Fräulein von Weichs.«

»Nicht mein Feind? Dann erklärt mir, warum ich keine Gemächer auf der Trausnitz habe, warum dem Herzog vom Münchner Hof Jahr für Jahr neue Heiratspläne vorgelegt werden? Nur mit mir nicht, nicht einmal morganatisch! Warum führt ein geheimer Gang von der neuen Stadtresidenz in mein Haus? Auch dort fehlen Zimmer für mich. Warum hat die Herzogin Sabina am Hof das Sagen und nicht ich? Nicht mein Feind! Warum macht Ihr Euch die Mühe, Eck? Ich spiele keine Rolle mehr. Lasst mich jetzt allein!«

Eck zog aus seinem schwarzen Talar ein weißes, kostbares Spitzentüchlein, tupfte damit Ursulas Tränen ab. Er versuchte, es ihr in die Hand zu drücken. Ihre Stimme versagte. Sie hatte schon gehört, dass die feinen Damen aus Venedig diese duftigen Musselintüchlein neuerdings aus einer Tasche oder ihrem Dekolleté holten, um sich Mund, Stirn, Nase oder Wangen kokett damit zu putzen. Jetzt hantierte der gefürchtete Hofrat – ein Gelehrter!- mit diesem durchsichtigen, verspielten Nichts.

»Seht, Fräulein von Weichs, die Dinge sind nicht immer so, wie man vermutet. Oder sie ändern sich aus bestimmten Gründen. Meint Ihr, Ihr werdet das Taschentüchlein noch brauchen können? Ich schenke es Euch gern.«

Doch Ursula ließ sich nicht beirren.

»Ihr seid gekommen, um mir Auskunft über die letzten Tage zu geben, sagtet Ihr. Tut das! Dann werden wir sehen, ob sich etwas geändert hat, wie Ihr mir weismachen wollt.« Eck erzählte geduldig von den Ereignissen auf der Trausnitz.

Ursula fiel ihm ins Wort. »Ich verstehe Euch nicht, Doktor Eck. In der Stadtresidenz sprach sich niemand schärfer als Ihr gegen diese Diät aus, jetzt schlagt Ihr Euch auf die Seite der Befürworter. Das macht keinen Sinn. Und was mich betrifft: Was soll sich geändert haben?«

Eck faltete seine langen, knochigen Hände.

»Ach, Fräulein von Weichs, es ist, so scheint mir, eine Frage der kritischen Aufrichtigkeit. Meine Pflicht ist es, niemals vorschnell mit den Wölfen zu heulen. Doktor Widmannstetter mag hochgelehrt sein, aber er ist kein Arzt. Soll ich nichts hinterfragen? Paracelsus, eine außergewöhnliche Erscheinung, ist an einer mysteriösen Vergiftung gestorben. Sein Herr, Herzog Ernst, ein Erzbischof, der die Priesterweihe bisher immer abgelehnt hat, hat auch nicht auf sein Erbrecht verzichtet. Er kann zwar nicht regierender Fürst werden, aber beim Ableben seiner Brüder kann er jederzeit große Geldforderungen stellen. Wer weiß? Vielleicht stellt er doch die Erbfolgeregelung für Landshut und Straubing infrage? Herzog Ludwig hat das Beispiel gegeben – und gewonnen. Cui bono? Wem nützt die Tat? Soll ich auch da nichts hinterfragen? Ich bin es meinen beiden Herren, Herzog Wilhelm wie Herzog Ludwig, schuldig, so oft ich auch als Spielverderber erscheinen mag. Als treuer Diener meiner beiden Herren muss ich jetzt meine Haltung ändern zugunsten einer ehelichen Verbindung zwischen Euch und Herzog Ludwig.«

Ursula erbleichte. Alles drehte sich um sie herum.

»Eine Heirat? Mit mir? Haltet mich nicht zum Narren! Es wäre zu grausam.«

»Nichts liegt mir ferner in diesem Moment, Fräulein von Weichs. Für den Herzog war es richtig, eine gute Partie zu suchen, solange seine Gesundheit und seine Zeugungskraft nicht angegriffen waren. Jetzt aber ist es wichtig für die bayerischen Lande, dass er lebt. So lang, so gut, so ruhig wie möglich. Dafür muss er jemanden an seiner Seite haben, der sein Leben und sein Wohlergehen niemals aufs Spiel setzen würde.«

»Bei allem Respekt, Doktor Eck, und bei allem Groll gegen die Herzogin Sabina: Ihr glaubt doch nicht, dass die Herzogin das Leben ihres Bruders gefährden würde?«

»Fräulein von Weichs, glauben will ich nur an unseren Herrn und Schöpfer im Himmel. Auf Erden will ich sichergehen. Doch das ist mir bei der Herzogin nicht möglich. Das bleibt selbstverständlich unter uns, liebes Fräulein von Weichs. Mit ihrem Eintreten für diese Diät ist Herzogin Sabina ein großes Risiko eingegangen, denn niemand weiß, wie dies Essen ihrem Bruder bekommt. Warum hat die Herzogin das getan? Hier fängt meine Unsicherheit an. Aus echter schwesterlicher Zuneigung? Ergo aus Verzweiflung über die eindeutig schädliche Völlerei? Vielleicht. Vielleicht aber auch aus Groll wegen der Rückgabe Württembergs an ihren verhassten Gatten. Oder aus Gier, weil sie ein Abkommen geschlossen hat mit ihrem Bruder, Herzog Ernst. Mehr weiß ich nicht in diesem Augenblick. Aber bei meinem Fürsten will ich eine Person wissen, die sich zu ihrem eigenen Schutz ausschließlich dessen Interessen widmet. Ihr mögt mich verurteilen, Fräulein von Weichs, weil ich Euch kühl berechnend vorkomme. Dennoch bin ich ehrlich mit Euch. Ich glaube nicht, dass Ihr mir in der Sache widersprechen könnt. Ich werde in Landshut und vor allem in München auf eine Heirat mit Euch drängen. Ihr habt mein Versprechen.«

Die junge Frau war wie vom Blitz getroffen. Sie wagte nicht, Eck ihr Vertrauen zu schenken, aber sie sah nichts, was gegen seine Argumente gesprochen hätte. Sie wusste genau, dass er in den Angelegenheiten des Landes Bayern immer wieder die geschicktesten Wendemanöver vollzog. Das war es, was Sabina verabscheute, was in der Sache Württembergs so schmerzvoll für sie gewesen war. Eck unterbrach Ursulas Gedanken.

»Ihr schweigt? Ohne Euer Einverständnis geschieht nichts.«

»Mein Einverständnis? Großer Gott! Habt Ihr Zweifel?«

»Nein, Fräulein Ursula, ich will nur sicher sein. Ihr stimmt also meinem Vorhaben zu. Nun eine sehr delikate Frage: Wie schätzt Ihr die Haltung Herzog Ludwigs ein?«

»Ach, Herr Hofrat, vor ein paar Monaten …«, Ursulas Stimme zitterte plötzlich, »vor ein paar Monaten noch wäre ich mir sicher gewesen. Jetzt zweifle ich.«

Ecks Blick bohrte sich in ihre Augen.

»Unsicher seid Ihr Euch? Warum? Was ist geschehen? Eine Nebenbuhlerin?«

»Nein, nein, gewiss nicht. Besser gesagt, ich hege keinen Verdacht. Es ist nur … der Herzog wünscht zwar nach wie vor meine Gesellschaft, aber er besucht … mein … Bett kaum noch, was er bisher fleißig tat … deswegen meine unsichere Antwort. Ich denke fast, er fürchtet sich davor. Das treibt mich in den Wahnsinn.«

»Fräulein Ursula, er fürchtet nicht Euch«, Eck beugte sich zu ihr vor, »sondern seine eigene Schwäche. Das ist nie passiert, bevor der Herzog so anfällig wurde, nicht wahr? Ihr denkt, eines Tages bleibt er aus Scham ganz fern von Euch oder gibt Euch sogar die Schuld. Weint nicht, gnädiges Fräulein, soweit muss es nicht kommen. Hört mir gut zu: Eurem Geliebten geht es besser. Er wird Euch aufsuchen, denn er braucht Euch, da bin ich mir sicher. Nun weiß niemand, ob diese Diät ihn weiter stärkt oder bald schwächt. Ob er Angst haben wird, sich Euch fleischlich zu nähern oder nicht. Gebt ihm doch, was ihn vorher anspornt und nachher wiederherstellt.«

Eine tiefe Falte erschien auf Ursulas Stirn.

»Ihm etwas geben? Das wage ich nicht. Außer Weihrauch und Kammergewürzen habe ich ihm nie etwas gegeben. Was schlagt Ihr mir da vor?«

Aus derselben schwarzen Tasche an seinem Gürtel, aus der er das venezianische Spitzentüchlein hervorgeholt hatte, zog Eck eine kleine Horndose mit Silberverschluss. Er öffnete sie vorsichtig. In der Dose sah Ursula hellgraue, leicht gesprenkelte Klümpchen einer wachsartigen Substanz. Wie eine Wolke umhüllte sie plötzlich ein intensiver, doch sehr feiner Duft, der sie, obwohl ganz einzigartig, an Honig, Sandelholz, Harz, Kadewurzel und Lilien mit etwas Tierischem gemischt erinnerte.

»Das ist graue Ambra, nicht wahr?«, fragte Ursula ungläubig. »In Mantua hat uns der Fürst eine kleine Menge davon geschenkt.«

»Die beste, reinste Sorte von den Küsten des indischen Meeres. Ich habe es mir aus Venedig bringen lassen. Man hat mir versichert, es würde Tote erwecken. Ihr könnt mir vertrauen. Niemand wagt es, mich zu betrügen.«

Ursula war schwindlig, ihre Wangen glühten, ihre Hände

aber fühlten sich eiskalt an. Eine volle Dose grauen Ambras! Der sagenumwobene Stoff wurde mit Gold aufgewogen. Ob Eck ihn selbst benützte, war ihr gleichgültig, schien ihr aber unwahrscheinlich. Denn man betrog ihn nicht. Das stand fest.

»Wie soll ich damit verfahren, Herr Hofrat?«

»Vor der Liebe zerstoßt ein linsengroßes Stück in einem Glas Wein. Es kann sehr wohl warmer Kräuter- oder Gewürzwein sein. Wollt Ihr es erst danach anwenden, ist es umständlicher. Gibt es eine Küche in Eurem Haus?«

»Ja, am Innenhof wie die Wohnstube, aber mit einer einzigen Feuerstelle.«

»Hervorragend, die Ambra kommt in eine kräftige Brühe, die dann alle zwei Stunden getrunken wird, um die feuchtwarmen Säfte des Körpers wieder zu bilden. Ihr nehmt verschiedene Wurzeln – Karotten, Pastinaken, weiße Rüben, etwas Zwiebel und eine Handvoll würziger Petersilienstangen. Die zerhackt Ihr und röstet sie in frischer Butter. Zerstoßt Zucker, ein haselnussgroßes Stück Ambra, eine schöne, geröstete Brotkruste und tut das Ganze zu dem Gemüse. Dann lasst es sieden eine Stunde mit drei Maß Wasser. Gießt immer wieder neues Wasser nach, sodass es stets bei den drei Maß im Kessel bleibt. Währenddessen nehmt einen alten, gerupften Hahn aus und zerstoßt ihn ganz, mit Fleisch und Knochen in einem großen Mörser mit einem Eisenstößel. Macht dasselbe mit einem gleichgroßen Stück roten Fleisches, am besten Rind oder Lamm. Vermischt fleißig die zwei Fleischsorten, gebt sie mit frischer Butter in den Kessel. Jetzt muss das Ganze wieder heftig kochen eine Stunde lang. Passt genau auf, dass die drei Maß Wasser im Kessel bleiben. Dann lasst die Brühe durch ein Leintuch laufen, bis sie ganz klar ist. Sie kann kalt oder warm getrunken werden. Soll ich es wiederholen?«

»Ich habe mir alles gemerkt. Der Herzog soll angeblich so wenig Zucker wie möglich zu sich nehmen. Kann ich ihn weglassen?«

»Gewiss, gewiss, Fräulein Ursula. Gut, dass Ihr daran denkt. Die Ambra und die Fleischsäfte wirken Wunder auch ohne Zucker. Ihr könnt ihn ersetzen durch süße Früchte, wie die Araber es tun. Dem Herzog würde es wohl ebenfalls ausgezeichnet munden. Statt des alten Hahns dürft Ihr auch alte Rebhühner nehmen. Das soll noch besser sein, sagen wiederum die Venezianer. Ich muss jetzt aufbrechen, gnädiges Fräulein. Es ist spät, morgen kehre ich nach München zurück. Wenn Ihr mir glaubt, sagt dem Herzog nicht, die Ambra käme von mir. Euch allein muss er die Leidenschaft und sein Wohlbefinden verdanken. Wir verstehen uns, nicht wahr?«

Die Mätresse nickte, schloss die brennenden Augen. Sie fühlte sich wie nach einem anstrengenden Traum. Als Ursula sie wieder öffnete, war Eck verschwunden, die Horndose aber immer noch in ihrer Hand.

8

Einige Stunden später fand auch Anna Lucretia auf der Trausnitz keine Ruhe. Wie so oft schnarchte Sabina neben ihr im großen, von dicken Gardinen völlig umschlossenen Himmelbett. Und wie so oft schwitzte die junge Frau trotz der eisigen Luft und glaubte, unter den Fell- und Daunendecken zu ersticken. Wie so oft auch stand sie leise auf, schlüpfte in ihre Lammfellstiefel und hüllte sich in ihren mit Fuchspelz gefütterten Nachtmantel. Sabina war mit einem tiefen Schlaf gesegnet und noch nie aufgewacht. Anna Lucretia brauchte weder Kerze noch Öllampe, denn sie war daran gewöhnt, zum kleinen hinteren Fenster des Damenstocks zu gehen, ohne die unzähligen Bediensteten zu wecken. Von dieser Fensteröffnung aus sah sie hoch zum Wittelsbacherturm, dem höchsten Gebäude im inneren Burghof. Unter dessen steilem Dach wohnte Johann Albrecht. Stundenlang konnte sich Anna Lucretia in seine bis spät beleuchtete Arbeitsstube hineinträumen. Das wusste Widmannstetter. Sie hatte es ihm gesagt; er hatte sie deshalb nur halbherzig getadelt.

In dieser Nacht, in der ihr Herz so schmerzlich pochte, sah sie nicht nur das Licht seiner Kerze. Sein Schatten bewegte sich unruhig hin und her vor dem Erkerfenster, blieb immer wieder davor stehen, als ob er sie in der Dunkelheit vergeblich suchte. Anna Lucretia überlegte nicht lang. Sie ergriff die erste Öllampe, die ihr unter die Finger kam, entzündete sie und bewegte sie vor dem eigenen Fenster stetig hin und her. Der Schatten im Turm machte es ihr nach, einmal, zweimal, dreimal. Sie hielt es nicht länger aus. Die Zeit der Träume war vorbei. Es musste einfach mehr geschehen als dieses verzweifelte, stumme Lichtschwenken. Sie wickelte sich das erste Kopftuch, das sie finden konnte, um Kopf und Haare. Wahrscheinlich gehörte es ihr nicht, aber das war ihr gleichgültig. Sie huschte blind zur Tür, die Öllampe unter ihrem schweren Mantel verborgen. Auf der Treppe zum Burghof traf sie auf niemanden. Es war Zufall, sie passte nicht auf. Bis zum Fuß des Wittelsbacherturms waren es nur wenige Schritte. Gott sei Dank bildete dieser die vordere Ecke der Burg. Nachdem sie pfeilschnell am Schlosspflegerhaus vorbeigerannt war, war sie vom Burghof aus nicht mehr zu sehen. Am Fuß des Turms angekommen, hielt sie ihre Öllampe hoch in die Luft und bewegte sie so wild hin und her, dass die Flamme erlosch. Erst jetzt geriet Anna Lucretia in Panik. Kälte und Dunkelheit überfielen sie wie hungrige Tiere. Es war so finster, dass sie nicht einmal das Gemäuer des Turmes ausmachen konnte. Nur ganz oben – unerreichbar, wie ihr schien – tanzte das Kerzenlicht in der Arbeitsstube Johann Albrechts. Dorthin durfte sie nicht, zurück wollte sie nicht, ihre Lampe war erloschen, der Geliebte hatte sicher keine Zeit gehabt, sie zu sehen oder nicht verstanden, dass sie hier unten leibhaftig auf ihn wartete. Dicke Tränen brannten auf ihren eiskalten Wangen. Sie hatte das Gefühl, nicht mehr atmen zu können.

Eine starke Hand auf ihrem Mund erstickte ihren Schrei. Blind vor Tränen, taub vor Angst kämpfte sie gegen einen aus dem Nichts aufgetauchten Schatten. Endlich, als sei sie aus einem höllischen Albtraum aufgewacht, vernahm sie ihren Namen.

»Anna, Anna Lucretia, ich bin es, Johann Albrecht, ruhig

jetzt, bitte! Komm schnell, wir können hier nicht bleiben. Hierher, ganz still, liebes Kind!«

Mit aller Kraft zog er sie ins Brunnenhaus, das einzige Refugium an der inneren Burgmauer zwischen Turm und Schlosspflegerhaus, wo sie endlich zur Besinnung kam.

»Oh Gott! Was habe ich getan? Ich muss sofort zurück.«

Aus dem Tiefbrunnen, einem schwindelerregenden Schacht, der vom Burgberg das Isartal fast 400 Fuß tiefer erreichte, stieg etwas empor wie der eisig-modrige Atem eines riesigen Wassertieres. Anna Lucretia meinte, in dem schwarzen, leise rauschenden Loch vor ihren Augen die eigene Seele zu sehen.

»Liebstes Kind, bitte schau mich an!« Widmannstetter stellte seine brennende Öllampe auf den Brunnenrand. »Du musst keine Angst haben. Nicht vor mir, das schwöre ich dir. Niemals!«

Er duzte sie. Das war neu. Sie wusste nicht, ob das ersehnte Wort ihren Schmerz linderte oder noch vertiefte. Sie fühlte sich so verloren. Nie, unter keinen Umständen hätte ihr erster Moment der Zweisamkeit so verlaufen sollen. Trotzig senkte sie den Kopf.

»Ich habe keine Angst.«

Widmannstetter konnte ein gerührtes Lachen nicht zurückhalten.

»Wer hat gemeint, du würdest dich fürchten, Liebes? Ich habe nur gesagt, du musst dich vor mir nicht ängstigen. Schön, dass du mir glaubst.«

Anna Lucretia lächelte. Johann Albrecht nahm ihr gesenktes Kinn zwischen die Finger seiner rechten Hand und hob ihren Kopf hoch. Sie standen sich genau gegenüber, Gesicht an Gesicht, da er genauso groß war wie sie.

»Ich glaube dir, obwohl du zitterst, als stünde der Leibhaftige vor dir. Da es nicht die Angst ist: Weshalb erzitterst du, mein Seelchen? Ist dir kalt? Bist du wütend? Das musst du nicht sein.«

Wieder wurde es dunkel vor ihren Augen. Sie spürte, wie er sie unter seinen schweren Umhang zog, wie ihre bloßen Hände, ja ihr ganzer Körper die unerwartete Wärme genossen – und dann, wie ihre Lippen, ihr Gesicht, ihre Haut, ihr Herz, ihr Bauch in Flammen standen, weil er seinen Mund unaufhaltsam voller Leidenschaft auf ihren presste. Stumm schrie etwas in ihr. Der feste, entschlossene Mund Johann Albrechts ließ sie nicht los. Verzweifelt stemmte sie sich gegen ihn – diesem Flammenmeer musste sie entkommen. Er ließ sie nicht los; erwies sich als viel kräftiger, als seine zierliche Figur es ihm zu erlauben schien. Sie glühte, die Flammen verzehrten sie. Sie empfand keinen Schmerz, nur die ihr unverständliche, empörende Begierde, noch mehr von ihr auf diesen Scheiterhaufen zu werfen; das Verlangen, ihr Fleisch möge platzen, um dann besser, freier, heißer zu brennen. Doch der Brand in ihr steigerte gleichzeitig ihre Wut ins Unermessliche. Als er dachte, sie würde den Kuss erwidern, weil sie den Mund öffnete und ihre Körperspannung nachließ, stieß sie ihn heftig von sich weg.

»Schluss, sofort! Was glaubst du denn? So einfach ist es nicht mit mir.«

Genauso schnell, wie sie sich befreit hatte, packte er wieder ihre Hände. Auch sie hatte ihn geduzt, das allein zählte.

»Warum denn nicht, meine weise Lucretia? Du zweifelst

an mir. Ich sage dir: Das musst du nicht. Es ist sehr einfach. Deswegen sind wir beide so verrückt, dass wir uns mitten in der Nacht und bei dieser Kälte hier gegenüberstehen.«

»Genauso verrückt wie alle Weiber vor mir, bei denen du nicht geblieben bist nach den feurig-süßen Stunden. Kennst du die Liebesrezepte so gut wie die römischen Gottheiten?«

Anna Lucretia hasste sich für diese Bemerkung, sobald sie aus ihrem Mund gekommen war. Weise? Tugendhaft? Das würde sie nach diesem Kuss nie wieder von sich denken können … von dem Mann, der ihr gerade die Knochen der Hände zermalmte, ganz zu schweigen. Schwere Tränen rollten über ihre glühenden Wangen. Zwei davon küsste er rasch weg. Anna Lucretia begann zu verstehen, warum in Landshut erzählt wurde, man solle sich mit dem Doktor Widmannstetter nicht anlegen, da er mit dem Seitschwert geschickt umzugehen verstand. Sein Weg in Italien sei von unzähligen Duellen gepflastert gewesen, sogar in der Heiligen Stadt, in der der untersagte Zweikampf besonders schwer geahndet wurde.

Anna Lucretia hasste ihre Tränen. Ein gewöhnlicher Mann mit einer gewöhnlichen Frau an einem verbotenen Ort zu einer verbotenen Stunde. Mehr war da doch nicht zu sehen. Alles andere? Mädchenträume, Hirngespinste, Fantasterei.

»Solche Rezepte kenne ich nicht, mein Herz. Ich habe sie nie gebraucht. Sie interessieren mich nicht. Die Besessenheit der Alten, die Gier der Jungen finde ich interessant als Studienobjekte. Das ist alles. Du bist nicht die Erste. Das weißt du. Das hast du von Anfang an gewusst. Du bist die Erste, bei der ich bleiben will. Das kann ich dir bis zum Hochzeitstag nicht beweisen. Dazu reicht die Verlobung nicht. Du musst es mir glauben. Das ist sehr schwierig an diesen seltsamen Tagen mit diesen erschütternden Ereignissen. Das weiß ich. Kannst du mir glauben?«

Der verzweifelten Anna Lucretia erschien die Frage wie die winzige Öllampenflamme auf dem Rand des dunklen, eiskalten Brunnenlochs, wie das einzige Licht in undurchdringlicher Finsternis. Egal, was sie war oder zu sein glaubte, egal, ob er sie täuschte oder nicht – die Wahl bestand nur zwischen der sicheren Nacht und dem schwachen, winzigen Lichtlein. Sie schloss die verweinten Augen.

»Küss mich. Wenn es mich noch einmal brennen lässt, glaube ich dir.«

Er hielt kurz inne, um sie anzusehen. Ihre geschlossenen Lider, die Strenge ihres sonst so anmutigen Mundes, die schweren Falten des weißen Kopftuches machten aus ihr die Frau, die sie in zehn, vielleicht sogar in 20 Jahren sein würde.

»Da bist du also, Lucretia. Unerbittlich, zu allem fähig wie deine Namensgeberin. Bleib, wie du bist! Ich küsse dich jetzt.«

Er küsste sie ohne Umarmung, erst auf die Stirn, dann auf die Lider, dann wieder auf den Mund. Er versuchte nicht, das verborgene Fleisch hinter ihren Lippen zu erreichen. Er küsste sie sehr einfach, ohne Vorsicht, ohne Druck, mal auf den ganzen Mund, mal auf die geschlossenen Ecken und schließlich wieder da, wo er ihren Atem spüren konnte. Weil ihr Hals nackt war, küsste er sie auch dort, wo das Blut pocht, danach unter dem Ohr und in der Halsbeuge. Als sein Kopf diese zarteste Stelle berührte, spürte er ihre Finger in seinem Nacken. Auf einmal flossen ihre Körper bewegungslos ineinander. Das Rauschen des weiten Flusses im Tal schien bis zum Brunnenrand emporzusteigen, um sie endlos in die Tiefe mitzureißen.

»Ich glaube dir.«

Ohne ein Wort löste sie ihre Umarmung und verschwand in die Dunkelheit.

9

Am nächsten Morgen, am Tag des heiligen Damasius, dem 11. Dezember, erwachte Sabina neben einer vollkommen beruhigten Nichte, die sich als Erstes für ihren Ungehorsam im Dürnitz entschuldigte. Die Herzogin verzichtete auf den geplanten Tadel und lobte das gelehrige Kind.

Kind? Anna Lucretia verbarg mühsam ihren Unmut. Als Kind fühlte sie sich nach dem Ereignis der vergangenen Nacht überhaupt nicht mehr. War es nicht unübersehbar für jeden, der sehen konnte? War ihre Tante blind erwacht? Doch sogleich nannte sie sich selbst ein eitles, kopfloses Huhn. Sie war verlobt mit dem Mann, den sie ihr Leben lang lieben würde. Bald wären sie verheiratet. Welcher anderen Jungfrau war dieses unermessliche Glück vergönnt? Alles Weitere ging niemanden etwas an – so gern sie ihre Liebesfreude auch rausgeschrien hätte.

Sabina holte sie aus ihren Gedanken.

»Kind, du träumst. Steh auf! Wir müssen in die Küche.«

Anna Lucretia sprang gehorsam aus dem Bett und ließ sich – ganz wie ihre Tante – von noch halb schlafenden, völlig verfrorenen Mägden anziehen. Während die Herzogin diese Unglücklichen rau antrieb, machte das Mädchen fast alles selbst. Sie war hellwach, ihr Körper wohlig ausgeruht. Von der beißenden Kälte in dem Raum spürte sie nichts.

Im Fürstenbau neben dem Damenhaus erfuhr Sabina von Ludwigs Kämmerer, dass sein Herr noch selig ruhte. Sie nickte zufrieden.

»Sehr gut, dann gehen wir gleich zur Besprechung mit den Köchen.«

Sabina eilte so schnell durch den Laufgang, dass Anna Lucretia nicht zum Burghof sehen konnte. Alles erschien ihr so anders als am Tag zuvor: So neu, so ungewohnt, dass sie sich nicht gewundert hätte, wenn das Brunnenhaus in den Himmel emporgestiegen wäre, in seinem goldenen Schatten umgeben von einem im tiefsten Winter üppig blühenden Garten.

Die Stimmung in der Hofküche holte Anna Lucretia in die Wirklichkeit zurück. Dort herrschte die gewohnte Betriebsamkeit. Die Laufburschen brachten Holz in großen Mengen. Aus der Nachtglut wuchsen die Feuer im großen Kamin, in den Öfen und unter den gemauerten Bratrosten. In der Siedeküche dampfte das Wasser in riesigen Kesseln schon heftig. Joris Kärgl empfing mit seinem Küchenschreiber den Frucht- und den Fischmeister, erteilte den Bäckern und dem obersten Jäger seine Befehle. Dennoch schien die ausgeübte Arbeit ins Leere zu laufen. Niemand siebte, rührte, knetete oder stampfte. Das rhythmische Hämmern in den kleinen und großen Mörsern – die ureigene Musik der Küche, wie Anna Lucretia erstaunt feststellte – fehlte ganz und gar. Die Köche, sonst die gebieterischen Tanzmeister, standen stumm vor der Tür zur Silberkammer; der blasse Langhahn geistesabwesend wie immer, der kugelrunde Grünberger wie erschlafft. Der Zuckerbäcker Xaver Kurzbein putzte sich gewissenhaft die dicke Knollennase und zog verächtlich die Luft hoch, was Soldani neben ihm noch mehr verunsicherte. Sie rafften sich missmutig auf, als Sabina mit ihrer Nichte und dem Küchenmeister zu ihnen kam. Die Herzogin befahl sie in ihren Destillationsraum. Dort herrschte sie und sonst niemand.

»Ab jetzt werden wir hier jede Woche über die herzogliche Tafel beraten. Auch Ihr, Signor Soldani, denn wir wollen nicht auf Euer wertvolles Wissen verzichten. Wir beginnen morgen. Die dritte Adventswoche ist eine Fastenwoche, daran ist nicht zu rütteln. Dennoch halten wir es mit dem Doktor Paracelsus: Es kommen auf keinen Fall zahlreiche Süßspeisen auf den Tisch. Ihr macht es wie unsere Väter: Zucker gehört zu den üblichen feinen Gewürzen, nicht mehr, nicht weniger. Das gilt auch für die Soßen. Butterberge oder Sahneseen nach neuester italienischer Art gibt es nicht mehr, dafür wieder Essig und Agrest, wie es sich ziemt, und geröstetes Brot für die Bindung. Kein Eidotter diese Woche. Meint Ihr, Ihr könnt das noch, Meister Langhahn?«

»Aber gewiss, Ihro Durchlaucht, so was verlernt man nicht.«

»Gut. Kein Fleisch außer Ente, Schildkröte und Biber. Gemüse und pikante Speisen am Anfang der Mahlzeit, soviel Ihr wollt. Signor Soldani, ich hoffe, Ihr habt nicht übertrieben und bietet uns Vielfältiges und Einfallsreiches, sodass die edlen Herrschaften wirklich glauben, sie äßen Liebesglut. Ich für meinen Teil muss mich ja nicht damit vollstopfen. Sonst allerlei Fisch, Pasteten, Käse und Obstspeisen. Ich prüfe das jeden Tag. Was habt Ihr, Grünberger?«

Der Oberkoch verbeugte sich, soweit es ihm sein kurzer Hals erlaubte.

»Verzeiht, Ihro Durchlaucht, aber ich kenne meinen Herrn. Er mag dem Zucker, der Sahne und dem dunklen Wein abschwören, bis seine Kräfte wiederkehren, er mag sogar an dem italienischen Gemüse Geschmack finden, doch grobes Brot wird er nie und nimmer zu sich nehmen. Was sollen wir ihm stattdessen vorsetzen? Der Mensch braucht sein Brot.«

Die Herzogin kniff die Augen zusammen. Der Mann hatte recht. Man konnte viel verlangen von Ludwig, aber sicher nicht, dass er Roggen- oder Gerstenbrot anrührte. Da kam Anna Lucretia eine Idee.

»Zur ersten Mahlzeit des Tages freut sich mein Vater bestimmt über ein Weizen- oder ein Reismus. Da braucht er keine Semmel.«

Bei diesem Gedanken wachte der sichtlich übel gelaunte Zuckerbäcker endlich auf.

»Das ist es! Der Herzog darf gar nicht erkennen, was er für ein Brot isst. Ich könnte Mörserkuchen backen, auch aus grobem Brot, die er zu allerlei Suppen und Brühen essen kann. Das merkt danach keiner mehr. Wein- und Biersuppen schmecken mit dunklem Brot sogar besser. Für Pasteten nehmen wir grob gesiebtes Mehl, das bemerkt man auch kaum.«

Sabina lächelte zufrieden.

»Nun, Herr Zuckerbäcker mit der finsteren Miene, dachtet Ihr, es gäbe keine Arbeit mehr für Euch?«

Doch das mühsame Lächeln Xaver Kurzbeins gefror auf der Stelle, als Claudio Soldani ums Wort bat. Was wollte dieser gerupfte Bologneser Hahn denn schon wieder? Der Italiener machte sich vor dem imposanten Bayern ein Stück kleiner.

»Mit Verlaub, Ihro Durchlaucht, graziosa Principessa, ich wüsste auch einiges, was Brot oder Brei perfettamente ersetzen würde. Darf ich reden?«

Die drei deutschen Köche schrien ihm ein lautloses »Nein« ins Gesicht. Sabina ihrerseits hatte große Lust, es ihnen lauthals gleichzutun, war jedoch langsamer als Anna Lucretia, die inzwischen keinen Groll mehr gegen Soldani hegte.

»Gewiss, Signor Claudio. Was könnt Ihr uns sagen?«

Sabina ließ sich nichts anmerken; der offensichtliche Küchenkrieg reichte ihr. Das Kind war nicht dumm; es verstand wohl, seinen Vater richtig zu nehmen. Sollte Anna Lucretia weiterhin aus der Reihe tanzen, so würde sich die Herzogin ein diskreteres Schlachtfeld suchen, um sie zu zügeln.

»So, Maestro Soldani, womit wollt Ihr uns diesmal beglücken?«

Der Italiener räusperte sich verschreckt.

»Nun, Ihro Durchlaucht, Ihr kennt schon unsere Ravioli. Man kann sie mit allerlei füllen, nicht nur mit carne, Fleisch … oder Süßem. Sie schmecken, mit Kräutern oder Nüssen gefüllt und in einer Brühe, genauso gut wie mit Butter, Käse, Zimt und Zucker. Mit frischen Teigblättern aus Mehl, Eiern und Wasser – wir nennen sie Lasagne – machen wir köstliche Schichtpasteten dank des Frischkäses, den wir hineingeben. So weich, so samtig im Mund, dass sie dem edelsten Herrenbrot gleichkommen. Niemand braucht dazu Brot. Ich hätte, Ihro Durchlaucht, auch noch etwas, aber ich weiß nicht, ob ich es wage … Das essen nämlich unsere Maurer, aber Maestri Sigismondo und Benedetto verachten es auch nicht und …«

»Lasst das Herumgerede!« Sabina wurde es zu viel. »Woraus besteht das Wundermittel?«

»Pasta asciutta, Ihro Durchlaucht! Trockene Teigröhrchen ganz ohne Eier. Sie heißen Maccheroni. Sie müssen lang kochen, bevor sie essbar sind. Ja, sie bestehen nur aus Wasser, Salz und Mehl. Doch aus einem ganz besonderen Mehl, dem des Durumweizens. Wie alle Weizenarten ist es ein Herrengetreide und kann wunderbar getrocknet und aufbewahrt werden. Vor allem aber haben sie einen so schönen Biss, dass jeder Italiener sie für das herrlichste Brot liegen lässt. In meiner Heimat Bologna lieben wir sie ›al burro‹, mit viel Butter. Auch mit Parmesan, Zucker und feinen Gewürzen. Aber in Firenze, in Napoli und sogar in Genova isst man sie gerne mit geriebenem Bauernbrot, in Baumöl geröstet und mit viel gutem Pfeffer dazu. Fragt Maestro Benedetto, der ist ganz verrückt danach. Dottore Widmannstetter kennt sie ganz bestimmt auch. Der Papst isst sie mit Vorliebe in den Fastenzeiten. Si, graziosa Principessa, è vero … und dann fällt mir noch etwas ein, nur ein bescheidener Ratschlag, dennoch, ich denke, wertvoll, deshalb möchte ich …«

»Was? Welcher Rat? Kommt zum Schluss!« Sabina bellte es fast.

»Nun ja, da der Herzog nur wenig Zucker zu sich nehmen darf, sollte man ihm möglichst wenig Eingesalzenes auftischen.«

Das war Grünberger zu viel.

»Auch das noch! Ihro Durchlaucht, meint dieser Dornfresser vielleicht, alles, was wir tun, bringt den Herzog in Lebensgefahr? Wir beherrschen unser Handwerk und wissen, was für einen jeden angebracht und verträglich ist. Bei allen Heiligen: kein Eingesalzenes! Soll der Fürst nur noch Luft zu sich nehmen?«

Sabina war unsicher. So wenig der italienische Kochstil ihr persönlich gefiel – bisher hatte er sich als nützlich erwiesen.

»Nur noch ein Wort, Soldani, dann müssen wir endgültig die herzogliche Tafel besprechen.«

»Es ist nur eine Kleinigkeit, Maestro Theodoro, wirklich nur eine Kleinigkeit. Ihr haltet es, wie Ihr wollt. Im Winter greift man häufig zu allerlei in Salz Eingelegtem. Dafür ist es schließlich da. Um den Salzgeschmack aber zu überdecken, bedient man sich auch gern des Zuckers, was Eurem Herrn anscheinend nicht bekommt. Ich sage nur: weniger Gepökeltes, weniger Zucker. Das ist alles. Ihr seid ein exzellenter Koch, Maestro Theodoro, damit hat das nichts zu tun. Es ist mir nur gerade in den Sinn gekommen.«

Grünberger fragte sich, was dem dürren Wurm noch in den Sinn kommen würde. Doch er brauchte noch eine Anweisung von Sabina.

»Ihro Durchlaucht, sollen wir zusammen mit Signor Soldani kochen oder weiterhin jeder für sich? Der Signor muss doch für seine Bautruppe unten in der Stadt sorgen, ich aber für die beiden Dürnitz und die Küche. Ich denke, jeder sollte für sich und die Seinen die Speisen zubereiten wie bisher.«

Kärgl, Langhahn und Kurzbein nickten entschieden. Sabina stellte das nicht infrage: Da der besonnene Küchenmeister die Sache auch so sah, wollte sie ihm folgen.

»Wie Ihr meint, Grünberger. Ihr bereitet das Morgenmahl zu und steht zur Verfügung, falls der Herzog vor dem Tagesende eine Stärkung wünscht. Signor Soldani, was das Abendessen angeht: Ihr sorgt für die ersten vier Gänge; die Köche der Trausnitz für die fünf letzten.« Die Anwesenden verbeugten sich vor der Herzogin und Sabina atmete auf. Der Italiener und die Deutschen waren unversöhnlich. Daran ließ sich nichts ändern. Aber der Herzog könnte wahrscheinlich einen Vorteil ziehen aus ihrem Wettkampf. Es würde sich lohnen. »Sehr gut. Was habt Ihr Euch überlegt für diese Woche?«

Über diese Ergebnisse zeigte sich Ludwig höchst zufrieden. Er verriet nicht, ob er das Schlimmste befürchtet hatte oder sich einfach an die Speisen seiner Kindheit und Jugend erinnert fühlte, aber er verschlang mit Wonne alles, was ihm vorgesetzt wurde. Xaver Kurzbein, der verhinderte Zuckerbäcker, erwies sich trotz Diät und Fastentagen als außerordentlich einfallsreich. Zu Grünbergers Weinsuppe kredenzte er stets einen anderen Mörserkuchen. Mal fügte er zur Brotmasse Frischkäse und Kräuter hinzu, mal würzte er sie nach Lebkuchenart oder füllte sie mit Datteln und Rosinen. Obst inspirierte ihn besonders, da er versuchte, den verpönten Zucker durch die natürliche Süße der Baumfrüchte zu ersetzen. Diese waren eines Fürsten würdig. Weniger zwar als der edle Zucker, der wie die fernen Gewürze nah an der Quelle der großen Paradiesflüsse wuchs, dennoch dem Himmel nahe genug, sodass er, Xaver Kurzbein, Hofzuckerbäcker, auf edle Zutaten nicht verzichten musste. Dem vom Herzog heiß geliebten Reismus wurden die wohlschmeckendsten Kompotte beigestellt, die Landshut je gesehen hatte – und das mitten im strengen Winter! Er mischte geschickt die bescheidenen Äpfel, Birnen und Quitten mit fleischigen Trockenpflaumen, die er vorher in Süßwein einweichte, und schmeckte deren bernsteinfarbigen Saft mit Rosen- oder Orangenblütenwasser ab. Für die Quittencreme benützte er zweierlei Gewürzmischungen, eine weiße und eine rote, die er dann auf demselben Teller servierte, durchsetzt mit in Safransud gekochten Quittenwürfelchen.

Am Luzientag, dem 13. Dezember, gratulierten ihm Sabina und Ludwig persönlich zum wunderbar vorweihnachtlichen Gericht, in dem das Licht des kommenden Retters sowie das

Blut seines Märtyrertodes so eindeutig zu erkennen waren. Davon ermutigt, wagte Kurzbein extravagante Kombinationen. Das heikle Gemüse wollte er auf keinen Fall Soldani überlassen. So fügte er mit großem Erfolg zu einem Honigkompott aus Walnüssen, Birnen, trockenen Aprikosen und Pfirsichen Möhren, Fenchel und Petersilienwurzeln hinzu. Der Herzog stutzte ein wenig bei dem Anblick, probierte und hätte vor Begeisterung fast geflucht. Ohnehin war Ludwig bestens gelaunt, denn seine alten Kräfte kehrten zurück. Die Übelkeit, der große Durst und der ständige Harndrang ließen deutlich nach; die gefährlichen Beingeschwüre schlossen sich. Er lief wieder ohne sofortige Erschöpfung und traute sich in sein Badebecken im Keller des Fürstenbaus.

Als der Herzog durch die Bergstraße und die Altstadt ritt, die Kaufleute in der Neustadt, die Handwerker in der Freyung vor ihren Werkstätten grüßte, in jedem der sieben Klöster einem Gottesdienst beiwohnte, weinten Männer, Weiber und Kinder vor Glück. Am Sonntag *Gaudete*, dem dritten Adventssonntag, besuchte er – nach einer Nacht im deutschen Bau der neuen Residenz – mit Ursula von Weichs das Vespergebet in Sankt Martin, der himmelhohen Stiftsbasilika der selbstbewussten Landshuter Zünfte. Die unverputzten Ziegelsteine leugneten ihre bürgerliche Herkunft nicht; der Kirchturm, der höchste Ziegelturm der Christenheit, seinen stolzen Anspruch auf Eigenständigkeit ebenfalls nicht. Deshalb zweifelte Ludwig keinen Augenblick an der aufrichtigen Freude der versammelten Stadtbürger, als sie lauthals die Verse »Freut Euch im Herrn zu jeder Zeit! Noch einmal sage ich: Freut Euch, denn der Herr ist nahe!« anstimmten. Ursulas Wangen färbten sich rosa wie die Gewänder, die sie zu Gaudete trug. Sie spürte genau: Die Gemeinde schloss sie zum ersten Mal in ihren Gesang ein. War ihre Zeit endlich gekommen? Ahnte Leonhard von Eck das, als er ihr seine Unterstützung versprochen hatte? Versunken in Hoffnung und Dankbarkeit betete Ursula so inbrünstig wie nie zuvor.

10

Sabinas grösste Sorge galt nun ihrem Sohn in Württemberg. Jeden Tag hoffte sie auf Nachrichten, die nicht kamen. Es wunderte sie nicht, dass Ludwig ihren Kummer nicht teilte, doch die völlig unerwartete Sorglosigkeit Anna Lucretias hätte sie nicht erwartet. Vielleicht ähnelte sie ihrem Vater doch? Oder raubte die baldige Hochzeit ihr das Denkvermögen? Auf ihre Tante wirkte Anna Lucretia zappelig, mal blass, mal fiebrig, auf Ludwig aber ungemein charmant. Sabina machte das bissig.

»Glaubst du, es ist alles ausgestanden?«, fragte sie eines Abends ihre Nichte, als diese summend ihre braunen Locken für die Nacht zu einem Zopf band. Die junge Frau hob ihren – offensichtlich abwesenden – Blick.

»Aber gewiss, liebste Tante. Sieht es nicht danach aus? Mein Vater erholt sich besser und schneller, als wir je gedacht hätten. Niemand murrt mehr über die neue Tafel, ganz im Gegenteil. Johann Albrecht arbeitet wieder in Ruhe. Wisst Ihr, liebste Tante, dass mein Vater mir heute den Wittelsbacherturm versprochen hat? Die großen Wohnstuben darin, meine ich. So muss Johann Albrecht mit seiner Bibliothek nicht umziehen und ich darf in Eurer Nähe bleiben. Im Sommer möchte ich natürlich nach Leonsperg zurück. Es ist so anmutig dort. Das gefällt ihm bestimmt.«

»Es interessiert dich also nicht mehr, wer deinen Verlobten den Löwen zum Fraß vorwerfen wollte, vom toten Boten ganz zu schweigen?«

»Aber Tante, was gibt es denn mehr zu wissen? Es war Niklas Überreiter. Da bin ich mir sicher. Johann Albrecht hat recht damit, auch wenn man es dem Schuft nicht nachweisen kann. Wirklich wichtig ist doch, dass er endlich aufgegeben hat. Ich finde ihn nicht mehr überall auf meinem Weg. Er belagert mich nicht mehr. Das ist eindeutig, nicht wahr? Und was den toten Boten betrifft, Tante, so bekommt Ihr bestimmt bald Nachricht. Es kann so viel geschehen. Euer Sohn ist am Leben, das scheint mir gewiss. Alles Weitere erfahrt Ihr noch.«

Entgeistert schüttelte Sabina den Kopf.

»Die Liebe macht dich blind, mein Kind.«

Anna Lucretia antwortete mit einem empörten Blick. Blind vor Liebe? Sie, die sie noch nie so klar in ihrem Leben gesehen hatte? Seit dem ersten Kuss zwischen ihr und Johann Albrecht glitt sie jede Nacht wie durch hellstes Licht zum Brunnenhaus, wo Widmannstetter auf sie wartete. Angst vor Entdeckung hatte sie nicht mehr. In nicht einmal vier Wochen würden sie Mann und Frau sein. Was sollte sie fürchten? Sie vertraute ihm: seinen brennenden Küssen auf ihrer frierenden, zitternden Haut wie ihren endlosen Zwiegesprächen – einer fast noch größeren Wonne, wie sie fand. Sie entdeckte verwundert, was die Liebe zweier Sterblicher ausmacht: diese Öffnung einer Seele zu einer anderen; diesen Fluss der innersten Gedanken frei laufen zu lassen; Worte zu formen, die nicht überlegt werden mussten; die Freude, die eigenen Gefühle im Spiegel des geliebten Gesichts wiederzuerkennen; die Gewissheit, seinen Platz und seine Bestimmung im Leben gefunden zu haben.

Diese Stunden in der eisigen Luft, die aus dem Brunnenschacht aufstieg, fegten jeden Zweifel und alle Eifersucht hinweg. Ja, sie war rast- und ruhelos, manchmal blass, manchmal fiebrig. Schlafentzug und Kälte spürte sie am nächsten Tag noch stundenlang in den Knochen – aber blind? Nein, das war sie nicht. Gewiss nicht.

Was Niklas Überreiter betraf, so hatte Anna Lucretia recht. Wohl oder übel hatte sich der Baumeister in seine Arbeit geflüchtet. Einerseits musste er sich um den Bau des riesigen neuen Weinkellers kümmern, denn dieser stand kurz vor der Vollendung und verlangte seinen ganzen Einsatz. Nach Gaudete sollten die ersten Riesenfässer festlich eingeweiht werden; da hatte er alle Hände voll zu tun. Andererseits wusste er sich den Verzicht auf des Herzogs Tochter genauso zu versüßen wie bisher die Wartezeit. Jeden Tag traf er sich nach Abendmahl und Vespergebet im unterirdischen, kirchengleichen Gewölbe mit Theresa Kärgl, dem Eheweib des Küchenmeisters. Diese Zeit war gut gewählt, denn in der Küche wurde noch lange nach dem Vespergebet aufgeräumt, geputzt, gezählt und aufgelistet. In der Nische unter den Treppen, hinter einer imposanten Reihe von Fässern, hatte sich der Baumeister ein bequemes Schlaflager eingerichtet. So konnte er immer wieder länger arbeiten und seine Bautruppe von morgens bis abends besser überwachen. Das war die offizielle Erklärung. Da es in der tiefen Weinkathedrale erbärmlich kalt war, wunderte sich niemand über die Anzahl der Strohsäcke oder die Dicke der Daunendecken. Vom Herzog hatte er sogar einen breiten Überwurf aus Otterfell bekommen, denn feucht war es dort unten auch noch. Die Kärglerin wusste das alles zu schätzen: die Nähe zur Bergstraße, in der viele Hofbeamten, auch ihr Mann und sie, wohnten; der diskrete Zugang über den Folterturm zum äußeren Burghof und den Kellereigebäuden; das unsichtbare, dennoch mollige Schlaflager; vor allem aber Niklas Überreiter selbst, dessen männliche Pracht sie aufs Höchste beglückte. Ihr Mann, der penible, bedächtige, noch dazu fromme und viel ältere Küchenmeister, kam seinen Ehepflichten nur selten nach. Der üppigen, deutlich jüngeren Theresa passte das ganz und gar nicht. Nach einigen Versuchen am Hof und in der Stadt brachte ihr der Bau des neuen Weinkellers ungeahntes Glück. Der Baumeister, verwitwet und völlig unsicher, ob er eines Tages die Tochter des Herzogs heimführen würde, nahm sie, so oft sie nur wollte, und schwieg wie ein Grab.

An diesem Montagabend nach Gaudete ritt sie mit wohlig geschlossenen Augen auf ihm, was er besonders liebte. Schnelligkeit bedeutete Überreiter nichts. So hatte er die ganze Zeit der Welt, sie abwechselnd an den Hüften und an den Pobacken zu fassen, während sie ihre dunklen Brustspitzen selbst so kunstvoll bearbeitete, dass er mehrmals das Beben langer Lustwellen in ihrem Bauch spürte, bevor er explodierte. Nachdem er noch hingebungsvoll ihre weiche, etwas schlaffe Haut gestreichelt hatte, verschwand die Kärglerin. Überreiter war gerade dabei, seine Schamkapsel wieder an seiner Hose zu verknoten, als Sebastian Langhahn, der Soßenkoch, still und langsam wie eine Schlange den Kopf zwischen zwei Fässern hervorstreckte. Er nickte zustimmend.

»Herzlichen Glückwunsch, Baumeister! Ein heißes Weib. Sagt kein Wort und saugt einem die Seele aus dem Leib.«

Überreiter erschrak so sehr, dass die Schamkapsel ihm aus

der Hand fiel und, erst halb verknotet, auf seinem Schenkel hängen blieb.

»Was tust du da, Judas? Mach dich aus dem Staub, bevor ich dir das Maul mit der Faust stopfe!«

Der Rothaarige verzog angewidert sein blasses Gesicht.

»Da haben wir es wieder mal! Rotes Haar und Verräter! Der ewige Pechvogel! Dabei bin ich ein so guter Bursche. Was sagt Ihr dazu, Baumeister? Ich weiß schon lange vom Brandfeuer im Leib der Kärglerin und wie schön Ihr es löscht, wenn sie es nicht mehr aushält. Habe ich jemals etwas gezeigt oder gesagt?«

Überreiter hatte sich von dem Schreck erholt und verknotete ruhig seine Schamkapsel.

»Woher soll ich wissen, was du gesagt hast? Und auch wenn, dann steht eben dein Wort gegen meins. Überhaupt: Wenn du bisher so verschwiegen warst, warum bleibst du es nicht? Macht es nicht mehr genug Freude, das Zusehen? Willst du etwa mitmachen?«

»Aber ich habe schon längst mein Vergnügen gehabt mit der Kärglerin.« Langhahn bekam einen seltsam starren Blick; seine Augen färbten sich rötlich und seine Lippen weiß. »Mein Wort gegen Euer Wort, sagt Ihr? Und Eures soll stets mehr gelten. Wohl möglich, wenn es nur um ein Weibsstück geht. Doch wie sieht es aus, wenn es sich um die Löwen handelt und um ein feines, gebildetes Stück Fleisch, das spät am Abend in der Löwengrube landet? Gilt da mein Wort, das Wort des Soßenkochs, immer noch weniger als Euer Wort, Herr Baumeister des Weinkellers?«

Die Bestürzung schnürte Überreiter die Luft ab. Er konnte sich nur mühsam auf seinen plötzlich schwachen Beinen halten. Langhahn zeigte sich nun ganz.

»Weiche Knie, nicht wahr? Ist es der Schreck? Oder ist es die Empörung? Bin ich nicht feinfühlig? Ich sehe mit den Augen, mit den Ohren, aber noch besser mit dem Herzen. Ja, ja, mein Guter, mit dem Herzen!«

»Was willst du von mir?«, stammelte Überreiter. »Geld? Wie viel?«

Der Soßenkoch lächelte zufrieden.

»Geld? Das ist eine Idee, auf die ich nicht gekommen wäre. Darüber sprechen wir vielleicht später. Nein, Meister Niklas, ich will nur eine gute Tat von Euch, eine Vergeltung für Eure Sünden, so könnte man sagen.«

»*Eine gute Tat*?« Der Baumeister verstand die Welt nicht mehr. »Kein Geld?«

Der Rothaarige holte aus seiner Gürteltasche eine winzige Holzdose, öffnete sie und zeigte auf den bräunlichen Inhalt.

»Übermorgen wird das Fest zur Einweihung des ersten Riesenfasses gefeiert. Tut bei dieser Gelegenheit etwas von dem Pulver in den Weinbecher des Herzogs.«

»Ich soll ihn umbringen? Niemals!«

»Aber nicht doch, Baumeister. Ich habe auch nicht vor, unseren Herrn umzubringen.«

»Was ist das für ein Pulver?«

»Mistelbeerenpulver, nichts Böses. Wenn der Herzog davon mit seinem Wein trinkt, wird ihm nach dem Festessen speiübel. Mag sein, dass sein Bauch auch mächtig rumort. Nach einer Nacht bei Minzesud und Ingwersirup ist er wieder der Alte.«

»Aber warum denn? Warum soll ich den Giftmischer spielen, wenn es dem Herzog doch nicht schadet? Das ist verrückt.«

»Giftmischer! Was für ein scheußliches Wort! Es geht um eine gute Tat, habe ich gesagt. Diese Paracelsusdiät und die italienischen Spinnereien, die sind das wahre Gift. Das ist blanker Unsinn. Wir Köche wissen das, denn wir sorgen sowohl für die Gaumenfreuden als auch für die Gesundheit. Ein Koch, der kein Arzt ist, hat in einer Küche nichts verloren. Früher oder später geht unser Herr an diesem Wahnsinn zugrunde. Dann kann es sehr wohl zu spät sein. Das wollen wir verhindern.«

»Schüttet das Pulver doch selbst in sein Weinglas! Dazu habt ihr genug Gelegenheiten.«

»Eben nicht, Baumeister. Wir werden ständig überwacht von der alten Eule aus Württemberg. Möge sie für ihre Sünden in der Hölle brennen! Die junge Dame von Leonsperg, diese süße Wachtel, die Euch gut schmecken würde, ist sogar noch schlimmer, so versessen, wie sie auf den guten Löwendoktor Widmannstetter ist. Wenn der da kein Hexer und Giftmischer ist! Nein, wir können nichts machen, gerade in der Küche nicht. Obwohl wir es doch besser wissen. Aber Ihr könnt es, Baumeister, übermorgen gibt es dazu die beste Gelegenheit. Überlegt nur: Wenn Ihr das schafft, retten wir Köche unseren Herrn und Ihr, Baumeister, seid den Hexer los. Dafür müsst Ihr noch nicht einmal die Hand in die Löwengrube halten wie beim letzten Mal. Abgemacht?«

Überreiter wusste nicht mehr, wohin mit seinem brummenden Schädel. Er stampfte mit den Füßen auf wie ein Bär im Käfig, nahm dann jedoch die kleine Dose aus der Hand des Rothaarigen.

»Ja, abgemacht.«

11

Überreiter verbrachte eine höllische Nacht auf seinem sonst so geliebten Schlaflager im neuen Weinkeller. Er schlief kaum, sah überall Geister und Spione. Obwohl er alle Hände voll zu tun hatte wegen des Einweihungsfestes, kehrte er am nächsten Tag in sein Stadthaus zurück. Doch auch dort fand er keine Ruhe. Sein Zustand verschlimmerte sich sogar. Schreckliche Bauchkrämpfe quälten ihn, als ob das Pulver in der Holzdose ihm in die Eingeweide kröche. Waren es wirklich nur Mistelbeeren? Was, wenn nicht? Was, wenn der kränkelnde Herzog diese Rosskur nicht vertrug? Wie und wann sollte er das Mistelzeug in Ludwigs Wein schütten? Was, wenn er dabei erwischt würde? Was aber, wenn er diese gute Gelegenheit verpasste, den widerlichen Widmannstetter mit seiner grässlichen Diät aus Landshut zu verjagen?

Die Morgendämmerung erlöste ihn nicht. Wie in Trance löffelte er einen Teil des Pulvers in seinen aufklappbaren Ring, in dem er eine Haarlocke seiner verstorbenen Frau aufbewahrte. Die Dose versteckte er dann unter seinen Zeicheninstrumenten. Seine alte Mutter und die Kinder erschraken, als er sich von ihnen verabschiedete. In der Tat sah er wie ein Todgeweihter aus.

Auf dem Weg zur Burg aber kehrten seine Kräfte langsam zurück. Es war eisig kalt; an den Giebeln, an den Brunnen, an den Kirchendächern funkelten Tausende Eiszapfen gegen den strahlend blauen Himmel. Auf den Treppen von Sankt Martin schauten die Bettler gebannt zu, wie die Kulissen für die Weihnachtsspiele aufgebaut wurden. Am Fest des Ärmsten der Armen erlebten sie ihre glücklichsten Tage des Jahres. Niemand trat sie, niemand verjagte sie, niemand verachtete sie. Sie bekamen großzügig Almosen, Speis und Trank. Die Spiele von Sankt Martin schlossen sie ein: Sie wirkten mit, waren ein Teil des Wunders der jungfräulichen Geburt. Den gequälten Baumeister grüßten sie mit fröhlichen Mienen und ein paar Grimassen. Er ertrug ihre Freundlichkeit aber nicht und lief wie ein Verdammter zum nahen Dreifaltigkeitsplatz. Auf den Ruinen der abgebrannten alten Synagoge erbaut, wurden auch vor der kleinen Dreifaltigkeitskirche Weihnachtsspiele geprobt – dunklere, blutigere als die von Sankt Martin. Taub und blind erklomm Überreiter die Bergstraße hoch zur Burg Trausnitz. Er sah nicht, wie die Kärglerin an ihrem Fenster ihre wogenden Brüste nur für ihn genüsslich in ihr schönstes Festkleid zwängte.

In der Burg herrschte trotz der Fastenzeit ein heiterer Festtagsaufruhr. Dem Herzog ging es gut; jeder hatte gesehen, wie er am Vormittag in Begleitung seines Hundes ausgeritten war. Die Weihnacht nahte, bald würden alle auf dem größten Weinfass sitzen, im kolossalsten Weinkeller, den es je gegeben hatte. Gott segnete das Bayernland und ganz besonders Landshut mit der Trausnitz, der Wiege der Wittelsbacher. Diese gute Stimmung aber entging dem Baumeister völlig. Statt sofort zum Kellergebäude im äußeren Burghof zu gehen, machte er einen Umweg über die Küche, wo er den Oberkoch Theodor Grünberger um eine Stärkung bat. Der kleine, runde Mann, obwohl sehr beschäftigt, blieb vor Überreiter stehen und musterte ihn aufmerksam.

»Himmel Herrgott, Meister Niklas, wie seht Ihr denn aus?

Die Asche meiner Öfen hat mehr Farbe. Wenn das nicht jammerschade ist, an einem Tag wie heute. Eurem Tag, Baumeister! Ist Euch übel? Ist es die Aufregung? So ein zartes Gemüt! Hätte ich nicht gedacht. Ihr habt doch ordentlich gearbeitet.«

Überreiter erschrak. Sah man ihm die Erregung so deutlich an? Gott sei Dank war der Soßenkoch nirgends zu sehen.

»Ich weiß nicht, Meister Theodor, ich habe wenig geschlafen. Es rumort gewaltig in meinem Magen. Vielleicht würde etwas Hypocras helfen mit einem Pfefferkuchen?«

»Nein, das ist nichts bei einem nervösen Magen.« Der Oberkoch zog nachdenklich seinen Kopf in die üppigen Halsfalten. »Ihr kriegt was anderes von mir.«

Er verschwand und kam zurück mit einem Tonschüsselchen voll eingelegter Blätter, die bestreut waren mit weißlich-wachsartigen Krumen.

»Na, na, rümpft doch nicht die Nase. Das mundet hervorragend. Wilder Kopfsalat in Honigessig, eine ganz feine Sache. Die Krumen darauf sind aus der getrockneten Blättermilch. Ob Magen oder Aufregung, es wirkt Wunder. Ist besser als Mohnsaft. Danach fühlt Ihr Euch wie gereinigt. Wie das Unschuldslamm. Setzt Euch vor die Silberkammer, in die muss jetzt niemand hinein. Wartet einen Moment!«

Überreiter würgte den Inhalt des Schüsselchens hinunter. Was sprach dieser dicke, aufgeblasene Kerl vom Unschuldslamm? Hatte Langhahn längst alles ausgeplaudert? Kannten sie in der Küche seinen gefährlichen Auftrag? Es sah nicht so aus. Überall wurde eifrig, doch ruhig und konzentriert gearbeitet. In der großen Mundküche bereiteten zwei junge Mägde Feigenbratwürstchen zu, einen edlen Ersatz in der Fastenwoche für ihre fleischhaltigen Schwestern. Die eine Magd rührte die Masse aus eingeweichten Trockenfeigen, Pfefferkuchen und Mehl, die andere formte daraus auf einem bemehlten Holzbrett die Würstchen. Xaver Kurzbein, der Zuckerbäcker, dem die Süße genommen war, gab seine Anleitungen für ihren Ausbackteig aus Mehl, Weißwein und Eiern. Beide Massen mussten vor ihrer Vollendung noch ruhen. Gleichzeitig arbeitete er auf seiner eigenen Kochstelle am Kompott des Tages. Da Sabina und die Köche beschlossen hatten, Wein und Weinbeeren beim Einweihungsfest besonders zu ehren, enthielten so gut wie alle Festmahlspeisen den göttlichen Saft sowie die für den Winter getrockneten Früchte der Reben. Gerade goss er über fein gewürfelte Quitten und Sultaninen ganze Krüge von bernsteinfarbenem italienischem Süßwein.

Überreiter fühlte sich langsam besser. Der wilde Kopfsalat und seine Milchkrumen schienen tatsächlich zu wirken. Niemand starrte ihn an. Das ununterbrochene Ballett der jungen Holz- und Wasserträger lief wie ein gut geschmiertes Wasserrad. Durch die Tür zum inneren Burghof wurden mehrere Kübel voll frisch geschlachteter Karpfen hereingebracht. Sie waren schon ausgenommen, gesäubert und auch geschuppt. Das machten die Fischmeister gleich bei den Zuchtteichen, denn in der Mundküche wollte man so wenig wie möglich mit dem Fischabfall hantieren müssen. Dennoch begleiteten die Köpfe, die Innereien und die Gräten in einem separaten Kübel die präparierten Fischstücke. Ein Teil wurde gleich für Brühe verwendet, ein Teil für Pasteten, den Rest begutachtete Grünberger. Es war das Privileg des Oberkochs, mit dem Küchenabfall handeln zu dürfen. Mancher schon war damit reicher geworden als durch seine Kochkunst.

Der Oberkoch besah sich sogleich die ungeduldig erwartete Lieferung und verjagte eine Horde von Küchenkatzen, die auf Fischhappen hoffte. Die Zubereitung der Fischbrühe in der kleinen Mundküche übernahm er selbst, das anstrengende Zermalmen des Karpfenfleisches in riesigen Steigmörsern für die falschen Rehbraten überwachte er streng. Denn geriet die Fischmasse zu weich, so würde man sie nicht mit Mandeln, dem Ersatz für die verbotenen Speckstreifen, spicken können – sie würde sich in der Bratpfanne auflösen. Der Anblick des im Siedehäuschen über seinen Kessel gebeugten Kochs trieb Überreiter endlich aus der Küche. Die schnell zubereitete Brühe bedeutete, dass Langhahn erscheinen würde, um daraus die Soße zu machen. Und dem Rothaarigen wollte er nicht begegnen.

Der Baumeister ging mit festem Schritt durch das Zerwirkgewölbe zum äußeren Burghof. Was er dort zu sehen bekam, drehte ihm den Magen auf der Stelle wieder um. Anstatt des an Fleischtagen üblichen Wildbrets und Geflügels hingen an der Wand lebende Süßwasserschildkröten mit zappelnden Beinen. Ein Gewicht hinderte eine jede daran, den Kopf einzuziehen. So würde man sie in kurzer Zeit schnell töten und ausbluten lassen können, bevor man ihre Panzer aufbrach, um alle Knochen und Weichteile in gewürztem Wasser zu sieden. Überreiter erzitterte erneut und konnte nicht mehr aufhören: An die Folterbank, falls er entdeckt oder auch nur beschuldigt würde, hatte er bisher nicht gedacht. Jetzt ließen sich die Schreckensbilder nicht mehr aus seinen Gedanken verjagen.

Das Einweihungsfest am Nachmittag erlebte er wie in Trance. In dem sonst so dunklen Raum beleuchtete das Licht unzähliger Kerzen und Fackeln das prachtvolle Werk des Baumeisters. Das zweischiffige Kreuzgewölbe, geteilt durch drei quadratische, frei stehende Pfeiler, erinnerte tatsächlich an eine unterirdische Kirche. Das erste der später einmal drei riesigen Eichenfässer stand zwischen kunstvollen Wandbildern, bedeckt mit farbigen Banderolen. Es war angefertigt nach dem Modell der berühmten Heidelberger Riesenfässer, konnte aber mit seinem Fassungsvermögen von mehr als 1000 Eimern noch mehr Wein aufnehmen als jene.

Nach der Segnung durch den Hofkaplan lobte Herzog Ludwig seinen deutschen Baumeister.

»Was für eine gute Arbeit, Meister Niklas! Wir sind höchst zufrieden mit Euch. Jetzt gebührt Euch jede Ehre. Gebt uns zu trinken!«

So war es vereinbart. Als Erster durfte Überreiter das jungfräuliche Fass öffnen und dann den fruchtigen Kehlheimer Claret, persönlich gespendet von Leonhard von Eck, an die adlige Gesellschaft austeilen. Darauf hatte es Langhahn angelegt: eine einfache, kleine Geste im feucht-fröhlichen Treiben.

»Musik!«, befahl Ludwig. »Wir wollen tanzen.«

Bald ertönten Flöten, Fideln und Lauten. Trotz Sabinas Bemühungen, ihren Bruder davor zurückzuhalten, führte der Herzog mit einer strahlenden Ursula an seiner Seite den Branle an. Auch hob er mit seinem wieder erstarkten Bass zum ersten Trinklied an.

»So trinken wir alle diesen Wein aus den Schalen, diesen Wein, den Fürsten aller Weine.« Er sah um Jahre verjüngt aus. »Und noch ein Becher, Baumeister!« Dann weiter singend: »Trink, mein lieber Dieter, so wird dich nimmer dürsten, trink gar aus, trink gar aus!«

Der Ring an Überreiters Finger wog Tonnen. Das Bild Anna Lucretias, an Widmannstetters Hand lachend und hüpfend bei der Branle, fegte immer wieder für kurze Momente all seine Skrupel hinweg. Überreiters Blut kochte, die Hand wurde ihm leicht. »Beim nächsten Lied mach ich es. Was soll's, sind ja nur Mistelbeeren.« Gleich begann das nächste Lied, von allen lauthals mitgesungen:

»Herr, tragt den Fürsten leise, damit er uns nicht fehle, auf Gottes Erdenreich. Sein Lob ich immer preise, er macht uns freudenreich, jeden auf der anderen Weise.«

Überreiters Hand erlahmte wieder. »Ich kann es nicht. Warum soll ich überhaupt? So dumm kann man doch nicht sein.« Wie von seinen Gedanken gerufen, scharten sich die Hofzwerge in ihren bunten Fetzenanzügen um ihn. Ihre verzerrten Stimmen bohrten sich in seine Ohren:

»Heb auf und lass uns trinken, dass wir also nicht scheiden von diesem guten Wein, und lähmt er uns die Schinken, so muss er doch hinein, den Kopf nun lass uns winken, ob wir zu Bette hinken, das ist eine kleine Pein.«

Ludwig lachte schallend, begleitet von der ganzen Gesellschaft.

»Noch ein Becher, Baumeister! Kommt endlich mit uns tanzen!«

Er nahm selbst die Laute und sang:

»Da tranken sie die liebe lange Nacht, bis dass der lichte Morgen anbrach, der helle, lichte Morgen. Sie sangen und sprangen und waren froh und lebten ohne alle Sorgen.«

Überreiter füllte den leeren Becher des Herzogs, gönnte sich dann endlich selbst einen und reihte sich in den Branle ein. Bald forderte ihn die erste Dame auf, sie an der Hand zu führen. Den ungeleerten Ring steckte er in seine Gürteltasche. Als die Festgesellschaft sich nach oben begab, um das Mahl zu genießen, blieb er einen kurzen Augenblick allein im Keller. Es überraschte ihn nicht, dass der Soßenkoch sogleich seinen roten Schopf um eine Ecke streckte.

»Habt Ihr es getan, Baumeister?«

Überreiter zögerte nicht.

»Ja, war doch abgemacht, oder?«

Langhahn pfiff leise durch die Zähne und verschwand so schnell, wie er erschienen war.

12

Der neue Dürnitz hatte schon lange keine so ausgelassene Feier mehr gesehen. Verantwortlich dafür waren nicht nur Ecks Kehlheimer Claret aus dem Einweihungsfass, die Gaukler und die Musik, sondern auch ein sogenannter Götterwein von Claudio Soldani. Der schwere rote Burgunder, in dem Apfel- und Zedratzitronenscheiben schwammen, schmeckte wahrhaft himmlisch nach Honig, Nelken und Orangenblütenwasser. Herzog Ludwig ließ sich das Geheimnis der herben, warmen Note unter dem blumigen Geschmack verraten: Rautenblätter für den freien Magen und Moschus. Ein ekstatisches Raunen lief über die Tische. Mit diesem Duft aus den Drüsen eines asiatischen Hirsches oder einer äthiopischen Schleichkatze tranken die Anwesenden Becher purer Liebesglut. Umso gieriger verschlangen sie die inzwischen heiß begehrten Speisen des Signor Soldani, die Artischocken an erster Stelle. Wegen der Fastentage hatte er auf die sonst so geliebten Rindermarkscheiben verzichtet und seine Distelherzen einfach in Baumöl und Weißwein mit Rosinen, Zitronenscheiben und Muskatblüten gekocht. Der für gewöhnlich eher verschmähte Fenchel – er wuchs ganz bescheiden am Rand der Weingärten, die die Trausnitz umgaben – paarte sich mit fein gewürfelten Zedratzitronen und Apfelsinen, von leuchtendem Baumöl gesegnet: wie die Ehe eines Bauernmädchens mit einem Prinzen. Ein Pasta asciutta-Gericht – dieses Mal, auch wegen der Fastenzeit, Maccheroni nach Art der Dominikanerklöster – füllte gleichzeitig angenehm die leer gespülten Mägen. Seine Soße aus braunen Pilzen, der Farbe der Bettlerorden, Petersilie, Knoblauch und Sardellen bildete die Brücke zu den folgenden Gängen. Bei der Jerusalemspeise, einer goldenen Pastete gefüllt mit Forellen und Äpfeln in Mandelmilchreiscreme, bekreuzigte sich die Festgesellschaft abermals.

Der Hofkaplan Johannes Landsberger sprach mit bebender Stimme ein Dankgebet, während Sabina vergeblich versuchte, drei völlig betrunkene Hofzwerge zu einem Moment der Stille zu zwingen. Nach dem Gebet wurde eine Weile mit etwas mehr Andacht gegessen. Dazu verleiteten die Gäste die Fischspeisen, nämlich die falschen Rehbraten, die kalten Karpfen mit Mandeln und Weinbeeren sowie die Schildkröten in Kräutersoße.

»Die ganze Mühe hat sich gelohnt, nicht wahr, Kind?«, meinte Sabina zufrieden zu Anna Lucretia. »Dein Vater war seit Monaten nicht frischer und fröhlicher. Er stopft sich nicht voll mit all dem, was auf den Teller kommt. Das Fräulein von Weichs zieht keine saure Miene. Der Baumeister sitzt dort lustig und satt, auch dein Verlobter macht einen glücklichen Eindruck. Allen schmeckt es, alle haben reichlich zu essen. Wären da nicht diese betrunken grölenden Zwerge und die Sorge um meinen Sohn, so könnte ich mich endlich ruhiger fühlen. Schau! Sogar der Langhahn, dieser kalte Fisch, sieht beinah zufrieden aus.«

Anna Lucretia lächelte. Es gehörte zu den Pflichten des Soßenkochs, bei einem Festmahl seine Schöpfungen selbst zu servieren. Den Tischgenossen des Herzogs gefiel die Soße nach alter Art derart gut, dass sich der keuchende Rothaarige vor Komplimenten kaum retten konnte. Der Hofmeister von

Praitenpach, ein passionierter Jäger wie Ludwig auch, interessierte sich besonders für den falschen Rehbraten.

»Wie habt Ihr das bloß angestellt, Meister Sebastian, dass Eure Schwarzpfeffersoße fast wie eine Wildsoße schmeckt?«

»Ich habe in der Karpfenbrühe die Haut von einem Räucheraal mitkochen lassen. Das gibt das Speckaroma. In der Brühe habe ich geröstetes Roggenbrot eingeweicht. Da wird sie noch ein Stück kräftiger als mit den Semmeln. Dann kommen Rotwein und Rotweinessig dazu, viel schwarzer Pfeffer, versteht sich, Kümmel und Ingwer, ganz am Ende noch Tannenhonig.«

Praitenpach nickte anerkennend mit seinem breiten, roten Kopf.

»Bemerkenswert. Mir kommt es vor wie ein Wildpfeffer.«

»Das wollten wir auch, Hofmeister«, mischte sich die Herzogin ein, während Langhahn weiteren Personen auftischte. »Es wird Euren Leuten bestimmt gut bekommen.«

»Gewiss, Ihro Durchlaucht.« Praitenpach deutete eine Verbeugung vor Sabina an. »Habt Dank. Dieses Wunder ist auch Euer Werk.«

Die üppige Weißenfelderin nahm diese Gelegenheit wahr, um die Herzogin wieder gnädig für sich zu stimmen.

»Der Hofmeister hat so recht, Ihro Durchlaucht. Der Herzog und wir alle haben Euch viel zu verdanken. Wir hatten vergessen, dass die Speisen unserer Väter vollkommen sind, denn, wie mir scheint, bringt uns der Doktor Paracelsus zu früheren, besseren Zeiten zurück. Es ist ganz erstaunlich zum Beispiel, wie geschmeidig die Soße zu den kalten Forellenfilets ist. Was ist ihr Geheimnis, wenn ich fragen darf?«

Sabina genoss ihren Sieg in vollen Zügen und antwortete engelsgleich.

»Das kommt davon, dass wir keine Zwiebeln, sondern Schalotten genommen haben.«

Schalotten! Die Weißenfelderin bekreuzigte sich respektvoll. Die Kreuzritter hatten dieses süße, rosafarbene Zwiebelgewächs im Heiligen Land zu schätzen gelernt. Von der großen Hafenstadt Askalon aus waren sie ins Abendland verschifft worden. Diese Zwiebeln des Herrn also befanden sich in der Soße! Weit feiner, lieblicher, empfindlicher auch als die gemeinen Bauernzwiebeln! Nicht jedes Jahr gelang es den herzoglichen Gärtnern, Schalotten in ausreichender Menge anzubauen und zu ernten. Ludwig ließ sie dann aus dem Rheinland kommen, das ein mildes Klima hatte; manchmal sogar aus Paris, wo sie besonders gut gediehen.

»Das ist aber nicht alles«, fuhr Sabina fort. »Der Langhahn hat sie erst zusammen mit gehackten Mandeln in Baumöl gedünstet, bevor er sie zu der Brot-, Wein- und Essigtunke gegeben hat. Dazu kommen noch warme Gewürze, Zimt und Nelken, weil der kalte Fisch es verlangt, und Korinthen für die Lieblichkeit.«

Die Weißenfelderin erstickte beinahe vor Begeisterung.

»Guter Gott, wie raffiniert! Es stimmt also, dass Ihr jeden Tag in der Küche anzutreffen seid? Welche Mühe Ihr Euch gebt! Ist das nicht fürchterlich anstrengend? Ihr seid ja so dünn. Mutet Euch bloß nicht zu viel zu!«

Weil Sabina mit aller Kraft ein Lachen unterdrücken musste, beruhigte Anna Lucretia die schwer atmende Dame.

»Wir stehen nicht stundenlang am Herd und an den Öfen. Wir beraten nur jeden Tag mit den Köchen. Alles andere erledigen sie selbstverständlich allein.«

Die Weißenfelderin seufzte lautstark.

»Na, Gott sei's gedankt! Wir brauchen Euch noch lang, Durchlaucht.«

Auch Ursula von Weichs bemühte sich um Sabina. Gerne hätte sie geschwiegen, aber wenn diese dicke, alte Schnepfe der Herzogin den Hof machte, durfte sie nicht zu auffällig schweigen. Die Kräutersoße für die Schildkröten lieferte ihr den Anlass, sehr zum Entsetzen des Leibarztes Doktor Ulmitzer, der unweit von ihr am Tisch saß. Bisher hatte er es geschafft, seine winzige Nase hochzuhalten und jedes Gericht durch seine Brille angewidert zu begutachten. Er rührte nichts an, blieb ausschließlich bei Brot und Götterwein. Jedem teilte er mit, er bräuchte weder die schleichenden Gifte des Paracelsus noch Soldanis italienische Liebespfeile. Ursulas Zurückhaltung passte ihm sehr gut, ihr unerwartetes Lob deutlich weniger.

»Gnädiges Fräulein, ich kann Eure Begeisterung gar nicht teilen. Die Schildkröte ist ein kaltes und feuchtes Tier. Es verlangt nach trockener, warmer Würzung. Eine Kräutersoße ist gefährlicher Unfug, da selbige die gleichen Eigenschaften aufweist und sie deshalb verstärkt, was zu einer Abkühlung des Blutes führen kann und dadurch zu einer Verlangsamung des Verdauungsvorgangs. Wird dieser gar unterbrochen, so hat das unabsehbare Folgen.«

Er redete laut genug, sodass Sabina ihn hören musste. Ursula drehte sich entschieden zur Herzogin hin.

»Ihro Durchlaucht, Doktor Ulmitzer mag mit seinen

Überlegungen recht haben. Dennoch ist diese Soße für meinen Begriff weder kalt noch feucht. Täusche ich mich?«

»Keineswegs, meine Gute.« Sabina sah genüsslich ihren Triumph voraus. »Die Kräuter sind eine Empfehlung des Doktor Paracelsus, um das Blut zu reinigen. Deswegen gibt es auch Mangold in der Mischung. Seine Säure soll den süßen Fluss bekämpfen. Im Frühling werden wir Sauerampfer benutzen, das ist noch wirksamer. Die Minze ist kein kaltes, feuchtes Kraut, gerade im Winter nicht, wenn es sie nur getrocknet gibt. Minze öffnet die Lunge, erweitert den Magen und bahnt so der Luft und der Nahrung einen Weg durch den Körper. Das Bohnenkraut unterstützt sie bekanntermaßen dabei. Ihr schmeckt dazu Wärme und Lieblichkeit in der Soße. Der Langhahn hat nicht nur Semmelbrot in Wein und Essig eingeweicht, sondern auch genauso viel Honigkuchen und eine Handvoll Rosinen.«

Ursula war voller Bewunderung.

»Das ist wahrhaftig so klug wie köstlich. Schildkrötenfleisch ist überaus delikat. Diese Soße bringt es vorzüglich zur Geltung.«

»Es freut mich außerordentlich, dass Ihr es zu schätzen wisst, Fräulein von Weichs.«

Nach den Fischgängen kamen die Weinsuppe mit ihren Mörserkuchen, dann die Kompotte und die Nüsse sowie duftende Feigen-Weinbeerenküchlein. Ludwig wurde immer fröhlicher. Die Eintracht zwischen seiner Schwester und seiner Geliebten wärmte sein Herz. Auf die Obstgerichte freute er sich ganz besonders.

»Es gibt im Magen einen Ort, der nur durch etwas Süßes gefüllt werden kann.«

Damit wiederholte er einen Spruch, den Widmannstetter in einem arabischen Manuskript gefunden hatte. Doch kaum hatte Ludwig zwei Löffel des bernsteinfarbenen Quittenmuses gegessen, wurde er leichenblass und krümmte sich auf seinem Sessel. Gleichzeitig klagte er über elende Übelkeit. Aus der Übelkeit wurde ein unstillbarer Brechreiz. Man trug ihn eilig auf eine Liegebank, wo er sich endlos unter Schmerzensschreien übergeben musste. Es kam ihm so schnell so viel hoch, dass er kaum noch Luft bekam. Die Hunde jaulten mit den Hofzwergen um die Wette.

Wie versteinert stand die Festgesellschaft um den Herzog herum und starrte ihn mit aufgerissenen Augen an. Die meisten dachten, sie müssten seinem Todeskampf beiwohnen. Als er endlich nichts mehr erbrach, wollten Sabina, Ursula und Anna Lucretia sich gleichzeitig um ihn kümmern. Ludwig rang nach Luft und hielt sich leise jammernd den Bauch mit beiden Händen. Dieser fühlte sich hart wie Stein an; ein unheimliches Gurgeln war deutlich zu vernehmen. Sabina versuchte, den Puls ihres Bruders zu ertasten. Doch Ursula packte ihren Arm und zog die Herzogin mit aller Gewalt von ihrem Geliebten weg.

»Fasst ihn nicht an, Hexe! Das ist Euer Werk, so musste es ja kommen. Lasst ihn wenigstens in Ruhe sterben!«, zischte sie weinend. Sabina erbleichte; sie blieb nur mühsam beherrscht.

»Ihr vergesst Euch, Fräulein von Weichs. Verlasst den Hof auf der Stelle!«

»Ich? Den Hof verlassen? Niemals!« Ursulas hellblaue Augen schienen plötzlich schwarz. »Lieber sterbe ich auch, wenn Euer Werk vollbracht ist. Niemand steht ihm hier bei, niemand.«

Blind vor Wut warf sich Anna Lucretia an die Seite ihrer Tante.

»Nehmt dieses Wort sofort zurück, Fräulein von Weichs! Das ist eine unerhörte Frechheit. Schämt Euch dafür und geht endlich!«

Ursulas kleines Samtbarett fiel lautlos zu Boden. Ihr kurzgeschnittenes blondes Haar schien ihr um den Kopf zu fliegen.

»Ich? Ich soll mich schämen? Wer seid Ihr, Fräulein Anna, um mir zu befehlen? Ich soll gehen und ihr verlogenen Hexen bringt ihn um!«

Ein herzzerreißendes Seufzen von Ludwig unterbrach die Kämpfenden.

»Meine Lieben, meine Liebsten, bitte hört auf! Niemand ist schuld. Ich sterbe nicht. Es wird alles gut.«

Das war zu viel für Sabina.

»Woher wollt Ihr das wissen, mein Bruder? Für mich riecht es hier förmlich nach Gift. Aber ich bin die Giftmischerin gewiss nicht.«

Beim Wort *Gift* ging ein Raunen durch die Umstehenden. Es sah wohl danach aus. Wurden alle anderen Tischgäste auch vergiftet? War das drückende Völlegefühl in den Eingeweiden ein erstes Anzeichen dafür?

»Ja, es riecht nach Gift hier. Wonach sonst?«, fauchte Ursula wie ein bedrohtes Raubtier. »Was soll man erwarten von arabischen Manuskripten? Von einem toten Arzt, von einem Doktor Hochstapler? Von diesem ganzen Unsinn? Das ist Gift für den Herzog. Es musste ja so kommen. Hat es unser Hofarzt nicht vorhergesehen? Ich bin doch nicht verrückt. Mord durch Leichtsinn und Übermut – genau das ist es!«

Erst jetzt trat Ulmitzer zu Ludwig.

»In der Tat, das ist es, was ich befürchtet habe. Aber vielleicht ist unser Herr noch zu retten. Hoheit, lasst mich Euch bitte untersuchen!«

Ursula verbeugte sich respektvoll. Weder Sabina noch Anna Lucretia wagten es in diesem Moment, ihm den Weg zu versperren. Ulmitzer begnügte sich damit, den Puls des keuchenden Herzogs mehrere Minuten lang zu fühlen und danach das Weiße in seinem Auge kritisch zu begutachten. Endlich drehte er sich wieder um, rückte noch ein wenig seine winzige Brille zurecht und setzte dann sein wichtigstes Gesicht auf.

»Hoheit, Ihr sterbt noch nicht. Ich konnte zwar Euren Urin noch nicht untersuchen, dennoch vermag ich Euch zu beruhigen. Dieser … wie soll ich sagen … Anfall … ist beinahe vorüber. Ich bin zuversichtlich, dass Eure Bauchschmerzen bald nachlassen, da Eure Hoheit kein Bedürfnis mehr verspürt, sich zu entleeren.«

Mühsam richtete Ludwig sich auf. Seine Stimme klang noch sehr schwach.

»Mein Arzt hat recht, liebe Freunde. Das Leben kehrt in mich zurück. Setzt Euch an die Tische! Lasst unsere Feier glücklich enden!« Dann wandte er sich zu seiner Geliebten, seiner Schwester und seiner Tochter. »Bitte versöhnt euch wieder! Tut es mir zuliebe und für euer Seelenheil.«

Ursula und Sabina standen sich weiterhin wutentbrannt gegenüber. Anna Lucretia stellte sich neben Widmannstetter; seine Nähe brauchte sie jetzt mehr als alles andere. Das gab ihr den Mut, Sabina anzusprechen.

»Liebste Tante, verzeiht bitte Fräulein von Weichs ihren

Überschwang. Wie wir alle war sie außer sich vor Sorge. Ich denke, sie bedauert ihre Worte zutiefst.«

Sabina knirschte hörbar mit den Zähnen, sah zu ihrem Bruder und begann stockend zu reden.

»Dann sollte das Fräulein von Weichs ihr Bedauern selbst aussprechen.«

Ursula blickte kurz zu ihrem Geliebten. Tränen schossen ihr in die Augen, die sie durch einen Biss auf ihre Lippen verdrängte.

»Das will ich tun, Ihro Durchlaucht. Die Sorge hat mich wohl um den Verstand gebracht.«

Mehr schaffte sie nicht, mehr verlangte Sabina in diesem Augenblick auch nicht. Die Herzogin wandte sich ihrem Bruder zu.

»Liebster Ludwig, niemand will zu den Tischen zurückkehren, denn keinem von uns ist mehr nach Feiern zumute. Ihr solltet Euch jetzt in Eure Gemächer begeben, um Euch mit Gottes Hilfe von diesem Anfall zu erholen. Das scheint mir das einzig Vernünftige.«

»Das einzig Vernünftige, sehr richtig«, ließ Ulmitzer sich vernehmen. »Und Medizin müsst Ihr nehmen. Malvensamen empfehle ich gegen einen immer noch möglichen Bauchfluss. Vor allem aber rate ich zu pulverisiertem Engelwurzsamen in Engelwurzwasser. Denn die Angelika gehört, wie auch unser Fürst als Augustkind, zum Kreis der Sonne. Daher wird sie ihm ganz besonders helfen, den Überfluss an schwarzer Galle zu absorbieren und die korrumpierte Luft aus seinem Leib sicher entweichen zu lassen.«

Sabina sah plötzlich erschöpft aus.

»So soll es geschehen, Hofarzt. Habt vielen Dank!«

»Ich komme morgen, um Seine Hoheit wieder zu untersuchen.«

»Ihr seid willkommen.«

»Ich brauche ein Ballonglas mit dem frühen Urin Seiner Hoheit.«

»Selbstverständlich, Doktor Ulmitzer. Eine gute Nacht wünsche ich Euch.«

Der Arzt zog sich zurück.

»Alter Sack! Engelwurz!« Widmannstetter war empört. »Das Allheilmittel nach Doktor Paracelsus. Die wundersame Medizin, wie er schreibt, und nicht auf Lateinisch. Unverschämter Affe! Auf jeden Fall, meine Liebste, glaubt er an Gift, denn das Angelikapulver in Angelikawasser soll Pest und Gift vertreiben.«

»Und du, was glaubst du?« Anna Lucretia zitterte am ganzen Körper.

»Ich? Gar nichts und alles. Schau dir den an!« Er deutete unmerklich auf Niklas Überreiter. »Wenn der nicht vergiftet ist, so ist er selbst der Giftmischer.«

Tatsächlich war der Baumeister so bleich wie vorher der Herzog, seine Augen glasig, umrandet von dunklen Schatten. Er hielt sich an einem Tisch fest, als ob seine Beine ihn nicht mehr trügen. Anna Lucretia ärgerte sich.

»Rede doch keinen Unsinn, Johann Albrecht! Der Schreck sitzt ihm in den Knochen, das ist alles. Ein schlechter Giftmischer wäre das, der es sich so anmerken ließe. Dich hat er kaltblütig in die Löwengrube geworfen und es geleugnet. Diese Lüge konnte man ihm nicht ansehen. Warum sollte er der Vergifter sein? Das ergibt keinen Sinn.«

Widmannstetter gab auf. Sabina rief ihre Nichte zu sich.

»Komm, Kind, wir begleiten meinen Bruder.«

Ursulas stumme Verzweiflung tat Anna Lucretia im Herzen weh. So aufgebracht sie gegen die hilflos wütende Mätresse auch gewesen war – sie begriff mehr denn je, wie isoliert diese sich nun fühlen musste und tatsächlich war. Verstand ihr Vater das denn gar nicht? Er liebte sie doch. Warum hätte er ihr sonst 15 Jahre lang die Treue gehalten? Ludwig lebte im Hier und Jetzt, eher beschäftigt, den Münchner Heiratsplänen für ihn auszuweichen als damit, der Frau an seiner Seite einen sicheren Platz zu geben. Fehlte ihm, dem blühenden Mann, dem Freund der Künstler, dem beliebten regierenden Fürsten die letzte Gewissheit? Mit Krankheit oder seinem Alter hatte der sonst so fromme Herzog nie ernsthaft gerechnet. Jetzt sollte im Dürnitz diese Frau zurückbleiben, die nicht wusste, wohin, der niemand beizustehen wagte?

»Fräulein von Weichs, wollt Ihr uns begleiten?«

Anna Lucretia hatte über die Folgen nicht nachgedacht. Sabina zuckte zusammen wie unter einem Peitschenschlag, auch Ludwig konnte seinen Ohren kaum trauen. Doch obwohl noch sehr schwach, reagierte er schneller als seine Schwester.

»Meine Tochter hat recht, Fräulein Ursula. Bleibt noch eine Weile bei mir.«

Ohne ein Wort folgte Ursula von Weichs der herzoglichen Familie in den Fürstenbau. Ob die neuen Tränen in ihren Augen der Dankbarkeit geschuldet waren oder der Wut, das erfuhr Anna Lucretia nicht.

Der Herzog verbrachte eine ruhige Nacht, still bewacht von den drei Frauen. In den frühen Morgenstunden versprach Ludwig Ursula, sie bald zu besuchen. Eine Magd begleitete sie zu ihrem Haus zurück. Bald darauf entdeckte Doktor Ulmitzer nichts Verdächtiges im Morgenurin. Übelkeit wie Bauchkrämpfe waren verschwunden und blieben es auch. Nur eine leichte Schwäche bestand fort.

»Meine liebe Schwester, es ist doch nicht erstaunlich«, so erklärte er einer misstrauischen Sabina und dem erleichterten Hofrat Weißenfelder, »ich war einfach nicht mehr daran gewöhnt, so viel zu essen. Die Diät des Doktor Paracelsus bekommt mir so gut, dass ich dachte, es könne nichts mehr geschehen. Eben das war falsch. Völlerei bleibt Völlerei. Zu viel ist zu viel, jetzt weiß ich es besser. Gift? Das ist lächerlich. Wie? Warum? Wer? Nein, meine liebe Schwester, vergesst das! Ich mache meine Diät weiter. Das ist das Beste.«

Ulmitzer verzog das Gesicht. Aber Sabina freute sich so über dieses Vertrauen, dass sie Ursulas nächtliche Anwesenheit in den herzoglichen Gemächern nicht beklagte, als sie mit ihrer Nichte wieder allein war. Von Gift sprach sie auch nicht mehr, dafür aber umso mehr von einem Brief aus München, der am Tag danach überraschend eintraf.

13

Das imposante Schriftstück mit grünen und violetten Seidenbändern sowie den Siegeln von Herzog Wilhelm und seinem Hofrat Leonhard von Eck sprach, von einem Eilboten überbracht, schon vor seiner Öffnung Bände. Das erkannte Johann Weißenfelder sofort, der es vor Ludwig, Sabina, Anna Lucretia und Widmannstetter, dem Hofmeister Praitenpach und dem Kanzler Rosenpusch untersuchte. Die zwei Siegel deuteten auf eine wichtige Angelegenheit der bayerischen Lande hin. Das violette Band rief zu Besonnenheit und bedachtem Handeln auf, das grüne spielte auf die Hoffnung an, erinnerte aber auch an einen möglichen teuflischen Übermut des Empfängers. Weißenfelder behielt diese Überlegungen für sich. Der Inhalt des Briefes, den er rasch las, war deutlich genug.

»Was will unser teurer Bruder?«, fragte Ludwig, irritiert vom Zögern des Hofrates.

Weißenfelder räusperte sich. Nur die etwas verschleierte Stimme verriet seine Anspannung.

»Der Münchner Hof hat gestern mit größter Sorge von Eurer Unpässlichkeit erfahren, Hoheit, und zeigt sich außerordentlich beunruhigt. Euer Bruder, informiert von seinem herzoglichen Rat Eck, beschwört Euch, zu einer Ernährungsweise zurückzukehren, die Euer Leben nicht länger gefährdet und eines hochwohlgeborenen Fürsten würdig ist. Er besteht darauf, dass Ihr Euch schnellstens von Eurem Berater Doktor Johann Albrecht Widmannstetter trennt, da dieser Euch vorsätzlich ins Verderben führe, sich schändlich in Eure Familie einschleiche und Euch letztendlich durch seine Ratschläge für die Bemalung der Stadtresidenz als einen heidnischen, ketzerischen Herrscher erscheinen ließe und nicht als einen frommen, sowohl der Kirche als auch dem Glauben treu ergebenen Fürsten.«

Anna Lucretia konnte einen Aufschrei nicht unterdrücken.

»Vater, oh Vater! Ihr wisst, dass das nicht stimmt, oder? Nichts davon ist wahr. Bei allen Heiligen, wie können sie nur so etwas annehmen? Ihr müsst mit Eurem Bruder reden, Vater. Er wird auf Euch hören, da bin ich mir sicher.«

Ludwig ergriff zärtlich die Hand seiner erregten Tochter.

»Beruhige dich, mein Kind. Wir sind noch nicht am Ende. Was gibt es noch, Hofrat Weißenfelder?«

»Euer Bruder verlangt, dass die Herzogin Sabina von Württemberg den Landshuter Hof baldmöglichst verlassen und unverzüglich nach Stuttgart abreisen solle, da ihre schwesterliche Liebe, Fürsorge und Zuneigung zu Euch sie dazu verleite, allzu riskanten Ratschlägen leichtfertig zu folgen.«

»Ich? Leichtfertig? Das ist der Gipfel!« Sabina explodierte förmlich. »Die Einzige in diesem Bayern, die hell sieht, wo alle anderen blind im Dunkeln über jeden Stein stolpern, die soll leichtfertig sein? Schreibt mein teurer Bruder, warum es besonnen sein soll, mich nach Stuttgart zurückzuschicken?«

»Ja, Ihro Durchlaucht.« Weißenfelder nickte. »Er schreibt, dass der Rückgabevertrag von Württemberg an Herzog

Ulrich Eure Sicherheit garantiere, und dass Ihr deswegen Euren rechtmäßigen Platz an der Seite Eures Ehemannes wieder einnehmen könntet, statt wie eine Bettlerin am Hof Eurer Brüder ein Euch unwürdiges Dasein zu fristen.«

Sabina, bebend am ganzen Körper, rang nach Luft. Ihr Mund war in einem stummen Schrei weit aufgerissen. Verzweifelt presste sie ihre geballten Fäuste gegen die Brust. Anna Lucretia eilte zu ihr, nahm sie in die Arme, versuchte vergeblich mit Widmannstetters Hilfe, sie mit Duftessig zu beruhigen. Ludwig erhob sich schwer atmend von seinem Stuhl und packte die fast Besinnungslose bei den Schultern. Er zwang sie, ihm in die Augen zu blicken.

»Für wen haltet Ihr mich, Schwester? Bin ich ein kleines Kind, dass ich hüpfe, wenn der große Bruder pfeift? Denkt Ihr so schlecht von mir? Habe ich Euch jemals Gründe gegeben, so zu denken? Habe ich Euer Vertrauen jemals missbraucht? Eure Verzweiflung zeigt mir, wie sehr Ihr an mir zweifelt. Das schmerzt, meine Schwester.«

Ludwigs bebende Stimme holte Sabina in die Wirklichkeit zurück. Schluchzend warf sie sich an seinen Hals. Widmannstetter und Anna Lucretia glaubten, ihren Augen nicht zu trauen.

»Oh, liebster Bruder, verzeiht mir! Ich sollte Eure Liebe und Standhaftigkeit in meiner Sache besser kennen.«

Ludwig schüttelte den Kopf.

»Den Rückgabevertrag mit Herzog Ulrich habe ich unterzeichnet, Schwester. Das habt Ihr mir oft genug vorgeworfen. Aber dazu stehe ich nach wie vor, weil es den Frieden in den deutschen Landen sichert, was auch immer Ihr darüber denkt. Nennt mich also nicht standhaft in Eurer Sache. Das bin ich in

Euren Augen gewiss nicht gewesen. Dennoch sind mir Euer Leben und Wohlergehen teurer als alles andere. So wird es stets sein, das solltet Ihr wissen. Wieso also diese Verzweiflung?«

Sabina schluchzte weiter, aber befreit wie ein kleines Kind, das sich von einer großen Angst erholt.

»Ihr schickt mich also nicht zu Ulrich zurück?«

»Solang ich lebe, gewiss nicht. Ich weiß, was ich zu tun und zu lassen habe. Was mich mehr interessiert, ist zu wissen, wer es für so dringlich hielt, meinem Bruder von meiner Unpässlichkeit zu berichten.«

Sabina trocknete ihre Tränen. Ihr Blick war schon wieder scharf.

»Jeder und keiner! Es kann der gute Doktor Ulmitzer sein aus verletztem Stolz und Wichtigtuerei. Oder das Fräulein von Weichs, weil sie ehrlich meint, ich und Doktor Widmannstetter bringen Euch in Gefahr. Oder der Verräter, der den Brief meines Sohnes gestohlen hat. Oder alle zusammen. Möge Gott, dass ich bald Nachricht bekomme aus Württemberg. Nur so werden wir klarer sehen, mein Bruder.«

»Das wünsche ich mir auch, liebe Schwester.« Ludwig blieb ungewöhnlich nachdenklich. »Wilhelm und vor allem Eck lassen uns so schnell nicht mehr in Ruhe. Was ist denn nur mit dir, meine süße Taube? Musst du so heftig weinen?«

Endlich hatte der Herzog gemerkt, dass auch seine Tochter von Weinkrämpfen geschüttelt wurde. Sie schien untröstlich zu sein.

»Schickt Ihr Johann Albrecht weg, Vater? Von ihm habt Ihr nichts gesagt.«

Der massige Mann nahm Anna Lucretia in die Arme und wiegte sie.

»Aber, aber, mein Singvogel, meine kleine Meise, ich habe ihm mein Wort gegeben. Ihr seid verlobt. Ich weiß, dass er mir nichts Übles will. Somit ist alles gesagt. Weine nicht mehr, mein Rotkehlchen. Widmannstetter, trocknet Ihr bitte die Augen! Sie bietet ja einen erbärmlichen Anblick.«

Stumm vor Glück und Dankbarkeit spürte Anna Lucretia Johann Albrechts kühle Hände auf ihrem geschwollenen Gesicht. Sie glaubte, den Gipfel der Seligkeit erreicht zu haben, doch Ludwig ging noch weiter.

»Doktor Widmannstetter, ab heute geht Ihr jeden Tag mit diesem Kind ein wenig spazieren. Sie wirkt blass und zittrig in letzter Zeit. Sie braucht frische Luft.«

Der Gelehrte verbeugte sich tief vor seinem zukünftigen Schwiegervater. Er und alle Umstehenden wussten ganz genau, was Ludwig damit ausdrückte. Jeder sollte sehen und wissen, dass er zu seinem einmal gegebenen Wort stand, dass er seinem Berater vertraute – so sehr, dass er ihm, obwohl noch nicht Ehemann seiner Tochter, erlaubte, diese in der Öffentlichkeit zu begleiten. Auf den Brief vom Münchner Hof gab es keine eindeutigere Antwort als diese.

Der erste Ausflug der Verlobten am selben Tag entpuppte sich als wahrer Albtraum. Sie wollten erst in die Stadt, dann die Flöße und Schiffe an der Lände beobachten, obwohl die Isar zu dieser Jahreszeit wenig Wasser führte. Sobald sie den Dreifaltigkeitsplatz erreicht hatten, begannen die Anfeindungen. Böse Blicke, Flüche, Beleidigungen, unter denen »Hochstapler«, »Schlange« und »Hexer« die harmloseren waren. Die Bettler vor Sankt Martin heulten wie Wölfe, als sie Widmannstetter erblickten. Die Anwesenheit Anna Lucretias hielt sie nicht davon ab, ihn zu bespucken und ihn vor der

Friedhofsmauer lauthals einen Ketzer, Juden und Mohammedaner zu schimpfen. Es scherte sie offenbar nicht, dass man nicht alles auf einmal sein konnte. Sie trieben das Paar bis zum kleinen Zerrertor hinter Sankt Martin, wagten sich aber nicht in den Haag, das herzogliche Wildgehege, das dort begann und bewacht wurde.

Atemlos liefen Anna Lucretia und Johann Albrecht weiter zum Burgschanzl, dem nächsten Türmchen der Burgbefestigung. Die Wachmänner staunten nicht schlecht bei ihrem Anblick. Sie brachten sie in ihre karge, winzige Stube, wo – Gott sei's gedankt – ein munteres Feuer im Kamin brannte.

»Lasst uns einen Moment allein!«, befahl Anna Lucretia dem Wachmann mit einer herrischen Stimme, die sie selbst überraschte. Wie Johann Albrecht zumute war, wusste sie nicht. Sie aber bebte vor noch nie gekannter Wut. »Das muss aufhören! Ich lasse so etwas nicht zu. Wie konnte das nur geschehen?«

Ihre hellbraunen Augen hatten jeglichen samtigen Goldschimmer verloren. Dunkel funkelnd bohrten sie sich in seine, entdeckten dort weder Furcht noch Entmutigung, nur wie bei ihr selbst grenzenlosen Zorn. Widmannstetters Stimme zitterte.

»Irgendjemand hier will, dass ich gehe. Dass deine Tante geht. Irgendjemand *hier*. Nicht in München, *hier in Landshut*. Jemand, der schon am Tag der Einweihung des Weinkellers den Münchner Hof benachrichtigt und aufgehetzt hat und der in der Stadt Scheußlichkeiten über mich erzählt. Wer, wie, warum? Das weiß ich nicht. Ob es mit Württemberg zu tun hat und diesem toten Boten, das weiß ich auch nicht. Oder vielleicht mit dem italienischen Bau der Residenz? Das ist gleichgültig. Jemand will uns von hier entfernen, mich und die Herzogin.«

Anna Lucretia dachte fieberhaft nach.

»Dann hat es mit meinem Vater zu tun und seiner Paracelsusdiät. Das ist das Einzige, was dich und meine Tante verbindet. Du hast mit dem Geschehen in Württemberg nicht das Geringste zu tun. Und Sabina war immer gegen den Bau der Stadtresidenz und noch mehr gegen ihren italienischen Teil.«

Widmannstetter presste die dünnen Lippen aufeinander.

»Folglich meinst du, dein Vater sei das Ziel? Nicht ich oder die Herzogin?«

»Du und auch meine Tante, weil ihr beide meinen Vater schützt vor etwas, das wir nicht kennen. Oder weil Ihr es erreicht habt, dass sich seine Gesundheit erholt.«

Widmannstetter war verblüfft. Seine für das feine Gesicht zu breiten Nasenflügel bebten wie bei einem aufgeregten Pferd.

»Das ist nur eine Vermutung. Wir dürfen sie aber nicht vernachlässigen. Die Folgen wären zu schlimm. Dein Vater ist das Ziel? Aber warum? Württemberg macht Sinn. Der Neubau macht Sinn. Und doch macht das alles zusammen wiederum keinen Sinn. Der Herzog ist der beliebteste Fürst, den ich kenne. Zwischen ihm und seinem Bruder herrscht seit Jahrzehnten Frieden. Wer soll ihm Übles wollen?«

Die junge Frau erhob sich von ihrer Bank und ging unruhig in dem kleinen Raum auf und ab, in dem es langsam dunkel wurde. Die lange Winternacht kam früh. Plötzlich blieb sie vor ihrem Verlobten stehen.

»Wer ihm Böses will, fragst du? Niklas Überreiter zum Beispiel, meinetwegen und wegen der Stadtresidenz. Was weiß ich, weswegen noch? Gutes will er meinem Vater bestimmt nicht.«

»Anna Lucretia, Liebste, der Mann ist vielleicht brutal, doch nicht rachsüchtig.«

»Woher willst du das wissen? Er sah so seltsam aus nach dem Anfall meines Vaters. Du hast selbst gesagt, es könnte Gift gewesen sein. Die Diät war es bestimmt nicht. Es geht ihm zu gut damit. Was sonst also?«

»Wie willst du das herausfinden? Wir haben nur Vermutungen, doch nichts in der Hand. Wir kommen nicht weiter.«

»Du hast recht, wir haben nichts in der Hand.« Mit verschränkten Armen blieb sie vor ihm stehen. »Dann müssen wir uns das Wissen holen, das uns fehlt.«

Widmannstetter traute seinen Ohren kaum.

»Was fantasierst du da, mein Herz? Woher oder woraus willst du Wissen holen?«

Ihre Augen leuchteten auf, sie lächelte so verschmitzt wie nach einem besonders gelungenen Coup.

»Wo, mein Liebster? Wo alles angefangen hat: in der Löwengrube. Ich werde eine Sünde begehen und lügen!« Sehr zufrieden über seine empörte Reaktion fuhr sie fort. »Ich werde zu Niklas Überreiter gehen und ihm erzählen, du seist dabei, meine Liebe zu verlieren, weil ich dir immer weniger vertraue. Ich lasse ihn glauben, er könne mein Herz erobern. Ich sage ihm ins Gesicht, dass es eine Verschwörung gibt gegen das Leben meines Vaters. Ob er mir helfen kann und will? Ich weiß nicht, was dann geschieht, Liebster. Aber irgendetwas wird geschehen. Das sehe ich schon vor mir.«

Widmannstetters Herz pochte wie verrückt. Er packte ihre Hand so fest, dass sie aufschrie.

»Nein, nein, das tust du nicht! Ich verbiete es dir. Niemals, hörst du, niemals!«

Anna Lucretia versuchte nicht, ihre malträtierte Hand zu befreien, doch sie zischte zurück.

»Und ob ich das tue! Du kannst mir nichts verbieten. Wir sind noch nicht Mann und Frau und wer weiß, ob wir es je werden, wenn das hier so weitergeht. Bleibst du dem Unbekannten lieber so ausgeliefert, wie wir es im Moment sind? Nicht mit mir!«

Seltsamerweise genoss sie diesen Augenblick in vollen Zügen. Zum ersten Mal fühlte sie sich größer, älter als er, obwohl sie nach wie vor dachte, er würde ihr bald die Finger brechen. Sie war ihm voraus, nicht mehr er ihr! Er packte ihre andere Hand.

»Es wird dir alles zu viel mit mir. Sag es doch gleich! Du hast lieber einen deiner Landshuter Hünen. Ich hätte es wissen müssen! Ihr Frauen wollt nur das mollige, gemachte Nest. Dort ist es nicht schwierig, die wandelnde Tugend zu spielen. Sobald es aber ungemütlich wird …«

In einem Schwung befreite sie ihre rechte Hand und klatschte sie ihm auf den Mund.

»Schweig! Auf der Stelle! Schweig, wenn du nicht Sachen sagen willst, die du in alle Ewigkeit bereuen wirst. Ich sage dir jetzt, was du mir beim ersten Mal im Brunnenhaus gestanden hast: Du bist der Einzige, bei dem ich ein Leben lang bleiben will. Das kann ich dir bis zum Hochzeitstag nicht beweisen. Du musst es mir glauben. Ich weiß, das ist gerade in diesen Tagen sehr schwierig. Kannst du mir glauben? Willst du mir glauben?«

Sie nahm es ihm nicht übel, dass er so sichtlich mit sich

kämpfte. Auch er musste diesen Weg gehen. Wie weh es tat, spürte sie noch in jeder Faser ihres Körpers. Sie hätte es ihm gern erspart, aber es war unmöglich. Endlich ließ er ihre linke Hand los und schob mit einer kraftlosen Geste ihre rechte von seinem Mund.

»Ich glaube dir. Mach, was du für richtig hältst!«

Zum ersten Mal nahm sie ihn in die Arme, um ihn zu küssen: erst die graublauen Augen, die sich feucht anfühlten, dann die etwas hageren, bartlosen Wangen, darauf den Mund, der nach unmerkbarem Zittern zaghaft ihre Lippen suchte, um endlich wie ein Ertrinkender Luft und Leben aus ihr zu saugen.

14

Von der Hetzjagd, der sie ausgesetzt gewesen waren, erzählten die Verlobten auf der Burg nichts. Widmannstetter zog sich nach dem Abendessen in den Wittelsbacherturm zurück. Anna Lucretia aber passte Überreiter ab, als der den Herrensteig zur Stadt hinunterlief. Der Baumeister erstarrte, als ob er einen Geist erblickt hätte. Doch sogleich wollte er weiter.

»Meister Niklas! Wartet! Ich muss mit Euch sprechen, in Ruhe.«

Er drehte sich ungläubig um.

»In Ruhe mit mir reden? Warum denn?«

»Das kann ich Euch hier nicht sagen, Meister Niklas. Könnt Ihr mich morgen früh nach der Messe beim Stadtblick treffen? Allein?«

Er stampfte mit den Füßen auf wie ein unschlüssiger Bär. Seine Neugier siegte.

»Ist gut. Ich komme.«

Anna Lucretia deutete eine kurze Verbeugung an, wollte ein »Habt Dank« sprechen, doch da hatte er sich schon umgedreht. Einfach würde ihr Vorhaben nicht werden.

Von dem Stadtblick, einem kleinen Arkadenpavillon im Haag oberhalb des Zerrertors, der in schimmernden Grautönen mit Kies und Muscheln aus der Isar geschmückt war, konnte man durch die kahlen Bäume auf die ganze Stadt blicken. In der kalten Luft stiegen Frühnebel aus dem Fluss und Rauchschwaden aus den Hauskaminen auf. Das ferne

Rauschen der Großen Isar in ihrem Kiesbett und das laute Geräusch der Mühlen an der Kleinen Isar vermischten sich mit Glockengeläut, Marktgeschrei aus der Neustadt, Hämmern und Sägen aus der Freyung, dem Grunzen der Schweine auf dem Sausteg.

Überreiter fand keine Freude an dem für ihn ungewohnten Anblick. Trotz fellgefütterter Stiefel und einem Umhang fror er, konnte seine Erwartung kaum bändigen. Was wollte das Fräulein von Leonsperg von ihm? War ihr etwas zu Ohren gekommen? War sie die Vorbotin eines großen Unglücks? Seit dem Verlobungsmahl hatte er versucht, die Gedanken an sie aus seinem Kopf zu verbannen. Der Kärglerin war sein Vorhaben zugutegekommen.

Auf einmal stand Anna Lucretia vor ihm, wie aus dem Nichts aufgetaucht, und sein Herz pochte wild. Das alte Verlangen schnürte ihm die Luft ab, begleitet von ganz neuen Bildern. Schön und anmutig wie immer war sie – trotz schlichter Kleidung, einer Haube und ihrem grauen Mantel. Nur die rosigen Wangen, der volle Mund und die leuchtend goldbraunen Augen brachten Farbe in das Bild, das sich Überreiter bot. Das Mädchenhafte schien aus ihr verschwunden. Es war eine erblühte, entschlossene Frau, die vor ihm stand; noch begehrenswerter für ihn als die steife, leicht verschreckte Jungfrau, die sie noch vor ein paar Wochen gewesen war. Sie ergriff sofort das Wort.

»Habt tausendmal Dank, Baumeister, dass Ihr gekommen seid. Ich wüsste sonst niemanden, dem ich mich anvertrauen kann. Kann ich Euch vertrauen?« Er sah so grenzenlos verblüfft aus, dass sie mutlos wurde. »Das kann ich doch, oder? Nicht mehr? Verzeiht, Meister Niklas, ich gehe gleich.«

Er zuckte zusammen wie angestochen.

»Nein, nein, bleibt bitte, Fräulein von Leonsperg! Ihr meint es also ernst?«

»Ernst?« Sie zögerte keine Sekunde. »Ihr könnt nicht wissen, wie ernst es mir ist, Baumeister. Es fällt mir ja nicht leicht, Euch um Hilfe zu bitten, nach allem, was geschehen ist.«

»Hilfe? Ich verstehe Euch nicht.«

Sie senkte den Kopf ein wenig, zog ihren Mantel enger und ließ sich wie entmutigt auf eine kleine Steinbank neben einer im Winter leeren Brunnenschale fallen.

»Ach, Meister Niklas, es ist so furchtbar. In nicht einmal drei Wochen soll ich Widmannstetter heiraten … und jetzt … jetzt kann ich ihm nicht mehr vertrauen. Die Paracelsusdiät, die so gut angefangen hatte … ich fürchte nun doch, dass sie meinem Vater das Leben kostet. Dieser Anfall während des Festes! Jeder hätte geschworen, mein Vater sei vergiftet worden … danach kam ich nicht umhin, nachzudenken. Vielleicht haben alle recht, die sagen, Widmannstetter sei ein Hochstapler und Betrüger, wie auch Ihr mich vor ihm gewarnt habt. Vielleicht haben die recht, die ihn einen Ketzer, Lutheraner, Mohammedaner nennen. Es wird erzählt, er sei aus Italien geflüchtet, nachdem er betrogen und sich schändlich duelliert hätte.« Anna Lucretia war selbst überrascht, welch banaler Unsinn ihr über die Lippen kam. Würde Überreiter ihr glauben? »Vielleicht haben ihn die Lutheraner nach Landshut geschickt, damit er das Vertrauen meines Vaters gewinnt und ihn dann meuchelt. Das wäre ein schlimmer Verlust für die katholische Sache. Womöglich hat er Komplizen auf der Trausnitz, wer weiß? Ich traue niemandem mehr, nicht einmal meiner Tante. Meister Niklas, Ihr habt mich gewarnt.

Ihr schient viel zu wissen oder doch jedenfalls zu vermuten. Helft mir bitte, klar zu sehen!«

»Fräulein von Leonsperg, was soll ich sagen? Ihr habt mich abgewiesen.« Überreiter quälte sich sichtlich. »Gewiss freue ich mich über Eure Worte, und, wie soll ich es ausdrücken, hoffe, wieder in Eurer Gunst zu stehen. Was soll ich nur machen? Was wollt Ihr von mir? Ich …«

Anna Lucretia unterbrach ihn abrupt.

»Was ich will, Meister Niklas? Ich will wie Ihr, dass mein Vater lebt. Ich will ihn schützen. Ich will wissen, wen ich heirate, und kann es nicht allein rausfinden. Ich will wissen, ob jemand meinem Vater nach dem Leben trachtet, und ob Widmannstetter etwas damit zu tun hat. Wenn es so wäre, Baumeister, würde meine Verlobung aufgelöst und …«

Bei diesen Worten sank Überreiter vor ihr auf die Knie. Schluchzend, stammelnd hielt er ihre Beine fest und versuchte, sein Gesicht in ihrem Mantel zu verbergen. Anna Lucretia wusste nicht mehr, wie ihr geschah. Da er so viel größer war als sie, berührte er sie dabei in Brusthöhe, was sie trotz hochgeschlossenem Kleid als furchtbar abstoßend empfand. Doch sie beherrschte sich und wehrte ihn nicht entschieden ab. Sie verstand nur die gestammelten Worte »schuldig« und »unschuldig«, sonst aber nichts von seinem wilden Redeschwall. Schließlich packte sie ihn an den Schultern und schüttelte ihn so fest wie nur möglich. Spürte der Mann das überhaupt? Er fühlte sich an wie ein bebender Berg. Sie schrie ihn an.

»Meister Niklas, Baumeister! Beruhigt Euch! Hört auf! Ihr tut mir weh und ich verstehe nichts. Was ist mit Euch? Lasst mich los!«

Endlich sah er sie an, erschrak über die eigene Unverschämtheit und ließ von ihr ab.

»Gott, was mache ich? Verzeiht, gnädiges Fräulein! Ich weiß nicht, was in mich gefahren ist. Was soll ich bloß machen?«

»Setzt Euch auf die Bank neben mich, Meister Niklas, und erklärt mir in aller Ruhe den Grund Eurer Verzweiflung. Was redet Ihr da von Schuld und Unschuld? Was hat das mit mir oder mit meinem Vater zu tun?«

Überreiter seufzte, als ob es sein letzter Atemzug wäre. Er begann langsam zu sprechen, immer noch auf Knien vor ihr.

»Fräulein von Leonsperg, ich muss mein Herz erleichtern, sonst werde ich noch wahnsinnig, bevor ich in die Hölle komme. Ich habe Doktor Widmannstetter geschlagen, auf dem Zwingerweg, nach dem Streit in der Stadtresidenz, als er zurück wollte auf die Burg. Er war nicht betrunken. Ich war außer mir. Aber ich habe ihn nicht in die Löwengrube geworfen, das schwöre ich Euch. Wie hätte ich ihn durch den ganzen Burghof tragen können, an den Wirtschaftsgebäuden vorbei, ohne gesehen zu werden? Ich wusste nicht, ob er tot war oder nicht. Es war mir gleichgültig. Ich wollte nur, dass er meine Fäuste spürt. Ich weiß nicht, wer ihn gefunden hat, wer ihn in die Löwengrube geworfen hat und warum.«

Anna Lucretia wurde schwindlig.

»Was soll ich dazu sagen, Baumeister? Es ist grausam, was Ihr mir da erzählt, aber warum tut Ihr das? Was hat das mit meiner Bitte zu tun?«

»Das ist nur der Anfang, wartet!« Überreiter weinte wieder. »Ich war entsetzt, als ich hörte, er sei in der Löwengrube gefunden worden. Ich wusste nicht weiter. Wie ich mich rausgewunden habe, wisst Ihr ja.«

Anna Lucretia schüttelte fassungslos den Kopf.

»Eine so dreiste, kaltblütige Lüge! Allein deshalb verdient Ihr die Hölle.«

Überreiter weinte noch heftiger.

»Glaubt mir, ehrenwertes Fräulein, das Reich der Finsternis ist schnell über mich gekommen.« Dann berichtete er ihr von der Erpressung durch den Soßenkoch und von seinen inneren Kämpfen. Nur die Besuche der Käglerin verschwieg er. Anna Lucretia traute ihren Ohren nicht. »Ich habe es nicht getan, gnädiges Fräulein, das müsst Ihr mir glauben! Ich konnte es nicht. Die Dose habe ich noch immer. Sie ist voll. Ich kann sie Euch zeigen. Ich gebe sie Euch, wenn Ihr wollt. Ich bin kein Mörder. Ich habe gesündigt, bin in Versuchung gekommen, aber ich verstoße nicht gegen das fünfte Gebot. Glaubt mir bitte! Um Himmels willen!«

Anna Lucretia hätte würgen können, so sehr ekelte sie sich vor diesem weinenden Riesen, beherrschte aber mit aller Kraft ihre Wut, ihre Angst und ihren Abscheu. Eine Tür hatte sich in der Dunkelheit vor ihr aufgetan. Das Ende musste die Mittel heiligen. Sie legte ihre unmerklich zitternde Hand auf seinen breiten Arm.

»Ich glaube Euch, Baumeister. Ich bin dankbar für Euer Geständnis. Es hat gewiss Eure sündige Seele gereinigt und ihr den Weg zu aufrichtiger Reue eröffnet. Ich irre also nicht: Es sind dunkle Kräfte am Werke, die gegen meinen Vater arbeiten. Meint Ihr, Doktor Widmannstetter ist ein Teil von ihnen? Wer steckt hinter dem Soßenkoch? Hat der Langhahn Euch überhaupt die Wahrheit über seine Gründe mitgeteilt?«

Überreiter schüttelte hilflos den Kopf.

»Woher soll ich das wissen, verehrtes Fräulein? Mehrmals habe ich Euch vor Eurer Verlobung berichtet, was man sich über Widmannstetter zuträgt. Die Duelle in Italien und dieser Prozess in Rom wegen einer Betrügerei sind sicher wahr.«

Anna Lucretias Herz schlug heftig. Prozess in Rom? Davon hatte Johann Albrecht ihr nie erzählt. Warum nur musste sie immer wieder zweifeln? Würde sie denn nie festen Boden unter ihren Füßen spüren? War das der Preis für das Ende ihrer Kindheit? Überreiter bemerkte ihre Ratlosigkeit.

»Es tut mir aufrichtig leid, Fräulein von Leonsperg. Ihr könnt nicht sagen, ich hätte Euch nicht gewarnt.«

Anna Lucretia biss sich auf die Zunge. Sie schmeckte Blut in ihrem Mund.

»Redet nur weiter, Baumeister!«

»Jedenfalls behauptete der Soßenkoch, Widmannstetter mit dieser Scheinvergiftung entfernen zu wollen. Ich verstehe nichts mehr. Ich habe es nicht getan und der Herzog wurde trotzdem, wie mir scheint, das Opfer einer handfesten Vergiftung. Wer ist der Täter? Hätte ich den Kopf dafür hinhalten sollen? Ich verstehe nichts …«

»Wir werden dieses Rätsel zusammen lösen, Baumeister.« Anna Lucretias Stimme klang süß wie Honig. »Wir werden gemeinsam suchen und finden. Wenn sich herausstellt, Doktor Widmannstetter ist nichts vorzuwerfen, kann ich die Verlobung nicht auflösen. Mir bei der Wahrheitssuche aufrichtig beizustehen, wird Eure Seele von ihren Sünden reinwaschen. Sollte aber herauskommen, dass mein Vater und ich einem Betrüger aufgesessen sind, dann schenke ich Euch meine Liebe und Treue. Mein Vertrauen habt Ihr seit dieser Stunde schon. Alles, was hier gesagt wurde, bleibt unter uns, Meister Niklas.«

Überreiters Gesicht bekam wieder Farbe. Er glühte beinahe vor Freude.

»Ich tue, was nötig ist, Fräulein von Leonsperg. Gerade habe ich die Hölle verlassen. Vielleicht gewinne ich ja noch den Himmel zurück.«

»Ich wünsche es Euch, Baumeister.«

Mit diesen Worten verschwand Anna Lucretia, ein grauer Schatten zwischen grauen Bäumen. Sie wunderte sich, was er ihr alles geglaubt hatte. Überreiter hingegen blieb wie erschlagen auf der kleinen Steinbank zurück. Er hatte Mühe, seinem Glück nicht in hemmungslosen Schreien Luft zu machen. Die Frühnebel lösten sich auf. Eine kalte Wintersonne brach durch, umflutete die kahlen Bäume, die nackten Weingärten, die Stadt und den Fluss mit blassen Goldstrahlen. Die Burg auf ihrem steilen Hügel leuchtete in Weiß- und Rottönen gegen den blauen Himmel. Überreiter war sich sicher, dass ein Wunder geschehen war. Er bekreuzigte sich, küsste andächtig zuerst die Steinbank, dann die Erde davor und lief durch den Hofgarten hinauf, als ob Engelsscharen ihn auf ihren Flügeln tragen würden.

Überreiters Hochstimmung steigerte sich noch, als er in der im Winter oft menschenleeren Kellerei den Soßenkoch Langhahn entdeckte. Er zweifelte nicht daran, dass der Rothaarige auf ihn wartete. Überreiter rieb sich zufrieden die Hände und ballte die Fäuste. Nur zu! Dieses blutlose Ungeziefer würde heute weniger zu lachen haben als vor dem Weinfest.

»Schlecht siehst du aus!« Er ließ Langhahn keine Gelegenheit, etwas zu sagen. »Wie eine Pestbeule auf einem Leichentuch. Bekommen dir deine Brühen nicht mehr?«

Obwohl überrascht, wich der Soßenkoch nicht aus. Seine braunen Augen verdunkelten sich.

»So früh schon angeheitert, Baumeister? Und laut noch dazu? Ehrlich gesagt verstehe ich Eure Freude nicht. Der Herzog behält seine Diät bei und unser guter Doktor Widmannstetter sitzt fest im Sattel, als sei nichts geschehen. Schlecht, ganz schlecht für Euch, Meister Überreiter! Oder seht Ihr das anders?« Überreiter schaffte es, jegliche Regung zu unterdrücken. Langhahn fühlte sich dadurch ermutigt, den Bogen weiter zu spannen. »Einmal ist keinmal, wie man sagt. Ihr schenkt eine neue Runde ein, nicht wahr, Baumeister? Von dem Wunderpülverchen habt Ihr noch genug, um ein paar Soßen zu würzen, oder? Ihr habt ja gesehen: Gefährlich ist das Mittelchen nicht. Ihr könnt Euch auf uns verlassen. Können wir das auch? Abgemacht?«

In Überreiter kochte die Wut, doch er hielt sie im Zaum.

»Ich schenke keine Runde mehr ein. Warum nicht? Kannst dir selbst einen Reim drauf machen. Jetzt verschwinde, bevor ich mir an deiner fauligen Pelle die Hände schmutzig mache.«

Der Soßenkoch richtete sich auf wie eine bedrohte Schlange. Der modrige Geruch der großen Weinpressen schien seinem keifenden Mund zu entweichen.

»Gemeinen Mördern kann man also nicht mehr vertrauen? Habt Ihr Lust, dem Henker zu begegnen, Baumeister? Oder dem Folterknecht? Liebt Ihr den Schandpfahl? Das würde der Kärglerin nicht so gut schmecken wie Euer Rammbock. Meine Rechnung dagegen ist so viel kleiner für Eure Sünden. Glaubt Ihr nicht?«

»Was ich glaube, geht dich nichts an.« Nun fletschte auch

Überreiter die Zähne. »Verpfeife mich und Theresa, soviel du magst. Es bleibt Aussage gegen Aussage. Verlass dich drauf: Wenn ein Gelehrter sich in der Löwengrube wiederfindet, kann das auch einem Soßenkoch widerfahren.«

Der Rothaarige machte große Augen und lachte dann schallend.

»Bei allen Teufeln, Baumeister, Ihr seid ein Esel! Was sag ich? Ein Ochs! Ein dreifacher Ochs! Ihr lernt meinen Herrn noch kennen! Das versprech ich Euch.«

»Deinen Herrn? Denkst du, ich habe mehr Angst vor dem Grünberger als vor dir?«

Langhahn quietschte vor Lachen.

»Vor dem Grünberger, der fetten Ratte? Ja, warum nicht? Der könnte auch sein Lied singen. Mein Herr – der, den ich meine – ist er aber nicht. Nehmt Euch in acht, Meister Niklas, mein Herr verzeiht nichts. Er kann Euch jederzeit ins Verderben stürzen. Ich wünsch Euch noch einen guten Tag, Baumeister. Nein, so ein Ochs! Ich glaub es nicht.«

Der Rotschopf verschwand, wie er gekommen war. Überreiter fühlte sich nach wie vor höchst zufrieden. Die Drohgebärde des Soßenkochs hatte ihn nicht beeindruckt. Langhahn hatte von einem mächtigen Herrn gesprochen. Ein mächtiger Herr? Lächerlich, der existierte doch nur in seinen Träumen!

Er malte sich die Szene in den schönsten Farben aus, als er in den Weinkeller hinabstieg, um die Tagesarbeit mit den Maurern und Böttchern zu besprechen. Doch noch bevor er seinen Bautrupp überhaupt sah, zog ihn eine energische Hand auf sein Schlaflager hinter der Fässerwand. Er erkannte die weiche, leicht schlaffe Haut.

»Theresa? Was machst du hier um diese Zeit? Bist du verrückt?«

»Verrückt nach dir und verrückt wegen dir, du Unmensch! Was ist los seit dem Weinfest? Du schaust mich nicht mehr an, du fragst nicht nach mir, du versteckst dich vor mir. Was soll denn das?«

Überreiter fühlte seine Wangen brennen und betete inständig, dass die Kärglerin es in der Dunkelheit nicht merkte. Er hatte sie tatsächlich in seiner Bedrängnis, aber auch in seiner neu erwachten Hoffnung völlig vergessen.

»Theresa! Großer Gott, ich habe Gründe! Was glaubst du denn? Kannst du mir nicht vertrauen? Geh jetzt, bevor dich jemand sieht!«

Die Kärglerin sprang geschickt auf den Haufen aus Fellen und Decken, setzte sich drauf mit kess baumelnden, leicht geöffneten Beinen.

»Ich gehe, wann ich will. Sag, was das für Gründe sind! Was ist geschehen, Niklas?«

Der Baumeister suchte nach einer Erklärung, die sie akzeptieren konnte, doch er fand keine. Wie auch? So erzählte er endlich die Wahrheit, doch über Anna Lucretia verlor er kein Wort. Die Kärglerin glaubte ihm sofort und knurrte vor Wut.

»Ach, der Langhahn, diese Schlange! Ich habe meinen Mann immer vor ihm gewarnt. Seit er in der Küche ist, benimmt sich der Grünberger komisch, und ein paar andere auch. Kärgl meint, dass sie aus der Vorratskammer mehr entnehmen, als ihnen zusteht, aber er konnte es den beiden bisher nicht beweisen. Der Langhahn legt die Mägde flach, weil er sie erpresst. Aber womit? Keine würde freiwillig an ihm riechen wollen, da bin ich mir sicher. Und jetzt das Gift! Und wir können es nicht mehr miteinander treiben.« Sie regte sich auf. »Judasbrut! Den kriegen wir noch. Wenn ich dich nicht besuchen darf, mein Waldmännlein, mein süßer Wolf, dann kümmer ich mich um den Langhahn. Der wird es noch bereuen, uns nicht in Ruhe zu lassen!«

»Was hast du vor, Theresa? Sei vorsichtig! Er hat doch von einem mächtigen Herrn gesprochen.«

»Ich pass schon auf, und du auch. Der mächtige Herr, das ist nur seine Geldgier. Aber wir kriegen ihn. Küss mich, mein Bärchen! Niemand trennt uns, das verspreche ich dir.«

Mit flatterndem Herzen ging der Baumeister einige Zeit später zu seinen Männern. Er traute seiner Gespielin zu, forsch nach Langhahns Geheimnis zu suchen. Das war nur gut. Er traute ihr inzwischen aber auch zu, die Herrin über seine Manneskraft zu bleiben. Das war nicht so gut. Bei diesem Gedanken beließ er es. Vorerst.

15

Während im unterirdischen Weinkeller an diesem Samstag vor Rorate, dem dritten Advent, die Dinge endlich ihren gewohnten Gang gingen, türmten sich oberirdisch neue Wellen auf. Sabina versuchte mit ihrer ganzen Kraft, ihren Bruder vom vereinbarten Besuch bei Ursula von Weichs abzuhalten.

»Bei allen Heiligen, Ludwig, Ihr gefährdet damit Euren Leib und Eure Seele. Morgen früh ist in Sankt Martin die Rorate-Messe. Wollt Ihr etwa davor fleischlich sündigen? Das darf doch nicht sein!«

Der Herzog, frisch frisiert, den wallenden Bart sorgfältig gekämmt und sein feinstes, mit Veilchen- und Irispulver parfümiertes Baumwollhemd auf der Haut, stampfte vor Ungeduld mit dem Fuß auf.

»Fleischlich sündigen! Liebste Schwester! Wer sagt Euch, ich hätte das vor? Ich habe schon genug erlebt. Ich weiß, was ich tun darf und was zu lassen habe. Und wenn ich Ursula nicht besuche, begehe ich die Todsünde, ein unter Lebensgefahr gegebenes Versprechen nicht zu halten. Ist es das, was Ihr wollt? Das kann ich nicht glauben!«

»Bitte, Ludwig, sagt doch einfach, Ihr seid unpässlich. Jeder wird das verstehen.«

Sabina ärgerte sich über ihren, wie sie fand, plumpen Satz. Aber Besseres fiel ihr nicht ein. Vielleicht hätte Anna Lucretia es verstanden, ihren Vater zurückzuhalten. Doch das Mädchen war schon lang nirgendwo zu sehen, ließ ihre Tante, wie die Herzogin meinte, gedankenlos im Stich. Ludwig verlor keine Zeit.

»Unpässlich? Eine freche Lüge! Das fehlte noch! Habt Ihr schlecht geträumt, Schwester? Den falschen Wein getrunken? Oder spricht da Euer Beichtvater aus Euch? Ich fühle mich besser denn je. Dank Euch, wohlgemerkt. Außerdem bin ich bei Sinnen. Ich tausche doch nicht zwei sichere Todsünden gegen eine vermeintliche! Wir sehen uns spätestens morgen in Sankt Martin. Vielleicht verbringe ich die Nacht in der neuen Residenz.«

»Gott schütze Euch, mein Bruder, und halte Euch am Leben.« Sabina schüttelte verständnislos den Kopf. »Euer irdisches Werk ist noch nicht vollbracht.«

»Wenn Gott derselben Meinung ist, braucht Ihr Euch keine Sorgen zu machen. Wenn nicht, auch nicht. Es liegt nicht in unserer Hand.«

Die alte Herzogin begehrte ein letztes Mal auf.

»Doch, Bruder, es liegt in unserer Hand, ein Leben, das Gott erhalten will, nicht leichtfertig aufs Spiel zu setzen.«

»Womit Ihr wieder beim Thema Sünde seid«, schloss Ludwig die Unterhaltung ab. »Bis morgen, Schwester, grämt Euch nicht.«

Am Burghauser Tor zur Bergstraße traf der hinausreitende Herzog auf seine Tochter. Auch sie sah sehr besorgt aus.

»Wo kommst du her, mein Kind? Deine Tante sucht dich.«

»Vom Hofgarten, Vater. Ich brauchte Luft und Bewegung.«

»Ganz allein?«

»Ja, Vater, ganz allein.«

»Ich sehe Falten auf deiner Stirn und Schatten unter deinen Augen.«

»Das ist nichts, Vater. Kein Grund zur Beunruhigung. Ich bin oft lang wach in der Nacht. Ihr begebt Euch in die Stadt? Ganz allein?«

Ludwig musste lachen und zeigte auf die berittenen Soldaten hinter ihm.

»Ein Fürst ist nie ohne Begleitung, mein Kind. Auch Leda und Ajax sind stets bei mir.« Die zwei großen spanischen Windhunde, die ihren Herrn überallhin begleiteten, wedelten freundlich mit den Schwänzen, als sie ihre Namen hörten. »Siehst du? Sie überhören nichts.«

»Ob das genügt, Vater? Passt auf Euch auf! Man weiß nie.«

Ludwig war verwundert.

»Ich reite zu Fräulein von Weichs, meine Tochter. Wie ich es ihr versprochen habe.«

Anna Lucretia schien erleichtert.

»Das ist gut, Vater. Gott schütze Euch.«

Unten in der Stadt wunderte sich Ursula über den so früh eintreffenden Besuch. Warum hatte Ludwig sie nicht in die privaten Gemächer der Stadtresidenz bestellt? Sie hoffte, darin einen Liebesbeweis sehen zu dürfen, doch sie fürchtete die Ankündigung einer Trennung. Sie hatte alles so hergerichtet, wie der Herzog es vor seiner Erkrankung geliebt hatte, wenn er die Jagd, seine Bautätigkeit und auch die Regierungsgeschäfte liegen ließ, um zu ihr zu kommen. Dann war er hungrig nach ihr, nach unbeschwert lustvollen Stunden an ihrer Seite. Ursulas Herz schlug heftig vor Sorge, als sie ihn erblickte, doch dann atmete sie beruhigt auf. Die Soldaten verteilten sich zwischen Innenhof und Straßeneingang, als der Herzog ihr Haus mit den zwei Hunden betrat. Leda und Ajax kümmerten sich nicht um ihren kleinen Malteser, sondern suchten sofort fieberhaft nach den weißen Katzen im Weichs'schen Haushalt, die sich flink auf den Kachelofen flüchteten. Von dort schauten sie gelangweilt auf ihre frustrierten Feinde herab. Ludwig lachte wie auch sonst stets, tätschelte die Köpfe der beiden Hunde und drückte Ursula an sich. Alles wie immer. Sie verschwand in seinen kräftigen Armen, schmiegte sich an seine breite Brust, spürte seinen langen Bart an ihrer Wange, streichelte ihn und wünschte sich dabei, ihn bald auf ihrem nackten Busen zu fühlen. Wie stets wurde er ungeduldig und wollte die schwere Kleidung ablegen. Ursula lachte und führte ihn die Treppe hinauf zu ihrer Schlafstube. Dort half sie ihm bei Barett, Schaube und Mantel, rief aber die Kammermagd, um den Herzog von der wallenden, geschlitzten Pluderhose, der Schamkapsel, der Schecke, den Ärmeln und den Stiefeln zu befreien. Sie kam nie allein zurecht mit den vielen Knoten und Schleifen, die es zu entwirren galt. Als er nur noch Seidenstrümpfe und sein wunderschön plissiertes Baumwollhemd trug, lächelte sie ihn an.

»Was wünscht Ihr, mein Geliebter, um Euch zu wärmen? Euren Hausmantel oder gleich unser Bett?«

»Erst den Hausmantel, meine Taube. Wir haben alle Zeit der Welt.«

Sie wusste, was das bedeutete. Vor der Liebe würden sie zusammen speisen, reden, lachen und die Vorfreude auf die körperlichen Genüsse kosten, sodass sie entspannt den Weg in ihren irdischen Himmel gehen konnten. Bald saß er gelassen auf seinem breiten Scherenstuhl mit dem Rücken zum rosagrünen Kachelofen. Ursula spürte Tränen der Rührung wegen dieses vertrauten und so lang vermissten Anblicks: seine fröhlichen, goldbraunen Augen, der schwere Damasthausmantel, für den sie einst gemeinsam die Stoffe in Mantua ausgesucht hatten, die mit Fell gefütterten Pantoffeln, die sie eigenhändig und passend zum Hausmantel bestickt hatte.

»Du bist sehr schön, mein Herz, und du wärest noch schöner, wenn du keine Tränen in den Augen hättest. Komm doch zu mir, damit ich dich besser bewundern kann.«

Ursulas Anblick, besonders ihre rotblonden, an venezianisches Kupfergold erinnernden Haare, erweckten wieder den Traum von der Serenissima im Herzog. Auf ihrer Italienreise waren sie leider nicht nach Venedig gekommen. Beide hegten seit dieser Zeit eine unstillbare Sehnsucht nach der raffiniertesten aller italienischen Städte. Ludwigs einziger Trost war die Gewissheit, dass selbst Mailand das unvergleichliche Venedig nicht nachzuahmen vermochte, viel weniger also seine Residenzstadt Landshut. Sein Verlangen wurde noch gesteigert durch Ursulas nur für ihn getragenen Kleider nach der Mode der venezianischen Kurtisanen. Diese Bekleidung war besonders gewagt: Ein langes, spitzes Korsett ersetzte das sanfte Mieder der deutschen Damen. Dadurch wirkte der Rockteil aus raschelnder, ziegelroter Seide leichter und voluminöser. Das fasste Ludwig als eindeutige Einladung auf, seine rechte Hand durch die weißen, luftigen Unterröcke auf Entdeckungsreise zu schicken. Doch er hielt sich noch zurück. Denn Ursulas tief geöffnetes Korsett drückte ihre Brüste so nach oben, dass ihre Wölbung und ihre zarten Spitzen, vom gleichen Rosarot wie das Kleid, aus der kurzen Spitzenborte des Dekolletés hinaussahen, ohne dass ein Musselinhemd sie verschleierte.

Ludwig zog seine Geliebte zu sich und setzte sie auf seinen linken Schenkel. Er streichelte behutsam ihre weiche, duftende, immer noch makellose Haut. Seine großen Finger spielten zärtlich sowohl mit den roten, kleinen Früchten in der weißen Spitze als auch mit dem ansehnlichen Rubin an einer feingliedrigen Goldkette zwischen ihnen, auch ein Geschenk während ihrer Reise nach Mantua. Ludwig genoss in vollen Zügen, was sich seiner Hand wie auch seinem Blick anbot: die rosafarbenen Ohrläppchen mit ihren tropfenförmigen Perlen; die feste Haut der runden Halsbeuge; die sein Verlangen weckende Linie ihrer nackten Schultern; ihr empfindsamer Nacken, der unter der Berührung seines Mundes leicht erzitterte; immer wieder das tiefe Tal, das zwischen den perlmuttfarbenen Hügeln zu den köstlichen, himbeerroten Früchten führte. Ursulas Gesicht war von herber, strenger Schönheit, nicht einmal erweicht von genussvoller Erwartung, doch ihr Körper war ein einziger, empfindsamer Garten der Lust. Ludwig spürte, wie ihre Hüften ganz vorsichtig auf seinem Schoß zu kreisen begannen. Er packte sie unmerklich fester, lutschte an dem Rubin, dessen klare Weinfarbe seinen Durst weckte. Sie lockerte die Umarmung und erhob sich.

»Willst du etwas trinken, liebster Freund? Ich habe eine ganz besondere Delikatesse für dich.«

»Eine Delikatesse, die dich übertrifft, meine Taube?«

»Etwas, was meiner und deiner würdig ist, mein Herz.«

Ursula lächelte kokett. Neugierig sah er zu, wie sie den Deckel einer Zinnhenkelkanne hob und dunkelroten Wein in eine kostbare Flügelschale aus venezianischem Glas goss, auch eine Erinnerung an ihre Italienreise. Vorsichtig brachte sie ihm die Schale und hielt sie unter seine entzückte Nase.

»Bei Bacchus und allen Bacchanten, meine Schöne, was ist das?«

»Ein Malvasierwein, wie du ihn liebst, mein Freund. Seit gestern zieht er mit Kubebenpfeffer, Rosenblüten, Zedratzitronen und Nelken. Doch warte, es fehlt noch etwas.«

Aus Ecks Horndose nahm sie ein kleines Stück Ambra, zermalmte es in einem winzigen Marmormörser und löste es im Wein auf. Den so besonderen Geruch erkannte Ludwig sofort.

»Ambra hast du für mich besorgt? Du bist eine Fee, eine Zauberin, eine Göttin.«

»Für dich allein, mein Herz, für unsere Liebe. Koste davon! Ich bringe uns noch etwas zu essen. Es wäre schade, nichts dazu zu genießen. Meinst du nicht auch?«

Ludwig nahm einen ersten Schluck des Weines, den er eine Weile im Mund behielt.

»Ein Traum! Man könnte alles vergessen, nur dich nicht, meine Kalypso. Was hast du noch für mich?«

»Vieles, mein Herz. Du warst so lang nicht bei mir …«, ihre Stimme versagte kurz, »nicht in meinem Bett.«

Er sprang auf seine Füße wie ein junger Mann.

»Dann komm dorthin, meine Liebste. Sag der Magd, sie soll uns dort bedienen.«

Das Schlafzimmer bekam seine Wärme nicht nur vom Kachelofen der Wohnstube. Es besaß seinen eigenen Kamin, in dem dicke Holzscheite brannten. Vor der bitteren Kälte draußen schützten außerdem die schweren Bettgardinen aus rosa-grünem Damast sowie die Fell- und Wolldecken. Ursula rief nach der Magd und ließ sich vor dem hell flackernden Kamin von dem Mädchen Korsett, Ärmel und Oberrock aufknoten. Dann befahl sie ihr, die vorbereiteten Speisen aus der Küche zu holen. Sie selbst half, halb nackt in ihren weißen Unterröcken, Ludwig aus dem Hausmantel und arrangierte die Kissen im Bett so, dass sein Rücken gut gestützt werden würde. Als das große Tablett mit silbernen Schüsselchen zwischen ihnen lag, ließ sie ihn kokett deren Inhalt entdecken. Das war immer ihr Lieblingsspiel gewesen.

Ludwig hob den Deckel der ersten kleinen Schüssel und probierte einen Löffel eines glänzenden, bernsteinfarbenen Muses. Daran riechen sollte er nicht.

»Wundervoll, aber was ist drin? Ich weiß nicht …«, er nahm einen weiteren Löffel, »Obst ganz sicher. Quitten? Zedrat? Nein, es ist aromatischer. Warte! Noch ein Löffel … ja, ich weiß es: Pomeranzen! Das Aroma ist unverwechselbar. Doch spüre ich kaum Bitterkeit. Habe ich recht? Ja? Erst die Belohnung, dann sagst du mir, wie du das gemacht hast.«

Schnell zog Ursula ihren ersten Unterrock aus. Drei gab es noch, aber ihre Hüften zeichneten sich schon deutlicher unter den Musselinschichten ab.

»Ich habe die Pomeranzenschalen zwölfmal hintereinander kochen und abkühlen lassen, jedes Mal in frischem Wasser.«

Ludwig streichelte sie von der Taille bis zum Oberschenkel.

»Ich hoffe, es gibt nicht einen Rock für jedes Aufkochen. Was hast du danach mit den weichen Schalen gemacht?«

»In Baumöl geröstet, dann gab ich süßen Wein, kleine Weinbeeren, etwas Lindenhonig und Kubebenpfeffer hinzu.

Gib mir den Löffel, sonst isst du alles allein. Trinke lieber deinen Ambrawein aus!«

»Sogleich, meine Taube. Du trägst aber noch Unterröcke und Schmuck. Ich probiere noch eine Speise. Warte, das ist einfach. Feigenbrot mit Süßwein! Schnell, noch einen Rock!«

Sie wehrte energisch seine ungeduldige Hand ab.

»Was für eine Frechheit! Es geht um die Gewürze, mein Liebster. Drei von vier musst du erraten.«

Die fruchtigen Bissen verschwanden im Nu im Mund des Herzogs.

»Da ist Zimt drin.«

»Richtig, aber dafür ziehe ich keinen Rock aus. Feigenbrot wird immer mit Zimt angerührt.«

»Kardamom, sonst wäre es nicht so blumig.«

»Das ist schon besser. Ich knote eine Kordel auf.«

»Kannst gleich den Rock ausziehen. Muskatblüte?«

»Falsch! Der Knoten ist zu. Du darfst noch zweimal raten. Pass auf! Ich kann den Rock auch wieder anziehen.«

»Fenchel?«

»Pfui! Wie gewöhnlich! So eine bin ich nicht, mein Herr Herzog! Bald müsst Ihr ein zweites Mal mit meinem Hemd kämpfen.«

»Das ist aber zu schwierig.« Ludwig klagte wie ein kleines Kind. »Zwei von vier reichen für einen Rock. Ich bin aus der Übung. Wir haben seit Monaten nicht mehr das Schüsselspiel gespielt. Was soll ich nur tun?«

Ihre blauen Augen funkelten.

»Strengt Euch an, Hoheit! Wie die Nase, so der Mann.«

Er packte sie an den Haaren und zog sie zu sich. Sie musste

sich über das Tablett beugen, wobei ihre Brustspitzen die silbernen Deckel berührten und sich verhärteten. Er roch genießerisch an ihren Lippen. Dann küsste er sie so lang und tief, dass ihre Brüste das kalte Metall nicht mehr spürten.

»Anis! Es ist Anis, oder? Lüge mich nicht an! Wie die Nase, so der Mann. Und die vierte Zutat ist Safran. Stelle das Tablett neben das Bett. Die Hitze deiner Gewürze durchdringt mich.«

Atemlos gehorchte Ursula. Alle ihre Röcke glitten auf einmal zu Boden, bevor sie wieder ins Bett schlüpfte. Sie schrie vor Glück, als er sich ohne weitere Spielereien auf sie warf. Sie wollte in seinem wuchtigen Körper verschwinden, wie auch er in ihrer weichen, brennenden Haut. Ihr Sturm tobte lange, länger als je zuvor, bis er sie so erschöpft wie selig gleichsam auf einem einsamen Strand zurückließ.

Ursula genoss ausgiebig diesen stillen Frieden. Das Kaminfeuer knisterte leise, ihre verschwitzte Haut kühlte langsam ab und kribbelte dabei leicht, als ob Tausende von winzigen Eisnadeln über sie strichen. Ursulas Gedanken schwebten. Vielleicht würde doch ein Kind aus ihrer Liebe entstehen? Kein legitimer Erbe für das Herzogtum, das war ihr nach so vielen Jahren gleichgültig, sondern einfach ein Zeichen, dass ihre irdische Verbindung mit Ludwig gesegnet war. Nach einiger Zeit wunderte sie sich, dass ihr Geliebter so lang schon schwieg. Das war sonst nicht seine Art. Sie sah zu ihm. Er schlief ruhig, war aber so blass, dass sie sich sorgte und ihn schüttelte. Zu ihrer großen Erleichterung schlug er sofort die Augen auf und suchte nach ihrer Hand.

»Ist dir wohl, mein Herz? War es dir zu viel?«

Er keuchte leise, bevor er antwortete.

»Nein, nein, meine Liebste. Es war herrlich. Du warst herrlich. Nie hätte ich gedacht, noch solche Kraft zu besitzen. Jetzt ist mir ganz schwindlig vor Glück. Dir auch, meine Taube?«

»Ja, mir auch ein wenig, Geliebter. Warte kurz! Wir müssen uns stärken.«

Sie rief nach ihrer Magd, die das alte Tablett mitnahm und ein neues zurückbrachte, beladen mit goldbraunen, eiförmigen Häppchen.

»Vergiss nicht die Brühe, die braucht Seine Hoheit sogleich. Für mich bitte den Beerenwein.«

Bei dessen Anblick kriegte Ludwig wieder Farbe. Seine Mätresse wusste wirklich genau, womit erschöpfte Manneskraft sich erneuerte. Gierig griff er nach einem Ei in seiner hellen Soße, biss die Hälfte ab und staunte nicht wenig.

»Das ist ja kein Ei! Köstlich, gewiss, aber kein Ei.«

Er sah so kindlich enttäuscht aus, dass Ursula lachen musste.

»Nein, mein Freund, das sind falsche Eier. Aber sorge dich nicht, ich habe mich mit Meister Soldani beraten: Diese erfüllen ihren Zweck sogar noch besser. Von Eiern muss man ohnehin in der Fastenadventswoche abraten.« Sie sprach nicht aus, was beide etwas verschämt dachten: nämlich, dass die heilige Mutter Kirche ausgiebige Liebesstunden in dieser Zeit auch nicht befürwortete. »Die sind aus Mandeln gemacht, mithin Samen. Ich habe nur beste weiße Mandeln in Wein eingeweicht und ausgepresst. Wie für eine Mandelmilch. Einen Teil der Masse habe ich mit Safran gemischt, damit seine liebliche Hitze deine Säfte wieder erwärmt. Aus der gelben und der weißen Masse sind dann diese falschen Eier entstanden. Für die Soße habe ich Ingwer fein gerieben und eine Schnitte

Weißbrot. Beides habe ich mit Erbsbrühe angefeuchtet, durch ein Tuch geseiht und am Schluss mit Süßwein und Pfeffer abgeschmeckt. Sieh, da sind noch gebackene Oliven, gefüllt mit gehackten Kapern und Artischocken!«

Ludwig verschlang gierig die wohlschmeckenden Köstlichkeiten.

»Pass auf, meine Schöne! Ich verspüre schon wieder meinen Liebesstachel.«

»Du kannst dir nicht vorstellen, wie sehr ich mich darüber freue, liebster Freund. Trink von dieser edlen Brühe! Sie gibt dir die Jugend wieder.«

»Brühe? Sollte ich nicht besser von dem Ambrawein ein paar Schlucke nehmen?«

Ursulas Augen leuchteten auf wie zwei blaue Flammen.

»Diese Brühe, mein Liebster, enthält noch mehr Ambra. Sie ist dreimal auf- und eingekocht, einmal mit einem Hahn, einmal mit Rebhühnern, einmal mit Wachteln. Der ganze Geist des Ambra fließt dadurch in deine Glieder.«

Der Herzog trank so gierig davon wie aus einem Lebensbrunnen. Die Wirkung ließ nicht lang auf sich warten. Er warf sich auf seine verblüffte Mätresse und drang gerade in sie ein … da brach er ohne einen Schrei oder eine Zuckung über ihr zusammen.

Die herbeigeeilte Magd befreite Ursula mühsam aus ihrer peinlichen Lage. Ebenso panisch wie vergeblich versuchten beide Frauen, den Herzog mit Essig, Riechsalz, kaltem Wasser und heißen Wachstropfen wieder ins Leben zurückzuholen. Als Ludwigs Windhunde so jämmerlich aufheulten, dass die Geliebte des Herzogs fast selbst das Bewusstsein verlor, eilten endlich ungerufen zwei Soldaten ins Schlafzimmer.

16

Anna Lucretia wusste nicht, was mehr Übelkeit in ihr hervorrief: der leblose, halb nackte Körper ihres Vaters in Ursulas Bett, erbarmungslos traktiert von Ulmitzer und seinen Gehilfen? Oder Ursula selbst, glühend vor Scham in ihren Unterröcken und mit Ludwigs Hausmantel um die zitternden Schultern? Die Reste des Liebesmahls? Die verzweifelten Hunde, die immer wieder aus dem Zimmer gescheucht wurden und stets zurückfanden, um auf das zerwühlte Bett zu springen? Die zwei fauchenden Katzen? Ihre eigene Neugier für alles, was sich ihr von der fleischlichen Liebe offenbarte, sie zugleich zutiefst beschämte, ohne dass sie sich deren Faszination zu entziehen vermochte?

Sabina war höchst unzufrieden mit der Anwesenheit ihrer Nichte, hatte aber in dem allgemeinen Durcheinander nicht rechtzeitig daran gedacht, Anna Lucretia das Kommen zu verbieten. Nun fühlte sich das Mädchen überflüssig. Ihre Verzweiflung wuchs ins Unermessliche. Von ihrem Vater ging kein Lebenszeichen aus. Sein Herz schlug schwach – das war alles, was noch Hoffnung gab. Ulmitzer stach seinem Herzog mit einer glühenden Nadel in die Fußsohle, zwickte ihm abwechselnd in die Ohrläppchen und die Brustspitzen, ließ ihn an scheußlichen Substanzen riechen – nur leise Seufzer waren die Antwort. Schließlich entschied sich der Doktor für einen ausgiebigen Aderlass. Sabina sank auf die Knie, um für die Seele ihres Bruders zu beten. Sie hielt den Aderlass grundsätzlich für Unfug und wusste aus Erfahrung, dass die Herren

Mediziner häufig genug erst dann zu diesem Mittel griffen, wenn ihnen nichts mehr einfiel. Anna Lucretia kniete ebenfalls nieder und hielt die Köpfe der hechelnden Windhunde eng an sich gepresst. So musste sie nicht zusehen.

Nachdem ein halber Krug Blut geflossen war, kam Ludwig zur allgemeinen Überraschung zu sich und rief nach Ursula. Die drei Frauen sprangen auf. Der Herzog konnte seinen Augen kaum glauben.

»Wo bin ich?«, stammelte er in grenzenlosem Erstaunen. »Was ist geschehen? Warum seid Ihr hier, meine Schwester? Und du, Anna Lucretia? Das ist doch nichts für dich hier. Ursula, meine Taube, ist dir auch schlecht geworden? Warum schweigt ihr? Ursula, antworte mir!«

Doch seine Geliebte wagte es nicht, den Mund aufzumachen. Ulmitzer jedoch verpasste die gute Gelegenheit nicht.

»Eure Hoheit hat einen schweren Schwächeanfall erlitten, so gravierend, dass wir schon an die Letzte Ölung denken mussten. Es ist mir gelungen, Euer stockendes Blut wieder zum Fließen zu bringen. Gott sei gelobt! Ihr seid für heute außer Gefahr. Fräulein von Leonsperg, würdet Ihr bitte mit meinen Gehilfen beim Herzog bleiben, während ich mit Ihro Durchlaucht und Fräulein von Weichs spreche?«

Alle drei nickten stumm. Sabina ging voran in die Wohnstube, Ursula und Ulmitzer folgten. Dort setzte sich der Doktor ungeniert in den Scherensessel am Kachelofen. Sein Näslein hielt er so hoch wie nur möglich. Er forderte Ursula auf, ihnen alles zu erzählen: »... und lasst bitte nichts aus!« Schluchzend, stockend, zitternd gehorchte sie, von immer neuen, peinlichen Fragen unterbrochen. Sie verschwieg den Gewürzwein und die Brühe nicht, die sie mit Ambra verfeinert hatte, aber sie erwähnte nicht, von wem sie das Wundermittel erhalten hatte. Während sie berichtete, bekreuzigte sich Ulmitzer mindestens ein dutzendmal. Für ihn waren die Dinge eindeutig.

»Großer Gott, nun wissen wir es! So kann es nicht weitergehen, Ihro Durchlaucht. Die Paracelsusdiät schwächt grundsätzlich die Konstitution Eures Bruders. Als Sanguiniker, der sein Gleichgewicht in feuchter Wärme besitzt, droht ihm permanent Überhitzung, gerade bei der Verdauungstätigkeit. Bekommt er zu viel der heißen, trockenen Elemente, wie gerade geschehen, verflüchtigen sich die Lebenssäfte in Magen, Milz, Leber und Nieren. Das ist der Fall, wenn kein Zucker die warmen Gewürze ausgleicht und deren scharfe Geister den Darm stürmen, ohne dass weiches Weißbrot in ausreichender Menge sie bremst. Das Ambra hat, seiner Natur gemäß, die fleischliche Lust des Herzogs geweckt, hat sozusagen einen inneren Brandherd geschaffen. Dann gab es kein Halten mehr. Die gelbe Galle hat die drei anderen Körpersäfte vollständig verdrängt. Nichts stand ihr mehr im Weg. Das hat Euren Bruder beinahe umgebracht. Jeder Anfall schwächt ihn weiter. Diese Diät muss aufhören. Ihr begeht eine Todsünde, Ihro Durchlaucht, Fräulein von Weichs, wenn Ihr weiterhin mit solchen Fantastereien spielt. Wie lange noch wollt Ihr die Geduld unseres Schöpfers strapazieren?«

Sabina antwortete nicht. Sie fühlte sich so bestürzt, so mutlos, dass sie Ursula die erwarteten Vorwürfe nicht machte. Sie schickte die Geliebte ihres Bruders aus der Wohnstube.

»Zieht Euch wieder anständig an. Es hilft niemandem, wenn Ihr auch noch krank werdet.« Danach wandte sie sich an Ulmitzer. »Ihr geht jetzt bitte auch. Der Herzog braucht vor allem Ruhe.«

Der Arzt räusperte sich vorsichtig.

»Aber doch nicht hier, Ihro Durchlaucht! Im Zustand der Sünde?«

Die Herzogin schüttelte den Kopf.

»Nein, sicherlich nicht. Wir werden ihn durch den geheimen Gang in die Stadtresidenz bringen. Morgen ist die Rorate-Messe in Sankt Martin. Ich hoffe, er wird ihr wie jedes Jahr beiwohnen können. Wir brauchen keine neue Unruhe in der Stadt.«

Sabinas Hoffnung wurde nicht enttäuscht. Nach einer ruhigen Nacht in seinen Gemächern war Ludwig in der Lage, die wenigen Schritte nach Sankt Martin zu laufen, begleitet von seiner Familie und einigen Räten. Ursula von Weichs sah dabei so krank und schwach aus, dass niemand auf die leichte Blässe ihres Liebhabers achtete. Langsam entspannte sich Sabina. Die Bürger dachten offensichtlich, die Aufregung des gestrigen Nachmittags hätte der Mätresse und nicht ihrem Herrn gegolten. Das gab ihr Zeit und Muße, in der Kirche das Weitere zu überlegen. Das Tagesgebet begann.

»Allmächtiger Gott, sieh gütig auf dein Volk, das mit gläubigem Verlangen das Fest der Geburt Jesu erwartet …«

Gläubiges Verlangen? Zum ersten Mal zweifelte die alte Herzogin an ihrem bisher unerschütterlichen katholischen Glauben. Warum wohl flogen den Lutheranern die Herzen zu? Warum wohl spaltete sich das Heilige Römische Reich Deutscher Nation zwischen diesen zwei unversöhnlichen Lagern immer weiter, immer tiefer? Ja, das ganze Abendland? Durfte sie die Abtrünnigen wirklich so verabscheuen? Ihr Hass auf Ulrich, den Mörder, den Geächteten, den Überläufer, hatte ihr bisher jeden anderen Blick versperrt. Doch wenn

Gott die Lutheraner, auch einen so verlogenen wie Ulrich, gewähren ließ, so musste das einen Sinn haben. Prangerte Gott damit wirklich – wie Luther, der entlaufene Mönch, es behauptete – die Eitelkeit, den Luxus, die Gier der Katholiken und den sündhaften Lebenswandel ihrer Fürsten an?

Ein Priester las aus der Prophezeiung Johannes des Täufers: »Es wird nach mir ein Stärkerer kommen«. War der Wittenberger Theologe dieser Stärkere? Was erwartete der Allmächtige von ihr? Dass sie sich von ihrem besudelten Bruder abwenden sollte? Dass sie seinen Schutz ablehnen sollte? Wozu sollte sie ihm raten? Was war los in Württemberg? Was wollte Christoph ihr mitteilen? Schwankte auch er in seinem Glauben? Aus welchem Anlass? Rat- und ruhelos betete die alte Herzogin. Mit Tränen in den Augen sang sie die Rorateverse mit: »Tauet, ihr Himmel, von oben! Ihr Wolken, regnet herab den Gerechten! Tu dich auf, oh Erde, und sprieße den Heiland hervor!« Es half nicht. Schwer blieb Sabinas Herz, trüb ihre Gedanken, verschleiert der Weg.

Ludwig, Sabina und Anna Lucretia trafen nach der Rorate-Messe in der Stadtresidenz auf Weißenfelder und Widmannstetter. Sie verweilten nicht im Erdgeschoss, wo sich die Zollverwaltung, die Kanzlei sowie die herzogliche Schreibstube befanden, sondern zogen sich in die Privatgemächer im ersten Stock zurück. Unten herrschte zu viel Trubel, um ungestört zu beraten. Obwohl der deutsche Bau der Stadtresidenz von weit bescheidenerem Ausmaß war als die Trausnitz, beanspruchte der Herzog dort vier Räume für sich; mehr als in der alten Burg. »Einem Fürsten, der unter seinem Volk in der Bürgerstadt lebt, steht das wohl zu«, hatte er schon sehr früh entschieden. Sabina fröstelte – wie stets dort. Das lag nicht an der Temperatur, denn jeder der großzügig geschnittenen Räume verfügte über einen eigenen Ofen oder Kamin, auch das ein ungeheurer Luxus. Die Herzogin stieß vielmehr ab, was Anna Lucretia ihrerseits so bewunderte: die strenge Symmetrie, die geraden Linien, das Blendwerk an bemalten Säulen, Arkaden, Türen und Fenstern auf den Wänden. Sabinas Augen wanderten zu den Holzmöbeln und den verspielten Holzkassetten der Decke, deren Anblick sie wärmte. Die Erinnerung an die vertraut verschachtelte Trausnitz tat ihr gut; selbst die von Ulrich bewohnten dunklen Höhlen in Stuttgart erschienen ihr plötzlich in einem besseren Licht. Anna Lucretia legte ihr eine ungeduldige Hand auf den Arm. Sie sah ihre Nichte verständnislos an und seufzte. Nie hatte die alte Herzogin so wenig Entscheidungsfreude verspürt. »Wie seltsam«, dachte sie verwundert, »solang ich genau weiß, was ich will und was zu tun ist, schreien alle Zeter und Mordio. Aber wenn ich zweifle wie heute, sehen sie mich an, als ob die Heilige Jungfrau aus meinem Mund sprechen müsste. Also – lassen wir sie reden …«

»Mein Bruder«, eröffnete sie mit fester Stimme, »Ihr wisst ja, was Doktor Ulmitzer von der Paracelsusdiät hält. Er meint, der gefährliche Anfall von gestern sei auf eine dauerhafte Schwächung durch die selbige zurückzuführen. Es scheint mir aber schwierig, genau zu sagen, ob der Genuss des Ambras, ob alles das – wie soll ich es ausdrücken – was daraus entstanden ist, Euch zugesetzt hat, ob solche Genüsse überhaupt angebracht und gottgefällig waren. Doch wie dem auch sei, ich denke, es wäre an der Zeit, zu Eurer gewohnten Ernährung zurückzukehren. Allzu sehr tappen wir im Dunkeln. Größte Vorsicht ist geboten. Bis zum Heiligen Abend sind es nur noch sechs Tage. Lasst uns die Diät wie gehabt als Fasten bis dahin fortführen. Jedermann wird sich umso mehr freuen, wenn Ihr während des Weihnachtsoktavs besonders feierlich speist. Teilt Ihr meine Meinung, Bruder?«

Ludwig nickte verlegen. Von der Paracelsusdiät fühlte er sich ganz und gar nicht geschwächt, im Gegenteil, aber wie war das gestrige Geschehen anders zu deuten? Als Strafe für eine Todsünde? Das konnte er nicht glauben. Warum jetzt? Warum nicht tausendmal vorher? Nein, beide schlimmen Anfälle mussten wohl an der Diät liegen. Auf einen Dritten wollte er es nicht ankommen lassen. Er sah zu Weißenfelder. Der Hofrat schien ähnliche Zweifel zu hegen.

»Liebste Schwester, wie so oft sprecht Ihr die Wahrheit. Es ist die Stimme der Vernunft, der wir folgen werden.«

Anna Lucretia und Widmannstetter hatten währenddessen immer entsetztere Blicke ausgetauscht. Wenn die bisherige Überwachung der Küche aufhörte, würde der vermeintliche Giftmischer wieder leichtes Spiel haben. Es blieben keine Zeit und keine Möglichkeiten mehr, seine Identität aufzudecken. Anna Lucretia überlegte nicht lange.

»Verzeiht, Vater, das ist unmöglich. Das ist zu leichtsinnig, Tante. Ihr seid wieder gesund, Vater. Das dürft Ihr auf keinen Fall gefährden. Ich flehe Euch an! Unterbrecht die Diät nicht! Nicht so schnell, nicht so bald!«, rief sie außer Atem und mit glühenden Wangen.

Der Anblick ihrer aufgelösten Nichte erweckte in Sabina sofort wieder den alten Kampfgeist.

»Was soll das, mein Fräulein? Ich habe doch gerade die Gründe erklärt. Die sind vernünftig, wie mir und deinem Vater erscheint.«

»Sie scheinen vernünftig zu sein, sind es aber nicht. Es stimmt: Mein Vater hat zwei schlimme Unpässlichkeiten erlebt. Aber sie waren sehr unterschiedlich, jedes Mal kamen auch andere Ursachen infrage als die Ernährung nach Doktor Paracelsus, die ihm sonst offensichtlich sehr gut tut.«

»Andere Ursachen, die möglicherweise keine gewesen wären, wenn der Herzog nicht so geschwächt wäre«, mischte sich Weißenfelder ein. »Im Zustand der Unwissenheit soll man sich einer Meinung enthalten, Fräulein von Leonsperg.«

Anna Lucretias Aufregung schlug um in Wut.

»Keine gewesen wären? Das sah immerhin beim ersten Mal wie eine handfeste Vergiftung aus. Und gestern? Hat sich mein Vater nicht leichtsinnig, nicht zu sehr, nicht – oh Gott, wie soll ich das sagen – übermäßig verausgabt? Habt Ihr schon vergessen, wie siech er war bis zum Verlobungsmahl? Redet bitte nicht von Unwissenheit, Herr Hofrat! Ahnungslos war sein Arzt, bis Doktor Widmannstetter die Paracelsusdiät vorschlug.«

Auch Ludwigs Verlegenheit schlug nun um in Aufgebrachtheit.

»Anna Lucretia, seit wann beschäftigt sich eine anständige Jungfrau mit solchen Gedanken? Ist das die Belohnung meines Vertrauens? Vergeltet Ihr mir so meine Großzügigkeit? Es mag ehrenwert sein, dass eine Verlobte ihren zukünftigen Ehemann ohne Wenn und Aber unterstützt. Doch was ich hier sehe, ist Blindheit, ist Anmaßung durch jugendliche Verliebtheit, und ich hoffe, meine Tochter, es ist *nur* das! Ich erwarte Eure sofortige Entschuldigung und die Rückbesinnung auf ein züchtiges Benehmen.«

Erregt legte Sabina eine Hand auf die Schulter ihrer Nichte.

»Auf die Knie, Anna Lucretia, vor deinem Vater, wie vor deinem Schöpfer!«

Doch die junge Frau schüttelte empört die harte Hand ab. Ihre Augen verdunkelten sich, als sie sich ihr besticktes Haarband vom Kopf riss. Einige Haarsträhnen lösten sich aus ihrem schweren Zopf, flatterten um ihr Gesicht, was sie keinen Augenblick kümmerte.

»Knien werde ich erst, Tante, wenn das alles hier vorbei ist. An Johann Albrechts Seite. Ich bin in ihn verliebt, das ist kein Geheimnis. Ich darf den Mann lieben, dem ich versprochen bin, nicht wahr? Blind bin ich deswegen aber ganz und gar nicht. Ich sehe viel klarer, als Ihr alle es für möglich haltet. Ich bin nicht so dumm, an der Paracelsusdiät festzuhalten, nur damit Johann Albrechts Würde unangetastet bleibt. Vater, Tante, Herr Hofrat! Ich weiß, dass es hier eine schlimme Gefahr gibt, und dass die Diät Euch, Vater, davor vielleicht sogar schützt. Ich bin kein kleines Mädchen mehr, das gern fantasiert. Das war ich nie. Vertraut mir! Ich weiß, wovon ich rede.«

Der Herzog und seine Schwester verstummten, so groß war ihre Verblüffung ob dieses Ausbruchs. Was war nur aus dem leicht zu lenkenden, vernünftigen, ja sanften Kind geworden? Hatte Widmannstetter einen so schlechten Einfluss auf sie? Weißenfelder unterbrach das ratlose Schweigen.

»Wenn Ihr erlaubt, Hoheit, will ich Eurer Tochter ein paar Fragen stellen.« Ludwigs zustimmende Handbewegung deutete er richtig. »Vielen Dank, Hoheit. Fräulein von Leonsperg, Ihr wisst, wovon Ihr redet, so sagt Ihr. Würdet Ihr uns genauer sagen, was Ihr wisst oder zu wissen glaubt?«

Der alte Hofrat hatte sanft gesprochen. Sein Blick enthielt weder Misstrauen noch Spott. Neben ihm wirkte Widmannstetter wie erstarrt. Anna Lucretia fasste sich ein Herz.

»Bei Eurer ersten Unpässlichkeit, Vater, beim Weinfest, hat Doktor Ulmitzer von Gift geredet. So oft ich sonst an seiner Meinung zweifle, so fiel es mir in diesem Moment schwer, nicht auch an Gift zu denken. Dann kam dieser furchtbare Brief aus München, der die Entfernung meiner Tante und meines Verlobten von Eurem Hof verlangt, weil beide sich für die Paracelsusdiät ausgesprochen haben. Ich war verzweifelt, aber nicht, weil ich meine geliebte Tante und meinen zukünftigen Ehemann verlieren sollte. Sondern weil ich plötzlich denken musste, dass jemand auf der Trausnitz den Münchner Hof sofort benachrichtigt hatte. Jemand, der den Tod meines Vaters wünscht. Denn sonst würde er nicht versuchen, diejenigen zu entfernen, die ihn schützen und seine Gesundheit wiederhergestellt haben. Das ist logisch, nicht wahr, Vater?« Ludwig presste seine rechte Hand an die Schläfe. Er schien Kopfschmerzen zu verspüren. Sabinas Mund war leicht geöffnet; trotz größter Verblüffung sagte sie kein Wort. »Versteht Ihr meine Gedanken, Vater? Ich habe versucht, Grund und Sinn zu erforschen für das, was vorgefallen ist.«

»Hast du etwas gemacht aus deiner Logik, meine Tochter?«

Der barsche Ton dieser Frage beunruhigte Anna Lucretia. Sie hielt sich noch gerader. Auf einmal schien sie größer zu sein als Ludwig.

»Zunächst habe ich an den toten Boten aus Württemberg gedacht. Gestorben, als er die Küche verlassen wollte. Dann habe ich mich an meinen Verlobten in der Löwengrube erinnert. Wo er vom Soßenkoch entdeckt wurde, wieder in der Nähe der Hofküche. Wir verstehen immer noch nicht, was sich da alles abgespielt hat. Ich habe mich gefragt, wer an Euch, an mir, an Johann Albrecht wohl Rache nehmen wollte und warum. Beim Weinfest habe ich gesehen, wie der Baumeister Überreiter seltsam wirkte. Ich habe gedacht, wir alle irren im Dunkeln, aber dieser da, der weiß vielleicht etwas. Ja, Vater, dann habe ich auf der Stelle gehandelt. Ich habe ihn aufgesucht. Allein.« Anna Lucretia spürte förmlich Ludwigs Empörung und Johann Albrechts bangende Sorge. Sie redete schneller. »Ich habe ihm ins Gesicht gesagt, dass ich wie Doktor Ulmitzer an eine Vergiftung denke, aber nicht durch die Diät, sondern durch einen Giftmischer. Denkt nur, Vater! Der Mann ist auf der Stelle vor mir zusammengebrochen.« Atemlos erzählte sie, wie Überreiter vom Soßenkoch Langhahn erpresst worden war und sich doch nicht dazu durchringen konnte, seinem Herzog zu schaden. »Versteht Ihr jetzt, Vater? Ihr seid vergiftet worden! Die Paracelsusdiät schwächt Euch ganz und gar nicht. Der Baumeister hat es nicht getan, also war es der Soßenkoch selbst. Oder jemand, den der Soßenkoch kennen muss. Stellt Euch nur vor, was geschehen wäre, wenn Überreiter Euch das Gift verabreicht hätte! Zwei Dosen Gift hättet Ihr nicht überlebt. Ihr seid in höchster Gefahr, liebster Vater. Der Langhahn muss sofort verhaftet und hochnotpeinlich befragt werden.«

Herzog Ludwig war schwindlig. Mord, Totschlag und Verschwörung! Und jetzt verlangte seine sanfte Tochter, die Folter anzuwenden! Nachdem Sabina gerade weniger Fantasien dieser Art entwickelte, erwies sich Anna Lucretia als würdige Enkelin der verstorbenen Herzogin Margarete von Bayern. Er wusste, dass Sabina Anna Lucretias Meinung teilte. Allzu gern hätte er ihre Argumente widerlegt oder wenigstens verharmlost. Ein Blick zu Weißenfelder zeigte Ludwig, dass auch seinem gelehrten Rat kein Gegenargument mehr einfiel. Er, der Landshuter Herzog, das Opfer eines Giftanschlags! Er seufzte tief.

»Wenigstens war mein Unwohlsein gestern keine Vergiftung.«

Sabina kannte ihren Bruder gut genug, um seinen Gedanken zu folgen. Sie tröstete ihn, während nun Anna Lucretia völlig überrascht mit offenem Mund dastand.

»Gott sei Dank, mein Bruder, das können wir ausschließen. Die Diät schwächt Euch nicht. Ihr habt Euch einfach zu sehr verausgabt für einen Mann, der, mit Verlaub, nicht mehr der Jüngste ist und sich von einer langen Krankheit noch nicht vollständig erholt hatte. Ihr werdet das Fräulein von Weichs beruhigen und beim nächsten Besuch schonender behandeln. Nun zu dir, mein Kind. Dein kluger Kopf hat dich vielleicht auf die richtige Spur geführt. Doch wer sagt uns, dass Überreiter den Langhahn nicht belastet, um seinen eigenen Hals zu retten? Meiner Meinung nach müssen beide verhaftet und eingekerkert werden. Denn der Baumeister hat zugegeben, Widmannstetter übel zugerichtet zu haben. Das zeugt von seiner schwarzen Seele. Der Langhahn dagegen hat sich bisher nichts zuschulden kommen lassen.«

Anna Lucretia empfand wieder stark ihre Hilflosigkeit.

»Nein, Tante, der Baumeister war völlig verzweifelt. Er hat die Wahrheit gesprochen.«

»Nun, warum wohl, Kind? Welches Lied hast du ihm gesungen, dass er dir sein Herz so weit öffnet?«

Anna Lucretias Blut gefror. Großer Gott! Sie denkt, ich bin zu allem fähig und … und … sie hat recht. In jenem Augenblick war ich zu allem bereit. Und jetzt muss ich wohl weiter zu allem bereit sein, sonst merken sie noch, dass ich die Hölle vor mir sehe. Sie schaffte es, kühl, ja fast verächtlich zu antworten.

»Was für ein Lied hätte ich ihm singen sollen, Tante? Sein schlechtes Gewissen lastete wie Blei auf seiner Seele. Er hat sich mir anvertraut, weil ich versprochen habe, sein Vertrauen nicht zu missbrauchen. Ich hatte vor, kein Wort darüber zu verlieren, bis ich klarer sehe. Das war unmöglich, aber mein Wort halte ich.«

»Dein Wort? Sei nicht anmaßend, Fräulein! Bei Mord gilt kein Versprechen.«

Sabina war bleich vor Wut. Weißenfelder sah sich gezwungen, einzuschreiten.

»Hoheit, Ihro Durchlaucht, erlaubt mir! Wir haben keinen Beweis, aber auch mir scheint, der Baumeister hat die Wahrheit gesagt. Er hat sich selbst schwer belastet. Für den Angriff auf Doktor Widmannstetter könnte er zum Tod verurteilt werden. Wir alle kennen ihn gut genug, so glaube ich, um zu wissen, dass er tatsächlich furchtbar gequält gewesen sein muss. Von Langhahn wissen wir nur, dass er bei der Löwengrube war, wo er nichts zu suchen hatte, auch wenn er Doktor Widmannstetter das Leben gerettet hat. Ich möchte so vorgehen: Langhahn schon heute verhaften, Überreiter aber unauffällig beobachten lassen. Sein Verhalten bei der Arretierung des Soßenkochs kann aufschlussreich sein. Erlaubt Ihr mir, Hoheit, so zu verfahren?«

Zu Anna Lucretias großer Erleichterung stimmte Ludwig sofort zu. Auch Sabina nickte. Sie glaubte schon, endgültig aufatmen zu dürfen, als Johann Albrecht, der bisher geschwiegen hatte, das Wort ergriff.

»Hoheit, Durchlaucht, liebste Anna Lucretia! Dabei können wir es nicht belassen.«

Flehentlich sah er zu seiner Verlobten. Nun erst bemerkte sie, wie blass und unruhig er war. Rede nicht! Bitte rede nicht!, betete sie mit Angst im Bauch und wusste doch, ihr Gebet würde vergeblich sein. Die Geister, die sie beschworen hatte, ließen sie nicht mehr los. Ludwig hätte in dieser Angelegenheit lieber nichts mehr vernommen, aber Sabina wurde so schnell hellhörig, dass er wohl oder übel anhören musste, was der Gelehrte zu sagen hatte. Hofrat Weißenfelder beugte sich interessiert vor.

»Dabei können wir es nicht belassen, Hoheit. Es ist zu viel geschehen, was dringend der Aufklärung bedarf. Was werden wir vom Soßenkoch denn erfahren? Vorausgesetzt, er redet. Denn ich fürchte, er wird nichts sagen oder doch viel zu wenig. Er wird den Baumeister belasten, der Baumeister wird ihn belasten … und es spielt keine Rolle, ob wir dem Baumeister trauen oder nicht. Wird der Langhahn aber peinlich befragt, so wird er alles Mögliche gestehen. Kann man einem vertrauen, der unter der Folter gesteht? Ich sage Nein. Das kann man nicht. Also müssen wir auf andere Weise mehr erfahren. Der Bote aus Württemberg ist tot, unser Bote zu Herzog Christoph kommt nicht zurück. Ein Giftanschlag auf unseren gnädigen Herzog, ein versuchter Mord an mir. Erpressung und Verrat. Ja, Hoheit, Verrat! Denn der Brief aus München, der meine Entlassung und die Rückkehr der Herzogin nach Stuttgart verlangt, kann nur durch Verrat so schnell hier angekommen sein. Ich biete jedem eine Wette an: Übermorgen kommt wieder ein Brief aus München, der aus denselben Gründen dasselbe fordert. Ein Feind weilt unter uns. Diesmal müssen wir klüger und listiger sein als der, der unser aller Verderben will.«

»Genau, Doktor!«, pflichtete Sabina ihm entschieden bei. »Ich ahne, was Ihr vorhabt.«

»Was er vorhat?« Anna Lucretia zitterte plötzlich am ganzen Körper. »Was soll er vorhaben, Tante? Oh Gott, Johann Albrecht, was meint sie?«

Sabina lächelte kalt.

»Du hast den ersten Satz gesprochen, Kind, dein Verlobter spricht den zweiten aus. Ihr seid ein wunderbares Paar.«

»Ein wunderbares Paar? Wir werden niemals ein Paar sein, wenn er tut, was ich befürchte!«

Anna Lucretias Augen füllten sich mit Tränen.

»Verzeih mir, Liebste!«, flehte Widmannstetter sie an. »Es ist der einzige Weg. Noch diese Nacht verlasse ich Landshut. Für alle außer den in diesem Raum Versammelten wird es heißen, der Herzog habe mich davongejagt, die Verlobung sei aufgelöst. Wie vom Münchner Hof verlangt. Gleichzeitig wird die Herzogin ihre Rückkehr nach Württemberg ankündigen für den Tag nach Heilige Drei Könige. Ihro Durchlaucht werden darüber Trauer zeigen, oft weinen und Euren Mägden befehlen, die nötigen Reisevorbereitungen zu treffen.«

Schwungvoll erhob sich Sabina und klopfte dem zierlichen Johann Albrecht jubilierend auf die hängenden Schultern. So vertraulich hatte Anna Lucretia ihre Tante noch nie gesehen.

»Bei allen Heiligen, Doktor Widmannstetter, warum diese traurige Miene? Die Engel sprechen aus Eurem Mund. Der Verräter wird sich sicher fühlen. Vielleicht fangen wir ihn dadurch? Währenddessen reitet Ihr insgeheim nach Württemberg, sucht Herzog Christoph auf, damit wir endlich verstehen, was sich hier abspielt. Ein kluger Plan, ein listiger Plan! Ich schreibe sofort einen Brief an meinen Sohn für Euch. Wunderbar! Ich gratuliere dir, mein Kind. Was für ein Paar ihr doch seid! Ludwig, so verfahren wir, nicht wahr?«

Anna Lucretias letzte Hoffnung erlosch, als sie die Begeisterung in den Augen ihres Vaters erkannte; auch Weißenfelder schien überzeugt. »Bin ich die Einzige, die versteht? Das darf doch nicht wahr sein!« Niemand bemerkte ihre inneren Kämpfe. Ludwig und Weißenfelder regelten die Festnahme des Soßenkochs sowie die diskrete Beobachtung Überreiters, Sabina gab Widmannstetter Instruktionen, wie er sich zu verhalten habe – doch Anna Lucretia hatte das Gefühl, dem eigenen Leben beim Ertrinken zuzusehen. Ajax und Leda, die zwei spanischen Windhunde, schmiegten sich an ihre Beine. Das bereitete ihr zusätzliche Pein, denn nur die Hunde schienen zu spüren, wie ihr zumute war. Schließlich hielt sie es nicht mehr aus und bat ihren Vater, auf die Trausnitz zurückkehren zu dürfen. In Gedanken bei der Arretierung Langhahns stimmte er zu. Sie verließ allein den Raum.

17

Anna Lucretia verliess die Stadtresidenz durch das Haupttor, wandte sich nach rechts und lief in Richtung der Burg. Sie war erleichtert, dass niemand daran gedacht hatte, ihr eine Magd als Begleitung aufzuzwingen. Die Kälte am dunklen Spätnachmittag verspürte sie nicht, das aufgeregte Treiben in der Stadt bemerkte sie ebenso wenig. Der Thomastag, der der längsten Nacht des Jahres vorangeht, nahte. Das war der letzte Tag, an dem die schwere, fette Mettensau geschlachtet werden durfte. In manchem Hinterhof grunzte und quiekte es noch schrill. Es war höchste Zeit, wollte man zum Fest gerüstet sein. Schinken, Speck, Blut- und Leberwürste, ›Weihnachter‹ genannt, konnten noch eine Weile im Rauch hängen. Einige würden den Armen geschenkt, die meisten am Ende des Winters oder während des Frühlings auf den Tisch kommen. Für die zwölf Rautage aber, die Tage und Nächte von Weihnachten bis Heilige Drei Könige, brauchte man viel Braten, Kesselfleisch und Würste, um mit reichlich Mettensuppe und frischgebackenem Brot die Familie, Paten, ärmere Verwandte, Nachbarn, Sternsinger, Anklopfer und Frauentrager versorgen zu können.

Am Dreifaltigkeitsplatz versuchten lachende Mädchen, Anna Lucretia zum Sautanz einzuladen. Sie entzog sich nur mühsam ihren kräftigen Händen. Gestern noch hätte ich sofort mitgetanzt. Reichen wirklich ein paar Augenblicke, um das ganze Leben eines Menschen zu verändern?, dachte sie und wischte sich wütend Tränen aus dem Gesicht. Törichtes Mädchen! Niemand soll das merken. Von da an zwang sie sich, nicht mehr zu laufen und keine Freundlichkeit abzuweisen. Obwohl das Brotbacken – ebenso wie Nähen, Putzen, Mistfahren und Holzhacken – in der Adventszeit verboten war, roch es überall nach frischen Backwaren für das Fest der Feste: Striezel, Lebkuchen, Pfeffernüsse und Kletzenbrot bot man ihr nicht an, die wurden bis zur Lichtmette zurückgehalten, aber auf dem Bergweg reichte ihr eine alte Frau etwas verschämt safrangelbe Thomaskringel. Es war ja zwei Tage zu früh. Sie nahm einen in die Hand, merkte an seiner duftenden Wärme, wie kalt ihr war und wie viel Hunger sie hatte. Trotzdem kaute und schluckte sie das Küchlein nur mit Mühe. Wird mir nichts mehr schmecken, bis er zurück ist?, fragte sie sich angstvoll, während sie der alten Frau dankte. Wieder spürte sie Tränen auf den Wangen, die sie verbarg, indem sie sich schnell umdrehte und weiterging. Sie erreichte die Treppen vor der Burgmauer und sah den Wittelsbacherturm. Es schien ihr unmöglich, an dem Brunnenhaus vorbeizugehen, im Damenhaus ihre einsame Ankunft zu erklären und Fragen zu beantworten. Bald würde im Dürnitz das Abendmahl serviert. Der Gedanke daran erschien ihr unerträglich. Sie wollte einfach weglaufen, ohne Ziel. Doch die Kälte kroch ihr schon so sehr in die Knochen, dass sie sich nach Wärme sehnte. So blieb sie beim Wittelsbacherturm stehen und erklärte der verwunderten Wache, sie wolle in die Bibliothek. Außergewöhnlich war das nicht: Sie hielt sich oft dort auf, allein oder mit ihrem Vater, ihren Lehrern und – seit dem Beginn des italienischen Baus – auch mit Johann Albrecht.

Der Wachmann ließ sie ein. Er war hungrig und wartete sehnsüchtig auf seine Ablösung, um im alten Dürnitz essen zu gehen. Für das Gesinde waren Erbsenbratlinge mit Sauerkraut angekündet worden. Gewiss fehlte noch ein gutes Stück Salz- oder Rauchfleisch dazu, doch dafür musste man bis zum Weihnachtsfestmahl warten. Käse und Kompott aber würde es bestimmt geben, vielleicht sogar geröstete Brotwürfel mit Majoran zu den Bratlingen.

In der vertrauten Umgebung der Bibliothek hielt es Anna Lucretia trotz noch warmem Kachelofen und Kerzenlicht nicht lang aus. Zu glücklich, zu unbeschwert waren die hier verbrachten Stunden gewesen. Die Bücher, ihre treuen Freunde und Lehrer, vermochten es heute nicht, sie vor den dunklen Schatten, die ihre Seele bedrohten, zu schützen. Ganz im Gegenteil: Sie fühlte sich noch verlassener. Plötzlich kam ihr in den Sinn, dass sie noch nie Widmannstetters Wohnstube ganz oben im Turm gesehen hatte. Nach der Hochzeit sollte das ihr gemeinsames Gemach werden. »Nur dieses eine Mal«, dachte sie bei sich, »auch wenn es danach noch mehr schmerzt.«

Sie nahm eine Kerze in die Hand und staunte dann über die sehr enge Wendeltreppe. Genau die richtige Treppe für ihn, sagte sie sich. Die Räume unter dem steilen Turmdach, eine Schlafstube und ein Arbeitszimmer mit vier schönen Erkern, waren wesentlich größer, als es ihr von unten vorgekommen war. Durch vier Wand- und vier kleine Erkerfenster drang schwaches Abendlicht. An diesem höchsten Punkt der Burg fühlte sich Anna Lucretia besonders geschützt und sehr erhaben. Die Lichter der Stadt erzitterten im Tal hinter den Bäumen des Burghügels; auf der anderen Seite blickte sie auf die Dächer, Türme, Türmchen, Giebel und Kamine der Trausnitz, die nun schon fast völlig von der Nacht verschluckt worden waren.

Im inneren Berghof rumorte es gewaltig: Schreie, Rufe, Befehle. Wahrscheinlich wurde Langhahn gerade abgeführt.

Erst als sie draußen nichts mehr erkennen konnte, wagte es Anna Lucretia, mehr Neugier für Johann Albrechts Gemach zu zeigen. Er besaß nur wenige persönliche Dinge, was ihre schlimmsten Befürchtungen bestätigte. »Morgen ist er weg. Es wird sein, als ob er nie hier gewesen wäre.« Jetzt erinnerte sie sich bewusst an das, was sie am Tag davor in Ursulas Haus nicht hatte sehen wollen, nämlich die offenkundigen Spuren der intimen Vertrautheit zweier Liebender: das zerwühlte Bett, die Vorlieben für bestimmte Kleidung und Kissen, ganz persönliche, vielleicht absurde oder abstoßende Rituale, lieb gewordene, aus einem flüchtigen Moment der Seligkeit entstandene Gewohnheiten. All dem trauerte sie verzweifelt nach, noch bevor sie etwas davon besessen hatte.

»Anna Lucretia! Was machst du hier?« Ihr Herz blieb stehen vor Schreck, nicht nur, weil die Stimme so unerwartet kam, sondern auch, weil ihr Ton so wütend war. Johann Albrecht ließ ihr keine Zeit. »Ich suche dich schon überall. Du bist nicht im Fürstenbau, nicht im Dürnitz, nicht in der Kapelle! Du läufst ohne Grund weg und jetzt stehst du mutterseelenallein in meiner Schlafstube. Was ist mit dir los, verdammt noch mal?«

»Als ob du das nicht wüsstest! Keine Sorge, ich gehe sofort wieder. Wo befinden sich mein Vater und meine Tante?«

Er versperrte ihr den Weg zum Ausgang.

»Der Herzog und die Herzogin sind in der Stadtresidenz geblieben. So wirken die Überraschungen morgen besser. Du bist, wie mir scheint, allen entwichen. Im Fürstenbau denken deine Mägde, du seist bei Vater und Tante. Und diese beiden glauben, du bist brav in deiner Schlafstube. Du musst also nicht so schnell hier weg. Als ich ankam, warst du doch auch nicht in Eile, nicht wahr? Erkläre mir also, was mit dir geschieht, denn ich weiß es nicht.«

»Dann willst du es nicht wissen und folglich brauchst du es nicht zu wissen. Lass mich vorbei!«

»Ganz bestimmt nicht, Anna Lucretia! Nicht so.«

Sie begann zu verstehen, dass sie es nicht mit dem gelehrten Doktor Widmannstetter zu tun hatte, sondern mit dem heißblütigen, noch jungen Mann, der es als Erster gewagt hatte, die arabische Sprache zu studieren. Der bis Neapel und Sizilien nach Manuskripten aus dem Orient forschte und nur mit Mühe davon abgehalten werden konnte, bei den Türken und Ägyptern weiterzusuchen. Der den Degen so gut und gern führte, dass seine Feinde überall behaupteten, er würde sie mutwillig zu verbotenen Duellen treiben. Ansatzlos schlug sie ihm mit ihrer freien Hand ins Gesicht. Er ließ ihren Arm nicht los.

»Du willst mir jetzt Befehle geben?«, fauchte sie. »Nachdem du ganz allein beschlossen hast, von mir fortzugehen? Ich soll mich wohl glücklich schätzen? Eine schöne Ehe wäre das geworden.«

»Du hast also entschieden, mich nicht zu heiraten?« Ihren Schlag ließ er sich nicht anmerken. »Ganz allein, wohlgemerkt. Darf ich den Grund erfahren?«

Anna Lucretia wurde schwindlig. Er stand unbeirrbar vor ihr, seine Hand festgekrallt in ihrem Arm. Sie wusste nicht mehr, wohin mit dieser gewaltigen Wutwelle, die sie bisher getragen hatte. Sie begann zu zittern.

»Morgen früh gehst du. Du verlässt mich. Unter einem schändlichen Vorwand.«

»Ich reite nach Württemberg und komme zurück.«

Sie begann bitterlich zu weinen.

»Ich glaube dir kein Wort, sonst hättest du dich vorher mit mir abgesprochen. Du willst einfach weg von hier. Von den Anfeindungen, von dieser Verschwörung gegen meine Tante und gegen das Leben meines Vaters. Du hast den besten aller Gründe gefunden: Württemberg! Du wirst nicht zurückkommen, was niemanden überraschen wird, da du offiziell entlassen wurdest. Und kein Mensch wird sich über meine Trauer wundern: Schließlich ist meine Verlobung gelöst. Nein, ich glaube dir kein Wort. Sonst hättest du mit mir geredet.«

Zärtlich streichelte seine linke Hand über ihr aufgelöstes Haar.

»Weißt du, Liebste, warum ich allein entschieden habe? Ich könnte dir erzählen, es gab für die Entscheidung keine Zeit. Auch du hast von Langhahn und Überreiter berichtet, ohne Absprache mit mir. Ich bin dir nicht gram dafür. Im Gegenteil, du hast den Stein ins Rollen gebracht. Du hast mir vertraut, dass ich es auch so sehe. Deswegen war mein wahrer Grund, allein zu entscheiden, genau derselbe. Nämlich meine Gewissheit, dass du mir vertraust. Erzähl mir nicht, du fändest es falsch, dass jemand nach Württemberg reitet. Was ich gesagt habe, gilt: Es muss sein, dass ich es tue und dass ich als entlassen gelte. Du glaubst mir, nicht wahr?«

Sie weinte noch bitterlicher – aus Erleichterung, aus Angst, aus sie zerreißender Liebe, so sehr, dass er spürte, wie ihre Beine schwach wurden. Mit immer noch eisernem Griff führte er sie zum Bett, einem einfachen Himmelbett aus dunklem

Eichenholz mit nussbraunen Gardinen. Dort krümmte sie sich wie vor Schmerzen.

»Was geschieht mit mir, wenn du aus Württemberg nicht zurückkehrst?«

»Ich kann dir nicht versprechen, dass ich heil zurückkomme. Du verstehst, warum.« Ja, das tat sie. Jede Reise, jede Winterreise zumal, barg Gefahren. In diesem Fall kamen andere hinzu, von denen Wölfe, Raubritter und Wegelagerer die harmloseren waren. Herzog Ulrich ließ seine Frau und seinen Sohn sicherlich beobachten. Wer wusste schon, wo seine Komplizen auf der Lauer lagen? Es würde nicht einfach sein, Christoph von Württemberg aufzusuchen. Noch weniger aber, danach unbehelligt Landshut wieder zu erreichen. Das Verschwinden von Sabinas Boten bewies es. »Du verstehst, dass es sein muss, Liebste, es braut sich hier etwas Unheimliches zusammen.«

Anna Lucretia versuchte, tief und ruhig zu atmen, um damit das Stechen in ihrem Herzen und das Zittern ihrer Beine zu kontrollieren.

»Ich bleibe bei dir heute Nacht. Ich kann sowieso nicht mehr woanders hin.« Sie schloss die Lider, als ob sie überrascht über ihre letzten Worte nachdachte. Dann schlug sie die Augen wieder auf und sah in sein über sie gebeugtes, entschlossenes Gesicht. »Johann Albrecht, ich meine es so, wie ich es eben gesagt habe. Du kannst mich wegschicken, dann muss ich wohl allein sehen, was aus mir wird. Ich zwinge mich dir nicht auf, aber ich sage deutlich: Mein Wille ist, heute Nacht bei dir zu bleiben, weil du der erste und vielleicht der letzte Mann bist, mit dem ich eine Nacht verbringe. Bist du einverstanden? Es ist keine Falle. Du kannst Nein sagen.

Ich schreie nicht, ich weine nicht, ich gehe auf der Stelle. Du musst keinen Grund nennen. Es ist mir völlig gleichgültig, ob du mich unzüchtig findest oder nicht. Denn sollte es so sein, verbindet uns sowieso nichts mehr. Hast du verstanden?«

Widmannstetter nickte mit ernstem Gesicht. Mit wild pochendem Herzen dachte er zurück an den Moment des Aufwachens in der Küche nach seiner Rettung aus der Löwengrube, als sie ihn noch für bewusstlos hielt. Er erkannte die Bilder aus der erhofften Hochzeitsnacht, die Liebe, die Sorge, die Tapferkeit, die Ernsthaftigkeit.

»Ich schicke dich bestimmt nicht weg. Ich will, dass du bleibst. Ich weiß, was das bedeutet.«

»Gut. Geh in die Arbeitsstube. Wenn ich dich rufe, findest du mich, wie du mich finden solltest.«

Nur kurze Zeit später rief sie nach ihm. Das Bett war offen. Sie saß im Hemd kerzengerade darauf. In dem kleinen Kamin, in den sie mehrere Scheite gelegt hatte, loderten wieder größere Flammen, die etwas Wärme durch den Raum wirbelten. Er, ebenfalls nur im Hemd, schloss sie sofort in die Arme, streichelte ihren züchtigen Zopf, berauschte sich an dessen holzig-pudrigen Geruch, küsste ihre kalte Haut, tastete sich über die Konturen ihres endlich enthüllten Körpers vor, versuchte durch immer neue Zärtlichkeiten, sein zitterndes Warten zu beruhigen. Sie aber zitterte mehr und mehr, zog seinen Mund auf ihren, um mit diesem bekannten Kontakt ihren Mut zu erretten, löste dann aber ihre Lippen von den seinen.

»Dies ist unsere erste Nacht. Ich will alles, was in unserer ersten Nacht nach der Hochzeit gewesen wäre, auch wenn ich ein Kind von dir empfange. Mach! Zeig mir, wie es ist, eine Frau zu werden!«

»Ich will dir nicht wehtun.«

»Du entscheidest nicht, ob es mir wehtut. Du hast Angst davor, mehr als ich, weil du nicht weißt, ob du es je wieder aufwiegen kannst. Bei unserer Hochzeitsnacht hättest du gewusst, es kommen noch viele andere Nächte. Jetzt mach aus mir eine Frau! Halte dich nicht zurück und ich sage dir, wann ich dir dafür verzeihe. Kein Wort, mach!«

Bestimmt, ja fast schon brutal schob er sie unter sich. Wie taub und blind kämpfte er gegen ihre Jungfräulichkeit, nahm keine Rücksicht auf ihr stummes Ausschlagen. Er hätte sich das nicht zugetraut. Ob sie in den Stunden des Sturms ein Wort der Verzeihung sprach, nahm er nicht bewusst wahr. Bleierner Schlaf begrub sie gnädig zusammen.

18

Nach wenigen Stunden Schlaf erwachten sie gemeinsam. Widmannstetter bereitete sich sorgfältig auf die Reise vor. Die drei Briefe von Sabina an ihren Sohn versteckte er in verschiedenen Teilen seiner Reisemontur, genau wie die Geldmünzen und mehrere Messer. Es handelte sich um drei gleichlautende Briefe, da man damit rechnen musste, dass einer gestohlen, verloren oder vernichtet werden würde. Währenddessen zog sich Anna Lucretia so warm an wie möglich. Sie wollte unentdeckt aus dem Turm schleichen, während Johann Albrecht die Wache beschäftigte, und dann im kleinen Muschelpavillon am Stadtblick verharren, bis sie in der Burg erscheinen konnte, ohne Verdacht zu erregen.

Sie sprachen kein Wort miteinander; sie küssten sich auch nicht mehr. Er verschwand zum äußeren Burghof in Richtung der Hofställe, sie huschte wie ein Schatten in den Haag. Sie konzentrierte sich auf das Notwendigste, den Weg zwischen Schanzl und Stadtblick und ihre Wortwahl, damit niemandem auffiel, dass sie die Nacht weder in ihrem Zimmer auf der Trausnitz noch in der Stadtresidenz verbracht hatte. Als Anna Lucretia ihr Ziel erreicht hatte, erhellte ein silbergrauer Streifen den Horizont über der Stadt. In den sieben Klöstern Landshuts läuteten durch den leichten Nebel die Glocken zum Primgebet; durch die Luft schwebte Gesang den Burgberg empor. Am liebsten hätte sie sich nicht mehr gerührt. Doch die feuchte Kälte aus dem Tal der Isar kroch wie eine eisige Hand zwischen ihre Haut und die hastig zusammengestellte Kleidung – ihre Gottesdienstkleidung vom gestrigen Morgen mit Handschuhen, Beinlingen und einem gefütterten Wams von Widmannstetter.

Erst jetzt zeigten sich in ihr die Erschöpfung, der Hunger, der körperliche Schmerz, die Angst, die Zweifel, die Sorge um Johann Albrecht. Hatte sie richtig gehandelt in der Nacht? Ja, das hatte sie – gleichgültig, wie viel Pein, Lust, Schrecken, Wut oder Liebe sie empfunden hatte. Sie lauschte voller Hoffnung, ob sie etwas von dem geheimnisvollen Entstehen eines neuen Wesens in sich spürte. Oft genug hatte sie Frauen gehört, die behaupteten, sie wüssten es sofort – und recht behielten. Das Bewusstsein, alles richtig gemacht zu haben, würde die Dinge leicht machen, wenn Johann Albrecht nicht zurückkam. Eine Geburt, bei der sie alles rausschreien könnte, was in ihr brodelte – und dann ein gnädiger Tod mit dem Kind. Sie sehnte sich in diesem Augenblick nach der Todesruhe; unheimlich kreisten die Gedanken in ihrem Kopf. Nach wie vor befürchtete sie, Widmannstetter könne dabei sein, sein italienisches Leben wieder aufzunehmen, statt sich in die Höhle des württembergischen Drachen zu begeben. Sollte er aber am beschlossenen Plan festhalten, dann bangte sie noch mehr. Was würden die nächsten Tage und Wochen hier in Landshut von ihr verlangen? Sie konnte sich nicht mehr mit ihm besprechen.

Kurz nach Tagesanbruch entschloss sich Anna Lucretia, in die Trausnitz zurückzukehren. Sobald sie sich zeigte, kamen ihr aufgebrachte Menschen entgegen. Sie verstand nicht, was geschah – vor lauter Schreien, Fluchen, Gebeten, Jammern. Dann traf sie auf Joris Kärgl, der ihr erklärte, welch schlimmes Unglück passiert war: Sebastian Langhahn, der Soßenkoch, dessen völlig unerwartete Festnahme am Abend davor für mächtigen Aufruhr gesorgt hatte, war gerade tot in seinem Verlies gefunden worden! Trieben böse Geister an diesem bisher so gesegneten Hof ihr Unwesen? Dämonen schienen, so meinte Kärgl, hartnäckig über der Hofküche zu kreisen. Es war zum Verzweifeln. Anna Lucretia unterbrach nur mit Mühe das Klagelied des Küchenmeisters.

»Ich bitte Euch, Meister Joris, wer hat den Soßenkoch gefunden?«

»Der Hofrat Weißenfelder, der ihn gestern hat festnehmen lassen, mitten in der Küche. Er konnte nicht einmal seine Camelinesoße fertig abseihen. Der Hofrat wollte ihn heute Morgen schon einem Verhör unterziehen.«

Anna Lucretia lief schnell über Zerwirk- und Hofstallgebäude durch den von Menschen wimmelnden äußeren Burghof auf kürzestem Weg zum Gerichtsdienerhaus, dem herzoglichen Gefängnis in der Burgmauer. Mit wilder Entschiedenheit zwang sie Neugierige wie auch die Wache zur Seite und drang in den bescheidenen, quadratischen Bau neben dem Hungerturm vor. Dann stand sie vor Weißenfelder. Niemals zuvor hatte sie in ein sorgenvolleres Gesicht geblickt. Er schien immens erleichtert, als er sie wahrnahm. Das hätte sie nicht für möglich gehalten; es gab ihr etwas innere Ruhe zurück.

»Fräulein von Leonsperg! Gott sei gelobt! Ihr werdet es nicht glauben.«

»Doch, doch, ich weiß es schon. Der Langhahn ist tot. Ich nehme an, er hat sich das Leben genommen aus Angst vor der hochnotpeinlichen Befragung. Sein Gewissen hat wohl schwer auf ihm gelastet. Wie hat er es getan?«

»So war es ganz und gar nicht, Fräulein von Leonsperg.« Weißenfelder schüttelte ratlos den Kopf. »Kommt bitte mit mir!«

Ohne Rücksicht auf ihr Alter, ihr Geschlecht oder ihre Unerfahrenheit führte sie der Hofrat zum Verlies, wo er hinter dem schweren Gitter auf eine eigenartig verkrümmt am Boden liegende Gestalt zeigte. Langhahns Beine waren seltsam verdreht, vielleicht gebrochen; seine völlig verkrampften Hände gruben sich in seinen Hals; sein sonst so fahles Gesicht war unter den roten Haaren tiefblau verfärbt; aus seinen aufgerissenen Augen war die träge Hinterlist verschwunden. Blankes Entsetzen spiegelte sich in ihnen.

»Er ist erdrosselt worden mit einer Würgschraube. Er hält sie noch. Sein Mörder hat sie hiergelassen. Er muss sich sehr sicher gefühlt haben. Alle Türen waren verschlossen. Die Wächter haben nichts gesehen oder gehört.«

Langhahns Anblick bot für Anna Lucretia geringeren Schrecken als ihre Gedanken. Genau in dem Augenblick, in dem Johann Albrecht sie allein ließ, brach hier die Hölle los.

»Dann waren es die Wächter. Oder einer von ihnen. Beide muss man peinlich befragen.«

»Keiner der beiden war letzte Nacht bei ihm, Fräulein von Leonsperg. Der Gerichtsdiener Justus Reminger war im ersten Stock in seiner Schlafstube. Die Schlüssel werden nächtens bei ihm verwahrt. Aber er hat seit drei Tagen schon hohes Fieber und kann sich kaum aufrecht halten. Sein Weib und seine Tochter waren immer bei ihm. Keiner hat etwas gehört. Seine Gehilfen habe ich gestern selbst für die Nacht entlassen. Ich Tor! Reminger hat die Schlafstube der Wache im Torwarthaus nicht verlassen. Mehrere können das bezeugen. Ich dachte, der Reminger oben, die reguläre Wache an der Burgmauer, die Türen und Gitter reichen. Wir hatten doch nur eine Vermutung! Wer hätte das gedacht?«

Anna Lucretia bohrte ihren Blick in die Augen des Hofrats.

»Ich, Doktor Weißenfelder. Das habe ich gestern klar gesagt, nicht wahr? Und Ihr dachtet, ich könnte recht haben. Und auch Johann Albrecht. Und die Herzogin Sabina schon beim Tod des Boten aus Württemberg. Und Ihr hieltet es nicht für nötig, den einzigen Verdächtigen, den wir haben, anständig bewachen zu lassen? Das verstehe ich nicht, Herr Hofrat.«

Weißenfelder schwitzte Blut und Wasser.

»Ist Doktor Widmannstetter weggeritten?«

»Ja, vor der Morgendämmerung.« Sie täuschte kein Unwissen vor. »Weiß mein Vater schon, was sich ereignet hat?«

»Nein. Ich habe selbst die Leiche entdeckt und noch niemanden zur Stadtresidenz geschickt. Ich wage es nicht.«

»Ihr meint also, wir haben es hier mit einem Wesen zu tun, das so listig, so mächtig und so gewandt ist, dass es einen Mann im bewachten, verschlossenen herzoglichen Verlies töten kann, ohne eine Spur zu hinterlassen?«

»Ja, Fräulein von Leonsperg, Ihr versteht mich richtig.« Unendliche Traurigkeit zeichnete sich auf Weißenfelders weisem, bedächtigen Gesicht ab. »Ich kann es noch nicht fassen, weil mir völlig rätselhaft ist, wie und warum hier so ein Unheil über uns hereinbricht. Aber es ist die einzig mögliche Schlussfolgerung. Darf ich Euch bitten, mich in die Stadtresidenz zu begleiten? Wir müssen den Herzog schützen.«

Anna Lucretias Wut, die Gefühle von Verlassenheit und Angst schwanden langsam. Da Weißenfelder nun so schonungslos wie vertrauensvoll seine Rat- und Hilflosigkeit mit ihr teilte, schöpfte sie daraus neue, ungeahnte Kräfte.

»Gewiss, Herr Hofrat. Wir müssen die Ersten sein, die ihm diese Nachricht überbringen.«

Ludwig und Sabina, die neugierig auf das Ergebnis von Langhahns Verhör warteten, waren so bestürzt über die Neuigkeit seiner Ermordung, dass der Herzog nicht mehr versuchte, die Angelegenheit zu verharmlosen. Die Herzogin sah sich in ihren schlimmsten Befürchtungen bestätigt, ihr Bruder fühlte sich ins Mark getroffen. Er war ein guter, friedfertiger, großzügiger Fürst, stets um Ausgleich bemüht. Wer sollte ihm den Tod wünschen und warum?

»Was ist mit dem Baumeister Überreiter?«, fragte er mit matter, hoffnungsloser Stimme. »Vielleicht hat er den Soßenkoch gemeuchelt, damit er nicht gegen ihn aussagen kann?«

Weißenfelder schüttelte traurig den Kopf.

»Nein, Eure Hoheit. Ich habe ihn permanent beobachten lassen.«

»So gut wie den Langhahn?«, unterbrach ihn Sabina bissig.

»Leider weit besser, Ihro Durchlaucht, denn wir ließen ihn ja frei. Er hat seit gestern Abend sein Haus nicht verlassen. Außerdem verstehe ich nicht, wie sich jemand Zugang zum Verlies des Soßenkochs verschaffen konnte.«

»Dann soll er jetzt verhaftet werden«, meinte Ludwig. »Er hat gelogen, er hat geprügelt, vielleicht versucht zu morden, wenn auch ohne Erfolg. Es gibt Gründe, warum er mir und Widmannstetter schaden möchte. Es liegt doch nah, dass er mehr weiß und ...«

Anna Lucretia unterbrach ihren Vater.

»Mit dem ersten Toten, dem Boten, hatte er nichts zu tun. Das steht fest. Wer weiß? Verhaftet und verdächtigt könnte er der nächste Tote sein. Doch tot wäre er für uns völlig nutzlos. Diejenigen, die hinter Langhahn stehen, falls sie denn existieren, wollten etwas von Überreiter. Ich denke, ich habe sein Vertrauen gewonnen. Lasst mich bitte versuchen, mehr von ihm zu erfahren. Der Tod des Soßenkochs beweist doch, dass Schreckliches im Gang ist. Es sollte mir leichtfallen, mich ihm zu nähern, denn sein Rivale Widmannstetter ist ab heute offiziell entlassen und unsere Verlobung gelöst. Ich bin wieder Freiwild für ihn.«

Ludwig blickte zu seiner Schwester und zu seinem Berater.

»Ihr denkt wie meine Tochter, nicht wahr?«

Weißenfelder war schneller als Sabina.

»Sehr wohl, Hoheit. Fräulein von Leonsperg hat uns schon weit gebracht. Sie kann noch mehr herausfinden. Doch meine erste Sorge gilt Euch, mein Fürst. Ihr seid in höchster Gefahr. Ich bitte Euch inständig, die Stadtresidenz, die kleiner und übersichtlicher ist als die Trausnitz, nicht zu verlassen. Duldet nur wenige engste Vertraute um Euch! Ich lasse Eure Gemächer Tag und Nacht bewachen, ebenso wie das Haus Fräuleins von Weichs, falls Ihr dieser einen Besuch abstatten wollt.«

Ludwig stimmte ihm zu.

»Meine Schwester, Ihr zieht in die Stuben über den meinen. Ich schicke Euch in zwölf Tagen zwar zu Eurem Gatten zurück, dennoch möchte ich bis dahin Tag und Nacht von Euch Abschied nehmen können. Das werden uns meine Feinde wohl gönnen.«

»Bestimmt, liebster Bruder.« Sabina lächelte gerührt. »So machen wir es. Doch zusätzlich sollten wir meiden, was aus der Hofküche kommt. Ich weiß nicht, welche Hexenbrühen dort brodeln, aber es riecht nicht gut, was dort gebraut wird. Gott sei Dank gibt es hier eine kleine Küche, auch Fräulein von Weichs verfügt über eine. Holen wir Signor Soldani hierher. Er soll das Kochen für uns übernehmen. Der Bautrupp wird von seinen Gehilfen versorgt.«

Ludwig nickte nachdenklich.

»Das, meine Schwester, geht nur bis Weihnachten so. Aber am Heiligen Abend muss ich beim Festmahl auf der Trausnitz erscheinen und während der nachfolgenden Feiertage ebenso.«

»Oder auch nicht, Bruder. Das entscheiden wir, wenn es soweit ist. Vielleicht ist Widmannstetter bis dahin zurück und wir wissen dann, was hier geschieht. Wir haben keine Eile.«

»Ich lasse für die nächsten Tage alles herrichten, Hoheit.« Weißenfelder schien befreit von seiner Verzweiflung.

»Und ich?« Anna Lucretia verbarg ihre Empörung nicht. »Wo bleibe ich? Was passiert mit mir?«

Zu ihrer großen Verblüffung nahm Sabina sie zärtlich in die Arme.

»Du, mein Kind, brauchst doch keine Ratschläge. Wenn du aber unbedingt danach verlangst, dann gebe ich dir diese: Trauere jammernd um Tante und Verlobten! Wickle den Baumeister um deine hübschen Finger! Stecke deine Nase überall hinein! Und schau mich nicht an wie ein trotziges Kind! Ich meine es ernst. Seht Ihr das auch so, mein Bruder?«

Ludwig bedauerte seine vor Wut fast platzende Tochter.

»Mein Täubchen, meine kleine Meise, das sind doch Komplimente, die du bekommst. Niemand lacht dich aus.«

»Ich soll das alles allein entscheiden?«, platzte Anna Lucretia heraus. »Und wo soll ich mein Quartier nehmen? Ich … ich …«

»Das, Liebes, bleibt nach wie vor dir überlassen.« Sabina lächelte breit. »Wir vertrauen dir. Doch sag uns, wo du hingehst. Das müssen wir wissen.«

Das Mädchen atmete heftig und biss sich auf die Unterlippe.

»Ja, liebste Tante, ich habe verstanden. Wie Ihr sagt: Wir werden sehen, was jeder neue Tag uns bringt. Ihr bleibt bei meinem Vater hier, ich auf der Trausnitz. So haben wir unsere Nasen, Augen und Ohren überall.«

19

In den folgenden Tagen sah und hörte Anna Lucretia nichts Ungewöhnliches, so viel Mühe sie sich auch gab. Der Tod des Soßenkochs und der Rückzug Ludwigs in die Stadtresidenz erschreckten und lähmten die Bürger Landshuts wie die Bewohner der Trausnitz. Die Tochter des Herzogs wurde gemieden. Ich kann das niemandem verübeln, dachte sie bitter, ich war Johann Albrechts Verlobte. Entweder misstraut man mir, wie man ihm misstraute, oder man hat Mitleid mit der Trauernden. Beides lockert die Zungen nicht.

Aber hatte überhaupt jemand etwas zu sagen? Alles ging seinen Lauf wie vor jedem Weihnachtsfest. Hofften die Menschen so, den Fluch zu bannen? Also beschloss Anna Lucretia, es ihnen gleichzutun und machte dankbar und fleißig mit, als in Burg und Stadt am Thomastag – drei großzügige Tage zu früh – die Zeit der Raunächte für begonnen erklärt wurde. »Zwischen den Zeiten* ruht die Arbeit«, das beherzigte jeder gerne. Dafür aber mussten Hausrat, Vieh und Nahrung und ganz besonders das Brot, das jetzt frisch gebacken werden durfte, sorgfältig mit der Räucherpfanne geräuchert und in der nächstgelegenen Kirche gesegnet werden. Am Ende dieses Jahres 1541 entging kein Milchgefäß, kein Nachttopf, keine einzige Pfeffernuss, nicht mal ein armseliges Huhn der reinigenden Kraft des Rauchs. Nie wurden mehr Rauchwecken, ein dunkles Früchtegebäck nach neuester Münchner Mode, in

* »Die Zeit zwischen den Zeiten« sind die Tage zwischen dem 24. Dezember (Weihnachten) und dem 6. Januar (Dreikönigstag)

die Öfen geschoben, nie mehr Kletzenbrot nach ausgiebigem Räuchern verschenkt oder getauscht. Anna Lucretia befürchtete einen Stadtbrand, so verbissen schwenkten die Landshuter die Räucherpfannen. Gleichzeitig musste sie ihren Kummer mit aller Kraft zügeln. Denn an Stephani, dem zweiten Weihnachtstag, bekam jeder verlobte junge Mann von seiner Liebsten ein Stück Kletzenbrot. War die Scheibe schön glatt, weil gut geknetet und sorgfältig gebacken, sollte auch die Ehe gut geraten. Eine unebene Schnitte, aus der Birnen und Nüsse traurig herausragten, zeugte unmissverständlich von bösen Schatten über dem zukünftigen Paar. Würde Johann Albrecht an Stephani zurück sein, um sein Kletzenbrot von ihr zu bekommen? Das war sehr unwahrscheinlich. Schmerzerfüllt staunte sie darüber, wie sie nun die Zeit wahrnahm. Vor ein paar Wochen noch schienen die Tage und Stunden bis zu ihrer Hochzeit wie im Traum zu vergehen. Jetzt aber klebte jede Minute so hartnäckig an ihr, dass Anna Lucretia sie wie festgebissene Blutegel von sich ablösen musste. Mit niemandem konnte sie darüber reden, weder mit Vater, Tante, Hofrat oder Mätresse noch mit den vielen Ahnungslosen in der Stadt und auf der Burg, unter denen sich womöglich einer oder mehrere Mörder versteckten. Die meisten hielten sich von ihr fern, wussten sie doch anscheinend nicht, wie sie mit der Verlassenen umgehen sollten. Überreiter schien wie vom Erdboden verschluckt zu sein. So sehr Anna Lucretia sich auch bemühte, sie bekam ihn nicht zu Gesicht. Fürchtete er eine Anklage wegen Langhahns Ermordung? Hegte er vielleicht weitere tödliche Pläne? Sie stand wie vor einer Mauer.

Die Einzige, die sich nicht von ihr fernhielt, war Theresa Kärgl. Die Frau des Küchenmeisters lief ihr ständig über den Weg, fragte aufdringlich und ohne Anlass nach ihrem Befinden, redete mehr mit ihr als in all den Jahren zuvor, verwickelte sie in Gespräche, deren Zweck Anna Lucretia nicht verstand und die sie nur mühsam beendete. Sie wusste nicht mehr, was sie von der groß gewachsenen, braunhaarigen Frau mit dem scharfen, deutlich herablassenden Blick halten sollte.

Als sie für die dritte Klöpfernacht in der Hofküche Proviant holte, gesellte sich die Kärglerin wieder zu ihr. An den letzten drei Donnerstagen vor Weihnachten zogen die armen Leute mit ihrer Kinderschar von Haus zu Haus, klopften an die Türen und baten mit schrill-eindringlichem Gesang um milde Gaben – deshalb nannte man diese Nächte Klöpfernächte. Doch da die mittellosen Kranken im Heiliggeistspital nicht selbst betteln konnten, bekamen sie vom Hof, was ihnen nach alter Sitte zustand. Seit Sabina und Anna Lucretia bei Ludwig lebten, hatten sie in jedem Jahr diese heilige Aufgabe persönlich übernommen. Denn das Spital wurde von Nonnen betreut, die auch das Kloster Seligenthal vor den Toren der Stadt bewohnten. Dort, im grünen Tal der Glücklichen, im Schatten der Afrakapelle, schliefen die Landshuter Wittelsbacher ihren letzten Schlaf und erwarteten ihre Auferstehung am Tag des Jüngsten Gerichts. Vom Wohl der Siechen im Heiliggeistspital hing also das Seelenheil der Fürsten auf der Trausnitz ab.

Anna Lucretia hob gerade zwei schwere Körbe voller Nüsse, Äpfel, Schmalz, Kletzenbrot und sogar Lebkuchen hoch, als Theresa sich anbot, der Herzogstochter zu helfen.

»Eure Tante ist dieses Mal verhindert, Fräulein von Leonsperg. Allein könnt ihr die schwere Last nicht so weit schleppen. Die Mägde sind alle beschäftigt. Lasst uns gemeinsam gehen!«

Anna Lucretia sah sich verzweifelt um, musste der Kärglerin aber zustimmen. Noch zwei Tage bis Heiligabend, in der Küche wie in den Wirtschaftsgebäuden war die Hölle los. Jeder und jede hätte wohl vier Paar Hände gebraucht, um alle dringenden Aufgaben zu erledigen. Joris Kärgl, der gerade bedächtig notierte, was sein Reich in den beiden Körben verließ, war seinem Weib sehr dankbar.

»Ihr braucht jemanden an Eurer Seite, der Euch tragen hilft, Fräulein von Leonsperg. Die Last ist zu schwer für eine Person ...«, er senkte die Stimme, »... und nach allem, was geschehen ist, wäre ich untröstlich, Euch allein zu wissen.«

In der Stadt mit all den Klöpfern, dachte Anna Lucretia entnervt, ist es zwei Tage vor Weihnachten mitten in einem Ameisenhaufen einsamer. Doch es half nichts; sie behielt ihre Gedanken für sich, bedankte sich artig beim alten Küchenmeister und überließ Theresa einen der zwei schweren Körbe. Kaum gingen sie die Bergstraße hinunter, plauderte die Kärglerin munter drauflos.

»Ach, Fräulein von Leonsperg, es tut mir im Herzen weh, Euch so voller Gram zu sehen. Doktor Widmannstetter hat sich als Euer unwürdig erwiesen.«

Anna Lucretia erstickte innerlich fast vor Wut, wollte sich aber nichts anmerken lassen. Unwürdig? Dieser wunderbare Gelehrte? Wer wäre denn sonst passend? Irgendwann würden es alle erfahren, wie würdig er in Wirklichkeit war. Doch wann? Der Schmerz bohrte sich hinterlistig in ihre Wut. Nur, falls er zurückkam! Der furchtbare Gedanke war wieder da. Sie musste ihn fest unter Verschluss halten, vor dieser neugierigen Frau wie vor allen anderen auch. Doch Theresas Neugier machte das schwieriger als das stumme, harte Mitleid, das ihr bisher entgegengebracht worden war. Trotz Anna Lucretias Schweigen ließ die Kärglerin nicht locker.

»Ich verstehe Euch. Das könnt Ihr bestimmt noch nicht so sehen. Es wird aber der Nächste kommen, der Euch den Verlust vergessen lässt. Wer weiß? Vielleicht ist er sogar schon da. Der Baumeister Überreiter hat doch beim Herzog schon vor Jahren um Eure Hand angehalten. Das ist ein tüchtiger, ein ansehnlicher Mann, ein richtiger Glücksfall für eine Frau.«

Theresa Kärgls Stimme war eindringlicher geworden; ihr Atem ging schneller, ihr Blick war starrer. Das entging Anna Lucretia nicht, die sich nun einige Fragen stellte. Der ohrenbetäubende Singsang der Klöpfer vor den reichen Häusern am Dreifaltigkeitsplatz – »Nudeln raus, Kletzen raus, oder mir hau'n a Loch ins Haus« – gab ihr Zeit, die Gedanken zu ordnen. Die Frau wollte etwas von ihr; nicht umsonst suchte sie ihre Gesellschaft. Doch was? Zum ersten Mal beobachtete das Mädchen sie genauer. Sie versuchte zu bestimmen, was ihr auffiel. An ihrer Kleidung wenig. Die um Kopf und Hals vielfach gefältelte Haube, das schwere Wollkleid in grau-rosa Tönen, der Schulterumhang aus Otterfell und die gestrickten Halbhandschuhe entsprachen zweifellos ihrem Stand, der Jahreszeit und der Kälte. Der enge, bestickte Gürtel war vielleicht überflüssig, betonte er doch durch die dicken Stofflagen erstaunlich genau die Wölbung ihrer Brüste und ihre wogenden Hüften. Diese aufreizenden Hüftbewegungen wollten eigentlich so gar nicht zu dem alten, schon steifen Küchenmeister passen.

»Als ob das von Bedeutung wäre«, seufzte sie. Beide Frauen

hatten die laute Altstadt verlassen und waren zum Isarufer abgebogen, an dem das Spital lag. Worte sollte sie, Anna Lucretia, finden über den Baumeister? Das fehlte ihr noch!

»Ein Glücksfall für eine Frau? Ja, gewiss, Frau Kärgl, doch war ich sehr jung, als er um meine Hand anhielt. Das hat mich damals erschreckt. Auch ist er so groß und so breit und, meine ich, zu alt für mich.«

»Nur wenig älter als der Doktor«, unterbrach Theresa sie.

»Mag sein. Doch bei Doktor Widmannstetter war es trotzdem anders. Außerdem war ich selbst schon älter und es war mir ganz recht.«

»Und jetzt?«

Die Unvermitteltheit und ungewöhnliche Direktheit dieser Frage überraschte Anna Lucretia, gab ihr jedoch einen Hinweis: Die Kärglerin versuchte zu klären, ob Überreiter vielleicht heute eher nach ihrem Geschmack sein könnte. Die Antwort war einfach.

»Für mich hat sich seit damals nichts geändert. Ich würde den Baumeister sicher auch jetzt wieder abweisen.«

Der Atem ihrer Begleiterin beruhigte sich hörbar. Das hatte sie also wissen wollen! Öffnete sich Anna Lucretia eine seit Tagen verschlossene Tür? Etwas, das Überreiter betraf, trieb das Weib des Küchenmeisters an. Ein Jagdinstinkt erwachte in ihr. Sie verspürte Lust, Theresas Spieß umzudrehen.

»Wo steckt der Baumeister überhaupt? Seit Rorate habe ich ihn nicht mehr gesehen. Nein, das stimmt nicht. Seit der Festnahme des Soßenkochs habe ich ihn nirgends mehr erblickt. Was ist mit Euch, Frau Kärgl?«

Sie sah Theresa schlucken, bevor diese zur Antwort ansetzte.

»Ich auch nicht, dabei ist er nur schwer zu übersehen. Ich verstehe das nicht.«

»Kann es sein, dass er Angst hat?«, wagte Anna Lucretia zu fragen. Theresa erblasste sichtlich unter ihrem leicht gelblichen Teint.

»So ein imposanter Mann soll sich fürchten? Wovor denn?«

Sie schien einen wunden Punkt getroffen zu haben.

»Nun ja, ich weiß nicht recht. Mein Vater und der Hofrat Weißenfelder hegten einen schweren Verdacht gegen den gemeuchelten Langhahn. Vielleicht befürchtet der Baumeister, er hätte schon vor seinem Tod etwas ausgesagt, was ihn betrifft. Oder er argwöhnt, für den Mord am Soßenkoch verantwortlich gemacht zu werden. Warum auch immer.«

Theresa ließ fast den Korb fallen, als sie hörte, Überreiter könnte der Mörder Langhahns sein. Anna Lucretia fühlte sich plötzlich sehr sicher. Die Kärglerin fing sich schnell wieder und redete mit wachsender Empörung drauflos.

»Großer Gott! Fräulein von Leonsperg, was soll der Baumeister mit dem Soßenkoch zu tun gehabt haben? Die beiden haben in all den Jahren, seit ich sie kenne, keine drei Worte miteinander gewechselt. Worüber auch, nicht wahr? So viel will ich Euch sagen: Wenn jeder, der den Langhahn leid war, sich jetzt versteckt hielte, würde man in der Küche niemanden und auch in der Burg nur wenige sehen.«

»Warum denn? Das ist mir neu.« Anna Lucretia gab sich verwundert. »Er war ein exzellenter Soßenkoch. Nie habe ich eine Klage über ihn gehört.«

»Na, kein Wunder, ein so junges Ding wie Ihr. Bei allem Respekt, Fräulein. Ein fauler, verdorbener Sack war er, das weiß jeder. Nur mein Mann nicht, der nie was sehen will, der arme, alte, gute Joris. Tag und Nacht hat der Langhahn versucht, die Mägde … ob in der Küche oder im Wirtschaftshof … entschuldigt, Fräulein … flachzulegen. Nicht mit seinem Liebreiz, wie Ihr Euch denken könnt. Davon hatte er so viel wie eine Schlange. Nein, durch Hinterlist und sogar … Erpressung. Kommst du nicht mit mir, sage ich, du hast in die Suppe gespuckt, du hast ein Stück Fürstensemmel gegessen, hinter dem Holzstapel geschlafen, Würste unter deinem Rock versteckt, mit dem einen oder anderen Unzucht getrieben. Wie oft hat eine Unglückliche mir ihr Leid geklagt! War nichts zu machen. Aussage stand gegen Aussage. Im Zweifel, wem glaubt man denn? Dem Kerl, dem Soßenkoch, nicht der dummen Magd. Und der erzählt, sie wären alle hinter ihm her und aufeinander eifersüchtig.«

Anna Lucretia schüttelte ungläubig den Kopf.

»Frau Kärgl, es hat ihn doch keine rachsüchtige Magd im Haus des Gerichtsdieners erdrosselt. Das ist unmöglich.«

»Hört nur, Fräulein. Urplötzlich, vor nicht allzu langer Zeit, da waren sie tatsächlich hinter ihm her und aufeinander eifersüchtig. Nicht, weil sie auf den Geschmack gekommen wären, sondern weil der rote Fuchs zahlte. Ja, ja, auf einmal hatte er Geld, viele gute Silbermünzen. In der Küche fanden das die anderen Männer nicht mehr schön. Die kamen sich vor wie arme Teufel. Die Mägde hatten keinen müden Blick mehr für sie. Entschuldigt schon, Fräulein von Leonsperg, Ihr seid Jungfrau, aber wenn ich höre, der Baumeister könne in Verdacht geraten, da muss ich doch den Mund aufmachen.«

»Aber sicher doch, Frau Kärgl, es wäre ja grausam, wenn

er für einen Mörder gehalten würde und in Wirklichkeit unschuldig ist. Doch sagt mir: Wenn so viele über die Machenschaften des Soßenkochs Bescheid wussten, weshalb ist er unbehelligt geblieben? Warum haben mein Vater und meine Tante nichts erfahren?«

»Ach, Fräulein, mit denen darf doch ungefragt nur der Küchenmeister reden. Wie ich schon sagte: So penibel und genau er ist, mein guter Kärgl sieht nicht schärfer als ein Maulwurf. Vor allem aber war der Langhahn geschickt, hat sich mit dem Grünberger und dem Kurzbein zusammengetan. Alle drei hatten plötzlich Geld. Was sollen die anderen gegen die wichtigsten Männer in der Küche machen, wenn der Küchenmeister blind ist und stumm bleibt?«

»Und wie sind die drei zu ihrem Reichtum gekommen?«

»Das, mein gnädiges Fräulein, weiß ich nicht. Ich vermute, sie entnehmen aus der Küche mehr Reste und Abfälle, als ihnen zusteht, und verkaufen sie weiter. Kärgl würde es merken, wenn sie von den Vorräten etwas entwendeten, das ist sicher. Wenn der Oberkoch, der Grünberger, mitmacht, ist es leicht. Da können diejenigen, die um ihren Anteil gebracht werden, der Braumeister, der Kellermeister, der Fischmeister und der oberste Jäger, nur wenig ausrichten. Übrigens glaube ich, dass der Fürschneider, der Quast, sich auch mit den Dreien zusammengetan hat. Das passt zu ihm. Gesehen habe ich nie etwas, aber der Fürschneider hat Macht. Er würde sich nicht widerstandslos hintergehen lassen. Also, gnädiges Fräulein, Ihr seht, wo man anfangen muss, Langhahns Mörder zu suchen. Gewiss nicht beim Überreiter!«

Der arme, unschuldige Baumeister? In Anna Lucretias Verblüffung schlich sich ein neuer Verdacht. Die Kärglerin wollte nicht nur wissen, ob Überreiter bei ihr, Anna Lucretia, noch Chancen hatte, sondern sorgte sich auch außerordentlich um dessen Schicksal. Ob sie ihn liebte? Das durfte die züchtige Jungfrau Anna Lucretia nicht fragen. Langsam wurde ihr schwindlig. Sie hatte gehofft, der reuige wie verliebte Baumeister würde ihr weiterhelfen. Nun war er wie vom Erdboden verschluckt. Dafür belagerte sie eine Frau, die zwar zweifellos gute Ohren und scharfe Augen besaß, mit interessanten Aufdeckungen nicht geizte und vielleicht die nützlichere Verbündete wäre, der sie sich dennoch unter keinen Umständen vorbehaltlos anvertrauen konnte. Oder doch? Täte sie besser daran, Theresa zu erzählen, dass sie Überreiter Versprechungen gemacht hatte und warum? Schließlich versuchten sie beide, wenn auch aus unterschiedlichen Gründen, in den Küchenvorgängen klarer zu sehen. Doch wenn sie das tat, musste sie ihrer Begleiterin verraten, wie es um Johann Albrecht stand. Das ging nicht. Viel zu gefährlich.

»Das macht Euch sprachlos, nicht wahr, gnädiges Fräulein? Ich wollte Euch nicht belästigen. Aber es ist wichtig, dass Ihr es erfahren habt, oder?«

Die Tochter des Herzogs erwachte aus ihren Gedanken.

»Oh ja, Frau Kärgl, außerordentlich wichtig. Ich danke Euch von ganzem Herzen. Mir wird schlecht bei der Vorstellung, wie unrecht ich dem Baumeister tat.«

Sie schimpfte innerlich mit sich, als sie sah, wie Theresas Augen schmal wurden. Sie glaubte, zu viel gesagt zu haben. Sie fragte sich, ob die Kärglerin von Überreiter besessen sei. Gab es nicht nur ihre, sondern gar zwei verbotene Liebschaften? Jungfrau war sie, Anna Lucretia, nicht mehr; vielleicht sogar schwanger. Ihre Fantasie reichte nicht so weit, dass sie sich eine handfeste Liebesaffäre zwischen dem Baumeister und dem Weib des Küchenmeisters vorstellen konnte. Wieder erklang Theresas Stimme.

»Fräulein von Leonsperg, antwortet mir! Ist Euch schlecht? Seht, wir sind beim Spital angekommen. Wollt Ihr etwas essen oder trinken? Habe ich Euch zu sehr traktiert mit diesen furchtbaren Geschichten? Hört Ihr mich?«

Anna Lucretia erschrak. Wo hatten ihre Gedanken sie hingetrieben? Sie fühlte sich elend. Hastig zog sie an der Türglocke. Die Klosterpförtnerin im weißen Gewand der Zisterzienserinnen öffnete und bemerkte besorgt das fahle Gesicht der jungen Frau.

»Ist Euch nicht gut, Fräulein von Leonsperg? Kommt schnell ins Refektorium, nein, doch lieber in die Küche. Da ist es warm.«

»Gebt mir Euren Korb, gnädiges Fräulein. Geht mit der ehrwürdigen Schwester Pförtnerin! Ich übernehme die Verteilung.« Theresa Kärgl schien sich Sorgen zu machen. »Wenn Euch die Kranken heute nicht sehen, macht das nichts. Morgen kommen wir sowieso wieder mit den Rauhnudeln.«

Anna Lucretia ließ sich von der Pförtnerin willenlos durch den Innenhof führen. Der Abend brach an. Die weißen Gestalten der Nonnen mit den schwarzen Schleiern schienen in der Dämmerung zu schweben. Sie vernahm das freudige Raunen der Kranken deutlich, als Theresa den ersten Saal betrat, bekreuzigte sich noch schnell vor der kleinen Kapelle der Heiligen Elisabeth, der Schutzpatronin der Siechen und Armen, neben dem Brunnenhäuschen. Sie liebte die Figur der ungarischen Königstochter, die als Kind schon verlobt war mit Ludwig, dem Landgrafen von Thüringen.

Mit 14 Jahren wurde sie seine zärtlich geliebte Gemahlin, die er gegen die aufgebrachte Familie verteidigte, weil sie Prunk und Reichtum verabscheute. Als er vom Kreuzzug nicht zurückkam, war Elisabeth 21 Jahre alt, dreifache Mutter und heftig umworbene Witwe. Dennoch zog sie aus dem prächtigen Marburger Schloss in die Stadt zu den Ärmsten der Armen – ohne einen Blick zurück. Dort starb sie drei Jahre später in dem von ihr gegründeten Spital an Erschöpfung und Entbehrung.

Plötzlich fragte sich Anna Lucretia, warum sie die Heilige Elisabeth so sehr liebte und verehrte. Wohl nicht wegen ihrer Entsagung jeglichen irdischen Glücks, wie sie bisher gedacht hatte. Unter ihrer augenblicklichen Ermüdung und Ratlosigkeit spürte sie ein wildes Verlangen nach Glücksgefühlen, nach Liebe, nach Freude. Dies würde sich gewiss irgendwann legen, sollte Johann Albrecht nicht zurückkehren, aber bei der Heiligen Elisabeth war es anders gewesen. Nur aus Liebe zu ihrem Mann hatte sie das sorgenlose Leben des Hofes ertragen. Ihr irdisches Glück stand ihr im Weg, um dorthin zu gehen, wohin Gott sie rief. Das verbindet uns also nicht, stellte Anna Lucretia verwundert fest. Aber was dann? Die Kompromisslosigkeit? Die Fähigkeit, alles auf einmal in die Waagschale zu werfen, sich keine Hintertür offen zu lassen? Die neu erlangte Gewissheit, zu allem bereit zu sein, um ihr Ziel zu erreichen? Das musste es sein … und die junge Frau wusste nicht, ob diese Eigenschaft nicht zutiefst beschämend war. Das Bild der auf den Kirchenportalen so häufig dargestellten weißen Jungfrauen tanzte ihr vor Augen. Mit gesenktem Blick, sanftem Lächeln und züchtig gefalteten Händen standen sie zur Rechten Christi vor dem Tor zum Paradies in langer Schlange. Auf der linken Seite weinten die törichten Weiber vor dem Höllenschlund. Armeen von Dämonen stießen sie in die ewige Verdammnis, zogen genüsslich an ihren angeketteten, vergeblich flehenden Händen. Mit wirrem Haar und stummem Schrei drehten sie den Kopf zum verbotenen Garten, wo Engelsscharen ihre uneitlen Schwestern singend empfingen. Was bin ich nur, fragte sich Anna Lucretia bang, ohne auch nur den Ansatz einer Antwort zu finden. Die ihr selbstverständliche katholische Lehre der guten Werke half ihr nicht weiter. Was war gut, was war schlecht an ihrem irdischen Tun? Hätte es ihr Beichtvater gewusst? Sie bezweifelte es. Gott allein entscheidet und gewährt uns Gnade, sagte sie sich. Oder auch nicht. Wer sonst? Wie sonst? Anna Lucretia erschrak heftig vor dieser Erkenntnis. Dieser entlaufene Mönch, dieser Martin Luther, predigte genau das. Und mit ihm die ganze feindliche protestantische Partei. In dieser stickigen, verrußten Spitalküche betete sie inbrünstig wie nie, doch weder zur Heiligen Katharina noch zur Heiligen Barbara: »Lieber Gott, Herr Jesu, Heilige Jungfrau Maria, führt mich und schützt mich, denn ich weiß nicht, ob ich auf dem richtigen Weg bin! Doch ich kann nicht anders. Begleitet mich, leitet mich und blickt tiefer in meine Seele, als ich es vermag! Führt mich, wenn ich blind bin und nur den Weg gehe, der sich Schritt für Schritt vor mir öffnet!«

Als Theresa mit den leeren Körben in die Küche kam, trank Anna Lucretia endlich den Apfelwein, den die Nonnen ihr gegeben hatten, stand auf und ging entschlossen hinaus. Vor der Stadtresidenz bat sie die Kärglerin, allein zur Trausnitz zurückzukehren. Vater und Tante empfingen sie mit Freude und Neugier. Sie erzählte dennoch nur von den vorweihnachtlichen Pflichten und Vorbereitungen. Für mehr war es zu früh, so dachte sie, und für sie selbst zu spät. Sie wollte nur neben der schnarchenden Sabina ruhig liegen. Vielleicht konnte die Nacht etwas Ordnung in ihre Ratlosigkeit bringen. Bevor sie die Augen schloss, lachte Anna Lucretia sich selbst aus: Dummes Mädchen, Eselin! Unzufrieden, wenn du nichts erfährst; unzufrieden, wenn du zu viel erfährst. Dir kann man es nicht recht machen.

20

Zurück auf der Trausnitz begab sich Anna Lucretia am nächsten Morgen ohne Umwege in die Hofküche. Der Küchenmeister und sein Weib stürzten sogleich auf sie zu.

»Gut, dass Ihr endlich hier seid, Fräulein von Leonsperg. Es ist also gewiss, dass unser Herzog am morgigen Tag wieder auf die Burg zieht?«

»Ja, Meister Joris, das ist sicher. Mein Vater wird zur Mittagsstunde hier sein.«

Theodor Grünberger, der kugelrunde Oberkoch, gesellte sich ungebeten zu ihnen.

»Verzeiht, Herrschaften, kommt der Signor Soldani ebenfalls zurück? Seine Gehilfen versorgen zwar den Bautrupp, doch finden die Makkaronifresser auf einmal Geschmack an unseren Eintöpfen.«

»Benehmt Euch, Grünberger! Habt Ihr getrunken? Ich dulde kein freches Benehmen. Begrüßt die Damen!« Der Küchenmeister ließ sich, zur sichtlichen Zufriedenheit seiner Frau, diesen Ton nicht gefallen. Der Oberkoch stierte dumm lächelnd vor sich hin, blieb aber still. »Na los, ich warte nicht lang.«

Grünberger schwankte leicht und verlor etwas von seinem Übermut. Außerdem waren seine Nase und seine Wangen knallrot, sodass er in der Tat zu tief ins Weinglas geschaut haben musste.

»Die Damen? Jawohl, es gibt viele Damen in dieser Küche, also begrüße ich Euch, mein Fräulein von Leonsperg. Ich begrüße auch Euch, Kärglerin. Den Herrn Küchenmeister begrüße ich auch gern. Ich habe Fragen … wichtige Fragen … höchst wichtige Fragen. Ist es gestattet?«

Anna Lucretia und Theresa tauschten einen kurzen Blick aus. Würden sie ihren Zorn über dieses ungehörige Benehmen zeigen? Beide entschieden sich gleichzeitig und stumm dafür, es zu ignorieren. Kärgl blieb eisig.

»Was wollt Ihr wissen?«

»Nun, kommt Herzog Ludwig zurück? Und wann kommt er, wenn er kommt? Bleibt dann alles beim Alten? Oder übernimmt Signor Soldani wieder einen Teil der Vorbereitungen? Gilt das Zuckerverbot nach dem Adventsfasten weiter? Wenn das freche Fragen sind, entschuldige ich mich tausendmal im Voraus. Antworten brauche ich aber trotzdem, wie mir scheint.«

»Grünberger, da müssen wir dem Fräulein von Leonsperg gut zuhören. Darüber kann sie uns Auskunft geben. Ich bitte Euch, gnädiges Fräulein.«

Der Oberkoch gab sich nun zerknirscht und unterwürfig, was Anna Lucretia genoss. Sie machte sich wichtig, denn ihre Wut über sein unverschämtes Benehmen war noch nicht verraucht.

»Zu Eurer ersten Frage, Grünberger: Ja, mein Vater, Euer Herzog, und die Herzogin Sabina sind morgen beim Karpfenessen anwesend. Nach der Messe am Heiligen Abend wünscht er sich auch das Mettensauessen. Er verspürt großes Verlangen danach. Somit bleibt alles beim Alten. Eure zweite Frage ist also ebenfalls beantwortet. Auch am traditionellen Essen am nächsten Tag nehmen mein Vater und die Herzogin gewiss teil. Die folgenden zwölf Nächte werden sie auf der Trausnitz verbringen. Die 24 Gänge der letzten Jahre wünscht Euer Herzog nicht. Vor allem möchte er die süßen Gerichte reduziert wissen. Welche genau, das könnt Ihr entscheiden, sobald die Geschenke der anderen Höfe eingetroffen sind.«

»So machen wir es, gnädiges Fräulein«, sagte Kärgl, »viel Süßes ist schon gekommen, wie es sich gehört. Aus München kamen gestern Abend die gefüllten Schweinsköpfe. Sie sind kunstvoll verziert und sehen prächtig aus. Ich schlage vor, sie als eigenständigen Gang zu servieren, nur mit verschiedenen Gemüseplatten. Vielleicht das Lauchmus mit Marzipan und die Erbsen im Malvasierwein, wie Ihr vorgeschlagen hattet, Grünberger.«

»Signor Soldani kommt auch zurück«, fuhr Anna Lucretia fort. »Er kocht aber zunächst nur für die Italiener, was nicht bedeutet, dass mein Vater auf die Empfehlungen des Doktor Paracelsus verzichtet. Deswegen solltet Ihr Euch weiterhin mit den Zutaten Zucker und Honig für alles, was nicht vom Zuckerbäcker angefertigt wird, zurückhalten. Somit sind, denke ich, alle Eure Fragen beantwortet, Oberkoch. Fehlt noch etwas?«

Grünberger unternahm einen Versuch, sich zu verbeugen, doch sein geschwollener Hals und der dicke Bauch behinderten ihn. Sein Dank und den Abschied verkürzte er, indem er zwei Holzjungen mit dem Tod durch Erhängen drohte, falls das Feuer in der Siedeküche nicht heftig genug brannte.

»Und Glut brauch ich, jede Menge. Diese Rauhnudeln fressen uns alles auf.«

Wie auch für die Klöpfernächte versorgte die Hofküche das Spital mit Rauhnudeln, einer Art Rohrnudeln aus hellem Weizenmehl, nur wenig gewürzt mit Safran und Zucker. So kamen die Bedürftigen einmal im Jahr in den Genuss eines feineren Brotteigs. Tellergroß und dann geviertelt aß man die Rauhnudeln mit Kletzenbrühe: die letzte Fastenmahlzeit am Heiligen Abend vor der Mette. Danach durften endlich Fett und Fleisch wieder auf den Tisch. Bei den Wohlhabenden würden sich auf der Mettensauplatte Braten, Kesselfleisch, Speck, Blut- und Leberwürste türmen. Die Ärmeren mussten mit der Mettensuppe, der würzigen Kochbrühe der Blut- und Leberwürste, vorliebnehmen. Die mundete köstlich mit viel frisch gebackenem Brot, reichlich Fettaugen und den Brocken der einen oder anderen geplatzten Wurst, die die barmherzigen Köche zur Feier des Herrn nicht rausfischten. Doch im Moment waren noch nicht einmal die Rauhnudeln fertig. Da sämtliche Backöfen der kleinen Mundküche besetzt waren – unzählige Brote warteten noch darauf, hineingeschoben zu werden – bereiteten zwei Mägde die Rauhnudeln auf offenen Feuerstellen neben dem Kamin der großen Mundküche. Weihnachten hin oder her – für die Kranken im Spital vergeudete kein Koch Zeit und Schweiß. Rhythmisch klatschten die Frauen die ausgerollten Teigkreise in runde, eingefettete Eisenpfannen, gossen eine gute Kelle Milch darauf, was laut zischte und dampfte, bedeckten dann alles mit tiefen, glutgefüllten Deckeln, bis aus diesem kleinen Inferno goldglänzende Laibe entstanden waren.

Die zwei schwitzenden, schwer atmenden Mägde erregten Theresas und Anna Lucretias Mitleid. So übernahmen die beiden Frauen das Vierteln der fertigen Rauhnudeln und packten sie dann in Leinentücher. Gleichzeitig versuchten sie zu beobachten, was um sie herum geschah. Doch in diesem Trubel fiel der Herzogstochter beim besten Willen nichts auf. Es war fast unmöglich, etwas zu erkennen. Es rauchte aus den Nudelpfannen, aus dem Kamin, aus den Backöfen, aus dem Riesenkessel in der Siedeküche, wo Grünberger die Würzbrühe für die Mettensau vorbereitete. Auf den Arbeitsblöcken schnitten fleißige Helfer körbeweise Zwiebeln, die gleich nach den Rauhnudeln gebraten werden mussten. Die Karpfen, das traditionelle Mittagessen vor Heiligabend, warteten noch draußen in großen Holzbottichen. Der Würzfond aus Weißwein, Essig, Zwiebeln, Safran, Ingwer, Zimt, Nelken, Salz und Zucker wurde schon vorher zubereitet.

Als Anna Lucretia und die Kärglerin nach getaner Arbeit die Küche mit vier voll beladenen Körben verließen, empörte sich die Herzogstochter über den Oberkoch.

»Was glaubt denn dieser Grünberger, was er sich erlauben kann?«

»In den letzten Monaten eben alles«, meinte Theresa, noch hustend und keuchend von Rauch und Zwiebeldunst. »Er weiß, dass er ein exzellenter Koch ist. Noch am Weihnachtsfest vor einem Jahr war er ein ganz Umgänglicher, ein Gutmütiger. Eure Tante, die Herzogin, wird sich daran erinnern. Ich sage Euch, gnädiges Fräulein, der Langhahn hat ihn rumgekriegt. Womit und warum, das finde ich noch raus. So geht es nicht weiter.«

Anna Lucretia staunte über Theresas Heftigkeit.

»Ist es wegen Eures Mannes, Frau Kärgl? Machen sie ihm das Leben schwer?«

Zu ihrer Enttäuschung zog sich Theresa, misstrauisch geworden, zurück.

»Ja, ja, natürlich, wegen ihm. Man kann ihn nur bedauern, den Ärmsten. Schuftet Tag und Nacht, wird hintergangen und muss sich mit solchen Gaunern plagen. Ich habe es Euch schon gesagt: In dieser Teufelsküche geht es nicht mit rechten Dingen zu. Und jetzt soll der Baumeister dafür büßen. Aber das geht nicht. Nicht mit mir.«

Anna Lucretia fühlte sich brüskiert von Theresa Kärgl; mehr noch: ungerecht behandelt. Doch das Schweigen der Kärglerin gab ihr nicht nur die Gelegenheit, ihre Lungen vom Küchenruß zu reinigen, sondern auch eine Idee zu verfolgen, die in ihr aufkeimte. Ihr Vater kränkelte immer ernsthafter, seit der Oberkoch, glaubte sie Theresa, sich so seltsam unter Langhahns Einfluss verändert hatte. Gab es vielleicht einen Zusammenhang? Bis vor Kurzem hatte Ludwig keine Vergiftungserscheinungen gezeigt. Und bis er mit der Paracelsusdiät angefangen hatte, konnten seine außergewöhnliche Essgier und die Entwicklung des süßen Flusses seinen schlechten Zustand erklären. Reichte das Mordkomplott schon länger zurück, als sie und Johann Albrecht annahmen? Wer waren die Akteure? Was sollte durch den Tod des Herzogs erreicht werden? Es war wirklich zum Verzweifeln.

Stumm grübelnd lieferten Anna Lucretia und Theresa die heiß ersehnten Rauhnudeln im Spital ab. Dort verabschiedete sich die Kärglerin schnell.

»Ein gesegnetes Weihnachtsfest, Fräulein von Leonsperg. Mein Haushalt sieht mich seit Tagen nicht mehr. Gott weiß, was die Mägde treiben.«

Anna Lucretia blieb auf Wunsch der Nonnen noch; sie versicherte ihnen, dass sie bei bester Gesundheit sei. Nach einem Rundgang bei den Kranken verließ auch sie das Spital.

21

Vor dem Spital empfing Anna Lucretia wieder das graue und neblige Wetter. Sie sehnte sich nach ihrem Vater und der Tante, wollte beiden auch vom unmöglichen Verhalten des betrunkenen Oberkochs Grünberger berichten. Obwohl es noch relativ früh am Nachmittag war, tanzten überall hinter grünen Butzenscheiben zitternde Lichter. Kaum war die Tochter des Herzogs um die Spitalsecke zum Roten Turm am Eingang der Altstadt abgebogen, stand vor ihr ein Mann, so breit und so groß, dass es nur der Baumeister sein konnte. Anna Lucretia schrie auf vor Schreck, aber Überreiter packte sie nur stumm am Ellenbogen und zwang sie zum Flussufer zurück. Er drückte sie gegen die Mauer des Spitals. Da sich aber, von ihrem Aufschrei angelockt, Stimmen näherten, zog er sie eilig weiter über den schmalen Landsteg auf die Mühleninsel. Diese Insel zwischen großer und kleiner Isar gehörte, außerhalb der Stadttore gelegen, zum Schwemmland des wilden Bergflusses. Dort betrieben Schmiede, Bäcker, Steinschleifer, Papiermacher, kurz alle Handwerker, die auf die Wasserkraft angewiesen waren, ihre Mühlen. An normalen Arbeitstagen hätte es hier sogar im Winter bei niedrigem Wasserstand reges Leben gegeben. Doch Anna Lucretia musste verzweifelt feststellen, dass an diesem vorweihnachtlichen Tag alles stillzustehen schien. Und dunkel war es auch zwischen den hohen, kahlen Bäumen der Insel, die sie nur in fröhlichem Sommerlicht kannte. Gleich hinter dem Steg lagen die Baustelle der Stadtresidenz, Ursulas Haus und der Deutsche

Bau, wo Vater und Tante vermutlich schon auf sie warteten. Es war ihr klar, dass der Mann, der sie nun grimmig anstarrte, sie nicht einfach so laufen lassen würde. Instinktiv jedoch zeigte sie keine Angst; ihre Empörung war nicht gespielt.

»Was fällt Euch ein, Baumeister? Lasst mich los! Ich bleibe keinen Augenblick länger hier allein mit Euch.« Sie sah, wie abwechselnd Wut und Furcht in seinen Augen aufflackerten. »Aus dem Weg, sage ich! Wollt Ihr mich etwa zwingen, hierzubleiben, Baumeister?«

»Zwingen? Nein, gewiss nicht, Fräulein von Leonsperg.« Überreiter schien aufzuwachen.

»Wieso bin ich dann hier? Zu Tode erschreckt, von Euch verschleppt?«

»Ich sehe Euch seit Tagen nicht mehr, gnädiges Fräulein. Das ertrage ich nicht.«

»Ihr seht *mich* nicht mehr? Was soll das heißen? Seit Tagen schon sieht *Euch* niemand mehr. Man wundert sich. Ich kann Euch nicht sehen, noch weniger treffen, wenn Ihr Euch offensichtlich versteckt. Haltet Ihr das für klug? Jedermann fragt sich, warum und ob es mit Langhahns Tod zu tun hat. Auch ich.«

Bisher hatte sich kein Mensch außer Theresa ihr gegenüber über Überreiters Verschwinden gewundert. Das reichte Anna Lucretia, um ein ›alle‹ daraus zu machen. In dieser misslichen Lage musste sie sämtliche Register ziehen, um den Riesen zu beeindrucken. Sie hatte getroffen.

»Jeder wundert sich? Das kann doch nicht sein. Ich war bei meiner Mutter und den Kindern zu Hause. Ich habe nichts gehört, meine Mutter hat nichts gesagt.«

»Zu Hause hört man schwer, was getuschelt wird auf der

Trausnitz und in der Stadt. Eurer alten Mutter wird man doch nicht ins Gesicht sagen, ihr Sohn könnte ein Mörder sein.«

»Ich, ein Mörder?« Ohne Vorwarnung packte er sie wieder und schüttelte sie hemmungslos an den Schultern. »Wer glaubt das? Wo habt Ihr das gehört? In der Küche, wo sie von der Erpressung bestimmt wissen? Sagt der Herzog es auch? Die Herzogin? Die Hofräte? Habt Ihr ihnen erzählt, ich sei erpresst worden? Von … von dem anderen Vorfall? Hat Weißenfelder deswegen Langhahn verhaftet? Bin ich der Nächste?«

Seine Hände rückten an ihren Hals. Sie roch seinen Schweiß, seinen Atem. War es Johann Albrecht auch so ergangen, bevor er ihn in die Löwengrube geworfen hatte? Bei diesem Gedanken überwog plötzlich blinde Wut ihre Angst. Mit aller Kraft trat sie ihm gegen das Schienbein. Ob Schmerz oder Überraschung – er ließ sie los. Blitzschnell schlug sie ihm mehrmals ins Gesicht.

»Seid Ihr jetzt noch kein Mörder, Baumeister, so werdet Ihr bald einer sein. Ich habe Euch vertraut. War das ein Fehler? Dann nehmt mein Leben, es ist mir nur Last. Ich bin bereit. Tut es! Befreit mich! Ich kann niemandem vertrauen, das weiß ich. Tut es!«

Während Anna Lucretia noch über ihre eigenen Worte staunte, schlug sich Überreiter hilflos gegen die Brust.

»Großer Gott, quält mich nicht so, Fräulein! Ich bin kein Mörder und werde niemals einer sein. Doch wer glaubt es? Hat der Herzog von der Erpressung erfahren? Habt Ihr es ihm erzählt? Ja oder nein?«

»Nein, ich habe es ihm nicht verraten.« Anna Lucretia nahm sich keine Zeit zum Nachdenken. »Der Soßenkoch ist verhaftet worden, weil der Grünberger ihn einen Giftmischer genannt hat. Ich weiß nicht, ob der Oberkoch ihn geopfert hat, um sich selbst zu retten, das wissen nur Langhahn und sein Mörder. Offenbar hatten einige Leute in der Küche Gründe, ihn zu töten. Das hört man hier und da. An Euch, Baumeister, hätte niemand gedacht, wenn Ihr nicht so auffällig verschwunden wärt.«

»Also bin ich nicht verloren?« Überreiter atmete wieder ruhiger.

»Aber gewiss nicht, Meister Niklas. Denkt so etwas nicht. Allein das ist schon gefährlich.«

Er ergriff ihre Hand und drückte sie so fest in seinen Tatzen, dass sie erneut aufschrie. Er erschrak.

»Verzeiht, Fräulein, oh verzeiht mir! Ich bin ein Ochs, ein Esel, ein Trampel. Das kommt davon, weil ich so lang kein Weib mehr habe. Ich weiß nicht mehr, was ich tue, was ich sage. Ich sehe überall Schatten. Helft mir, liebstes Fräulein, helft mir! Ich brauche wieder einen Engel an meiner Seite. Gebt mir Hoffnung, redet mit mir, meidet mich nicht! Meine Seele brennt. Ihr seht doch, wie nötig ich Euch habe.«

Anna Lucretia wollte nun um jeden Preis gehen; sie ertrug den Gefühlsausbruch dieses Mannes nicht mehr, der ihr nichts bedeutete.

»Ich verstehe Euren inneren Aufruhr, Baumeister. Auch meine Seele ist tief verwundet. Was wir beide brauchen sind Zeit, Geduld, Vertrauen, Besonnenheit, Verschwiegenheit. Wir wissen nicht, wer meinem Vater nach dem Leben trachtet. Bedenkt wohl: Er allein entscheidet über meine Zukunft. Stirbt er jetzt, entscheiden die Herzogin Sabina und Herzog Wilhelm in München über mich. Daran will ich lieber nicht denken. Von Euch, Baumeister, erwarte ich Schutz und Hilfe. Vor der Zeit kann ich Euch nichts geben oder versprechen. Wenn Ihr meint, das sei zu viel verlangt, so könnte ich das verstehen. Aber versetzt mich nicht mehr in Angst und Schrecken! Lasst mich meines Weges gehen!«

Mühevoll fing sich der hünenhafte Mann wieder.

»Das ist hart, aber ich sehe es ein, Fräulein von Leonsperg. Ihr habt recht, ich bin ein Ochs. Natürlich ist es nicht zu viel verlangt. Alles hat seinen Preis. Verzeiht mir bitte! Ich bin halb verrückt vor Sorge seit Langhahns Tod.«

Sie legte kurz die Hand auf seinen breiten, zitternden Arm.

»Ich verzeihe Euch, Baumeister. Wir sehen uns wieder, das wünsche ich mir, aber jetzt gehe ich. Wartet bitte, bis ich hinter der Stadtmauer bin, bevor Ihr selbst die Mühleninsel verlasst.«

Anna Lucretia zwang sich dazu, nicht zu laufen. Mit festem Schritt und unter Aufbietung aller Kräfte überquerte sie den Landsteg. Als sie vor der Mauer stand, wollte sie einen kurzen Blick zurückwerfen, um zu sehen, ob Überreiter ihr folgte. Das tat er nicht. Doch seltsam! Er sah nicht über die große Isar in ihre Richtung, sondern zur Seite der kleinen Isar. Von dort kam zwischen den kahlen Bäumen eine menschliche Gestalt schnell auf ihn zu und redete aufgeregt auf ihn ein. Anna Lucretia, die auf diese Entfernung nichts verstehen konnte, zögerte keinen Augenblick. Sie musste wissen, wer ihm da drohte und wer sie beide gesehen, womöglich sogar gehört hatte.

Schnell und so tief gebeugt, wie es ihr möglich war, lief

sie über den Steg zurück und sprang hinter den nächsten Mühlenschuppen. War sie nah genug, um mehr zu erfahren? Ja. Sie erkannte sogleich das grau-rosa Kleid, den Otterfellumhang, die gelblich-matte Haut, die üppigen Kurven: Theresa Kärgl war aufgebracht und spuckte wütende Worte in Überreiters Gesicht. Also doch eine Liebschaft! Anna Lucretia fühlte sich tief enttäuscht. Sie hatte so sehr den bösen Unbekannten herbeigesehnt, von dem sie endlich die Wahrheit über die Machenschaften auf der Trausnitz erfahren hätte. Stattdessen musste sie nun hier versteckt hocken und einer Zusammenkunft beiwohnen, mit der sie nichts zu tun hatte. Oder?

»Was machtest du hier mit dem Fräulein?«, zischte die Kärglerin erzürnt. »Nirgendwo finde ich dich, höre nichts von dir und wenn ich dich endlich erwische, bist du in guter Gesellschaft. Was geht hier vor? Warum verbirgst du dich vor mir? Warum triffst du dich mit der Tochter des Herzogs? Meinst du, du hättest wieder Chancen bei ihr? Was sagt denn das gnädige Fräulein dazu? Du Feigling! So ein dummer Hund bist du!«

Der Baumeister schwitzte Blut und Wasser.

»Theresa, bitte beruhige dich! Es ist nicht das, was du denkst. Es ist viel ernsthafter.«

»Ernsthafter?«

Die große Frau klang plötzlich so schrill, dass Anna Lucretia versucht war, sich zu zeigen. Die Kärglerin würde noch ganz Landshut auf die Mühleninsel locken. Überreiter fürchtete das offenbar auch, denn er packte sie am Kopf und drückte ihr seine Bärentatze auf den Mund, woraufhin Theresa sich wie eine Schlange wand. Als Anna Lucretia ihr schon zu Hilfe eilen wollte, ließ der Baumeister sie auf einmal los.

»Lass mich doch ausreden, du verfluchtes Weib! Es ist alles schwer genug.«

Steif stand die Kärglerin nun vor ihm.

»Ernsthafter, sagst du? Also, mein Lieber: Wann läuten die Glocken zur Hochzeit?«

»Hör auf mit diesem Hirngespinst, Theresa! Es ging mir doch nur um den Langhahn. Deshalb habe ich sie hierher gebracht.«

»Ja, das habe ich gesehen. Das arme Ding war halb tot vor Schreck, aber dann habt ihr doch eine Weile sehr herzlich miteinander geredet. Am Ende hat sie sogar von selbst deinen Arm berührt. Was hast du ihr eingeflüstert? Erzähl mir nicht, es hätte mit dem Langhahn zu tun!«

»Zur Hölle, und wie! Schon vor den Rautagen hat sie mich gebeten, ihr zu helfen. Sie denkt, der Herzog wird vergiftet. Sie weiß nicht, ob der Widmannstetter etwas damit zu tun hat oder jemand in der Küche. Sie hat mich nur um Hilfe gebeten. Ich habe eben versucht, ihr beizustehen.«

»Und du geiler Esel hast ihr erzählt, der Langhahn erpresst dich?«

»Ja.« Überreiter senkte den Kopf.

»Wegen uns?«

»Nein, natürlich nicht.«

»Weswegen denn? Was hatte der rote Fuchs noch in der Hand gegen dich?«

»Die Geschichte mit der Löwengrube. Er drohte zu bezeugen, ich hätte den Widmannstetter reingeworfen.«

»Und? Hast du das getan?«

»Verdammt, Theresa, nein! Ich bin kein Mörder.«

Die Kärglerin rieb kurz in einer vertrauten Geste ihre spitze Nase an seinem gesenkten Kinn.

»Nun ja, mein großer Bär, mein heißer Hengst, man muss dich nicht lange erhitzen, bis du kochst. Das wissen wir beide.«

Er stieß sie heftig von sich weg.

»Lass mich in Ruhe, du Hexe. Ich habe mit all dem nichts zu tun.«

»Mit dem Langhahn auch nicht?«

»Nicht mehr und nicht weniger als du. Hast du nicht gesagt, als ich nicht mit dir schlafen wollte, du würdest dich um ihn kümmern? Hast du dich um ihn gekümmert? Wir hatten alle Gründe, oder etwa nicht? Hast du es getan? Hat der große, mächtige Herr, der nicht der Grünberger ist und nichts verzeiht, es getan? Es sieht so aus. Ich habe ihn nicht erdrosselt und du auch nicht, Theresa. Das glaub ich jedenfalls nicht.«

Die Kärglerin entspannte sich.

»Nein, bei aller Mordlust. Wie denn auch? Also hast du dich versteckt und das Fräulein hierher entführt. Weil du Angst hattest, der Herzog wisse durch sie von der Erpressung. Oder der Langhahn hätte vor seinem Tod gegen dich ausgesagt.«

»So ist es. Doch niemand weiß von der Erpressung, sagt sie. Ich könne ganz beruhigt sein.«

»Nun gut, Niklas, aber sie sucht immer noch nach Erklärungen und ist verzweifelt, seit ihr Widmannstetter entlassen worden ist. Hast du ihr von Langhahns letzten Worten erzählt, von diesem angeblich so großen Herrn? Davon hast du mir jedenfalls nicht berichtet.«

»In dem Moment habe ich ihm kein Wort geglaubt«, knurrte Überreiter. »So ein Prahlhans, dachte ich. Der wollte mir doch nur Angst einjagen, weil ich nicht kuschte. Doch jetzt fürchte ich mich. Er ist in einem verschlossenen, bewachten Gefängnis gemeuchelt worden. Wie Langhahn es sagte: Jemand ist hier so mächtig, dass es geschehen konnte. Einer, der annahm, er würde unter der Folter gestehen. Das Fräulein beweist Mut. Sie will alles genau wissen. Das ist gefährlich für uns, denn diesen großen Herrn und Meister des Soßenkochs gibt es wirklich.«

Anna Lucretia hielt sich, obwohl gelehnt an die Wand des Schuppens, kaum noch auf den Beinen. Innerlich kochte sie, aber äußerlich zitterte sie. So viel verlorene Zeit! So viele Zweifel und Gefahren! So viel Unglück, nur weil der Baumeister den Soßenkoch im richtigen Moment nicht ernst genommen hatte. Der geheimnisvolle Übeltäter, den sie durch Langhahn viel früher hätten ausmachen können, kreiste nun immer enger, immer furchtloser über ihrem Kopf. Die einzige neue Gewissheit – dass es ihn wirklich gab – half keinen Deut weiter und dieser dreifache Esel von Baumeister wusste nichts Mutigeres zu tun, als sich zu verkriechen. Das Bild eines schreienden Esels wich ihr nicht aus dem schmerzenden Kopf. Nur mühsam löste sie sich von dieser lästigen Vorstellung. Sie merkte, dass Überreiter – halb wohlig, halb verärgert – Unverständliches unter Theresas heftigen Liebkosungen brabbelte.

»Mein Männlein, mein großer Bär, mein Waldmensch, mach dich nicht verrückt! Ich bin ja da, ich passe auf, dass dir nichts geschieht. Küss mich! Es ist so lang her!«

Ob aus Lust oder Frust, der Baumeister erwiderte zunehmend wohlwollender ihre Zärtlichkeiten. Plötzlich packte er sie und presste sie gegen einen breiten Baumstamm. Vor Anna Lucretias brennenden Augen tanzten aggressive Traumbilder: War es möglich, dass zwei dicke Äste so sehr einem grotesken Halbkörper ähnelten, dessen offene, knorrige Schenkel wild nach dem Himmel griffen? Theresa gefiel der lang vermisste Druck gegen ihren Bauch so sehr, dass sie laut keuchte und seufzte. Diese ihr völlig unbekannte Tonlage ließ die Tochter des Herzogs erstarren. Welches fremde Wesen hatte von der Kärglerin Besitz ergriffen, das sie zwang, sich an Überreiter festzukrallen, sich zu schlängeln und zu winden und an jedem Stück Haut zu saugen, das ihr Mund traf? Dieses seltsame Wesen war mächtig genug, um in dem Mann denselben blinden Geist zu wecken. Auch er keuchte so kehlig, dass die versteinerte Anna Lucretia das Gefühl bekam, das eiskalte Isarwasser wirble sein Kiesbett in der Luft um sie herum. Sie fror erbärmlich – eine Empfindung, die noch stärker wurde, als Theresa mit einer geübten Bewegung ihre Röcke hochhob und Überreiters Hüften mit ihren Beinen umschloss. Aus dem kehligen Keuchen des Mannes wurde das rhythmische Aufstöhnen von schwer arbeitenden Holzfällern. Das fremde Wesen in ihr kreischte und jammerte wie ein bald umfallender Baum unter Axtschlägen. Glühend vor Scham und zitternd vor Kälte spürte Anna Lucretia Regungen in ihrem Leib, die sie kaum in Einklang mit den Kämpfen ihrer ersten verzweifelten Liebesnacht bringen konnte. Plötzlich versteifte sich Theresa und hing bewegungslos an ihrem Liebhaber, während der Geist in ihrem Hals ein schmelzendes Gurren aushauchte. Er wartete geduldig und bewegte sich erst wieder in ihr, als sie ihn ungeduldig dazu aufforderte.

Diese zwei Körper kannten sich gut, dachte Anna Lucretia. Dann fiel ihr urplötzlich ein, dass sie sich schnell entfernen musste, wollte sie nicht entdeckt werden.

22

»Gott im Himmel! Kind, du bist krank. Was ist nur los mit dir? Du glühst, hast eiskalte Hände, zitterst am ganzen Körper. Du musst sofort ins Bett.«

Völlig willenlos ließ sich Anna Lucretia von Sabina in deren Kammer in der Stadtresidenz geleiten.

»Ich habe, glaube ich, in den letzten Tagen zu viel gemacht«, versuchte sie der alten Herzogin zu erklären, die sich aber nicht in die Irre führen ließ.

»Zu viel *durchgemacht* hast du. Und zu viel gedacht. Halt erst mal den Mund!«

Sabinas Kammermägde zogen das Mädchen bis auf das Hemd aus und befreiten ihre braunen Locken von Zöpfen und Bändern, während Sabina eigenhändig den kupfernen Bettwärmer mit Glut füllte und sorgfältig zwischen die Bettlaken zog. Dann deckte sie ihre Nichte mit Daunen- und Felldecken zu. Die Mägde gossen heißes Wasser in Steinflaschen und rollten diese in Leinentücher. Der frierenden Anna Lucretia legten sie je eine Flasche unter den Fuß, eine auf den Bauch und noch eine in ihre Halsbeuge. Sie nahm es kaum wahr. Ihr Herz schlug heftig, einen vernünftigen Gedanken konnte sie nicht mehr fassen.

»Du hast Fieber, Kind. Ruh dich aus! Ich bringe dir etwas dagegen.«

Doch zunächst war Sabina ratlos. Das Fieber wollte sie vertreiben, also musste sie eine Abkühlung des Blutes bewirken. Das sprach für ein Gerstenwasser. Doch war ihre Nichte unterkühlt, würde sie das mit einem Glühwein bekämpfen müssen. Schließlich entschloss sich die Herzogin für den Glühwein, dem sie keine hitzigen Gewürze zufügte. Sie versetzte ihn mit einer guten Portion Eschenrinde gegen das Fieber, dann mit Diptamrinde, die sowohl das Fieber senken als auch die Bitterkeit der Esche lindern sollte, und endlich Honig, der nie verkehrt war.

Während die Herzogin das alles in der kleinen Küche der Stadtresidenz unter Soldanis neugierigen Blicken vorbereitete, meinte Anna Lucretia unter ihren Decken, sie müsse bald sterben. Kälte und Hitze quälten sie; jeder Muskel und jedes Stückchen Haut schmerzten. Doch am schlimmsten waren ihre Gedanken. Wer war Langhahns geheimnisvoller Auftraggeber? Wo musste man ihn suchen? Brachte sie sich damit in Gefahr? War der Unbekannte in Landshut? Wie viele Helfer hatte er? Waren alle in der Küche an dieser Verschwörung gegen ihren Vater beteiligt? Was sollte sie nur tun mit Überreiter und der Kärglerin? Sie ekelte sich vor dem ängstlichen Mann, der um ihre Liebe buhlte und um ihre Hand anhalten wollte, um dann wie ein wildes Tier eine verheiratete Frau an einem Baumstamm aufzuspießen. Doch gleichzeitig log sie diesen Mann kaltblütig an und köderte ihn schamlos, weil er für sie und Johann Albrecht etwas in Erfahrung bringen sollte. Was war verwerflicher? Sein Verhalten oder ihres? Warum war sie, Anna Lucretia, nicht ehrlich? Theresa, die Ehebrecherin, erschien ihr auf einmal nicht so schmutzig wie sie selbst oder der Baumeister. Und dieses Schlangennest in ihrem Bauch, in dem die fremden Geister nach wie vor rumorten? Glücksversprechen oder ewige Verdammnis?

Die Herzogin fand ihre Nichte im Delirium, mit hin und

her rollendem Kopf, in Schweiß und Tränen gebadet. Sie lief in die Küche zurück, um wilden Kopfsalat zu holen, mit dem sie eilig ihr Gebräu versetzte. Die Mägde richteten Anna Lucretia im Bett auf, damit Sabina ihr aus einem Zinnbecher von dem Getränk einflößen konnte, dann drückte sie ihr das Gefäß in die eiskalten Finger. Als sie weniger zitterte und der heiße Becher ihre Hände etwas erwärmt hatte, stellte die Herzogin Fragen.

»Was ist mit dir geschehen, Kind?«

»Das kann ich Euch nicht sagen, Tante.« Anna Lucretias rote Wangen erglühten noch mehr.

»Warst du in Gefahr?«

»Nein, das glaube ich nicht.« Sie hatte nur kurz mit der Antwort gezögert.

»Trink weiter! Gibt es etwas, was du mir sagen möchtest? Was ich wissen sollte? Siehst du? Ich lasse dir die Entscheidung, wie du es verlangt hast. Doch du musst nicht alles allein tragen, wie du vielleicht glaubst. Trink noch ein wenig!«

Anna Lucretia trank gehorsam. Sie verspürte einen leichten Schwindel, was ihrem Schrecken den bösen Schatten nahm. Es kribbelte unter ihrer Haut und ihrer Zunge.

»Tante?«

»Ja, Kind?«

»Der Baumeister hat mit Langhahns Tod nichts zu tun. Er stirbt fast vor Angst, es könne ihm das Gleiche geschehen, weil er von dem Vergiftungsversuch weiß.«

»Wer sollte ihn umbringen wollen? Hat er das gesagt?«

»Nein. Vielleicht jemand aus der Küche, aber nicht allein.« Anna Lucretia trank gehorsam weiter. »Langhahn hat ihm gedroht, sein Herr würde sich an ihm rächen. Ein mächtiger, sehr machtvoller Herr, nicht der Grünberger.« Sie musste lächeln, weil die weißen Flügel von Sabinas Haube ihre Nase kitzelten. »Den mächtigen Herrn gibt es, Tante, sonst wäre der Langhahn nicht auf diese Art gestorben. Versteht Ihr mich?«

»Ja, mein Kind. Du bist ein braves, tüchtiges Kind. Du hilfst mir sehr. Wenn dein Johann Albrecht wieder in Landshut ist, werden wir bestimmt verstehen, was geschehen ist.«

Anna Lucretia begann, hemmungslos zu weinen. Sie konnte fast nicht atmen, so heftig war ihr Schluchzen.

»Er kommt nicht zurück, Tante. Nie, nie! Es ist alles umsonst, alles.«

»Nein, nichts ist umsonst. Bestimmt nicht, du wirst sehen. Weine jetzt und schlaf! Morgen ist Weihnacht. Hat der Herr seinen Sohn vergeblich zu uns Menschen geschickt? Nein, natürlich nicht. Weine und schlaf, morgen ist Weihnacht!«

Erschöpfung, der Wein und die Tränen bezwangen Anna Lucretias Verzweiflung. Sie schlief wie eine Tote. Doch ihre Hoffnungslosigkeit war längst nicht verschwunden, als sie bei Tagesanbruch versuchte, ihre Glieder zu bewegen. Der Gedanke an das Fest machte es schlimmer. Sabina behandelte sie streng.

»Du hast kein Fieber mehr, Kind. Du bist nicht schwer krank, was ich gestern noch befürchtete.«

»Dafür fühle ich mich, als hätte man mich grün und blau geschlagen«, klagte das Mädchen. Die Herzogin richtete sich auf wie der Drachen, der Siegfried töten wollte.

»Bist du geschlagen worden?«

»Nein, oh Gott, nein, liebste Tante«, wehrte Anna Lucretia sofort ab. »Das hätte ich Euch nicht verheimlicht. Es ist nur alles so … so … ich weiß nicht, wie ich es ausdrücken soll.«

»Dann sag gar nichts und komm erst mal zu Kräften. Wir müssen heute auf die Trausnitz.«

Einfacher gesagt als getan, grübelte Anna Lucretia. Trostlos, hoffnungslos, hätte sie Sabina sagen wollen. Sie schämte sich dafür. In der kommenden Nacht würde wieder das Wunder der Wunder geschehen, das in alle Ewigkeit Trost, Hoffnung und Zuversicht spendet. In diesem Moment spürte sie davon nicht das Geringste – ganz im Gegenteil. Hat Gott mich verlassen, mich verstoßen?, fragte sie sich erschrocken. Dieser Gedanke war ihr so noch nie gekommen. Fühlt sich die ewige Verdammnis so an? Der Verlust jeglicher Hoffnung auf Gnade oder Vergebung? Wir irren im Kreis durch die Nacht. Sie wusste nicht mehr, wo sie diesen letzten Satz gelesen oder gehört hatte. In einer Heiligenvita? In einem lateinischen oder italienischen Gedicht? Im traurigen Lied eines Minnesängers? An die nächsten Zeilen erinnerte sie sich mühelos. ›Im Himmel verfolgt uns der nackte, weiße Mond. Eisig ist sein Lächeln, wie auch unsere Herzen. Tot ist unsere Jugend, wie unsere Lieben es auch sind.‹ Hörte sie da den Tod Johann Albrechts über weite Fluren und Berge? War das ihre Strafe für die begangenen Sünden? Sie empörte sich heftig gegen Gott. Sündigen kann man nur, wenn man sich bewusst gegen das Gute und Richtige entscheidet. Habe ich das je getan?, klagte sie ihn an. Seit der Nacht, in der Johann Albrecht in der Löwengrube beinahe gestorben ist, lässt du mich im Dunkeln. Ich muss handeln und weiß nie, ob richtig oder falsch. Muss ich so dafür büßen, weil ich Vater und Verlobten schützen will? Vielleicht muss ich dafür büßen, weil ich überhaupt im Dunkeln handle. Die Wege Gottes sind unergründlich. Die weise Jungfrau schweigt, betet, akzeptiert demütig, was Gott wirkt. Bin ich hochmütig? Das hätte ihr Beichtvater, der Hofkaplan Johannes Landsberger, sagen können.

»Wäre es keine schlimmere Sünde, die Unschuldigen tatenlos dem Tod und der Schande zu überlassen? Wie es einst Pontius Pilatus mit Gottes Sohn tat? Woher soll ich es wissen? Wie soll ich entscheiden?«, rebellierte sie. Wieder kam ihr der ketzerische, der lutherische Gedanke, dass Gott allein in unseren rastlosen Herzen liest – besser, als wir selbst es vermögen. Er allein, nicht wir, nicht jemand anderer in diesem Leben, weiß, ob und welche Gnade wir verdienen. Denn seine Wege sind unergründlich. Etwas von ihrer schrecklichen Anspannung löste sich bei dieser Vorstellung. Sie wusste zwar nach wie vor nicht, was mit Johann Albrecht und mit ihr geschehen würde. Wusste nach wie vor nicht, ob sie den Baumeister weiter ködern sollte und wofür. Wusste noch weniger, ob sie die eifersüchtige Theresa näher einweihen müsste, um das gefährliche Spiel zwischen den beiden zu beenden. Und doch sah sie sich außerstande, einen anderen Weg einzuschlagen. Warum, blieb ihr verborgen. Nun betete sie leise.

»Ich hoffe, du liest in meinem Herzen besser, als ich es vermag.«

Ihr Gefühl der Verlassenheit war gewichen. Vielleicht gehörte das schon zu den zahlreichen Wundern der kommenden Nacht? Endlich verspürte sie einen schwachen Antrieb, den Tag zu beginnen.

23

Die Rückkehr der herzoglichen Familie auf Burg Trausnitz wurde von den Landshutern überschwänglich gefeiert. Dieselben Leute, die in den Tagen davor Anna Lucretia gemieden hatten, riefen dem sichtlich gesunden Ludwig auf seinem Pferd und seiner Schwester unzählige Glückwünsche zu. Zum ersten Mal schneite es heftig, was dem fröhlichen Trubel dennoch keinen Abbruch tat. Im Gegenteil: Man würde noch froheren Herzens in der Nacht schlemmen und morgen die Schlitten anspannen, um lachend durch die weiße Landschaft zu jagen.

Am großen Brunnen ließen sich die Mägde, manchmal sogar ihre feinen Herrinnen die dicken Karpfen aus glänzenden Zinnbecken holen. Zu Füßen der Händler, die die Fische mit geübtem Schlag auf den Kopf töteten, färbte sich der Neuschnee rot. Vor dem Salzstadel standen Ärmere Schlange, die ihre weihnachtliche Salz- und Getreidegabe empfingen. Die Ratsherren, jeder mit prächtiger Kopfbedeckung und in einen langen, pelzgefütterten Mantel gehüllt, ließen es sich nicht nehmen, diese milde Gabe höchstpersönlich zu überwachen. Der trübsinnigen Herzogstochter tat das bunte Gewimmel in den Augen weh: die roten Holzdächer der Weihnachtsläden am Rathaus; die grünen Beinlinge der jungen Männer; die Ratswächter in rotgelben Kleidern; überall Zitronengelb – hier ein Umhang, eine Kapuze, ein Barett, da eine Schaube, ein Leibchen oder gar kunstvoll geschlitzte Ärmel. In Anna Lucretias Gemüt herrschte an diesem Morgen nur Düsternis.

Auf der Trausnitz empfingen Hof und Gesinde mit den Narren ihren Fürsten mit ohrenbetäubendem Freudengeschrei – so laut und so durchdringend, dass Hunde, Geflügel und Pferde bald heftig darin einfielen und die Löwen aus ihrem Schlaf erwachten. Ludwig frohlockte, als er das Brüllen seiner sonst eher trägen Raubtiere vernahm: Für ihn war das ein gutes Omen. Sabina hingegen ließ sich nicht davon beeindrucken.

»Sobald sich dein Vater in seinen Gemächern befindet«, raunte sie ihrer Nichte zu, »sehen wir beide uns in der Küche um.«

»Wie Ihr wollt, Tante«, seufzte Anna Lucretia ergeben.

»Sei nicht so entmutigt! Ich bitte dich!«, knurrte die Herzogin. »Das muss sein. Von dort kommt das ganze Unheil. Irgendwann wird uns etwas Ungewöhnliches auffallen.«

Doch was? Sie sahen in jeden Topf und entdeckten doch nichts. Aus dem Kessel, in dem ein Karpfen nach dem anderen verschwand, um kurz danach wunderbar blau wieder herausgehoben zu werden, roch es ganz unverdächtig nach Wein, Ingwer, Kümmel und Safran. Genauso die Soße: geröstetes Brot in Wein eingeweicht, fein gemahlene Mandeln, frittierte Zwiebeln, Rosinen, klein geschnittene Pflaumen, ein wenig Essig – so war es jedes Jahr. Dazu kamen die Gewürze für das Herzogspulver, das Grünberger in einem Mörser zubereitete. Etwas Zucker, Nelken, Zimt, Kardamom und Muskatblüte. Die edle Mischung nach der Art der burgundischen Herzöge kam auf die Tafel der Trausnitz nur an bedeutenden Feiertagen. Sabina lobte den äußerst selbstzufriedenen Grünberger.

Anna Lucretia wiederum schaute dem Zuckerbäcker Xaver

Kurzbein über die Schulter. Eine Magd hatte ihm gerade eine Schüssel voll pochierter Karpfenmilch in die Pastetenküche gebracht. Eine andere rollte Teigkreise neben ihm aus. Aus der delikaten Karpfenmilch, ein paar Datteln sowie durch ein Sieb gepressten Kastanien bereitete er eine Füllung, die er ebenfalls mit dem Herzogspulver abschmeckte. Dann wurden die Teigkreise mit ihrer Füllung zu Halbmonden geschlossen, mit ein wenig Wein begossen und in den Ofen geschoben. Da gab es kein Gift und schon gar keines, das nur den Herzog vergiftet hätte. Die einfache Vorbereitung der Fleischklößchen für die Mettensuppe hatte Grünberger seinen Hilfskräften überlassen, genauso wie die Zubereitung des mit Huhn gefüllten Schweinehackbratens. Waren die Gehilfen Giftmischer? Wie denn und warum? Und wieso sollte es nur den Fürsten betreffen? Der Oberkoch summte fröhlich vor sich hin beim Zerstoßen der Gewürze im Mörser. In der Siedeküche klagte der alte Küchenmeister.

»Grünberger, was ist heute hier los? Uns geht bald das Salz aus. Das kann doch nicht sein!«

»Ach, Meister Joris, das beklagt Ihr immer an Weihnachten.« Der kleine, runde Mann lachte gelassen. »Womit sonst sollen wir unsere Schweine pökeln und die Mettenbrühe machen? Und was ist mit dem großen Festessen morgen? Der Dürnitz ist voll. Alle haben seit Wochen gefastet wie jedes Jahr. Und, Gott sei gelobt, wir leben alle noch!«

Theresa, die ihrem sichtlich übermüdeten Mann beim Rechnen und Erstellen der Listen half, schüttelte verwundert den Kopf. Anna Lucretia bemerkte das, ging zu ihr und fragte sie leise nach dem Grund. Die Kärglerin zuckte ratlos mit den Schultern.

»Ich weiß nicht, gnädiges Fräulein. Ich bin nicht jedes Jahr hier gewesen. Aber das Salz verschwindet in Unmengen. Soll die Mettensau auf einem Salzbett liegen? Das habe ich noch nicht gesehen.« Anna Lucretia war sichtlich enttäuscht. »Was erwartet Ihr, Fräulein von Leonsperg? Vom Salz wird ja niemand krank, oder? Ist gut, Kärgl, ich bin gleich da.«

Die Tochter des Herzogs entfernte sich zügig und schloss sich wieder ihrer Tante an. Sie fiel inmitten des emsigen Treibens in der Küche allzu sehr auf. Was konnte sie dem Weib übel nehmen? Sie wussten beide von den Giftanschlägen. Theresa wusste, dass sie es wusste, aber nicht, dass die Herzogstochter wusste, dass Theresa auch nach des Rätsels Lösung suchte, um ihren Baumeister wiederzubekommen. Anna Lucretias Kopf pochte schmerzhaft in der brütend heißen, rußigen Luft. So ein Unsinn! Doch sie konnte nicht anders, solang noch die Möglichkeit bestand, durch Überreiter etwas zu erfahren. Die Herzogin von Württemberg hingegen ließ nicht locker.

»Grünberger, was habt Ihr für die Festessen der Weihnachtstage vorgesehen?«

Der Oberkoch zeigte weiterhin beste Laune und Engelsgeduld. Anna Lucretia gefiel das nicht; doch sie konnte nicht sagen, warum.

»Ganz feine Dinge, Ihro Durchlaucht. Dabei habe ich sogar den Paracelsus berücksichtigt. Ich werde die Soßen nach wie vor ohne Zucker, aber mit reichlich Trockenobst rühren, wie Ihr das schätzt. Dafür eignen sich vortrefflich die Ambrosia-Hühner sowie die konfierten Tauben.«

»Mit den Hühnern bin ich einverstanden, aber was sind konfierte Tauben?« Sabina runzelte die Stirn. »Davon habe ich noch nie gehört. Konfiert? Klingt nach kandiert, also viel Honig und Zucker. Das gefällt mir nicht.«

»Sehr richtig, Ihro Durchlaucht. Das klingt wie kandiert, schmeckt wie kandiert, ist es aber nicht. Das ist das Geheimnis.« Grünberger wurde immer überschwänglicher. »Man brät die Tauben auf Spießen. Dann werden Pflaumen, Rosinen und Datteln, auch geröstetes Brot in gutem Wein mit Herzogspulver eingeweicht. Dazu kommt nur wenig Honig. Alles wird eingekocht, bis es glänzt und dickflüssig ist. Wir geben die Tauben in den Topf und legen sie in diesem Nektar ein. Daher das Wort ›konfieren‹, das aus dem Französischen stammt und ›einlegen‹ heißen soll. Das hat die herzogliche Tafel in Landshut noch nie gesehen, Ihro Durchlaucht.«

»Ich glaube Euch jedes Wort, Meister Theodor. Woher habt Ihr das Rezept?«

»Oh, der Hofrat von Eck lässt mir öfter neue Koch- oder Backrezepte zukommen. Er weiß, dass ich ihm immer dankbar dafür bin.«

Fast hätte Sabina gefragt, wie verbunden er Eck sei. Die Herzogin holte tief Luft und hielt sich zurück. Denn solche Geschenke waren bei verwandten Höfen – und welche Höfe waren nicht verwandt? – durchaus üblich. Grünberger redete begeistert weiter.

»Den Münchner Hofkoch versorgt er auch mit Rezepten. Das ist wirklich selbstlos, nicht wahr? Besonders wenn man bedenkt, wie mager der Hofrat von Eck ist. Aber Kochrezepte scheinen ihn aufrichtig zu interessieren. Das Rezept der konfierten Tauben hat er vom Koch des Herrn Landgrafen Philipp von Hessen. Der wiederum hat es vom Hofkoch des Königs Franz von Frankreich. Ein königliches Gericht! Wundervoll! Dann habe ich noch Birkhuhn in schwarzer Fruchtsoße, Erbsen in Malvasierwein, eine ungarische grüne Torte und köstliche Pasteten. Eine mit Eiern und ganz viel Knochenmark wie am Hof des Herzogs von Berry, der der Bruder des französischen Königs Karl V. gewesen ist. Dann eine Hühnerpastete nach lombardischer Art, da wird unser Signor Soldani staunen. Schließlich süße Sahne und Mandeltörtchen und das frische Quittenbrot des Jahres und Konkavelite wie jedes Jahr, es muss aber einfach sein. Ich hoffe, die Auswahl der Speisen findet Eure Zustimmung?«

»Gewiss, Meister Theodor, alles bestens. Ihr seid wahrlich ein großer Koch.«

Grünberger hörte nur das Kompliment und nahm nicht wahr, dass Sabina dem Schluss seiner Ausführungen nicht mehr zugehört hatte. Auch Anna Lucretia war verblüfft. Wieso bekam Leonhard von Eck Rezepte vom hessischen und vom französischen Hof? Philipp von Hessen war das Haupt der protestantischen Partei und hatte den katholischen König Franz von Frankreich für Luthers Sache gewonnen. Denn es war für diesen eine zu schöne Gelegenheit, seinen Erzrivalen, den Habsburger Kaiser Karl V. zusammen mit dem Herzogtum Bayern, seinem treuen Verbündeten, zu schwächen. Es war bekannt, dass Eck überall geheime Kontakte knüpfte. Aber so eng, dass Küchenrezepte ausgetauscht wurden? Da staunte Sabina doch.

»Ein Rezept ist keine Anleitung zum Mord, Tante«, flüsterte sie ihr zu. »Macht Euch nichts daraus!«

Die Herzogin verließ mit ihrer Nichte die Küche.

»Hier geht alles seinen gewohnten Gang. Ich kann nirgends Gefahr für deinen Vater erkennen.«

Anna Lucretia senkte den Kopf. Sie wollte nur noch in ihre warme Stube. Doch kaum hatte sie den inneren Burghof betreten, da rief sie der Küchenmeister Kärgl zurück.

»Fräulein von Leonsperg! Es ist mir sehr peinlich, aber wieder kann ich hier niemanden entbehren. Das Waschkorbgebäck muss ins Spital. Es gibt auch welche für das Blatternhaus. Darf ich Euch bitten, diese im Namen des Hofes hinzutragen? Oder seid Ihr verhindert? Mein Weib brauche ich heute hier.«

Wortlos nahm Anna Lucretia die schweren Körbe, aus denen es verführerisch duftete. Sie machte sich keine Illusionen über den Wert ihrer guten Werke, solang ihr Herz so gespalten war. Doch es sollte nicht an ihr liegen, dass die Kranken im Spital und die Aussätzigen im benachbarten Blatternhaus das feine, gut haltbare Sauerrahmgebäck nicht bekamen. Es war für diese Menschen die einzige Zeit im Jahr, an der man ihnen helles Mehl und etwas vom kostbaren Zucker gab. Die Nächstenliebe ging nicht so weit, dass man dafür die spärliche Winterbutter opferte – dennoch enthielt der Teig aromatisches Mohn- und Walnussöl.

Anna Lucretia sah weder links noch rechts. Es wiederholte sich alles, ohne dass ein Licht in der Finsternis aufging. Theresa sah sie eifersüchtig an. Der Baumeister verließ nach wie vor sein Haus kaum. Die Leute in der Stadt hielten sich von ihr fern.

Nach dem Karpfenessen, dem feierlichen Gottesdienst, der Mettensuppe und der Mettensau auf der Trausnitz fühlte sich Herzog Ludwig wieder viel matter als während der Tage in der Stadtresidenz. Doch Sabina war nicht wirklich besorgt.

»Ach, Kind, die Menge macht es aus. Soldani hin oder her,

dein Vater liebt, was er immer geliebt hat. Es schmeckt ihm nur, wovon er drei volle Schüsseln bekommt. Es ist nun mal Weihnachten!«

»Eben deswegen!« Anna Lucretia ärgerte sich. »Jedermann weiß, wie gern er viel isst bei einem Festmahl. An der Stelle eines Giftmischers würde ich ohne Zögern die Gelegenheit nutzen. Tante! Es wird ihm schlecht gehen nach dem großen Weihnachtsmahl. Ich weiß es, ich fühle es.«

»Was willst du tun, Holzkopf? Wir haben in der Küche alles inspiziert.«

»Im Dürnitz noch nicht. Vielleicht schrecken die Mörder zurück, wenn wir neugierig sind.«

»Wir müssen uns dort sowieso den Tafelschmuck ansehen.«

Als ihr der harzige Duft der frisch aufgehängten Zweige in die Nase stieg, weinte Anna Lucretia fast. Dieser Geruch gehörte unauflösbar zu den seltenen Tagen, die sie als Kind mit ihrer Amme bei ihrem Vater verbringen durfte. Alles, was sich dazugesellte, war ein Wunder: die hölzerne Tischpyramide, die mit Äpfeln, nelkengespickten Zitrusfrüchten und Wachskerzen geschmückt war; der furchterregende, festlich verzierte gefüllte Wildschweinkopf aus München; die Anrichten mit den Geschenken von anderen Höfen und den freien Reichsstädten – Coburger Schmätzchen, Dresdner Striezel, Marburger Printen, Marzipan aus den Hansestädten, Nürnberger Lebkuchen, Stuttgarter Springerle. Letztere ignorierte Sabina stets demonstrativ, weil sie von ihrem verhassten Ehemann Ulrich kamen. Die Priorin vom Kloster Altenhohenau schickte jedes Jahr besonders feine Kräpfli, Klosterfrauenseufzerl und eingekochte Pfirsiche. Ihre Lebzelten sollten das lutherische Gebäck der Pfeffersäcke aus Nürnberg vergessen lassen. In dieser Hinsicht waren auch die Nonnen von Frauenwörth, der Insel im Chiemsee, sehr eifrig. Sie buken einen köstlichen Mandelschmarren auf Oblaten, Schachbrett und Paternosterlebzelten mit allerlei süßem und wildem Gewürz – alle geprägt mit ihrem Klosterwappen.

Anna Lucretia rollten bei diesem Anblick stumme Tränen über die Wangen. Jedes Jahr schenkte Ludwig seiner Tochter vor dem Festmahl ein leeres Weidenkörbchen, das sie nach Lust und Laune füllen durfte. Das ging rasch, denn sie war erpicht auf die Leckereien. Am Ende schmückte sie das volle Körbchen mit dem Wundersamsten dieses Tages: zarten, frischen Rosenknospen! Jahrelang glaubte das Mädchen Anna, das Christkind würde in der Nacht seiner Geburt eine Rosenwolke auf die eisige Erde niederregnen lassen, die sich auf dem väterlichen Festtisch wiederfand. Inzwischen wusste sie, dass die Knospen nicht vom Himmel fielen, sondern aus dem Tiefbrunnen kamen, wo man sie seit dem Sommer unter einer Sandschicht in fest verschlossenen Steinkrügen aufbewahrte. Dennoch blieb das Wunder der geretteten Blumen für sie intakt. In der warmen Luft des Dürnitz öffneten sich die Rosenknospen. Ihr edler Duft vermischte sich mit dem der Tannenzweige, der mit Nelken gespickten Orangen und Zitronen und dem der Tischwaschbecken, in die die Mägde einen Kräutersud gossen. Der Duft von unbeschwerten, hoffnungsvollen Weihnachten! Könnte es sein, dass dieser Duft stärker war als die Hoffnung? Sabina wischte ihr barsch Tränen von den Backen.

»Jesus, Joseph, Maria! Kind, verschleierte Augen sind blind. Tue etwas!«

Doch es gab nichts zu tun als zuzusehen, wie alles wie jedes Jahr war und trotzdem anders. Auch die Herzogin fand nur Unverdächtiges. Doch aufgeben kam für sie nicht so schnell infrage.

»Welche Getränke sind vorgesehen?«, fragte sie Emil Mügschl, den Kellermeister. Der kleine Mann mit dem langen Schnurrbart war sehr erstaunt.

»Nun ja, was wir am Weihnachtstag immer kredenzen, Ihro Durchlaucht. Den Claret aus Kehlheim vom Hofrat Eck für den Durst, einen Malvasierwein für die Freude ob des neugeborenen Königs und mein bestes Moretum* zu Ehren seiner jungfräulichen Mutter. Ist etwas falsch? Wollt Ihr probieren, Ihro Durchlaucht? Sonst hätte ich auch einen Zwetschgenwein, der gerade reif ist. Doch das Moretum ist vollkommen: vier Jahre alt und aus dem Fass.«

»Nein, Mügschl, was sollte verkehrt sein?« Sabina beruhigte ihn. »Du kennst dein Handwerk. Es ist alles in Ordnung.«

Warum überhaupt fragen?, grübelte die Herzogin. Eck zeigte sich großzügig mit seinem Claret aus dem Donauland. Der Landshuter Wein derselben Rebstöcke schmeckte wie Essig im direkten Vergleich, erschien aber honigsüß, trank man ihn neben einem Münchner Claret. Alle liebten ihn, niemand war je davon krank geworden. Der Malvasier, das Moretum, seltene Köstlichkeiten, die – abgesehen vom Honig – bestimmt keinerlei mörderische Zusätze enthielten. Genau das dachte auch Anna Lucretia, die sie mit verweinten Augen anblickte.

»Wir richten nichts aus, Tante. Wir finden nichts. Aber es wird etwas geschehen.«

---

* Brombeerwein

Sabina bekreuzigte sich, küsste den silbernen Christus an ihrem Rosenkranz und schwieg beunruhigt.

24

Schon kurze Zeit nach dem weihnachtlichen Festmahl fühlte sich Herzog Ludwig plötzlich matt, obwohl er keine süßen Speisen angerührt und auch am Brombeerwein nur genippt hatte. Am Abend desselben Tages nahm er nur eine Brühe zu sich und schlief danach ungewöhnlich lang. Am nächsten Tag, an Stephani, war ihm schon nach der Morgensuppe übel. Beim großen Gottesdienst in Sankt Martin erschrak Ursula von Weichs, als sie ihren Geliebten erblickte. Er hielt sich nur noch mit Mühe auf den Beinen, kippte beim Knien zur Seite auf den Boden und kam nicht wieder hoch. Während der Prior vergeblich versuchte, seine Predigt zu Ende zu bringen und schließlich abbrechen musste, versperrte die neugierige Menge an Landshutern der Herzogin den Weg zu ihrem Bruder.

»Was habt Ihr vor?«, rief sie entsetzt. »Wollt Ihr Euren Fürsten hier sterben lassen?«

Urban Kreidenweis, der eine von zwei Landshuter Bürgermeistern, und Weißenfelder mit zwei weiteren Hofräten bahnten Sabina schließlich einen Weg durch die Menge. Kreidenweis, ein imposanter, bärtiger Mann im langen Pelzmantel, redete als Erster.

»Ich kenne schlechtere Orte zum Sterben, Durchlaucht. Wenn wir den Herzog aus unserer Kirche hinaustragen müssen, dann auf keinen Fall auf die Burg hinauf. Er war gesund, bis er vorgestern zurück auf die Trausnitz ging. Jetzt bleibt er bei uns in der neuen Residenz, dafür sorgen wir.«

Alles in Sabina empörte sich gegen diesen bestimmten Ton, diese unerhörte Frechheit, die sich Kreidenweis herausnahm.

»Lasst bitte, Tante«, flüsterte Anna Lucretia ihr ins Ohr. »Wir haben keine Wahl. Es scheint mir das Beste, was geschehen kann. Ich flehe Euch an.«

Mühsam beherrschte sich Sabina. Sie sah wohl, dass auch die Hofräte die Ansicht des Bürgermeisters unterstützten – abgesehen davon, dass sie das Gleiche angeordnet hätte, wäre sie nicht so angeherrscht worden. Während Ludwig in die neue Residenz getragen wurde, erspähte Anna Lucretia Niklas Überreiter in der Gruppe der Hofkünstler. Er sah schlechter aus als der Herzog, aschgrau vor Angst. Er suchte verzweifelt ihren Blick, doch sie sah zur Seite.

Was kann jetzt noch helfen?, dachte sie bitter.

Von Stephani an floss die Zeit zäh dahin. Vor der neuen Residenz wachten Tag und Nacht von den Bürgermeistern ausgewählte, bewaffnete Bürger zusätzlich zu den herzoglichen Wachen. Jeden Tag kam es zu Auseinandersetzungen zwischen Leuten der Stadt und solchen der Trausnitz, wobei die Städter die Bewohner der Burg bezichtigten, ihren geliebten Herzog umbringen zu wollen. Am Winter-Johanni* verweigerten die Landshuter Bürger den Burgbewohnern die allseits beliebte gemeinsame Johannisminne, bei der man sich bei einem Glas Wein oder Most gegenseitig Glück und Segen wünschte. Der in Sankt Martin gesegnete Johanniswein wurde in diesem Jahr 1541 ausschließlich in die städtischen Weinfässer gegossen. Der neue Weinkeller bekam von dem wundersamen Getränk nichts ab.

---

* 27. Dezember

Anna Lucretia verließ die Stadtresidenz nur selten. Wozu auch und wofür? Es war zum Verzweifeln. Kaum kochte ausschließlich Soldani für ihn, fühlte sich ihr Vater tatsächlich ungleich besser. Die Ungewissheit, der Verdacht und die Angst lasteten trotzdem genauso schwer auf dem Herzog wie auf Sabina und seiner Tochter. Den Gedanken, am eigenen Hof in Lebensgefahr zu sein und in der Stadtresidenz quasi gefangen, ertrug Ludwig nur schwer. Anna Lucretias Verzweiflung wuchs ins Unermessliche, als ihr am nächsten Tag, dem sogenannten Unschuldige-Kindel-Tag, bewusst wurde, dass ihre Monatsblutung überfällig war. Sie weinte nicht, aber sie wurde schweigsam. Noch hatte sie Glück im Unglück. Auf der Trausnitz, umgeben von unzähligen Damen, Mägden und Wäscherinnen, wäre das Ausbleiben sofort bemerkt worden. Keine Frau, ob Adelige oder Angehörige des Gesindes, konnte das verheimlichen. Sie tröstete sich mit finsterer Gleichgültigkeit. Es schien ihr sowieso alles verloren.

Für Sabina verging die Zeit erschreckend schnell. Was würde nach dem Dreikönigstag mit ihr geschehen, wenn weder Widmannstetter noch irgendeine Nachricht aus Württemberg kam? Doch die Herzogin zeigte erstaunlich viel Zuversicht.

»Es muss einfach etwas passieren«, versicherte sie ihrer Nichte. »Wenn der Wolf keine Beute im Wald findet und das Schaf im Stall ist, dann muss der Wolf den Wald verlassen. Wenn es ihn gibt, dann ist er jetzt hungrig. Ein Wolf mit knurrendem Magen bleibt nicht unsichtbar.«

Anna Lucretia fragte sich, ob man sich das wünschen solle. Ein ausgehungerter Wolf machte Beute oder er wurde erlegt. Blutig war es auf jeden Fall. Es war ein großer Unterschied, ob man Schlimmes befürchtete oder es erlebte, ob man Blutvergießen fürchtete oder Blut floss. Das wurde ihr schlagartig bewusst.

Am Silvesterabend feierte die ganze Stadt. Jedermann versuchte, beim Bleigießen, Pantoffelwerfen oder beim Schifferspiel sein Schicksal im nächsten Jahr zu ergründen oder zu bestimmen. Lang vor Mitternacht kamen von überallher Buben auf Steckenpferden angeritten – vermummt und angemalt, manchmal sogar als Hexen verkleidet. Sie wünschten ein gutes neues Jahr, um nach dem Singen ihrer Lieder und dem Rezitieren ihrer Verse milde Gaben in Form von Würsten, Geselchtem oder allerlei Gebäck einzusammeln. Sie gingen nicht zimperlich vor und taten recht übermütig, ja ihrer Beute sicher, denn sie wussten nur allzu gut, dass die Spender einen glücklichen Ausgang des alten Jahres auf keinen Fall gefährden wollten.

In der Stadt floss der Gewürzwein in Strömen, in der Stadtresidenz aber nur spärlich, da jede Feierlichkeit den Herzog in Gefahr zu bringen schien. Etwas geistesabwesend spielte Ludwig Schach mit seiner Schwester und wartete auf den Moment, Ursula zum Neuen Jahr begrüßen zu gehen.

Anna Lucretia grübelte am Kamin zutiefst betrübt, die Windhunde zu ihren Füßen. Sie trug ein Kind, das schon keinen Vater mehr zu haben schien – abgesehen davon, dass sie sich niemals vor Gott und den Menschen zu diesem Mann würde bekennen können. Früher oder später würden ihr Vater durch Mörderhand sterben und ihre Tante von ihrem Ehemann umgebracht werden. Dann entschieden ihr feindliche oder gleichgültige Verwandte über ihr weiteres Schicksal – und das ihres Kindes. Für sie ein Kloster, für das Kind die

Verbannung bei einer fremden Familie. Also den fast sicheren Tod …

Kurz vor Mitternacht stürmte plötzlich eine völlig aufgelöste Ursula von Weichs aus dem geheimen Gang in die Fürstenstube. Sie zitterte am ganzen Körper. Ihre Kleidung war blutverschmiert.

»Ludwig, Ihr müsst sofort kommen!«

Der Herzog, seine Schwester und Anna Lucretia stellten keine Fragen. Die Mätresse hätte sich niemals erlaubt, grundlos und ohne gerufen worden zu sein, hier einzudringen. Zu viert liefen sie durch den Geheimgang, gefolgt von Ludwigs zwei Windhunden.

Anna Lucretia zitterte vor Angst und Hoffnung. Der Anblick in Ursulas Wohnstube zerriss ihr förmlich das Herz. Überall Blutspuren und auf dem Scherensessel neben dem Kachelofen ein leichenblasser, schmerzgekrümmter Johann Albrecht, der jeden Augenblick seinen letzten Atemzug auszuhauchen schien. Sie stürzte zu Johann Albrecht. Er lächelte sie hilflos an … und verlor das Bewusstsein. Sie schrie laut auf.

»Er stirbt! Oh Gott, wir müssen ihm helfen! Was hat er nur? Wo ist er verletzt? Wo kommt dieses viele Blut her?«

Sabina presste ihre Hand hart auf den Mund der Nichte.

»Willst du die ganze Stadt herrufen? Kein Wort! Ludwig, bring die Hunde raus! Ich kümmere mich um ihn. Anna Lucretia, hol sofort gewürzten Wein!«

Wie oft würde sie das noch erleben müssen? Vor Ursulas Auftauchen hatte sie gedacht, keinen größeren Schmerz verspüren zu können. Jetzt wusste sie es besser. Johann Albrecht hatte in der Hofküche nach dem Löwenangriff gesünder ausgesehen als nun in diesem Haus, in dem sie schon beinahe den Tod ihres Vaters erlebt hatte. Sie lief in die Residenz zurück, um den Gewürzwein zu holen. Ludwig, der mit eiserner Hand Ajax und Leda mitzog, folgte ihr. Vor der Fürstenstube warteten neugierig und alarmiert zugleich Soldani und einige Diener der herzoglichen Familie. Noch bevor sie eine einzige Frage stellen konnten, beruhigte sie der Herzog.

»Fräulein von Weichs hat völlig überraschend eine Frauenverletzung erlitten und sich darüber erschrocken.« Er log, ohne mit der Wimper zu zucken. Zu einem anderen Zeitpunkt hätte seine Tochter ihn dafür bewundert. »Macht Euch keine Sorgen! Wir kümmern uns um sie. Anna Lucretia wird ihr Gewürzwein bringen. Meister Claudio, meine Schwester wird manches aus der Küche benötigen. Haltet Euch bereit!«

Als das Mädchen und sein Vater wieder in Ursulas Haus waren, untersuchten die drei Frauen gemeinsam Widmannstetters Verletzungen. Sie fanden zwei tiefe Stichwunden, eine am linken Oberarm in Schulternähe, die andere an der Innenseite des rechten Unterarms, außerdem eine lange Schnittwunde an der Brust in Höhe des Herzens. Für Sabina war die Sache eindeutig.

»Er hat sich verteidigt und gleichzeitig mit der rechten Hand gekämpft. Der Angreifer muss gedacht haben, er hätte ihn ins Herz getroffen, weil er so viel Blut verloren hat. Die Blutung hat fast aufgehört. Fräulein von Weichs, welche blutstillenden Mittel habt Ihr im Haus? Was ist wundheilend? Schlangen- oder Hundezunge? Centaurea? Nein, nichts davon? Warum auch … Was könntet Ihr haben? Frauenmantel oder Weinblätter? Lasst es bringen! Vielleicht auch Kornblumen? Sehr gut. Und etwas gegen Wundbrand. Buchensamen, Hyazinthenzwiebeln ... das werdet Ihr wohl nicht haben. Kohlblätter aber? Besser als nichts. Macht einen Sud aus den Weinblättern, Frauenmantel und Kornblumen. Gebt ihm Gewürzwein, soviel Ihr ihm einflößen könnt, wenn er wieder zu sich kommt.«

Dann lief sie mit Anna Lucretia in die Residenz, um den Rest zu holen. In der kleinen Küche des Fürstenbaus erteilte sie Soldani weitere Befehle.

»Kind, mach einen Eschenrindensud mit viel Honig! Meister Claudio, ich benötige Kräuter. Salbei, Rosmarin, Minze. Getrocknet. Zerreibt sie mit Baumöl, gebt Zwiebelsaft hinzu und drückt es durch ein Tuch!«

Soldani war in kürzester Zeit damit fertig. Mit dem Sud und dem Öl liefen Anna Lucretia und ihre Tante zurück in Ursulas Haus. Widmannstetter war inzwischen zu sich gekommen und hatte schon ein wenig Gewürzwein getrunken. Zu dritt wuschen sie seine Wunden mit dem Weinblätter- und Blumensud, trockneten sie, trugen das Kräuteröl auf, gaben frische Kohlblätter darauf und verbanden das Ganze so fest wie nur möglich. Danach flößten sie dem Verletzten abwechselnd vom Wein und dem bitteren Eschenrindensud ein. Quälend langsam nur, so empfand es jedenfalls Anna Lucretia, kam er zu sich und begann zu reden.

»Ich muss dem Herzog berichten, unbedingt.«

»Mein guter Doktor Widmannstetter«, knurrte Sabina, »Ihr sagt kein Wort, bis wieder etwas Blut in Euren Adern fließt. Es ist ein Wunder, dass Ihr es in diesem Zustand überhaupt bis hierher geschafft habt. Es hilft niemandem, wenn Ihr jetzt vor lauter Redesucht tot umfallt.«

Widmannstetter schüttelte entschieden den Kopf.

»Ihr müsst mich gleich anhören. Ich fühle mich so schwach, mir scheint, Gott könnte mich jeden Augenblick zu sich rufen. Ich muss jetzt berichten, was geschehen ist und was Euer Sohn mich beauftragt hat, Euch zu sagen. Holt den Herzog!«

Anna Lucretia drückte fest seine leblose Hand.

»Du schweigst. Was immer es ist, es muss warten. Du kommst bald wieder zu Kräften.«

Es gelang ihm nicht einmal, einen Finger zu heben, doch er protestierte weiter.

»Nein, Liebste, ich kann mich nicht gedulden. Lass mich reden, solang es noch geht. Hol deinen Vater!«

Sabina gab ihrer Nichte ein Zeichen. Nach kurzer Zeit kam Anna Lucretia mit Ludwig zurück.

»Ich war in Württemberg und habe Herzog Christoph aufgesucht«, begann Widmannstetter seinen Bericht mit leiser Stimme. »Ich versichere Euch: Er ist wohlauf. Er hat tatsächlich einen Boten mit einem Brief geschickt, den Mann, der in der Küche starb. In seiner Nachricht stand Folgendes: Die lutherischen Fürsten, an ihrer Spitze Markgraf Philipp von Hessen und Herzog Ulrich, bereiten für den Frühling einen Angriff auf das katholische Braunschweig vor. Herzog Christoph wollte wissen, ob Ihr, Hoheit, oder Euer Bruder in München davon Kenntnis erhalten habt. Außerdem, ob in Bayern dagegen schon gerüstet wird oder im Frühjahr armiert würde, falls der Feldzug tatsächlich stattfände. Ferner: Euer Sohn kommt am Tag der Heiligen Drei Könige nach Landshut, um die katholischen Abwehrmaßnahmen mit Euch persönlich zu besprechen, denn alles andere ist zu gefährlich. Der Bote, der von hier nach Württemberg geschickt wurde, ist dort niemals angekommen. Ich selbst hätte es fast nicht zurückgeschafft.«

»Schweige jetzt! Du hast genug gesprochen«, schluchzte Anna Lucretia.

»Nein, noch nicht. Ihr müsst wissen, was mir geschah. Es gibt Verräter hier. Sie verfolgen alles. Ich bin so schnell wie nur möglich zurückgeritten. Bis Moosburg gab es auch keinen Zwischenfall, obwohl ich mich ständig unter Beobachtung fühlte. Mein Pferd aber war dort am Ende seiner Kräfte. Es brauchte Futter, Wasser und etwas Ruhe. Währenddessen bin ich nach Sankt Kastulus gegangen und habe vor dem Hochaltar gebetet. Ein Mönch betrat die Kirche, kniete neben mir nieder, als wolle auch er beten. Plötzlich stürzte er sich auf mich, einen blanken Dolch in der Hand. Ich habe mich gewehrt, so gut ich konnte. Daher stammen die Verletzungen an meinem linken Arm. Mit der rechten Hand versuchte ich, mein Messer zu ziehen, doch dann traf er mich mit solcher Wucht an der Brust, dass ich die Besinnung verlor. Als ich erwachte, beugte sich ein Priester über mich. Der gedungene Mörder war er nicht mehr da. Er muss geglaubt haben, ich sei tot. Oder er wollte nicht gesehen werden. Ich weiß es nicht. Ich konnte meinen Braunen erreichen und dem Stallburschen mit ein paar Münzen den Mund stopfen. Dann bin ich auf der linken Seite dem Flusslauf der Isar bis Landshut gefolgt. Mein Pferd habe ich auf der Mühleninsel gelassen. Niemand hat mich erblickt. Das kleine Stadttor am Landsteg war bewacht, doch der Wächter war von den Feierlichkeiten abgelenkt. Ich konnte mich unbemerkt bis zu Fräulein von Weichs Haus schleichen.«

Kaum hatte er das letzte Wort gesprochen, verlor er wieder

das Bewusstsein. Anna Lucretia versuchte vergeblich, ihn mit Essig zu erwecken. Sabina und Ludwig sahen sich ungläubig und zugleich schockiert an. Lang blieben sie sprachlos, dann fand die Herzogin als Erste die Stimme.

»Ein Angriff der Lutheraner auf Braunschweig? Das kann doch nicht sein. Warum? Warum jetzt? Philipp von Hessen und Ulrich sind bestimmt zu allem fähig. Ihr Ziel ist es, das ganze Reich vom wahren Glauben abzubringen. Aber um den Preis eines allgemeinen Krieges? Gerade wenn der Streit um Württemberg, so sehr ich es bedauere, beigelegt ist? Das ergibt keinen Sinn. Widmannstetter hat Fieber und fantasiert. Meint Ihr nicht auch, mein Bruder?«

Doch Ludwig, ganz gegen sein sonst unbeschwertes Gemüt, schüttelte sorgenvoll den Kopf.

»Braunschweig-Wolfenbüttel ist ein Dorn im Fleisch der protestantischen Partei, das einzige katholische Fürstentum zwischen Hessen, Sachsen und Brandenburg. Vor allem aber ist Herzog Heinrich ein schwacher Herrscher, schutz- und wehrlos. Er buhlt um das Wohlwollen der Lutheraner, statt die Zähne zu zeigen und ausreichend zu rüsten. Trotzdem: Wie können sie es wagen? Der Nürnberger Bund verpflichtet die katholischen Fürsten, in den Kampf zu ziehen, sollte auch nur einer von uns angegriffen werden. Das würden wir auch tun, vielleicht sogar zusammen mit Kaiser Karl. Das weiß Philipp, das weiß Ulrich. Sie können es nicht wagen …«

»Warum warnt uns dann mein Sohn?«, regte sich Sabina auf. »Es muss etwas im Gange sein.«

»Alles gut und schön, Tante«, unterbrach Anna Lucretia sie. »Ihr habt nun die Nachrichten, auf die Ihr gewartet habt. Doch vergesst dabei nicht den Mann, der sie gebracht hat und vielleicht gerade stirbt. Was soll mit ihm geschehen? Wohin mit ihm?«

Ludwig und Sabina waren verärgert über die Unterbrechung ihrer Gedanken, doch die junge Frau ließ sich nicht einschüchtern.

»Wo soll er gepflegt werden, ohne dass jemand von seiner Rückkehr und von den Neuigkeiten aus Württemberg erfährt? Die müssen doch geheim bleiben, nicht wahr? Auf der Trausnitz geht das nicht und in der neuen Residenz auch nicht. Er würde sofort entdeckt. Wem dürfen wir vertrauen? Dem Hofrat Weißenfelder bestimmt, aber seinem Weib besser nicht. Zu wem können wir Johann Albrecht bringen, ohne selbst aufzufallen? Zu den Nonnen im Spital?«

»Mir könnt Ihr Doktor Widmannstetter anvertrauen, Ludwig.« Ursulas Stimme bebte. »Es wäre mir eine Ehre. Hier ist der einzig sichere Ort, wo Eure Tochter und die Herzogin ihn gefahrlos pflegen können. Vertraut mir! Es gibt keine bessere Lösung.«

Aber Sabina und Anna Lucretia zögerten. Zu lebhaft hatten sie Ursulas Eifersucht bei der Verlobung in Erinnerung, ihre Feindseligkeit beim Kampf um die Paracelsusdiät und nach dem Giftanschlag beim Weinfest. Schlimmer noch: Ursula konnte diejenige sein, die den Münchner Hof benachrichtigt und somit das seltsame Entlassungsgesuch verursacht hatte. War nicht gerade von der Mätresse Verrat zu erwarten? Ludwig schwieg beharrlich. In diese Entscheidung würde er sich nicht einmischen. Sabina blieb unversöhnlich und misstrauisch. Doch Anna Lucretia sah keinen anderen Ausweg.

»Fräulein von Weichs hat gewiss recht. Nirgendwo ist Johann Albrecht sicherer versteckt, nirgends können wir ihn leichter pflegen. Er soll hierbleiben. Er ist so schwach, dass wir ihn nicht transportieren sollten. Stimmt Ihr mir zu, Vater?«

Ludwig nickte, obwohl auch seine Tochter das Wort ›Vertrauen‹ nicht ausgesprochen hatte. Ursula war immens erleichtert und redete wie ein Wasserfall.

»Es gibt eine kleine Kammer für meine Magd neben der Schlafstube, mit einem guten Bett direkt auf der anderen Seite des Kamins. Niemand muss dort Kälte leiden. Meine Magd wird oben bei der Köchin schlafen. Sie schweigen beide wie ein Grab. Darauf gebe ich Euch mein Wort.«

»Gilt das auch für Euch selbst, Fräulein von Weichs?«, fragte Sabina bissig. Ursula errötete heftig.

»Ja. Ihr habt mein Wort. Was immer geschehen mag, ich werde ihn verteidigen.«

»Ihr rechnet also damit, dass etwas geschieht? Woher nehmt Ihr diese Gewissheit? Ist uns etwas entgangen, das Euch gewärtig wäre?«

Ursula ließ sich nicht einschüchtern.

»Nun ja, Durchlaucht, wie mir scheint, wurde er von Herzog Ulrichs Schergen verfolgt. Sie haben ihn angegriffen und denken jetzt, er wäre tot. Doch wie lange? Seine Leiche liegt nicht in der Kastuluskirche, sein Pferd ist nicht mehr in Moosburg. Es muss übrigens sofort von der Mühleninsel geholt werden, wie mir scheint. Handlanger des Herzogs von Württemberg sind unter uns, das ist doch klar. Es gibt keine andere Erklärung für all diese Vorfälle. Es wird etwas geschehen. Ich schwöre Euch, dass es nicht von mir ausgeht.«

Danach wurde kein weiteres Wort gewechselt, bis der immer noch bewusstlose Widmannstetter in der Kammer hinter Ursulas Schlafstube lag.

25

In den von Ludwig regierten Bezirken Landshut und Straubing des Herzogtums gab man am Neujahrstag besonders darauf Acht, dass das Leben harmonisch verlief und so dem nachfolgenden Monat, ja dem ganzen Jahr Beispiel sein konnte. Deshalb wurde gut gegessen und getrunken, wurden reichlich Hobelspäne und Mädchenschenkel in Schmalz gebacken und sämtliche ausstehenden Rechnungen bis hin zur niedrigsten bezahlt. Man verlieh nichts, machte nichts falsch und achtete darauf, kein Kleidungsstück verkehrt herum anzuziehen. Die Leute standen früh auf, ließen nichts anbrennen und sperrten alle schwarzen Katzen ein. Das Feuer am Herd durfte ebenso wenig ausgehen wie das Geld im Beutel und die Schmalznüsse in der großen Schüssel, während man die letzten Lebkuchen vertilgte.

Als der Herzog ihn in aller Herrgottsfrühe wortlos aus der Kämmerei der Stadtresidenz holte, wusste Hofrat Weißenfelder gleich, dass dieser Neujahrstag 1542 nicht wie gewünscht verlaufen würde. Doch dass das Jahr so düster anfangen könnte, hätte er sich in seinen schlimmsten Albträumen nicht vorgestellt. Als er von Ludwig und Sabina hörte, was in der Nacht vorgefallen war, zeigte sich Weißenfelder zunächst ungläubig.

»Von einer Rüstung der Lutheraner gegen Braunschweig habe ich nichts, absolut gar nichts gehört, auch nicht von meinen Münchner Kollegen. Mitten im Winter? Niemand bereitet einen Krieg mitten im Winter vor!«

Sabina senkte entmutigt den Kopf.

»Das denken wir auch, Hofrat. Dennoch können wir meinem Sohn vertrauen. Das wisst Ihr. Ihr wisst auch, dass dieser Mörder Ulrich hier in Landshut sein Unwesen treibt und meinem Bruder und mir nach dem Leben trachtet.«

»Was sollen wir tun, Hoheit?«, wandte Weißenfelder sich an den Herzog.

»Ihr reitet sogleich nach München zu Wilhelm. Ihr sucht ihn persönlich auf und lasst Euch nicht abweisen. Ich will wissen, ob er Nachricht von diesen Plänen hat und was er zu tun gedenkt, falls die Meldung stimmt. Es wäre Hochverrat an der katholischen Sache, sollten die beiden bayerischen Fürsten nichts dagegen unternehmen.«

»Hochverrat auch am Kaiser, unserem Vetter«, warf Sabina ein.

»Richtig, meine Schwester. Also, Hofrat, Ihr müsst noch heute in München sein und morgen kommt Ihr so schnell wie möglich zurück. Draußen stehen Eure Pferde und zwölf Bewaffnete.«

Doch Weißenfelder zögerte noch.

»Ich sollte diese Woche zu König Franz von Frankreich abreisen. In Württemberg wollte Herzog Christoph zu mir stoßen. Wir haben ein wichtiges Memorandum von Doktor Eck über die Türkenhilfe für den Kaiser mit ihm zu besprechen. Wie soll das stattfinden?«

Mit einem lauten Schrei erhob sich Sabina aus ihrem Scherensessel.

»Die Türkenhilfe! Das fehlt uns noch! Was hat Eck mit König Franz zu besprechen? Ist Bayerns Haltung nicht eindeutig? Ein katholischer König, der sich mit dem verfluchten Philipp von Hessen, meinem Mörder von Ehemann und den Türken gegen unseren katholischen Kaiser verbündet! Welche Botschaft sollt Ihr mit meinem Sohn überbringen? Türkische Kochrezepte gegen französische, alles für die Hofküche in Marburg? Warum reist der Herr Hofrat Eck nicht selbst nach Paris? Die Reise ist lang, vielleicht würde dann hier etwas Ruhe einkehren.«

»Lasst das bitte, Schwester«, seufzte Ludwig ungeduldig. »Die Frage der Türkenhilfe werden wir jetzt nicht lösen. Doktor Weißenfelder, Herzog Christoph besucht uns anscheinend in fünf Tagen. Da kann er nicht gleichzeitig unterwegs nach Frankreich sein. Ihr reitet sogleich nach München. Alles Weitere entscheiden wir nach Eurer Rückkehr.«

Zwölf Stunden später, am Abend des Neujahrstages, versuchte die herzogliche Familie in der Stadtresidenz, zu Kräften zu kommen. Anna Lucretia gönnte sich zum ersten Mal seit Mitternacht Erholung. Widmannstetter war wieder bei Bewusstsein. Seine Verletzungen hatten sich bisher nicht entzündet; Fieber war nicht aufgetreten. Er dämmerte vor sich hin zwischen tiefem, unüberwindbaren Schlaf und einem kaum wahrnehmbaren Wachzustand.

»Es ist der Blutverlust«, erklärte Sabina ihrer Nichte. »Die Zeit wird zeigen, ob er ihn verkraftet. Sei froh, dass er nicht fiebert, denn sonst würden wir einen Priester rufen müssen.«

Alle drei waren in Gedanken tief versunken, als das laute Bellen von Ajax und Leda sie auf Lärm im Erdgeschoss aufmerksam machte. Anna Lucretia erhob sich und ging eilig vom herzoglichen Zimmer zur Treppe der Eingangshalle. Sie erblickte unten eine Truppe schwerbewaffneter Soldaten – da lief schon eine große, schwarzgekleidete Gestalt die Stufen hoch. Sie traute ihren Augen nicht.

»Hofrat Eck! Was macht Ihr hier um diese Zeit? Ist Doktor Weißenfelder etwas zugestoßen?«

Eck blieb vor ihr stehen. Verständnislosigkeit und Misstrauen flackerten in seinem Blick auf.

»Was soll meinem Kollegen widerfahren sein? Lasst mich durch, Fräulein von Leonsperg! Ich muss dringend zu Eurem Vater.«

Er drängte sie zur Seite, ohne sich um sie zu kümmern. Sie folgte ihm mit wild pochendem Herzen, als er selbst die Tür aufstieß. Sabina war aufgesprungen und schien sich dem Eindringling entgegenstellen zu wollen, besann sich aber eines Besseren. Ludwig versuchte nicht einmal, seine Verärgerung hinter der üblichen fürstlichen Höflichkeit zu verbergen.

»Zum Teufel, Eck, was soll dieses unziemliche Eindringen? Um diese Zeit? An diesem Tag? Ohne Ankündigung? Ein solches Benehmen würden sich weder mein Bruder noch der Kaiser höchstselbst erlauben. Verlasst diesen Raum auf der Stelle und kommt erst dann demütig zurück, wenn ich es für richtig halte!«

Doch Eck, die langen mageren Arme auf der Brust verschränkt, tat keinen Schritt rückwärts.

»Ich entschuldige mich untertänigst, Hoheit, und verstehe Eure Verärgerung. Die Angelegenheit jedoch, um die es geht, duldet keinen Aufschub, so heikel sie sein mag und so unwillkommen ihr Überbringer ist. Es ist meine schmerzhafte Pflicht, ungeachtet des Neujahrsfriedens heute Abend hier zu sein.«

»Welche Angelegenheit?«, bellte Ludwig ihn an. »Sprecht und verschwindet dann!«

Eck holte tief Luft.

»In der Moosburger Kastuluskirche ist ein Mönch erdolcht worden. Seine Leiche haben meine Männer mitgebracht. Sein Mörder ist Doktor Widmannstetter, der verletzt entkommen konnte und wahrscheinlich Zuflucht in Landshut gesucht hat. Er war auf der Rückreise aus Württemberg, wo er als geheimer Bote eine Nachricht der Herzogin Sabina an ihren Sohn überbrachte. Hoheit! Die Herzogin von Württemberg bereitet einen Aufstand vor gegen ihren Gatten, dessen Ziel die Wiedereinführung des katholischen Glaubens und die Vernichtung von Herzog Ulrich ist, damit ihr Sohn dort die Herrschaft übernehmen kann. Hoheit! So sehr ich die lutherischen Abtrünnigen verabscheue, so entschlossen muss ich diesem Vorhaben entgegentreten. Würde ein solcher Aufstand gelingen, so bedeutete es das Ende des so schwer errungenen Friedens. Außerdem würde es zu einer Isolierung des Herzogtums Bayern im Reich führen. Schließlich, Hoheit, ist es Hochverrat an Euch und Eurem Bruder, den ich hier vertrete, da Ihr beide gemeinsam den Rückgabevertrag von Württemberg verhandelt, unterschrieben und garantiert habt. Lasst Ihr solche Umtriebe zu, Hoheit, so wird man in allen deutschen Landen auch in Euch einen Verräter sehen.«

Die Reaktion des Herzogs überraschte Eck, der das nachgiebige Temperament des Landshuter Fürsten kannte. Ludwig setzte seine aufgebrachte Schwester und die mit plötzlicher Übelkeit kämpfende Anna Lucretia auf die Bank des Kachelofens und baute sich dann breitbeinig vor Eck auf.

»Was habe ich mit diesem Gelehrten zu tun? Ich habe ihn, wie der Münchner Hof es verlangte, schon vor Weihnachten entlassen. Wenn er irgendwo Zuflucht suchen sollte, aus welchem Grund auch immer, dann bestimmt nicht hier, wo er allerlei Feindseligkeiten ausgesetzt war und nicht mehr mit meinem Schutz rechnen kann. Oder verfügt Ihr über andere Informationen?«

»Nein, Hoheit, natürlich nicht«, Eck war plötzlich unsicher, »aber, wie ich Euch sagte, Hoheit, ist er der Verbindungsmann zwischen Herzogin Sabina und Herzog Christoph. Das ist Grund genug, so meine ich, nichts unversucht zu lassen, um nach Landshut und in Eure unmittelbare Umgebung zu gelangen.«

Wieder tat Ludwig etwas, was Eck nicht erwartet hatte. Er setzte sich majestätisch langsam in seinen Scherensessel und bot dem Hofrat keinen Sitzplatz an.

»Ich möchte gern erfahren, Herr Rat: Woher wisst Ihr so viel, was ich, Euer Herr und Herzog, nicht weiß? Verschont Ihr auch meinen Bruder in München mit diesen furchtbaren Neuigkeiten? Ich bin mit Euch, unserem treuen, ergebenen Diener, ganz offen. Mich beunruhigt weit mehr, dass Ihr mir aus heiterem Himmel eine solche Mär auftischt als die Geschichte selbst.«

Eck bekreuzigte sich, senkte den Kopf und betete leise, bevor er weiterredete.

»Ich bin ein stets gut informierter Mann, Hoheit. Das war ich immer und tue viel, um es zu bleiben. Das bin ich meinen beiden Herren und dem Wohlergehen ihres Herzogtums schuldig. Ich habe die Entlassung von Doktor Widmannstetter betrieben, das leugne ich nicht, weil ich um Euch, mein Fürst, fürchtete. Meine Gründe habt Ihr wohl akzeptiert, sonst hättet Ihr Euch von ihm nicht getrennt. Nach seinem Weggang hielt ich es weiter für meine Pflicht, diese zwielichtige Person unter Beobachtung zu halten. Das gebe ich zu. Deswegen weiß ich, wohin er sich begeben hat, was besprochen wurde und wohin er danach wollte. Den Mönch hat er wahrscheinlich getötet, weil der ihn erkannt hatte oder weil er es befürchten musste. Seitdem ist er wie vom Erdboden verschluckt. Er treibt also weiterhin sein Unwesen. Irgendwo hier muss er sich aufhalten. Möglicherweise ist er verletzt, was bedeuten würde, dass er Hilfe braucht. Ich bitte Euch inständig, mir bei der Suche eines Verräters und Mörders beizustehen. Er muss in München abgeurteilt werden.«

»Und was geschieht mit der anderen Verräterin, meiner Schwester?«

»Euer Bruder bittet Euch, seine fehlgeleitete Schwester in ein Münchner Kloster zu schicken. Es steht ihr frei, wenn die Verschwörung in Württemberg vollständig aufgeklärt ist, dort ihr Leben zu beenden oder zu ihrem vor Gott angetrauten Ehemann zurückzukehren. Ein äußerst gnädiges Angebot, wie ich meine.«

Herzog Ludwig gab keine Anzeichen von Aufbrausen oder Einlenken zu erkennen. Sabina und Anna Lucretia verhielten sich völlig still, obwohl ihnen beiden das Herz in der Brust fast zersprang. Womit hätten sie Eck widersprechen können? Er schien – aus seiner Sicht – konsequent zu handeln. Solang die vermeintlichen Handlanger Ulrichs in Landshut nicht entlarvt waren, konnte nur der Herzog selbst diesen Anschuldigungen entgegentreten. Dazu war Ludwig fest entschlossen.

»Ihr erhebt schwere Vorwürfe gegen unsere geliebte Schwester, Hofrat. Ich will annehmen, dass Eure Besorgnis um unser Herzogtum Euch leitet. Ich stimme Euch zu, dass sich um Württemberg etwas Beunruhigendes zusammenbraut. Davon bin ich überzeugt. Nur was, Herr Hofrat? Ihr verfügt offensichtlich über Gewissheiten, doch mir stellen sich noch viele Fragen. Doktor Eck, habt Ihr von protestantischen Angriffsplänen gegen unseren Verbündeten Herzog Heinrich von Braunschweig-Wolfenbüttel Kenntnis erlangt? Ein solcher Angriff würde den Frieden im Reich und damit die Lage unseres Herzogtums mehr stören als ein katholischer Aufstand in Württemberg. Das ist uns beiden doch klar, oder?«

Schon bei der Erwähnung von ›protestantischen Angriffsplänen‹ war Eck wie vom Blitz getroffen zusammengezuckt. Zum ersten Mal, seit sie ihn kannte, dachte Sabina, er könnte die Beherrschung verlieren. Seine Beine trugen ihn nicht mehr, er sackte unerlaubt auf den nächsten Stuhl, knetete heftig seine langen, knochigen Finger, musste sich mehrmals räuspern, bevor er seine Stimme wiederfand.

»Hoheit, das ist völlig unmöglich. Woher sollte dieser Angriff kommen? Was veranlasst Euch, so etwas zu glauben? Das kann nicht sein.«

»Warum kann es nicht sein? Die Verwicklung meiner eigenen Schwester, die so gut wie jede Stunde meines Lebens teilt, und eines Beraters, der mir viel verdankt, in eine dunkle Verschwörung scheint Euch möglich. Die traurigen Ereignisse der letzten Wochen auf der Trausnitz sprechen meines Erachtens weit mehr für eine Intrige Ulrichs gegen unser Haus als für eine Verschwörung der Herzogin gegen Württemberg. Was die Quelle meiner Nachrichten betrifft, Hofrat ... so sehr ich Euch schätze ... ich bemühe mich stets um eigene. Ich dachte, das wäre Euch bekannt.«

Ecks scharf geschnittener Kiefer zitterte merklich. Sein Blick schien zu flackern. War es Zorn, Bestürzung, Empörung? Sein Wortschwall verriet es nicht.

»Hoheit! Mir und Eurem Bruder sind keine Pläne oder gar Rüstungen gegen Braunschweig zu Ohren gekommen. Ich kann nicht glauben, dass es welche gibt. Es wird mir oft vorgeworfen, ich unterhielte gute Beziehungen zu den Lutheranern, die Rückgabe Württembergs wäre Verrat und ich sollte keinerlei Verbindung zu Landgraf Philipp von Hessen unterhalten. Meine beiden Herzöge waren bisher zufrieden mit den Ergebnissen meiner Tätigkeit. Niemand darf an meiner katholischen Gesinnung zweifeln. Bayern ist nicht mehr von der lutherischen Verirrung befallen, lebt wohlhabend und in Frieden, ist dem Habsburger Kaiser Freund und Verbündeter, doch nicht untertan. Für diese Ziele sind mir alle Mittel recht. Es ist nicht immer einfach. Hoheit! Ich würde es wissen, wenn Hessen und Württemberg gegen Braunschweig rüsteten. Das könnt Ihr mir glauben. Ich verstehe, woher Eure Zweifel rühren. Ich kenne die Ereignisse, habe sie zum Teil miterlebt. Meines Dafürhaltens nach spricht leider weit mehr für meine Überzeugung als für etwas anderes. Eure Schwester, die Herzogin, ist – vielleicht aus grenzenloser Mutterliebe – sehr wohl in der Lage, Briefe oder Boten verschwinden zu lassen, Berater zu korrumpieren und Euer Leben aufs Spiel zu setzen. Mindestens genauso wie Euer Schwager Herzog Ulrich. Lasst Euch bitte nicht, Hoheit, und ich habe keine Furcht, das im Beisein Eurer Schwester zu sagen, von Eurem Bruder in München entzweien. Es wäre das Ende des mächtigen, des unabhängigen Herzogtums Bayern. Ich flehe Euch an: Macht Euch nicht zum Werkzeug fremder Interessen! Wir verlangen nicht die Bestrafung der Herzogin. Sie soll nur in der Ruhe eines Klosters zu sich finden und ihre Pflichten erkennen. Wir fordern lediglich die Auslieferung Johann Albrecht Widmannstetters, der als Mörder überführt ist.«

Ecks Blick bohrte sich bei diesen letzten Worten kurz in Anna Lucretias Augen. Sie glaubte, ohnmächtig werden zu müssen. Dieser Blick war in der Lage, alles zu verstehen und aufzudecken, was man vor ihm verbergen wollte. Das durfte nicht sein! Johann Albrecht war kein Mörder und auch kein Verräter. Ulrich war der Schurke, dem es gerade gelang, Ehefrau und Schwager zu vernichten. Das musste sich doch beweisen lassen! Sie benötigte Zeit. Währenddessen sollte ihr Verlobter genesen. Der Hofrat durfte in ihren Augen nichts finden! So starrte sie ihn bewegungslos an, während sie sich an Sabina lehnte, und versuchte mit aller Kraft, nur blankes Entsetzen in ihren Blick zu legen. Gelang es ihr? Ecks Augen wanderten weiter. Ludwig wirkte sehr gelassen.

»Hofrat Eck, ich sehe noch reichlich Klärungsbedarf in dieser Sache. Bleibt bitte mit Euren Männern auf der Trausnitz, bis wir mehr wissen. Doktor Weißenfelder kommt morgen aus München zurück. Herzog Christoph hat sich brieflich für den Dreikönigstag angekündigt. Vielleicht sollten wir eine Einladung an Ulrich schicken? Dann hätten wir alle Beteiligten hier.«

»Weißenfelder aus München zurück? Herzog Christoph in fünf Tagen in Landshut?« Eck stammelte ein wenig. »Beide müssen doch nach Frankreich reisen mit einem wichtigen Memorandum für den französischen Hof. So war es abgesprochen.«

»König Franz und die Türken sind weit weg. Württemberg und Braunschweig haben Vorrang.«

»Lasst wenigstens nach dem Mörder suchen! Der Mann ist gefährlich. Er muss gefasst werden.«

»Genug jetzt, Hofrat! Hier entscheide ich, was geschieht. Ihr seid entlassen.«

Eck erhob sich mühsam, wie es Anna Lucretia schien, verbeugte sich wortlos vor Ludwig und verließ den Raum.

Erst als die Huftritte der Pferde seiner Bewaffneten nicht mehr vernehmbar waren, bewegten sich Sabina und ihre Nichte. Sie schluchzten lang und unkontrollierbar. Die alte Herzogin beherrschte sich als Erste.

»Beim Seelenheil unserer Mutter schwöre ich Euch, mein Bruder, dass ich Euch niemals schaden könnte. Ecks Verdächtigungen kann ich nicht entkräften, außer durch unser lebenslanges Vertrauen und unsere Zuneigung füreinander. Ich kann nur wiederholen: Weder ich noch mein Sohn würden uns je gegen Euch oder das Haus Wittelsbach verschwören, so groß mein Schmerz wegen Württembergs Schicksal auch sein mag. Wir sind Wittelsbacher! Glaubt Ihr mir, mein Bruder?«

Ludwig lächelte müde und gequält.

»Liebe Schwester, mein Herz glaubt Euch und nur Euch. Eck befindet sich nach meiner Meinung auf einem völlig irrigen Weg. Ich fürchte, unseren Bruder Wilhelm hat er dorthin mitgenommen. Allein deswegen muss ich die Angelegenheit ernst nehmen und darf nichts voreilig verwerfen. Schweigt, Sabina! Ich weiß, was Ihr denkt. Ihr meint, Eck begehe keinen Fehler, sondern Verrat. Wir haben oft genug darüber gestritten. Das ist müßig. Die Nachricht aus Württemberg erklärt alles, was uns hier beschäftigt. Davon bin ich fest überzeugt. Ich sehe in Herzog Ulrich den Aufrührer und Unruhestifter. Seine ganze Vergangenheit spricht dafür. Ihr hattet recht, als Ihr sagtet, er würde sich niemals mit seiner Wiedereinsetzung zufriedengeben. Nun warten wir auf Weißenfelder und auf Euren Sohn. Wenn einer Kenntnis hat von dem, was sich vorbereitet, dann er.«

Sabina nickte stumm. Mehr konnte sie von ihrem Bruder nicht verlangen. Anna Lucretia stellte sich schüchtern neben ihren Vater.

»Ihr denkt also nicht, Johann Albrecht wäre ein Mörder und ein Verräter?«

Ludwig legte seine schwere Hand auf die Schulter seiner Tochter.

»Meine arme Kleine, was soll ich dir sagen? Nein, ich glaube es nicht. Wirklich nicht. Aber werdet ihr noch vor den Traualtar treten können? Er ist so vielen Anschuldigungen ausgesetzt ... Er müsste davon eindeutig freigesprochen werden, damit ich eurer Vermählung zustimmen darf. Bedenke doch! Eine uneheliche Tochter mit einem Hochverdächtigen ... Was soll mit euch geschehen, wenn ich nicht mehr bin? Nein, weine nicht! Warte auch du, bis dein Vetter kommt! Geh jetzt schlafen. Wir sind alle erschöpft.«

Im großen Bettkasten ihrer kleinen Schlafstube oberhalb der herzoglichen Gemächer weinte die junge Frau an der Brust der Herzogin.

»Tante, ein so schlimmer Neujahrstag kann nur tiefes Unglück bedeuten. Mein Leben ist zu Ende, bevor es noch angefangen hat. Es hat keinen Sinn mehr. Ich möchte, dass mein Herz aufhört zu schlagen. Was soll nur aus mir werden?«

Der Gedanke schoss Anna Lucretia durch den Kopf,

Sabina von dem Kind unter ihrem Herzen zu beichten. Sie tat es nicht. Sie weinte nur weiter. Die alte Dame seufzte immer wieder und strich ihr übers zerzauste Haar.

»Kind, der Wolf ist jetzt raus aus dem Wald. Wer ihn erlegt oder wer selbst zur Beute wird ... es liegt in der Hand Gottes, dem wir vertrauen müssen. Seine Wege sind nicht unsere Wege. Auf seiner Seite erwartet uns die Ewigkeit. Bete, Kind! Bete fest und demütig!«

Grete, ihre tote Amme, hätte ihr dasselbe gesagt. Weinend betete sie sich in einen unruhigen Schlaf.

26

Den ganzen nächsten Tag verbrachte Anna Lucretia bei Widmannstetter. Er war immer noch leichenblass. Nach leichten Anstrengungen dämmerte er weg, hatte aber kein Fieber und klagte nicht mehr über Schmerzen. Sie verabreichte ihm abwechselnd Eschenrindensud, Mohnsaft sowie Hähnchenwasser mit Borretsch und weiteren kühlenden Gemüseblättern, wechselte mit Ursulas Hilfe den Kohlblätterverband und gab ihm löffelweise eine leichte, süße Semmelpanade, die er aber nur mit Mühe hinunterschluckte. Er lebte – das war es, was sie wissen wollte. Solang er atmete, würde sie nichts trennen. Auf diesen Gedanken konzentrierte sie sich.

Die Rückkehr Weißenfelders aus München am späten Nachmittag entging ihrer Aufmerksamkeit. Ludwig führte ihn sofort in seine Arbeitsstube, ohne die aufgebrachte Sabina an der Unterredung teilhaben zu lassen. Allein mit seinem engsten Berater legte der Herzog seine Zuversicht und Gelassenheit ab.

»Nun, mein Freund? Was habt Ihr von meinem Bruder erfahren?«

Der schwer atmende alte Hofrat senkte den Kopf.

»Nichts Neues, nichts Gutes, Hoheit. Herzog Wilhelm hat keine Kenntnis von Angriffsplänen gegen Braunschweig. Er kann sich nicht vorstellen, dass solche Pläne existieren, denn das würde einen allgemeinen Krieg bedeuten. Der Nürnberger Bund käme nicht umhin, einzugreifen. Da sind wir einig mit ihm. Er zeigte sich höchst verärgert über Eure Weigerung,

Euch von der Herzogin zu trennen. Er hegt die schlimmsten Vermutungen. Sie würde, so meint er, Rache nehmen wollen an ihren Brüdern wegen der Rückgabe Württembergs an Ulrich. Sie hätte sich möglicherweise mit Eurem dritten Bruder, Erzbischof Ernst, verschworen, um Euch zu vergiften, damit sie beide gemeinsam nach Eurem Ableben Geldforderungen an ihn, Wilhelm, richten könnten. Mit diesem Geld wollten sie dann den Aufstand in Württemberg vorbereiten, Herzog Christoph gegen seinen Vater rüsten, und Doktor Widmannstetter sollte Hofrat in Stuttgart werden. Das sind auch Ecks Überzeugungen. Ob richtig oder falsch, Hoheit: Diese Differenzen belasten die bayerischen Regierungsgeschäfte schwer, von der Beziehung zu Eurem Bruder Wilhelm ganz zu schweigen. Bayern ist aber auf das gute Einvernehmen zwischen seinen regierenden Fürsten angewiesen. Wäre es insofern nicht weise, Euch von der Herzogin zu trennen? Sie könnte sich vorübergehend in ein Kloster zurückziehen. Es müsste ja nicht in München sein.«

Ludwig seufzte, strich nervös über seinen langen braunen Bart, in dem sich silberne Strähnen zeigten. Er schüttelte ungläubig den Kopf.

»Glaubt Ihr, meine Schwester, das Ebenbild meiner Mutter, könnte meinen Tod wollen? Haltet Ihr für möglich, dass Doktor Widmannstetter mich und meine Tochter verrät?«

Weißenfelder bekreuzigte sich.

»Mein Verstand, Hoheit, sagt mir, es wäre denkbar. Es gäbe handfeste Gründe dafür. Die Versuchung ist vielleicht zu groß. Mein Herz ruft ein entschiedenes *Nein*, doch habe ich große Vorbehalte, mich in politischen Fragen von meinem Herzen leiten zu lassen.«

»So geht es mir auch«, brummte Ludwig. »Doch ich halte mich an dies: Auf der Trausnitz geht es mir schlecht. Hier, wo meine Schwester Tag und Nacht in meiner Nähe ist, wo es ihr ein Leichtes wäre, mir zu schaden, hier geht es mir gut. Das lässt mich hoffen, dass sich die Angelegenheit zu ihren Gunsten klärt. Doch zu welchem Preis?«

»Das bestimmt nur Gott allein. Beten wir, Hoheit. Er wird uns einen Weg zeigen.«

In den frühen Morgenstunden des 3. Januar 1542 versorgten Anna Lucretia, Sabina und Ursula von Weichs gemeinsam Widmannstetters Wunden. Er fühlte sich schon kräftiger; die drei Frauen richteten ihn in seinem Bett auf. Die Herzogin musste lächeln.

»Ihr seid zwar ein magerer, doch zäher Vogel, Doktor. Ihr werdet dem Gevatter Tod ein zweites Mal entkommen, dessen bin ich mir gewiss. Heute bleibt es bei Hähnchenwasser und Panade. Morgen sehen wir, ob Euch Hühnchencreme bekommt. Trinkt den Gewürzwein, er wird Euch guttun. Außerdem noch ein paar Tage Eschenrindensud und Mohnsaft, bis wir sicher sind, dass das Fieber ausbleibt. Ab sofort auch noch Eisenwasser, um Euer neues Blut zu kräftigen.«

Als Sabina gerade zur Residenz zurückkehren wollte, hörte sie hartnäckiges Klopfen an der Haustür. Ursula eilte in ihr Schlafzimmer, wo sie auf ihre aufgeregte Magd traf.

»Doktor von Eck ist angekommen. Er möchte Euch unbedingt sprechen. Ich habe ihm versichert, dass Ihr unpässlich seid, aber er sagt, es muss sofort sein.«

Ursula wurde so bleich, dass man sie tatsächlich für schwer krank hätte halten können.

»Was sollen wir tun?«

Ihre Magd sah sie verwundert an.

»Mit Verlaub, gnädiges Fräulein, die ganze Stadt glaubt, Ihr hütet das Bett seit der Silvesternacht. Tut es doch und empfangt den Hofrat dort, dann kann er nicht lang bleiben, oder Ihr könnt ihn jederzeit wegschicken. Macht schnell!«

Ursula folgte diesem Rat, zog ihr Nachthemd über, sprang ins Bett und bedeckte sich bis zum Kinn mit Daunen- und Felldecken. Kaum hatte sie den Kopf auf die Kissen gelegt, betrat Eck schon den Raum, wie immer im schwarzen Gelehrtentalar. Sein einziges Zugeständnis an die Jahreszeit und die eisigen Außentemperaturen war eine Haube aus grauem Eichhörnchenfell unter dem nachtschwarzen Barett. Noch bevor er sie grüßte, wanderte sein Blick in jede Ecke des Zimmers. Die kleine Tür zur Kammer neben dem Kamin bemerkte er sofort. Ungebeten setzte er sich auf das Bettende.

»Guten Morgen und ein gesegnetes neues Jahr, Fräulein von Weichs! Verzeiht meinen Besuch um diese Zeit, aber ich war bei der Frühmette in Sankt Martin, wo ich gehört habe, Ihr seid seit mehreren Tagen unpässlich. Da wollte ich unbedingt nach Euch sehen, bevor ich auf die Trausnitz zurückkehre. Ich war besorgt. Was fehlt Euch denn, Fräulein von Weichs? Habt Ihr Doktor Ulmitzer kommen lassen?«

Ursula schüttelte schwach den Kopf.

»Nein, Herr Hofrat. Es ist eine Frauenverletzung, die harmlos ist, doch mich schwächt. Es ist nicht das erste Mal. Ich weiß, was zu tun ist.«

»Nun gut, Fräulein, Ihr kennt Euch darin bestimmt aus. Aber wenn ich schon da bin, reden wir ein wenig über unsere Geschäfte. Wie steht es um den Herzog? Ist er Eurem Bett wieder treu? Habt Ihr noch ausreichend Ambra? Ich verfüge über eine neue Dose reine, hochwertige Ambra. Noch feiner als die letzte.«

»Das ist äußerst großzügig von Euch, Doktor Eck, aber ich habe es bisher nur einmal benutzt. Wenn Ihr erlaubt, lasse ich es Euch wissen, sollte ich mehr davon brauchen.«

»Wie Ihr wollt, bestes Fräulein. Ihr werdet sowieso bald Eurer Sorgen enthoben sein. Herzog Wilhelm hat mir an Weihnachten seine Zustimmung zu einer morganatischen Ehe zwischen Euch und seinem Bruder gegeben.«

Ursula verzog keine Miene.

»Das hilft mir wenig, wenn Ludwig davon nichts weiß, Herr Hofrat. Ihr weilt schon seit zwei Tagen in Landshut, wurde mir gesagt. Wann gedenkt Ihr, es ihm mitzuteilen?«

Eck knetete besorgt seine knorrigen Hände.

»Bald, sehr bald, Fräulein. Sobald die traurige Angelegenheit, die mich hier beschäftigt, erledigt ist.«

Ursula verstand diesen Wink.

»Die Gerüchte aus Württemberg?«

»Gewiss, gewiss, meine Gute, doch sind diese Gerüchte für mich inzwischen traurige Gewissheit und nicht dieselbe, welche die Herzogin Sabina verbreitet. Niemand hier will mir glauben. Wenn ich an Doktor Widmannstetter herankommen könnte, hätte ich endlich die nötigen Beweise, doch keiner hilft mir. In einer Stadt, in der ihn jeder bis vor Kurzem einen Hochstapler und Giftmischer nannte! Kein Mensch will etwas von ihm gehört oder gesehen haben.«

Es fiel der Mätresse unter Ecks bohrendem Blick schwer, nicht zu erröten oder zu erzittern. Ursula war sich unsicher, ob ihre Augen nicht zu oft zu der Tür der Kammer wanderten.

»Wer sollte ihn erblickt oder etwas von ihm gehört haben? Er ist entlassen worden und aus Landshut fortgegangen. Das Fräulein von Leonsperg grämt sich über alle Maßen. Sie ist nur noch ein Schatten ihrer selbst.«

Eck sprang so überraschend von der Bettkante auf, dass Ursula einen kleinen Schrei nicht ganz unterdrücken konnte. Eck beugte sich zu ihr herunter; sein Gesicht war unangenehm nah an ihrem, seine Stimme gefährlich leise und drohend.

»Nicht so mit mir, Fräulein! Ihr habt Kenntnis davon, dass Widmannstetter in Moosburg gemordet hat und auch selbst verletzt wurde. Der Herzog hat Euch das nicht verschwiegen. Es ist unmöglich, dass sich der verwundete Mörder woanders versteckt hält als hier … in Landshut. Ich helfe Euch, ich tue mein Bestes. Ihr wisst, womit und warum. Es hat alles seinen Preis. Ihr schuldet mir Eure Hilfe.«

Ursula befürchtete einen Schwächeanfall, so schwindlig war ihr geworden, obwohl sie doch im Bett lag. Sie biss sich auf die Zunge, bis sie Blut schmeckte. Sie wusste, er würde gleich in die Kammer sehen. Es gelang ihr, den Kopf nicht wegzudrehen und seinem Blick standzuhalten. Sie nahm ihre ganze Kraft zusammen.

»Gern möchte ich Euch helfen, Herr Hofrat. Ich weiß, was ich Euch verdanke. Doch bin ich ans Bett gefesselt. Das gibt mir keine Möglichkeit, mich Euch nützlich zu erweisen. Außerdem denke ich doch, dass Doktor Widmannstetter außerhalb Landshuts Zuflucht gefunden hat. Jeder hier würde ihn verraten, wie Ihr selbst meint …«

Er war verschwunden, noch bevor sie zu Ende sprechen konnte.

Lang, sehr lang wagten weder die zitternde Ursula in ihrem Bett noch Anna Lucretia und Sabina, die in der Kammer alles mit angehört hatten, sich zu bewegen. Schließlich kam die Magd mit der Nachricht, dass Eck das Haus verlassen und sie die Tür verriegelt hatte. Die beiden Frauen verließen ihr Versteck und sanken nach zwei Schritten auf Ursulas Bett nieder. Die Herzogin, obwohl grenzenlos überrascht, sprach nur sehr leise.

»Fräulein von Weichs, bekamt ihr die Ambra von Eck? Warum habt Ihr uns das nicht erzählt? Was hat er Euch versprochen? Was ist zwischen Euch geschehen?«

Verschämt gestand Ursula, was sich in ihrem Haus vor und nach dem Weinfest ereignet hatte: Ecks überraschendes Erscheinen, als sie daran zweifelte, Ludwig je wiederzusehen; seine guten Gründe, sich nun für eine Heirat Ludwigs mit ihr einzusetzen; seine willkommene Hilfe in einem Augenblick, in dem für sie alles verloren schien; ihr gemeinsames Misstrauen gegen die Paracelsusdiät und deren Befürworter.

»Doch was vermutet Ihr jetzt, Durchlaucht, dass Ihr so entsetzt seid? Der Hofrat jagt allen Angst ein. Das kann er gar nicht anders. Er ahnt bestimmt, dass Doktor Widmannstetter sich bei mir befindet. Doch bei mir hat er ihn nicht gefunden. Er wird nicht wiederkommen, da bin ich mir sicher.«

Die Herzogin ergriff Ursulas Hand und sprach ganz sanft zu ihr.

»Fräulein Ursula, Eck hat Euch schamlos belogen. Bei seinem ersten Besuch und auch heute. Er setzt sich schon lang ein für eine Ehe zwischen Euch und Ludwig. Das ist nicht neu. Es wäre ihm tausendmal lieber, Euer Geliebter würde kinderlos sterben oder wenigstens nur nicht erbberechtigte Kinder zeugen. Die geteilte Herrschaft in Bayern ist ihm verhasst. Er hält sie für eine gefährliche Schwäche und arbeitet auf den Tag hin, an dem nur noch sein Herzog im Land herrschen wird. Ginge es nach ihm, so wärt Ihr schon längst Ludwigs Ehefrau. Doch mein Bruder Wilhelm ist dagegen und ich auch, wie ich Euch leider sagen muss. Wir wollten stets für Euren Geliebten eine standesgemäße Gattin und haben die Hoffnung noch nicht aufgegeben. Ich weiß, ich füge Euch großen Schmerz zu, was ich in diesem Moment zutiefst bedaure, doch es ist die Wahrheit. Hofrat Weißenfelder kann es Euch bestätigen genauso wie Doktor Widmannstetter, der selbst mit meinem Bruder Ludwig darüber gesprochen hat.«

Ursula war leichenblass geworden, ihre Zähne klapperten, obwohl sie noch immer unter ihren Decken lag.

»Aber, Ihro Durchlaucht, warum? Warum bloß? Warum spielt Ihr so mit mir?«

»Hat Eck etwas von Euch gefordert? So wie er jetzt verlangt, dass Ihr Doktor Widmannstetter verraten sollt? Hat er Euch gebeten, ihm über die Vorkommnisse in Landshut zu berichten? Seid Ihr es, die den Münchner Hof über die Vergiftung des Herzogs beim Weinfest informiert hat?«

»Nein, nichts. Er hat nichts verlangt. Ich habe bis heute keinen weiteren Kontakt zu ihm gehabt. Er hat mir damals die Ambra gegeben und ausführlich erklärt, wie ich sie benutzen soll.«

Sabina legte die Hand auf ihre pochende Stirn. Tiefe Falten zeichneten sich zu beiden Seiten ihres Mundes ab.

»Dann stimmt etwas nicht mit der Ambra. Das muss es sein. Habt Ihr selbst vom Ambrawein oder der Brühe zu Euch genommen, Fräulein Ursula?«

»Nein, Durchlaucht, es war allein für den Herzog bestimmt.«

»Zeigt mir bitte die Dose!«

Ursula wollte aufstehen, doch ihre Beine trugen sie kaum. Sie bat Anna Lucretia darum, die Horndose aus dem Tücherfach ihres Brunnenschranks zu holen, was diese sofort tat. Sabina untersuchte ihren Inhalt sorgfältig.

»Diese Substanz ist aschgrau, wie Ambra sein soll; auch wachsartig, wie sie sein soll. Sie riecht eindeutig wie sehr gute Ambra. Die Sprenkel scheinen mir etwas seltsam, die weißen Punkte eine Spur zu hell, die schwarzen ein wenig zu dunkel. Kind, sag der Magd, wir benötigen eine Schüssel mit Wasser!«

Als diese vor ihr stand, warf Sabina das Stück Ambra hinein. Es schwamm an der Oberfläche.

»Auch wie es sein soll.«

Sie entnahm es wieder, fischte aus dem Kamin mithilfe eines Zinntellers etwas Glut und legte ein kleines Stückchen darauf. Eine Duftwolke erfüllte die Schlafstube – so penetrant, dass sich sogar Widmannstetter in der Kammer daneben laut wunderte.

»Auch wie es sein soll«, ärgerte sich Sabina leise. »Es bleibt nicht viel, was ich noch versuchen kann. Ich brauche eine Nadel oder etwas Scharfes.«

Anna Lucretia holte aus der Küche einen kleinen Eisenspieß. Die Herzogin legte ihn in die Glut und bohrte seine heiße Spitze in das Stück Ambra. Es traten zwei dicke, ölige, stark riechende Tropfen aus. Sabina versteifte sich.

»Rötlich! Eigentlich sollten sie farblos sein. Ich werde davon probieren.«

Ursula und Anna Lucretia reagierten entsetzt.

»Nein, bitte nicht! Das ist riskant.«

Die alte Frau lächelte traurig.

»Ja, das meine ich auch. Doch wir müssen genau wissen, wie gefährlich es ist. Wer sonst soll davon kosten? Die Magd? Die Katzen? Der nächste streunende Hund? Widmannstetter, damit er vielleicht endgültig sein Leben aushaucht?«

»Ich probiere«, rief Ursula, »weil ich so dumm war und den Herzog wahrscheinlich damit vergiftet habe.«

»Das wissen wir noch nicht, Fräulein. Aber wir werden es gleich erfahren. Ich koste davon, weil es so sein muss. Hör mir zu, Anna Lucretia! Geschieht mir nichts, dann sind wir so ratlos wie zuvor. Passiert mir, die sich stets bester Gesundheit erfreuen konnte, aber etwas, kennen wir endlich mit Sicherheit den Mörder und Verräter. Auch wenn ich nach wie vor keinen Grund erkennen kann, was ihn dazu triebe. Gleichzeitig werden meine beiden Brüder – die Söhne meiner Mutter, Gott hab sie selig – wissen, dass ich eher sterbe, als ihnen zu schaden. Bring mir vom Panadesüppchen deines Verlobten, um Ambra hineinzurühren.« Anna Lucretia gehorchte. »Das ist mir lieber als Gewürzwein. Der Effekt wird deutlicher sein. Gebt mir, Fräulein Ursula, genau die Menge, die mein Bruder bekommen hat.«

Sabina nahm ein winziges Stückchen Ambra in den Mund, kaute darauf herum und spukte es dann aus.

»Es klebt nicht an den Zähnen, was es tun sollte. Ich komme Euch auf die Schliche, Doktor Eck!«

Seelenruhig zerkleinerte sie die von Ursula abgetrennte Menge Ambra in einem Mörser, rührte sie in die Panade und verspeiste sie.

»Köstlich, immerhin. Beobachtet nun, was geschieht!«

Die nächste Viertelstunde kam Anna Lucretia und Ursula wie eine Ewigkeit vor. Ihnen war schlecht beim Gedanken, die alte Herzogin könnte vor ihren Augen tot umfallen. Doch genauso sehr fürchteten sie, die Ambra könnte ohne Wirkung bleiben. Plötzlich atmete Sabina schwer.

»Ich habe Angst. Es geschieht etwas mit mir.

Pater noster, qui es in caelis:

sanctificetur nomen tuum …

Meine Glieder fühlen sich wie Blei an.

Adveniat regnum tuum.

Fiat voluntas tua,

sicut in caelo, et in terra.

Es fällt mir schwer, zu atmen. Beobachte genau, was mit mir geschieht, Kind!

Panem nostrum cotidianum da nobis hodie.

Ursula, ich vertraue mich und Anna Lucretia Euch an. Ihr werdet mich nicht enttäuschen.

Et dimitte nobis debita nostra,

sicut et nos dimittimus … debitoribus nostris.

Meine Zunge wird schwer.

Et ne nos inducas … in tentationem.

Sed … libera nos … a malo.

Amen.«

Nach dem letzten Wort glitt Sabina bewusstlos vom Bett. Anna Lucretia und Ursula, aufs Höchste alarmiert und mit Tränen in den Augen, hoben sie wieder hinauf. Die Herzogin atmete nur schwach, der Herzschlag schien verschwinden zu wollen. Da stand auf einmal Widmannstetter in der Tür der Kammer. Anna Lucretia stürzte zu ihm, nahm ihn in die Arme und geleitete ihn die zwei Schritte zu Ursulas Bett, auf das er sich setzte.

»Was ist geschehen?«

Beide Frauen erklärten kurz, was passiert war. Ursula wich dabei nicht von Sabinas Seite. Widmannstetter war zu erschöpft, um sie zu beruhigen.

»Was wollt ihr jetzt machen?«

»Wir müssen den Herzog und Hofrat Weißenfelder benachrichtigen, um Verzeihung bitten und Eck festnehmen lassen«, weinte Ursula.

Widmannstetter schüttelte kraftlos den Kopf. Anna Lucretia fing sich wieder.

»Was ist, Liebster? Was willst du uns sagen?«

»Sag deinem Vater kein Wort! Noch nicht, mein Herz. Ihr müsst gleichzeitig sehr vorsichtig und entschlossen handeln, damit Eck sich dieses Mal nicht herauswinden kann. Darin ist er ein Meister. Man muss ihn in flagranti ergreifen, sonst werden wir die Gründe seines Verrats nie verstehen. Denn das ist für eine Anklage wichtig, gerade bei einem so geschickten und klugen Juristen.«

Anna Lucretia lächelte ihn unter Tränen an. Ihr Herz zersprang schier vor Liebe zu ihm. So schwach, so erschöpft, so blass – und jedes Wort und jeder Gedanke waren klar und richtig.

»Rede weiter, mein Geliebter! Aber nicht so hastig. Du hast Zeit. Wir hören genau zu.«

»Eck hat es jetzt fürchterlich eilig, gerade weil er mich nicht findet. Er hat etwas Schlimmes mit Württemberg und Braunschweig eingefädelt, was ihn dazu getrieben hat, deinen Vater, Liebste, seinen Fürsten, umbringen zu wollen. Er muss befürchten, durch die Ankunft von Herzog Christoph entlarvt zu werden. Er hat zwei Möglichkeiten. Entweder gibt er sein Vorhaben auf, dann wir sind nicht mehr in Gefahr. Kann er sich damit zufriedengeben? Und wer weiß schon, was ihm später noch einfällt? Oder er will die Sache zu Ende bringen. Jetzt, schnell, sofort. Er wird alles auf eine Karte setzen, jedes Risiko eingehen. Dabei müsst ihr ihn fangen. Solange er sich noch nicht entdeckt wähnt, wird er umso mehr wagen. Warte noch mit deinem Vater, Liebste, bereite erst die Falle für Eck vor. Wie? Das kann ich dir nicht sagen.«

Erschöpft schloss er die Augen. Anna Lucretia brachte ihn in die Kammer zurück, flößte ihm Gewürzwein und Hähnchenwasser ein und deckte ihn zu. Völlig entkräftet schlief er ein. Daraufhin ließ sie ihre Tante unbemerkt in die Residenz bringen. Ludwig schickte sofort nach Ulmitzer. Als dieser am Bett der Herzogin zu dozieren begann, kehrte ihre Nichte in Ursulas Haus zurück.

»Was nun?«, fragte die Mätresse mit bebender Stimme. Anna Lucretia dachte angestrengt nach.

»Ihr, Fräulein Ursula, bleibt auf jeden Fall hier und haltet Wache. Ihr verlasst das Haus nicht. Eure angebliche Unpässlichkeit ist Johann Albrechts einziger Schutz. Seht auch nach meiner Tante und meinem Vater, wenn Ihr könnt. Über ihre Erkrankung wird sich niemand wundern. Sie hat sich so gegrämt, dass es ja geschehen musste. Ich muss auf die Trausnitz. Dort sitzt Eck mit allen möglichen Gehilfen in der Küche oder vielleicht auch anderswo. Das Festmahl für den Dreikönigstag wird vorbereitet. Wenn er seine Pläne weiterverfolgt, dann ist er in der Hofküche zugange. Dieses Mal werde ich etwas finden.«

Ursula nahm Anna Lucretias Hände in ihre; dicke Tränen verschleierten ihre blauen Augen.

»Fräulein von Leonsperg, Ihr habt viel herausgefunden. Sonst wäre der Herzog längst tot und wir beide im Kloster, um unsere Sünden zu beweinen. Vielleicht geschieht das noch mit uns, obwohl meine einzige Verfehlung ist, einem Mann in Liebe ergeben zu sein, der frei ist und mich doch nicht ehelichen kann. Genauso, wie er Eure Mutter nicht heiraten konnte. Sollte das Euer Vergehen sein? Gott allein möge über uns urteilen. Liebstes Fräulein, ich will Euch nur dies sagen: Ich bereue zutiefst meine Sünden Euch gegenüber – Neid, Zorn, Misstrauen. Ich würde alles geben, um sie ungeschehen zu machen. Ich hätte Euch die ferne Mutter ersetzen sollen. Ihr hättet es verdient gehabt. Stattdessen habe ich nur gedacht, Ihr erinnert den Herzog an meine Vorgängerin. Ich war eifersüchtig. Ich bereue das heute zutiefst. Könnt Ihr mir verzeihen? Meine Seele wäre von einer schrecklichen Last befreit.«

Auch Anna Lucretia musste jetzt weinen. Sie nahm Ursula in die Arme und drückte sie fest an sich.

»Vergeben will ich Euch von ganzem Herzen. Werft Euch bitte nichts vor, was Ihr nicht hättet besser machen können. Meine Tante hätte niemals gestattet, dass Ihr mir näherkommt, wären nicht diese ungeheuerlichen Umstände entstanden. Ich danke Gott für diese Prüfung, denn sie bringt uns einander so nah, wie wir schon immer hätten sein sollen. Eine Sünderin bin auch ich, Fräulein Ursula, obwohl ich nicht weiß, wie es zu vermeiden gewesen wäre. Seit Mord und Tod uns auflauern, tue ich Dinge, die meinem Seelenheil abträglich sind, und kann sie doch nicht bereuen. Ich irre im Dunkel.«

In diesem Augenblick der Verbundenheit schien die Mätresse alles zu verstehen. Zärtlich wischte sie Anna Lucretia die Tränen von den Wangen und aus der Halsbeuge.

»Redet nicht weiter, liebstes Fräulein! Ich kenne das sehr gut. Weit besser, als Ihr denkt. Ich bin mir sicher, Ihr habt dabei niemandem geschadet. Ganz im Gegenteil. Irre ich mich?«

»Nein, ich glaube nicht. Gewiss niemandem, der sich nicht in der Sache selbst versündigt hätte.«

»Das allein zählt, Liebste. Ich habe Euch geschadet oder es versucht. Dem Herzog ebenso, weil ich gegen jede Vernunft dem falschen Mann vertraut habe. Ihr seid tapfer. Ihr habt Euren Vater und uns alle beschützt. Das allein zählt vor Gott. Glaubt mir!«

Die junge Frau nickte. Sie hatte das Gefühl, ein Gift würde ihr Blut und ihren ganzen Körper verlassen.

»Ich danke Euch aus tiefstem Herzen, Fräulein Ursula. Ihr könnt Euch nicht vorstellen, wie viel mir Eure Worte bedeuten. Ich gehe jetzt zur Trausnitz. Ich vertraue Euch meine Liebsten an.«

Die Mätresse lächelte glücklich. Die elegante, doch oft harte Linie ihrer dünnen Lippen war weicher geworden.

»Sie sind in guter Obhut bei mir.«

27

Als Anna Lucretia aus der Residenz trat, hatte sie vergessen, wie die Außenwelt aussah. Der Himmel war strahlend blau, die Luft so klar wie eisig. Die Sonne, in diesen ersten Januartagen schon ein wenig höher am Horizont, wie ihr schien, verlieh den Dächern und Ziegelsteinen einen goldenen Schimmer, ließ Schneekristalle und Eiszapfen wie Edelsteine funkeln – eine überwältigende Pracht. Die prunkvollen, blank polierten Schlitten der reichen Bürger standen vor den Häusern bereit für die fröhlichen Umzüge am Dreikönigstag. Überall wurde fleißig Dreikönigswasser versprengt und auch erneut ausgeräuchert. Dienstboten liefen mit heißen Kohlenschaufeln herum, in die man kostbare Weihrauchkörner gelegt hatte. Haus- und Stalltüren, Balken, Stuben, Truhen, Brunnen, Bettstätten, Keller, Speicher und sogar die Dachrinnen – alles musste den Weihrauchsegen bekommen, bevor die Zeit zwischen den Zeiten zu Ende ging. Anna Lucretia hatte vergessen, wie einzigartig und wie vertraut ihr dieser Geruch aus verbranntem Holz, schneidend kalter Luft und süßlichem Weihrauch war. Es war der Duft der glücklichen, unbeschwerten Feiertage ihrer Kindheit, der Freude über das junge, neue Jahr – so schön, so wohltuend, dass sie beinahe anfing, mitten auf der Straße zu weinen. Angst, aber auch Hoffnung zerrissen sie. Über der fröhlichen Stadt thronte die Trausnitz, teils von Rauchwolken verhüllt, teils in goldenem Licht gebadet. Was wollte sie dort ausrichten? Wie sollte es gelingen? Sie hatte keine Idee, geschweige denn einen Plan.

Doch sie musste dort hin in der Hoffnung, das Ungeheuer würde sich endlich zeigen. »Und dann?«, überlegte sie völlig entmutigt. »Was geschieht, wenn ich ihm ins offene Maul laufe und es mich verschluckt?« Sie gab sich einen Ruck. Es half nichts, sie hatte keine Wahl. Sie würde es schon sehen, wenn sie sich zu weit vorwagte.

In der Burgküche arbeiteten die Bediensteten noch emsiger als vor Weihnachten. Der Herzog stiftete dem ganzen Stadtvolk am Dreikönigstag vor den Schlittenfahrten ein großes Wildschweinmahl, in der Hofküche vollständig vorbereitet und gekocht. Im Zerwirkgewölbe wurde ein Wildschwein nach dem anderen zerlegt, mit reichlich Speck gespickt und in riesigen Kesseln mit herbem Rotwein eingelegt. Das Blut der Tiere, das später in den Wildpfeffer kam, mischte man sofort mit Würzessig, damit es nicht gerann. Obwohl diese Verrichtungen nicht in der Mundküche stattfanden, schlichen sich die Ausdünstungen von Blut, Innereien, dunklem Fleisch, saurem Wein und starkem Essig überall hin.

Anna Lucretia wurde binnen Minuten davon so übel, dass sie hinausrannte und sich im inneren Burghof übergab. Niklas Überreiter war ihr unbemerkt vom Torwarthaus aus gefolgt und packte sie gerade noch rechtzeitig, bevor sie bewusstlos zu Boden sank. Doch schon einige Augenblicke später öffnete sie ihre Augen im Brunnenhaus wieder. Sie saß am Rand des Tiefbrunnens. Der Baumeister befeuchtete ihre Stirn und Schläfen mit eiskaltem Wasser. Sie murmelte ein Wort des Dankes und wollte flüchten. Doch der riesige Mann hielt sie fest. Er war blass unter dem gepflegten Bart, seine Augen gerötet, als ob er viel geweint und kaum geschlafen hätte.

»Fräulein von Leonsperg, gewährt mir nur einen Augenblick! Ich warte schon so lang, dass Ihr auf die Trausnitz kommt. In der Stadt bleibt Ihr völlig unsichtbar. Wollt Ihr mich nicht mehr sehen?«

Der eisige Atem des fernen Flusses belebte Anna Lucretia. Doch die Nähe dieses Mannes ertrug sie hier im Brunnenhaus, am Fuß des Wittelsbacherturms, nicht. Die Empörung verlieh ihr Kraft.

»Als ob es nur darum ginge, Baumeister! Mein Vater ist weiterhin in tödlicher Gefahr, meine Tante schwer erkrankt, Fräulein von Weichs ist unpässlich und ich selber fühle mich bedroht. Woran soll ich noch denken? Ich bitte Euch.«

»Dass ich Euch so gern helfen und beistehen möchte, liebstes Fräulein, das wisst Ihr doch.«

Solange du nicht zu sehr um die eigene Haut zittern musst, du Feigling, schoss es ihr durch den Kopf. Doch das sagte sie nicht laut.

»Ja, Meister Niklas, das weiß ich. Ist Euch etwas aufgefallen in der Zeit, in der ich nicht hier sein konnte?«

Er senkte den Kopf wie ein reuiges Kind.

»Nein, liebstes Fräulein, leider gar nichts. Der Hofrat von Eck weilt auf der Trausnitz …«

»Ja, das ist mir bekannt. Benimmt er sich auffällig?«

»Nein, ganz und gar nicht. Warum auch?« Er räusperte sich. »Fräulein … Anna, habt Ihr dem Herzog von mir, ich meine, von uns, von uns beiden berichtet? Dass eine Verlobung infrage kommt?«

»Nein, Baumeister, denn das ist nicht, was wir vereinbart haben, wie Ihr Euch bestimmt erinnert. Ich muss erst meinen Vater außer Gefahr wissen und herausfinden, wer ihm nach dem Leben trachtet. Das sollte auch in Eurem Interesse sein. Davon hängt für mich alles ab. Wollt Ihr mir weiterhin helfen?«

»Aber ja doch, liebstes Fräulein Anna. Ich halte mein Versprechen.«

»Beobachtet bitte genau den Hofrat Eck. Er hat bei seiner Ankunft in Landshut solch unglaubliche Anschuldigungen gegen die Herzogin, meine Tante, erhoben, dass sie seither aus Gram das Bett hüten muss. Mein Vater zweifelt an allem und jedem. Das ist nicht gut für uns, Baumeister. Wollt Ihr Eck überwachen?«

»Den Hofrat? Gott! Der Mann ist gefährlich, aber ich tue es, liebste Anna, ja, für Euch tue ich es.«

Bevor sie sich noch erheben konnte, spürte sie seinen Mund auf ihren Lippen. Sie stöhnte auf vor Wut und Ekel, was er aber für überraschte Glücksempfindungen hielt, worauf er sie auch noch zu allem Überfluss eng an seine Brust presste. Schamrot und außer Atem schlüpfte sie aus seinen Armen. Doch ihre bebenden Beine trugen sie nicht sicher, weshalb er sie triumphierend bis zur Hofküche stützte.

Gleich hinter der Tür zum inneren Burghof, neben den Kellertreppen, dort, wo den Boten aus Württemberg der Tod ereilt hatte, standen der sehr besorgte Küchenmeister, sein sichtlich aufgewühltes Weib und dahinter Leonhard von Eck, wie immer im schwarzen Gelehrtentalar. Anna Lucretia durchlebte einen Albtraum: Theresas Augen füllten sich mit mörderischer Eifersucht; Eck schien den Anblick des verliebten Baumeisters sowie ihre Pein in höchstem Maße zu genießen. Sie wusste, er hatte alles auf der Stelle verstanden und würde jetzt angreifen, statt sich eine Blöße zu geben. Das tat Eck auch – ohne Umstände.

»Was bringt Euch zur Burgküche, Fräulein von Leonsperg? Ein Unwohlsein? Ich dachte, die Speisen in der neuen Residenz ließen nichts zu wünschen übrig.«

Die unverhüllte Bissigkeit seines Tons rüttelte die Herzogstochter auf. Wenn der höchst diplomatische, stets beherrschte Hofrat sich mit ihr, dem Fürstenkind, solche Frechheit erlaubte, dann musste er beunruhigt sein. Sie verfluchte ihre miserable körperliche Verfassung. Sie durfte keine Schwäche zeigen, nur jetzt nicht, schon gar nicht vor Theresa und ihrem gerade ins Schwitzen kommenden Liebhaber.

»Ihr habt recht, Herr Hofrat, mir ist unwohl vor Sorge, da meine Tante heute Morgen zum ersten Mal in ihrem Leben ernsthaft erkrankt ist. Doktor Ulmitzer ist bei ihr. Mein Vater grämt sich sehr. In der Küche tue ich, was ich schon seit Wochen mache. Ich überbringe die Wünsche des Herzogs und hole, was den Armen im Spital in diesen gesegneten Zeiten zusteht. Doch wundere ich mich, dass ein Mann von solcher Wichtigkeit wie Ihr Euch hierher begebt.«

»Die Herzogin ist erkrankt? Was ist geschehen?« Eck wurde unruhig.

»Das weiß niemand. Sie versorgte Fräulein von Weichs, die immer noch das Bett hütet. Dort verlor sie auf einmal das Bewusstsein. Als ich die Residenz verließ, hatte sie es noch nicht wiedererlangt.«

Ecks Blick flackerte. Entdeckte Anna Lucretia darin abwechselnd Erregung und Zufriedenheit? Sie ließ ihm keine Zeit zum Nachdenken.

»Was führt Euch denn in die Küche? Fehlt Euch etwas?« Auf einmal schien Eck in großer Eile zu sein.

»Nein, nicht doch, was sollte mir fehlen? Jeden Tag kommen hier aus meinen Gütern bei Kehlheim Forellen und Claret an. Das überwache ich gern, wenn ich in Landshut weile. Außerdem bekomme ich Rezepte von vielen Höfen, die ich mit Vergnügen an die Köche meiner Herren weitergebe. Bisher zeigte sich Euer Vater darüber höchst erfreut. Wenn Ihr erlaubt, gnädiges Fräulein, ziehe ich mich zurück. Ich werde für die rasche Genesung der Herzogin beten.«

Mit nur drei Schritten seiner langen Beine war er ihrem Blickfeld entschwunden. Da explodierte Theresa.

»Zwischen den Zeiten ruht die Arbeit, Baumeister, nur in der Küche gilt das nicht. Aber doch sicher für Euren neuen Weinkeller?«

»Gewiss, Frau Kärgl. Doch ich habe in der Stadt gesehen, wie das Fräulein von Leonsperg zur Burg hinauflief. Sie schien mir so schwach, dass ich ihr gefolgt bin.«

»So, so. Jetzt geht es dem Fräulein wieder gut, wie Ihr seht. Geht zurück zu Eurer Mutter und den Kindern! Sie sind bestimmt besorgt, weil Ihr so plötzlich verschwunden seid.«

Widerstrebend, doch ohne ein Wort, aber über die Schulter zurückschauend entfernte sich Überreiter wie ein Hund, dem verboten wird, vom gerade gestohlenen Braten auch nur den kleinsten Bissen zu fressen. Der alte Küchenmeister war fassungslos gewesen über den Schlagabtausch zwischen der Herzogstochter und dem Hofrat, aber mehr noch über die Frechheit seiner Frau.

»Theresa, was fällt dir ein? Du vertreibst den Baumeister wie einen bösen Buben, dabei war er so hilfsbereit. Fräulein von Leonsperg, entschuldigt bitte mein Weib. Wir schuften hier wie die Ochsen während der Feiertage. Nie ist mehr zu tun.«

»Habe ich dem Überreiter Unrecht getan?« Die Kärglerin wollte sich nicht beruhigen und wandte sich direkt an die Tochter des Herzogs. »Ich muss das aus Eurem Mund hören.«

»Theresa, wie kannst du nur …«

Anna Lucretia sah die Frau des Küchenmeisters eindringlich an.

»Lasst ruhig, Meister Joris! Euer Weib hat dem Baumeister kein Unrecht zugefügt. Das versichere ich Euch.«

Der alte Mann verstand die Welt nicht mehr. Sein Küchenreich war zum Hexenkessel geworden. Würden bald das Fräulein wie seine Frau mit den bösen Geistern tanzen, die seit der Errettung Widmannstetters aus der Löwengrube überall ihre Schatten warfen?

»Nun, dann ist ja alles in schönster Ordnung«, stammelte er traurig. »Was möchtet Ihr noch, Fräulein von Leonsperg? Sollen wir etwas ändern am Festmahl zum Dreikönigstag? Vom Spital habt Ihr geredet, nicht wahr?«

»Nein, die Speisen wie jedes Jahr. Sie sind doch schon vorbereitet, oder?« Anna Lucretia konnte kein Mitleid zeigen. Sie brauchte ihre ganze Kraft für sich selbst und hielt sich nur unter größter Anstrengung aufrecht. »Ich wollte die ersten Schuchsen fürs Spital und die Rauhnachtsweckerln fürs Waisenhaus mitnehmen.«

»Die sind noch nicht fertig, das Fräulein wird warten müssen«, mischte sich Theresa ein. »Kehr zu deiner Arbeit zurück! Ich leiste ihr so lang Gesellschaft und helfe ihr danach beim Tragen. Das ist dir doch recht?«

»Gewiss, wenn es auch unserem Fräulein lieb ist?«

Anna Lucretia sah weiter starr in Theresas undurchdringliche Augen.

»Das ist es, Meister Joris. Ich bin sehr erschöpft. Ein wenig Ruhe, während ich warte, tut mir gut.«

Theresa bedeutete ihr, mitzukommen. In der hintersten Ecke der großen Mundküche, zwischen der Silberkammer und dem Holzhaufen für den riesigen Kamin, stellte sie zwei einfache Schemel auf. Anna Lucretia setzte sich stumm hin, die Kärglerin ihr gegenüber. Wieder spürte die junge Frau Übelkeit. Aus dem Abfallschacht gleich hinter ihr krochen modrige Ausdünstungen in ihre Nase. An diesen Ort, so tief in der Hofküche, gelangte fast kein Tageslicht mehr. Nur lange Fackeln, brennende Holzscheite und ihre Glut verdrängten die Dunkelheit. Die Gestalten der Köche, Knechte und Mägde nahmen im Spiel der flackernden Flammen grotesk entstellte Formen an. Auf der anderen Seite des großen Kamins, vor der Reihe der Feuerstellen, walkten schwitzende Frauen Teigflecken in eines Mannes Schuhlänge aus, die Schuchsen. Der schwere Teig aus Roggenmehl und Topfen kostete sie Mühe. Ihre roten Gesichter waren von der Anstrengung verzerrt. Eins nach dem anderen wurden die Teigstücke in hohen Pfannen in Schmalz gebacken. Ihrer schieren Größe wegen tropfte reichlich heißes Fett herunter auf die Kochgitter. Es zischte bedrohlich; immer wieder erzeugten Glut und Fett unberechenbar springende Funken, die den Mägden ins Fleisch bissen. Ihre plötzlichen Schreie unterbrachen das rhythmische Stöhnen beim Walken.

»Fräulein … Fräulein von Leonsperg, hört Ihr mich?«

Anna Lucretia fuhr hoch wie aus einer Trance. Ganz nah an ihrem Gesicht glühten rötlich Theresas Augen.

»Trinkt das! Ihr braucht es.«

»Was ist das?« Sie konnte nur schwer artikulieren, ihre Zunge fühlte sich an wie Blei.

»Melisseningwerwasser. Glaubt mir, die Herzogin hätte es nicht besser gemacht.«

Wortlos trank die junge Frau aus dem kühlen, silbernen Becher. Das Getränk schmeckte fast wie Schnee. Die sie umgebenden Flammen schienen zurückzuweichen, ihre Übelkeit nahm ab.

»Noch mehr, bitte.«

»Gern. Könnt Ihr mir jetzt zuhören und stillhalten? Für alle um uns herum reden wir ganz ruhig und warten auf die Schuchsen. Wird es gehen?«

»Ja, ich höre Euch zu.«

»Nehmt Euch in Acht! Niemand darf Euch ansehen, um was es geht. Ich fange an. Er ist hinter Euch her, oder?«

Anna Lucretia erschrak.

»Wer denn?«

»Nein, nein, nicht so, Fräulein. Ganz ruhig, es gibt überall Augen und Ohren hier. Der Baumeister ist hinter Euch her. Ja oder nein?«

Anna Lucretia war am Ende ihrer Widerstandskräfte. Sie konnte nicht mehr lügen, rechnen, klug abwehren. Nicht mehr vor dieser zu allem entschlossenen Frau. Es fühlte sich an, als ob Theresas Augen ihr die Worte aus dem Mund saugten.

»Ja, er ist hinter mir her. Schon lange.«

»Was will er von Euch?«

»Mich heiraten und dass ich ihn liebe.«

»Warum glaubt er auf einmal, es wäre möglich?«

»Weil mein Verlobter entlassen worden ist. Weil ich dachte, er könnte mir helfen, den Giftmischer zu finden, der meinem Vater nach dem Leben trachtet. Es war aber vergebens.«

»Habt Ihr Überreiter dafür etwas versprochen?«

»Ja. Der Herzog sollte nicht erfahren, dass er Johann Albrecht beinahe getötet hätte.«

Theresa sprach zuckersüß und ganz unaufgeregt, doch jeder Satz traf eine wunde Stelle bei Anna Lucretia.

»Sehr großzügig, Fräulein, aber das ist es nicht, was ich meine. Ihr versteht schon, was ich meine, oder?«

»Ich habe ihm Hoffnung gemacht, falls er hilft, meinen Vater zu retten.«

Eine Rechtfertigung dafür wollte ihr über die Lippen kommen, doch sie verzichtete sogleich darauf. Sie fragte ja auch nicht Theresa, warum sie ihren Mann nach Strich und Faden betrog.

»Nun, Fräulein, habt Ihr je vorgehabt, den Baumeister so zu belohnen?«

»Nein, niemals. Und weniger denn je, seit ich euch beide auf der Mühleninsel gesehen habe. Darüber habe ich kein Wort verloren, niemandem gegenüber.«

Theresas Blick wurde milder. Sie schien immens erleichtert – mehr noch über die zweite Aussage Anna Lucretias als über die erste. Die Preisgabe eines Geheimnisses konnte also das Gift der Eifersucht besiegen. Die junge Frau hatte Mühe, das zu verstehen, fasste aber neuen Mut.

»Frau Kärgl, man liebt nicht immer, wen man lieben darf. Man lässt nicht stets sein, was nicht sein darf. Ich weiß das, Ihr dürft mir glauben. Ihr wollt den Baumeister, einen freien Baumeister, der nicht unter Mordverdacht steht. Ich will meinen Vater und Johann Albrecht retten. Das eine geht nicht ohne das andere. Könnt Ihr mir helfen? Kann ich Euch beistehen? Das Unheil kommt aus der Hofküche, das wissen wir beide.«

Nun hatte Theresa Mühe, so ruhig und gelassen zu bleiben, wie sie es von Anna Lucretia verlangt hatte.

»Was ist mit Doktor Eck? Er hat Euch unverschämt angegriffen. Er verlässt die Küche nicht mehr, seit er auf der Trausnitz weilt. Gott weiß, warum. Und die Köche sind frecher denn je mit meinem armen Kärgl.«

Diese Frau besaß wahrlich einen sechsten Sinn. Oder ging Eck tatsächlich sämtliche Risiken ein? Wie dem auch sei: jetzt oder nie.

»Eck ist der mächtige Herr, von dem der Soßenkoch sprach. Der alles sieht, alles tun kann, alle in der Hand hält. Er hat dem Fräulein von Weichs vergiftete Ambra für meinen Vater gegeben. Das haben wir heute Morgen erfahren. Deswegen ist meine Tante dem Tode nah.«

Die Kärglerin pfiff leise.

»Ja, das gibt Sinn. Dann ist Eck der Goldregen, der Grünberger, Langhahn und Kurzbein den Kopf verdreht hat. Darum kommen wir in den Genuss seiner Besuche in der Küche. Warum lässt der Herzog ihn nicht festnehmen?«

»Mein Vater weiß es noch nicht. Johann Albrecht und ich fürchten, er könnte sich herauswinden, wenn wir nicht mehr in der Hand haben.«

»Johann Albrecht und ich? Ich dachte, der gute Doktor wäre längst über Berg und Tal?«

Anna Lucretia errötete stärker als die Flammen in der Küche.

»Er liegt schwer verletzt bei Fräulein von Weichs. Auch ein Werk des Hofrats …«

»… der aber nicht weiß, wo sich Euer Verlobter aufhält, nicht wahr?«

»Nein, er vermutet es nur. Deswegen hat er mich so angegriffen.«

Theresa warf einen Blick in Richtung der Mägde. Der Schuchsenteig war fast aufgebraucht.

»Schnell jetzt, Fräulein. Ihr wollt einen Beweis gegen den Hofrat. Ihn auf frischer Tat ertappen, wenn es geht. Oder?«

»Genau. Könnt Ihr mir helfen?«

»Mag sein, aber nicht sofort. Wir bringen Schuchsen und Weckerln zusammen in die Stadt und kommen gemeinsam zurück. Auf dem Weg erzähle ich Euch etwas, vielleicht hilft es. Seid Ihr kräftig genug? Der Tag wird damit nicht zu Ende sein, glaube ich.«

»Macht Euch keine Gedanken darüber. Ich bin zu allem bereit.«

28

Anna Lucretia und Theresa Kärgl verließen die dunkle Hofküche mit vier schweren, in der kalten Winterluft dampfenden Körben. Die junge Frau war überrascht, wie hell es draußen noch war. Sie wunderte sich über ihr verzerrtes Zeitgefühl. Musste es sie erstaunen, dass es noch Licht und den Himmel gab, nur weil sie kurz aus dem Maul des Drachen blickte? Würde dieser Tag je ein Ende finden?

»Was träumt Ihr, Fräulein? Beeilt Euch, die Zeit ist knapp.«

Die Kärglerin trat ungeduldig von einem Fuß auf den anderen. Nun ja, dachte die Herzogstochter belustigt, wenn sie es sagt, so will ich es gern glauben. So schnell wie möglich lieferten sie die Schuchsen im Spital ab und brachten die Weckerln, eine Art helle Semmel, die mit Mohn und grob zerstoßenem Zucker bestreut war, ins Waisenhaus. Dort verteilten sie selbst ihre Gaben an die Kinder, wie es die Tradition verlangte. Auf dem Rückweg bat Anna Lucretia die Kärglerin, bei der Wache in der Stadtresidenz auf sie zu warten. Sie sah nach ihrer immer noch bewusstlosen Tante und nach Widmannstetter, der sich von den morgendlichen Strapazen erholt hatte. Doch sie blieb nicht lang. Auf dem Rückweg in die Burg sprachen die beiden endlich wieder miteinander.

»Vor Weihnachten habt Ihr mit der Herzogin die Küche untersucht«, begann Theresa. »Ihr dachtet offensichtlich, dass dort nicht alles mit rechten Dingen zuging.«

»Doch ohne etwas zu finden. Dennoch wurde mein Vater

nach den Festessen wieder krank. Ist Euch etwas aufgefallen?«

»Nein, ich habe nur eine Idee. Ihr seid eine kluge Frau, vielleicht könnt Ihr Euch einen Reim darauf machen.«

»Kärglerin, ich bin nicht der heilige Laurentius auf dem Kohlengrill. Redet!«

»Mein Mann klagte vor Weihnachten, das Salz würde uns so schnell ausgehen. Erinnert Ihr Euch? Da haben sie alle gelacht und behauptet, er würde jedes Jahr das Gleiche sagen, obwohl es so viel zu pökeln gibt. Nun ... das stimmt nicht. Es war wirklich das erste Mal, dass das Salz so rasch zur Neige ging. Dann habe ich die Augen offengehalten. Ich wollte es wissen. So eine Unverschämtheit mit meinem armen Kärgl! Ich dachte, Grünberger würde das Salz abzweigen, um es zu verkaufen. Doch so war es nicht. Er und Xaver Kurzbein schütteten Unmengen Salz in die Brühen und Soßen.«

»Sie schmeckten aber nicht versalzen.«

»Eben, Fräulein, eben! Ich konnte es nicht glauben. Hexerei, dachte ich. Sie haben gleich nach Weihnachten damit aufgehört. Doch jetzt wird für den Dreikönigstag gekocht und da geht es wieder los. Grünberger verlangt nach neuen Salzvorräten, aber die Brühen schmecken nicht versalzen. Ich weiß inzwischen, warum das so ist: Er schüttet genauso viel Zucker wie Salz in die Brühe, tut viel mehr Gewürze hinein als üblich. Deswegen schmeckt sie nicht salzig. Besser macht es sie allerdings nicht. Weshalb tut er das? Diese Paracelsusdiät verlangt das bestimmt nicht. Die italienische Kochmode auch nicht. Da kommt der Zucker in die Soßen, in die Creme und auf jedes Gericht mit Zimt und diesem Hartkäse aus Parma. Unsere Rezepte verlangen es auch nicht. Was stimmt da nicht?«

Anna Lucretia zermarterte sich den Kopf. Sie bedauerte zutiefst Sabinas Zustand, denn die Herzogin hätte die Antwort auf dieses Rätsel sofort gewusst. Zucker schadete ihrem Vater. Das wussten die Köche spätestens seit ihrem Verlobungstag. Sie machten weiter trotz angeordneter Zurückhaltung. Sie waren also Giftmischer, ohne wirkliches Gift bemühen zu müssen. Sicherlich handelten sie auf Ecks Befehl, der sie zu diesem Zweck bestach. Sollte man Grünberger und Kurzbein peinlich befragen? Würden sie dann wie Langhahn ermordet, bevor sie überhaupt aussagen konnten? Eck höchstpersönlich wachte über dieses Schlangennest. Wie konnte man ihn in flagranti ertappen?

»Theresa, wie kommt es, dass der Oberkoch nicht nach mehr Zucker und Gewürzen verlangt, obwohl er davon größere Mengen verbraucht als sonst? Das ist doch seltsam.«

Die Kärglerin hielt an und stemmte die Arme in die Hüften.

»Was habe ich gesagt? Ihr seid eine kluge Frau. Ich war nicht auf diese Idee gekommen, aber ich kann Eure Frage beantworten. Mein Mann kauft und prüft alles, was in die Küche kommt, sie verlässt oder dort gekocht wird, Tag für Tag. Nur den Zucker und die Gewürze nicht. Er kauft sie zwar ein, verwaltet sie aber nicht. Das ist das Privileg des Oberkochs. Er muss es nur sagen, bevor der Vorrat zur Neige geht. Das hat der Grünberger nicht öfter gemacht als sonst auch.«

»Folglich bekommt er die Mengen an Zucker und Gewürzen von jemand anderem. Denn aus eigener Rechnung würde er es kaum bezahlen können, oder?«

»Gewiss nicht. Oder jemand gibt ihm das Geld dafür. Auf

jeden Fall ist das mehr als seltsam. Der Herr Hofrat hat Geld und kommt in die Küche, wann er nur kann.«

»Was machen wir jetzt?«, fragte Anna Lucretia zögerlich. »Wir sollten dort ausharren, alles beobachten und Grünberger auf frischer Tat ertappen. Doch Eck wird ihn warnen und ihm befehlen, nichts zu tun, während ich anwesend bin. Und wie soll ich erklären, dass ich mich so lang in der Küche aufhalte?«

»Großer Gott, Fräulein!« Die Kärglerin lachte lauthals auf. »Denkt Ihr immer so um die Ecke? Das ist doch einfach. Wir reden erst mit meinem Mann. Der sieht sich die Zucker- und Gewürzvorräte an, dann wissen wir gleich mehr und sehen weiter. Ihr wartet jetzt eine Weile in meinem Haus. Ich kehre allein in die Küche zurück, wie es sein sollte. Ich rede mit meinem Mann. Wenn er uns glaubt, hole ich Euch. Seid Ihr einverstanden?«

Anna Lucretia freute sich über ein wenig Ruhe. Doch mehr als eine halbe Stunde gönnte Theresa ihr nicht. Der Tag neigte sich jetzt seinem Ende zu. Der Himmel nahm einen lila Farbton an, die letzten Sonnenstrahlen ließen Schnee und Eis auf den Dächern und an den Rinnen nochmals golden aufleuchten, während der Hofgarten und das Innere der Burghöfe schon von der Dunkelheit verschlungen waren. Theresa führte die Herzogstochter in den hölzernen Gang, der außen am Dürnitz entlang die Küche und den Fürstenbau verband. Dort wartete der Küchenmeister mit einer Laterne in der Hand. Joris Kärgl war aufgeregt und guter Laune.

»Fräulein von Leonsperg! Ich weiß sehr wohl, dass ich noch klar denken und gut rechnen kann, obwohl diese Teufel von Köchen mir die ganze Zeit einreden wollen, ich würde wirr und wisse nicht mehr, was ich sage. Nun aber, Ihr Schurken!«

Leise gingen sie vom Holzgang in die Servierstube, dann in die große Mundküche, die Treppe hoch zum Zehrgaden, wo alle trockenen Vorräte für die Küche lagerten – Speck und Würste wie Getreide, Hülsenfrüchte, Nüsse, Obst, Kräuter und Salz, Zucker und Gewürze. Der gemauerte Zucker- und Gewürzschrank war mit einem dicken Schloss versehen, das Kärgl nur unter Schwierigkeiten mit seinem rostigen Schlüssel öffnen konnte. Lang sah er hinein, zählte und rechnete. Theresa wurde ungeduldig.

»Und? Ist mehr da, als du gekauft hast? Ja oder nein?«

Der Küchenmeister war fassungslos.

»Mindestens das Dreifache, Weib, wenn nicht mehr.«

»Verdammt! Zucker oder Gewürze?«

»Zügle deine Zunge, Theresa! Zucker und auch Gewürze sind zu viele da. Das Dreifache von dem, was ich erwartet hätte. Ihr Schurken! Ich mach Euch die Hölle heiß, und zwar sofort.«

»Sofort?« Anna Lucretia war besorgt. »Wir sollten doch lieber überlegen …«

»Was denn, gnädiges Fräulein?« fiel ihr die Kärglerin ins Wort. »Ihr seid mir eine! Nur nachdenken geht nicht. Wollt Ihr etwa, dass diese Übeltäter uns entkommen? Natürlich müssen wir jetzt gleich handeln.«

Um diese späte Zeit wurde in der Küche nur noch geräumt und gefegt, die Glut der Kamine, Öfen und Feuerstellen sorgfältig präpariert, damit die Holzburschen in der Früh alles sogleich entfachen konnten. Der Oberkoch, der Zuckerbäcker und der eitle Fürschneider kümmerten sich nicht um diese niedrigen Tätigkeiten. An einem kleinen Tisch neben der Siedeküche tranken sie Rotwein aus Gläsern! Dazu verspeisten Grünberger, Kurzbein und Quast stattliche Portionen einer Hirschpastete. Der Oberkoch schlug sich auf den dicken Schenkel, als er den Küchenmeister erblickte.

»Nun, Meister Kärgl, immer noch bei der Arbeit? Da bleibt Euch doch keine Kraft mehr in den Knochen für Euer bezauberndes Weib. Nichts für ungut.« Er entdeckte die zwei Frauen. »Das Fräulein von Leonsperg ist wieder da. Hier wird bald mehr getanzt als im Fürstenbau!«

Der Küchenmeister blieb freundlich lächelnd stehen.

»Seid so gut, Grünberger, und gebt mir Euren Schlüssel für den Gewürzschrank. Meiner klemmt im Schloss.«

Während Quast und Kurzbein stutzten, lachte der Oberkoch immer noch. Er roch penetrant nach Wein.

»Aber sicher doch, lieber Küchenmeister, hier ist er! Ein großer Schlüssel für einen großen Schrank, so muss es sein.«

Grünberger zwinkerte den zwei Frauen frech zu, zog den Schlüssel von seinem Bund und schwenkte ihn so hin und her, dass Kärgl ihn gewiss nicht erreichen konnte. Doch Theresa schnappte ihn sich. Das Lachen des verdutzten Oberkochs brach ab.

»Da Ihr in so guter Stimmung seid, Meister Theodor, erklärt mir doch, warum dreimal mehr Gewürze und Zucker in den Vorräten liegen, als ich eingekauft habe.«

Das knallrote Gesicht Grünbergers erblasste, Quast erstarrte, Kurzbeins Knollennase erzitterte. Er erinnerte Anna Lucretia an ein Murmeltier, das sie bei einer Reise nach Tirol hatte beobachten können. Der Oberkoch suchte verzweifelt nach einer guten Idee, diesen Überschuss zu begründen, doch der Wein trübte seinen Erfindungsgeist. Er schnappte mehrmals nach Luft, blieb aber stumm.

»Nun, Grünberger, wie erklärt Ihr das? Woher kommt der viele Zucker? Die Unmengen an Gewürzen? Mit welchem Geld habt Ihr das gekauft? Wieso benötigt Ihr so viel, obwohl unser Fürst im Moment keine süßen Speisen essen soll? Und warum weiß ich nichts davon?«

»Ich … wollte Euch … das … morgen früh sagen … Meister Joris. Diese Vorräte habe ich … erst vor zwei Tagen … Es gibt so viel Arbeit für das Dreikönigsmahl … ich fand keine Gelegenheit.«

»Von wem stammt das Geld, mit dem Ihr das gekauft habt?«

»Das hat nichts gekostet. Das sind Geschenke vom Hofrat an die Küche des Herzogs. Er ist immer sehr großzügig.«

»Von welchem Hofrat redet Ihr?«, wollte Anna Lucretia wissen. »Von Eck?«

»Ja, also … ja, von Doktor Eck.«

»Ich weiß, dass der Hofrat Eck sehr freigiebig ist«, übernahm Kärgl wieder die Befragung. »Seine Forellen und seinen Claret sehe ich so gut wie jeden Tag. Warum sollte ich den Zucker und die Gewürze nicht entdecken?«

»Aber, Küchenmeister, Ihr dürft alles sehen, doch ich verwalte diese Dinge. Es ist mein Privileg. Ihr hättet es morgen erfahren, Meister Joris. Da müsst Ihr doch kein Aufheben drum machen.«

»Das bezweifle ich sehr, Grünberger. Von den Weihnachtsgeschenken des Hofrats habe ich bis heute von Euch nichts gehört. Wolltet Ihr mir das auch morgen sagen?«

»Die Weihnachtsgeschenke? Ich verstehe Euch nicht, Küchenmeister. Es gab keine, die Ihr nicht gesehen und aufgeschrieben habt.«

»Warum gingen dann die Salzvorräte zur Neige, die ich bis Mitte Januar berechnet hatte? Wie sie auch jetzt schon wieder ausgehen? Kurzbein, hast du noch einen klareren Kopf als unser Oberkoch? Kennst du eine bessere Erklärung für diese ungeheuerlichen Missstände?«

Der Zuckerbäcker sah einem panischen Murmeltier immer ähnlicher. Er errötete stark.

»Der … der Doktor von Eck machte sich große Sorgen wegen dieser Paracelsusdiät, wie wir alle. Er hat uns geraten, die Brühen und Soßen mit Zucker zu versetzen, um zu beweisen, dass es dem Herzog nicht schadet. Damit es nicht auffiel, brauchten wir auch mehr Salz und Gewürze.«

Der Küchenmeister war jetzt nicht mehr zu bremsen. Er erholte sich gerade auf einen Schlag von Wochen der Demütigung, der Gram und der Zweifel.

»Wie Ihr es auch dreht und wendet, Ihr seid Schurken, Lügner und wärt fast zu Mördern geworden. Sorgen habt Ihr Euch gemacht um den Herzog? Dass ich nicht lache! Ich glaube Euch kein Wort. Wenn Ihr dafür Geld bekommen habt, dann seid Ihr auch noch Verräter. Der Richtplatz ist Euch sicher. Selbst wenn man Euch die Sorgen abnehmen sollte, so habt Ihr trotzdem Euren Herrn und Fürsten, die Herzogin und mich schamlos hintergangen. Der Hofrat Eck ist nicht Euer Herr. Ihr werdet Euch vor dem Herzog verantworten müssen.«

Die drei Männer schwitzten vor Angst.

»Wir haben kein Geld bekommen«, versicherte Grünberger.

»Wir waren nur höchst besorgt um unseren Herrn, das schwöre ich«, stammelte Kurzbein.

»Wir haben dem Hofrat vertraut. Sein Rat erschien uns gut. Ja, wir waren ungehorsam, aber aus Sorge, nur aus Sorge. Das werden wir vor dem Herzog beschwören. Der Hofrat wird es bezeugen«, meinte Quast.

»Ob er das bezeugt, wird der morgige Tag zeigen. Verschwindet jetzt aus der Küche!«

Als sie gegangen waren, machte Theresa ihrem Ärger lautstark Luft.

»Was fällt dir ein, Kärgl, diese Ratten ziehen zu lassen? Die flüchten noch heute Nacht. Oder sie gehen zu Eck und erzählen ihm, dass du ihr übles Tun aufgedeckt hast. Wir müssen zum Herzog oder den Hofrat Weißenfelder benachrichtigen. Ich fürchte, die sind zu allem fähig.«

Doch Kärgl lächelte wissend und zeigte auf den Schlüssel, den er an seiner Gürtelkette befestigt hatte.

»Das können sie ruhig tun. Ich habe die beiden Schlüssel. Der Beweis ist also unerreichbar. Was würde es ihnen helfen, den Schrank aufzubrechen? Sie sind verloren. Die Köche entkommen uns nicht und der Hofrat wird sich nicht mehr in meine Küche wagen. Das ist es doch, was Ihr wolltet, gnädiges Fräulein?«

Anna Lucretia war froh, endlich etwas Fassbares in Händen zu halten, doch war sie zugleich schwer enttäuscht, Eck nicht in flagranti ertappt zu haben.

»Meister Joris, vom Hofrat ist alles zu erwarten, befürchte ich. Er steht mit dem Rücken zur Wand. Wir kennen schon viel, was gegen ihn spricht. Ich denke, was er jetzt auch unternehmen mag, ist nützlich für uns. Mein Verlobter wäre wohl auch dieser Meinung. Die Köche und der Fürschneider werden ihn belasten, wie sie können, um den eigenen Kopf zu retten. Wir sind alle erschöpft. Es war ein langer Tag. Wir brauchen Schlaf.«

Kärgl schloss in der Küche alles ab, was sich verschließen ließ, dann traten sie vor die Burg in die eisige Nacht hinaus. Vor dem Kärgl'schen Haus in der Bergstraße verabschiedeten sie sich voneinander. Theresa war immer noch unruhig.

»Joris, gib dem Fräulein die Schlüssel des Zuckerschranks! Sonst mache ich kein Auge zu. Sie sind sicherer bei ihr und ihrem Vater. Ich fürchte, uns könnten sie Unglück bringen.«

Kärgl gefiel ihr Bitten gar nicht. Die Gürtelkette war seine Küchenkrone, jeder Schlüssel ein Zacken darin.

»Tue es um meinetwillen, Mann. Sie stürzen uns ins Verderben.«

Auch Anna Lucretia drang darauf.

»Euer Weib hat oftmals schärfere Augen als wir anderen. Es ist sicher richtig, so wichtige Beweise in der Residenz zu haben.«

Das gab für Kärgl den Ausschlag. Mit den zwei Schlüsseln fest gegen ihre Brust gepresst, lief sie in die Stadtresidenz zurück, als ob die Wölfe schon nach ihr schnappten.

Dort traf sie auf ihren Vater, der außer sich war vor Sorge. Er hatte Sabinas Bettlager seit dem Morgen nicht verlassen. Die Herzogin war nicht mehr bewusstlos, doch sie hatte hohes Fieber, erkannte Ludwig nicht und sah sich von Mördern umzingelt, die ihr Ehemann Ulrich anführte. Ohne Unterlass bat sie ihre drei Brüder um Hilfe. Doktor Ulmitzer befürchtete inzwischen ein trockenes Lungenfieber. Der Herzog machte sich bittere Vorwürfe.

»Ich hätte nie an ihr oder ihrem Sohn zweifeln dürfen. Das bringt sie jetzt um. Ich bin schuld an ihrem Zustand.«

Schwer gebeugt saß er am Kopfende des Bettes und weinte. Ajax und Leda schmiegten sich vergeblich an ihn. Ihr trauriges Jaulen lenkte ihn nicht ab. Anna Lucretia nahm ihren Vater in die Arme und musste vor Mitleid und Rührung zittern, als sie diesen großen, kräftigen Mann so hilflos spürte. Es war das erste Mal in ihrem Leben, dass sie mit ihm allein war.

»Ihr seid Sabinas Rat wegen der Diät gefolgt. Ihr habt sie beschützt wie stets. Ihr habt abgelehnt, was der Münchner Hof von Euch verlangte. Ihr habt niemals gesagt, Ihr glaubtet an diesen Aufstand in Württemberg und habt damit eine tiefe Entfremdung von Eurem Bruder Wilhelm heraufbeschworen. Was hättet Ihr noch tun können?«

»Tun, mein Kind? Ich hätte ihr vertrauen müssen. Ich habe mit Weißenfelder überlegt, ob sie nicht doch aus Mutterliebe an einem Aufstand gegen Ulrich beteiligt sein könnte. Sie hat meine Zweifel gespürt. Das bringt sie nun um, ihr Fieberwahn zeigt mir, welch Unrecht ich ihr getan habe. Der Hofrat von Eck hatte aber doch Gründe, so zu sprechen und zu handeln, wie er es gemacht hat. Was hätte ich mehr tun können?«

Eine Wutwelle riss Anna Lucretias Mitleid fort. Sie bebte vor Empörung.

»Nichts hättet Ihr bis zum Dreikönigstag machen können, Vater. Das kann ich Euch hier und jetzt beim Seelenheil meiner Mutter schwören. Alles spricht dafür, dass der Hofrat Eck der Täuscher ist, nicht meine Tante und ihr Sohn. Er hat Eurer Geliebten die graue Ambra gegeben, die Euch vergiftet hat. Sabina hat sie an sich selbst ausprobiert. Seitdem ist sie in diesem beklagenswerten Zustand. Eck hat den Köchen

Zucker und Gewürze im Übermaß geschenkt, um die Paracelsusdiät zunichtezumachen. Ich vermute sogar noch weit Schlimmeres.«

»Ach, mein Kind, deine Worte tun mir gut«, seufzte der Herzog. »Du magst damit recht haben, dass ich meine Schwester, das Abbild unserer seligen Mutter, nicht im Stich gelassen habe. Aber ich kenne Eck gut. Die Macht und die Sicherheit Bayerns sind ihm heilig. Dafür wird er zu allen Mitteln greifen. Doch vorsätzlich Gift gegen mich? Nein, das nicht. Ich weiß genau, dass ich mir bei Fräulein von Weichs zu viel zugemutet habe. Ich weiß das besser als jeder andere. Meine Schwester hat davon probiert? Das ist zwar heldenhaft von ihr, doch ihr Fieberwahn zeigt, dass mein Misstrauen sie erkranken ließ. Eck hat kein Hehl daraus gemacht, dass er gegen die Diät war. Wie die meisten hier in Landshut und auch in München. Er ist nun mal tatkräftiger als andere. Deswegen hat er wahrscheinlich die Köche dazu angestiftet, Beweise für seine Ansichten zu finden. Das macht aus ihm noch keinen Mörder oder Hochverräter. Ich hoffe, Herzog Christoph bringt uns etwas Klarheit.«

»Falls wir bis dahin nicht alle tot sind, Vater. Was kann ich sonst noch sagen, damit Ihr die Gefahren dort seht, wo sie lauern?«

Anna Lucretia war fassungslos. Nicht einmal eine hochnotpeinliche Befragung der Köche würde ihren Vater überzeugen. Sollten die Drei Eck als persönlichen Vertreter des Leibhaftigen auf dieser Welt benennen, was sie auch ohne Folter tun würden, um sich als Unschuldslämmer darzustellen, so wäre er nicht zu bekehren. Alles, alles umsonst. Die zwei Schlüssel unter ihrer Schaube hätte sie genauso gut in die Isar werfen können.

»Begib dich zu Widmannstetter, mein Kind, und schicke mir für eine Weile das Fräulein von Weichs! Ich danke dir für deine Sorgen, mein süßes Täubchen.«

Wie ärgerlich! Weder süß war sie noch ein Täubchen! Sie fühlte sich als wandelndes Gewitter, das sich in Johann Albrechts Kammer entlud, als Ursula nicht mehr anwesend war. Der verletzte Gelehrte küsste sie so fest, wie es seine wiederkehrenden Kräfte erlaubten.

»Meine Aigina, du Tochter des Flussgottes, das Feuer Jupiters steigt in dir auf. Du wirst mir noch den Aiakos, den Großvater des Achilles, gebären. Ich lasse dein Bild im italienischen Bau verewigen, wie du jetzt vor mir stehst: flammend, voller Wut und Tatendrang.«

Das fehlte ihr noch! Sie biss sich auf die Lippen, bis sie Blut schmeckte. Wie konnte er nur von zukünftigen Kindern reden, obwohl das Ungeborene in ihr die Strapazen seiner ersten Wochen bestimmt nicht unbeschadet überleben würde – von seinem ahnungslosen Vater ganz zu schweigen!

»Gute Nacht«, wünschte sie ihm knurrend. »Du solltest nicht so leichtfertig von Feuer reden. Womöglich bekommst du gerade Lungenfieber.«

»Bei Jupiter, mein Herz! Beruhige dich doch! Wir sind so gut wie am Ziel. In drei Tagen erreicht Herzog Christoph Landshut. Eck wird nicht ungeschoren davonkommen, glaub mir. Und dann gibt es drei Anklagen wegen Hochverrats gegen die Köche und den Fürschneider.«

»Das glaubst du selber nicht«, warf sie ihm ohne Umschweife vor. »Genese schnell!«

Sie lief durch den unbeleuchteten Gang in die Stadtresidenz zurück, ließ sich von einer Magd ein Lager neben dem

Kachelofen der herzoglichen Wohnstube einrichten und lag dann dort wach. Sie musste an Theresas Angst denken, ihre Unruhe und ihre Abscheu vor den zwei Schlüsseln.

29

In der Nacht zum 4. Januar, lang bevor die sieben Klöster zum Morgengebet läuteten, wurden in der Bergstraße die Bettgardinen von Theresa und Joris Kärgl aufgerissen: Vor den völlig überraschten Eheleuten standen schwerbewaffnete Soldaten aus Ecks Truppe. Sie schlugen Kärgl kräftig auf den Kopf, als er protestieren wollte, ließen ihm kaum Zeit zum Anziehen, bemächtigten sich seines Kettengürtels mit den Schlüsseln und führten den Küchenmeister aus der Schlafstube. Ihr Anführer hielt Theresa, die im Hemd auf ihrem Bett kniete, einen Dolch an den Hals.

»Wenn du dein Haus auch nur für einen Moment verlässt, Weib, wenn du das Maul aufreißt oder auch nur ein Wort mit jemandem redest, ist dein Mann tot. Das gilt auch für deine Mägde. Du bist krank, liegst im Bett und weißt nicht, wo sich dein Mann aufhält. Wir verstehen keinen Spaß. Sei froh, dass ich keine Zeit für dich habe.«

Mit der linken Hand fasste er ihr an die Brust. Theresa wagte kaum, zu atmen. Mit seiner rechten Faust schlug er ihr auf den Kopf. Sie fiel nach hinten und blieb bewusstlos liegen.

Wenig später klopften zwei große Bewaffnete laut an die Tür des Hauses in der Schirmgasse, in dem Niklas Überreiter wohnte. Die schläfrige Magd holte ihren Herrn aus seiner Kammer. Er solle sich schnell bekleiden und ihnen zu Hofrat von Eck auf die Trausnitz folgen. Zitternd vor Angst wagte es der Baumeister nicht, Widerstand zu leisten. Er war verloren, daran zweifelte er nicht. Der Hofrat wusste alles über ihn, würde ihn anklagen und verurteilen lassen – vielleicht war er der mächtige, gnadenlose Herr, mit dem der tote Soßenkoch geprahlt hatte. Dann, so fürchtete Überreiter, würde er erpresst werden, um wie Langhahn zu enden, wenn er ihm nicht mehr nutzen konnte. Es schien ihm das Ende, so sicher wie das Amen in der Kirche.

Als die zwei Bewaffneten ihn nicht über den Dreifaltigkeitsplatz, die Bergstraße und die Fürstentreppe – den direkten Weg zur Trausnitz – führten, sondern durch das Zerrertor und den menschenleeren Haag, den Wildpark der Wittelsbacher, keimte eine schlimme Befürchtung in ihm auf. Die töten mich noch vor der Morgendämmerung, dachte er, genau wie Langhahn. Dabei weiß ich viel weniger als er und doch ist es schon zu viel. Er erwartete jeden Augenblick, einen Dolch oder die Würgschraube an seiner Kehle zu spüren. Er konnte sein Glück kaum fassen, als sie die Burg erreichten und den Fürstenbau betraten. Im ersten Stockwerk, im sogenannten ›Zimmer der Verschwiegenheit‹ neben dem Durchgang zur Empore der Burgkapelle, saß an einem Schreibpult Hofrat von Eck, ruhig und mit allwissendem Blick, wie Überreiter meinte. Er sollte also erpresst werden, schoss es ihm durch den Kopf. Die gerade ausgestandene Todesangst steckte ihm noch in den Knochen, doch war Erpressung besser? Noch mehr Sünde für seine schon so schwer belastete Seele? Der Gedanke an die damit unweigerlich verbundenen Qualen in der Hölle folterte ihn schon hier auf Erden. Eck vergeudete keine Zeit.

»Wir müssen uns noch vor Tagesanbruch unterhalten, Baumeister, deshalb die Eile meiner Männer. Ich hoffe, Ihr verzeiht die Entführung.«

Überreiter zeigte keine Reaktion. Ein Gespräch? Was bedeutete das? Als ob er irgendetwas zu sagen wüsste. Eck seufzte.

»Wir müssen reden über Dinge, die Euch unmittelbar betreffen.«

Nun, dachte der Baumeister, wenn er mich früher oder später umbringen lassen will, dann betrifft es mich wahrlich unmittelbar. Er blieb lieber stumm.

»Warum so schweigsam, Meister Niklas? Ich will Euch helfen und Ihr seht mich an, als ob Euch das Jüngste Gericht bevorstünde. Lasst uns von Mann zu Mann reden.«

»Worüber denn?«, wollte der hünenhafte Überreiter wissen. Seine Stimme krächzte vor Angst.

»Darüber, dass Ihr schamlos hintergangen und benutzt werdet.«

»Wie bitte? Nein … von wem denn?«

»Von wem wohl, mein Lieber, wenn nicht vom engelsgleichen Fräulein von Leonsperg? Oder hat sie Euch schon gesagt, dass ihr Verlobter seit Silvester zurück ist? Trotz seiner angeblichen Entlassung?«

Überreiter schien es von einem Moment auf den anderen, als ob ihm der Boden unter den Füßen weggezogen worden wäre. Sein Kopf fühlte sich leer an, seine Beine trugen ihn nicht mehr, auf seiner Brust lastete ein zentnerschweres Gewicht. Anna Lucretia hatte ihn angelogen – schon immer oder erst seit Kurzem, das spielte keine Rolle. Er hatte geglaubt, seine Seele zu retten, sie jedoch hatte nur mit ihm gespielt. Er musste sich auf Ecks Schreibpult stützen. Plötzlich steckte eine Wut in ihm, so tief, so unbändig, so mörderisch, dass er sie schier nicht ertragen konnte. Er sah erschreckend aus, fand Eck. Wie schön.

»Baumeister, was ist mit Euch? Hört Ihr mich? Wacht auf! Seht mich an und hört mir zu!«

»Ich höre Euch zu, Herr Hofrat. Was gibt es noch zu sagen?«

Eck war sich nun sicher, dass er weder große Redekunst noch Überzeugungskraft benötigte. Fast war er enttäuscht.

»Das Fräulein hat Euch verraten, wie sie mich verrät, und meinen Herzog obendrein. Sie versteckt ihren Liebhaber. Wie ich vermute, im Haus der Mätresse. In der Kammer hinter der Schlafstube. Ich habe den Befehl, ihn zu arretieren und nach München zu bringen. Er muss wegen Hochverrats angeklagt werden. Das Fräulein könnte niemals so handeln, wenn ihr Vater und die Herzogin nicht einverstanden wären. Auch diese beiden begehen folglich Verrat am Herzogtum. Außerdem bereiten sie einen Aufstand vor gegen Ulrich von Württemberg. Das ist Verrat an meinem Herrn und am Religionsfrieden im Reich. Doch ich kann Widmannstetter, Euren Rivalen, nicht erreichen. Helft mir dabei, Baumeister! Bringt ihn zu mir oder tötet ihn. Tötet auch den verräterischen Ludwig und seine Schwester! Ich werde Euch fürstlich belohnen.«

Der schwer atmende Hüne starrte Eck weiter an und blieb lang still. Er senkte die Augen, dann sprach er.

»Was geschieht mit mir, wenn ich es getan habe?«

»Ich sende Euch nach Hessen zu Landgraf Philipp. Er wird Euch schützen. Hat sich hier alles beruhigt, verschaffe ich Euch in München die Stelle des Hofbaumeisters und – falls sie noch lebt und Ihr es wünscht – das Fräulein von Leonsperg. Denn dann entscheidet allein Herzog Wilhelm über ihr Schicksal«.

Überreiter streckte sich.

»Ihr hört von mir, sobald es vorbei ist.«

Er verließ rasch den Raum.

Zurück in der Schirmgasse, beruhigte er seine höchst aufgeregte Mutter. Dann steckte er Widmannstetters Dolch ein, den er seit der Löwengrubennacht in seinem Bettkasten versteckt hatte. In der fahlen, eiskalten Morgendämmerung verließ er sein Haus zum zweiten Mal. Niemand sah ihn. Er ging nicht durch die Gassen, sondern erreichte das Haus der Mätresse von hinten über die Baustelle des italienischen Teils der Stadtresidenz. Dort war kein Mensch. »Den baut ihr nicht mehr zu Ende«, dachte er. Leise klopfte er an Ursulas Haustür. Eine Magd öffnete einen Spalt.

»Ich muss mit deiner Herrin sprechen. Ist sie wach?«

Als Ursula erschien, erschrak sie über sein todernstes Gesicht und ließ ihn ein.

»Was führt Euch zu mir, Meister Niklas, zu so früher Stunde?«

»Fräulein von Weichs, Ihr seid in höchster Gefahr. Der Hofrat Eck weiß, dass Widmannstetter hier ist. Er ist auf dem Weg, um ihn festzunehmen und nach München zu bringen.«

»Woher wollt Ihr das wissen?«

»Von meiner Geliebten, der Frau des Küchenmeisters. Sie hat es von den Köchen gehört, die sich darüber freuten. Ich habe ihr Haus vor der Morgendämmerung verlassen, wie ich es immer tue. Eck stand schon am Schanzl mit seinem Trupp Bewaffneter. Sie wollen nicht nur Widmannstetter festnehmen, sondern auch alle, die ihm geholfen haben: Euch, das Fräulein von Leonsperg, die Herzogin Sabina. Weil Ihr Komplizinnen seid und Verräterinnen.«

»Was ist mit Ludwig? Den kann er nicht einfach arretieren.«

»Er will ihn unter Hausarrest stellen in der Residenz, bis sein Bruder nach Landshut kommt.«

»Bei allen Heiligen, Baumeister, was sollen wir nur tun?« Ursula zweifelte nicht mehr an Überreiters Aussagen.

»Holt den Herzog, seine Tochter und die Herzogin! Ich bringe Euch zu meinem Haus. Niemand wird bei mir suchen. Das gibt uns Zeit.«

Ursula stürzte zum Gang im ersten Stock, der in die Residenz führte. Als sich die Tür hinter ihr geschlossen hatte, rannte auch Überreiter die Treppe hoch zu Ursulas Schlafstube. Die Magd, die sich ihm in den Weg stellte, warf er gegen die Wand, wo sie reglos liegen blieb. Mit wenigen Schritten durchmaß er den Raum und stand vor der Tür zur Kammer. Er zückte seinen Dolch und stieß die Tür auf. Zu seiner grenzenlosen Überraschung war das Bett leer. Er legte eine Hand darauf – noch warm! Brüllend vor Wut verwüstete er den Raum, fand seinen Rivalen jedoch nicht. Er trat in Ursulas Zimmer, riss die Gardinen ihres Bettes herunter und schrie Widmannstetters Namen. Er zerfetzte mit seinem Dolch die Bettwäsche, die Kissen und Decken. Schließlich hob er den Bettkasten hoch und entdeckte darunter den Gelehrten. Widmannstetter sprang in Todesangst auf und ergriff eine eiserne Schaufel neben dem Kamin. Überreiter wollte auf ihn zuspringen und ihm den Dolch ins Gedärm rammen, doch seinem Gegner gelang es, ihm mit der Schaufel ins Gesicht zu schlagen. Was jeden anderen Mann in tiefe Bewusstlosigkeit geschickt hätte, konnte dem Baumeister nicht viel anhaben. Er brüllte zwar vor Schmerz auf, ließ sich von seinem Vorhaben aber nicht abbringen. Der Gelehrte schlug ihm mit letzter Kraft den Dolch aus der Hand, doch dann packte Überreiter ihn mit zwei Händen am Hals, rang ihn zu Boden und drückte zu so fest er konnte. Widmannstetter wurde schwarz vor Augen.

»Willst du endlich sterben, du elende Giftschlange?«, schrie er. »Was für ein Hexer bist du, der meine Schläge und die Löwen überlebt? Du hast meine Anna verhext. Dafür sollst du jetzt büßen. Fahr zur Hölle!«

Da hörte er, wie hinter ihm die Tür aufgerissen wurde. Er ließ von dem Gelehrten ab, griff nach dem Dolch, drehte sich um … und stand nicht vor dem Herzog, den er erwartet hatte und mit Widmannstetters Waffe erstechen wollte, sondern vor Anna Lucretia. Diese nutzte seine Überraschung und stieß ihm kaltblütig mit aller Kraft zwei Finger in die Augen. Einen Augenblick lang geblendet, brüllte er auf und stürzte aus der Stube. Im ganzen Haus entstand jetzt Lärm. Überreiter trat einer vor ihm flüchtenden Katze auf den Schwanz, die ihm laut fauchend ihre Krallen und Zähne ins Bein bohrte. Er sah noch Ludwig, mit einem Schwert bewaffnet, aus dem Gang zur Residenz treten, dann lief er die Treppe herunter und sprang aus dem Haus, als ob ihn alle Dämonen der Hölle verfolgten.

Wohin flüchten? Wo sich verstecken? Sein Haus kam nicht infrage, dort würde ihn der Herzog sofort suchen lassen. Die Trausnitz auch nicht, dort würde ihn Eck auf der Stelle umbringen, wenn er erfuhr, dass Ludwig und Widmannstetter noch lebten. Sich selbst konnte er auch nicht töten, denn das hätte ewige Verdammnis bedeutet. Schließlich fiel ihm Theresa ein. Vielleicht war sie noch zu Hause, während ihr

Mann sein Tagwerk in der Küche begann. An der Isar entlang schlich er bis zum Zwinger. Danach war es einfach, zum Dreifaltigkeitsplatz zu gelangen, weil es bis zum Zeughaus im Schwemmland der Isar nur noch wenige Gebäude gab. Dann musste er unweigerlich den Platz überqueren, um die Bergstraße zu erreichen. Er hatte Glück. Zwischen den Zeiten ruhten die Leute länger und auch die Mägde wurden später zum Wasserholen geschickt. Als sich um die Dreifaltigkeitskirche nichts rührte, lief Überreiter hinter den Häusern den Burgberg hinauf bis zur Theklakapelle. Das Anwesen des Küchenmeisters lag direkt daneben. Vom kleinen Friedhof bei der Kapelle sprang er zum Schlafzimmerfenster und klopfte verzweifelt daran. Erst nach einer Ewigkeit erschien Theresas Kopf. Sie erstickte einen Schrei, als sie ihn erkannte. Sie bedeutete ihm, zum Hinterhof zu kommen. Als er wenige Augenblicke später in ihrer Küche stand, zog sie ihn wortlos ins Schlafzimmer.

»Ich will nichts wissen«, flüsterte sie ihm dort zu. »Noch nicht. Wie siehst du nur aus! Wir bleiben beide hier und warten. Kärgl kommt nicht zurück. Wir müssen abwarten.«

30

Während Ursula den bewusstlosen und erneut blutenden Widmannstetter versorgte, schlugen in der neuen Residenz die Wellen hoch. Anna Lucretia stritt lauthals mit ihrem Vater, der den Baumeister auf der Stelle suchen, festnehmen, anklagen und hinrichten lassen wollte. Ludwig und seine Tochter waren beide außer sich.

»Was mischst du dich jetzt ein?«, empörte er sich. »Endlich haben wir unseren Mörder und Verräter. Er hat versucht, deinen Verlobten zu töten, wollte an mir Rache nehmen, er hat versucht, mich beim Weinfest zu vergiften und wollte uns beide umbringen. Alle sollten glauben, Widmannstetter hätte mich erdolcht. Bestimmt hat er Geld bekommen von Ulrich, um mich und meine Schwester zu ermorden. Er hat dich hinters Licht geführt, mein Kind, das ist sonnenklar. Seine Füße und Hände erst ein wenig zerquetscht, dann wird er uns auch sagen, wie und warum er den Langhahn erdrosselt hat. Lass mich jetzt in Ruhe, ich muss mit Weißenfelder darüber sprechen.«

Anna Lucretia stellte sich ihrem Vater, der ins Erdgeschoss wollte, in den Weg.

»Nur über meine Leiche! Ich meine es ernst. Ihr begeht den schlimmsten Fehler Eures Lebens. Ja, er hat Johann Albrecht zusammengeschlagen. Ich glaube sogar, dass er ihn in die Löwengrube geworfen hat. Doch für alles andere war er nur ein Spielzeug. Den wahren Mörder lasst Ihr gerade entkommen.«

Der Herzog zögerte, seine in der Tür stehende Tochter beiseite zu stoßen. Doch er fuhr sie giftig an.

»Der Baumeister ein Spielzeug? Ein riesengroßes und ziemlich schweres! Welcher Goliath hat denn damit gespielt? Den sollte man schon von Weitem sehen.«

»Weit gefehlt, Vater! Die Übeltäter sind uns so nah, dass Ihr sie nicht erkennen könnt. Es sind die Köche, von denen einer wusste, dass er Johann Albrecht angegriffen hatte, und die alle sein Verhältnis mit der Kärglerin kannten.«

»Noch so ein schönes Märchen! Woher hast du das?«

»Ich habe alles gesehen und gehört an dem Tag, als ich krank in die Residenz zurückkam. Später hat es mir Theresa Kärgl gestanden. Meint Ihr, ich hätte geträumt?«

»Und die Köche?«

»Die wollten Euch vergiften mit dem Zucker, den sie von Eck bekamen und mit etwas Stärkerem beim Weinfest. Rollt nicht so mit den Augen, Vater, Eck kommt auch noch, ob es Euch passt oder nicht. Ich habe mit dem Baumeister gespielt. Ich habe ihn glauben lassen, ich zweifelte an seinem Rivalen Widmannstetter, habe ihm meine Hand und meine Liebe versprochen, wenn er mir hilft, die Machenschaften der Köche aufzudecken. Er hoffte das noch, als ich schon wusste, ich trage ein Kind von Johann Albrecht und werde eher mit diesem Kind ins Grab steigen, als dass ich einen anderen heirate.«

Ludwig prallte zurück bei diesem Geständnis. Er sackte in einen Scherensessel, bekam ein knallrotes Gesicht und ballte die Fäuste.

»Du erwartest ein Kind? Er hat gewagt, dich anzurühren? Gibt es nur noch Verräter um mich herum? Du hast dich bespringen lassen wie eine läufige Hündin? Du lügst! Das kann nicht sein.«

Anna Lucretia trat entschlossen drei Schritte auf ihren Vater zu. Ihre Lippen waren blass, ihre Augen voller Verachtung.

»Habt Ihr das von meiner Mutter auch gedacht, als sie mit mir schwanger ging? Habt Ihr das auch ihr ins Gesicht gesagt? Wohl nicht, oder? Warum jetzt mir? Verratet mir den Grund! Ja, ich habe mich anrühren lassen, bevor er in Eurem Auftrag nach Württemberg aufbrach, weil ich wusste, kein anderer wird mich je berühren. Ihr habt mir das Recht zugestanden, ihn zu lieben. Das tue ich, nicht mehr und nicht weniger. Wir sind keine Heiligen – ich nicht, Ihr nicht, niemand hier. Wir alle sind Sünder und Verräter, auch ohne es zu wollen, auch ohne es zu wissen. Deshalb kann sehr wohl sein, Vater, was Ihr immer noch so hartnäckig leugnet. Mächtige Männer trachten Euch nach dem Leben. Männer, denen Ihr vertraut habt. Nicht ein kleiner, liebestoller Baumeister.«

»Was meinst du damit? Ich verstehe gar nichts mehr.«

Ludwig war völlig überwältigt. Anna Lucretia wurde eisig.

»Sehr einfach, Vater. Ich habe mit Überreiter gespielt, um die wahren Mörder zu entdecken. Der Hofrat Eck hat es verstanden. Wer sonst hätte ihm verraten können, wo Johann Albrecht sich befand? Wer hätte es verraten wollen? Dann hat Eck mit ihm gespielt. Das schwöre ich, obwohl ich es weder gesehen noch gehört habe: ›Das Fräulein hat dich verraten, Baumeister. Ihr Liebhaber ist zurück, die kleine Hexe versteckt ihn bei der Mätresse. Alle sind sowieso Verräter – der Herzog, seine Schwester, seine Geliebte. Geh und töte sie alle! Ich bin mächtig, ich schütze dich.‹ Es tut mir leid, Vater. Ich weiß, dass Ihr wegen Eck jetzt gegen Euren Bruder kämpfen müsst. Das ist schlimm, für Bayern schlimm, aber nur Eck ist daran schuld, keiner von uns hier. Er hat die Köche bestochen, damit Ihr an Eurer Vorliebe für Zucker sterbt. Trotz unserer Vorsichtsmaßnahmen. Als das nicht schnell genug ging, hat er Überreiter von Langhahn erpressen lassen, damit der Euch vergiftet. Außerdem hat er Eurer Geliebten mit Gift versetzte Ambra für Euch gegeben. Er hat alles getan, um Euch von Sabina zu trennen. Er hat Johann Albrecht bis nach Württemberg verfolgt. Seine Männer wollten ihn in der Kastuluskirche ermorden. Als das nicht gelang, war der Baumeister sein letzter Trumpf. Jetzt hat er nichts mehr in der Hand. Wir können ihn fangen. Doch Ihr müsst mir erlauben zu handeln, wie ich es für richtig halte.«

»Bei allen Teufeln, was willst du tun? Lass uns die Dinge mit Weißenfelder besprechen.«

»Dafür reicht die Zeit nicht. Noch kann der Hofrat glauben, Ihr seid tot. Das müssen wir nützen. Er muss dem Baumeister etwas versprochen haben für seine Tat. Das finde ich heraus. Dann haben wir ihn. Ich suche Überreiter auf. Ich weiß, wo er ist, wenn er nicht Hand an sich gelegt hat.«

Ludwig sprang auf.

»Das kommt nicht infrage. Er wird dich töten.«

»Nicht dort, wo ich ihn vermute. Lasst mich entscheiden, was mit ihm geschieht!«

Der Herzog packte seine Tochter am Arm. Er zerrte so heftig an ihr, dass sie aufschrie.

»Nein, du bleibst hier und rührst dich nicht mehr von der Stelle! Ich lasse Weißenfelder holen und den Baumeister verhaften.«

Anna Lucretia versuchte vergeblich, sich seinem festen Griff zu entziehen.

»Einen trotz allem fast Unschuldigen bestrafen und Euren Todfeind entkommen lassen? Ist es das, was Ihr wollt? Damit dürft Ihr Eure Seele nicht belasten.«

Das traf. Ludwig schwieg, ließ sie aber nicht los. Anna Lucretia wusste nicht mehr, was sie tun sollte. Sie konnte doch ihren eigenen Vater nicht schlagen! Da spürte sie eine Hand auf der Schulter. Ludwig sah fassungslos auf die gespenstische Gestalt, die hinter seiner Tochter erschienen war.

»Lass sie los! Lass sie machen, mein Bruder! Sie sieht klarer als wir. Lass sie gehen, sie wird das Richtige tun.«

Sabina, leichenblass, die langen weißen Haare offen über ihrem Hemd, sah aus wie ein Geist, ein Schatten aus dem Jenseits. Ludwig ließ tatsächlich den Arm seiner Tochter los, wich drei Schritte zurück, überzeugt davon, seine Schwester wäre gerade gestorben und erschiene ihm hier ein letztes Mal, bevor ihre Seele eine weite Reise antreten müsste. Auch ihre Stimme klang anders, als er sie kannte.

»Ich bin noch am Leben, mein Bruder. Der Tod hat seine Hand von mir genommen. Deine Tochter weiß, was zu tun ist. Wir warten gemeinsam auf ihre Rückkehr.«

Ob tot oder wieder auferstanden – Sabina schien nicht aus dem Reich der Lebenden zu sprechen. Ludwig fügte sich.

Auf ihrem Weg zur Bergstraße begegnete Anna Lucretia dem Bürgermeister Urban Kreidenweis. Er fragte sie freundlich aber besorgt nach dem Befinden ihrer Tante. Der Herzogin ginge es immer noch schlecht, beschied sie ihn, das Fräulein von Weichs sei noch unpässlich und auch ihr Vater sei schwer erkrankt. Sie sei auf dem Weg zu Doktor Ulmitzer, um ihn zu bitten, sofort nach dem Herzog zu sehen.

An der Theklakapelle ging sie, wie kurz zuvor der flüchtende Baumeister, über den kleinen Friedhof zur Hinterseite von Kärgls Haus und klopfte an die Küchentür. Keine Antwort. Sie pochte wieder gegen die Tür, diesmal lauter. Erst nach einem dritten dringlichen Klopfen zeigte sich Theresa, sah sich furchtsam um und zog die Tochter des Herzogs wortlos ins Haus, als sie niemanden erspähte. Anna Lucretia bemerkte, dass ihre Kleidung völlig zerknittert war, mit rotbraunen Flecken an den Ärmeln. Theresas Stirn lag in Furchen, sie presste verbittert die Lippen zusammen. Sie packte die Schultern der Kärglerin und schüttelte sie.

»Er ist da, nicht wahr? Antwortet mir, Theresa!«

»Alles ist verloren. Was wollt Ihr von ihm?« Ihre Stimme war tonlos.

»So ein Unsinn, Theresa! Noch können wir gewinnen. Wir müssen nur schnell handeln.«

»Er ist in unserem Schlafzimmer, im Bett.«

»Im Bett? Wo ist Kärgl? Er muss noch hier gewesen sein, als der Baumeister kam.«

»Kärgl ist in der Nacht von Ecks Männern auf die Trausnitz gebracht worden. Sie haben ihn geschlagen und gesagt, sie bringen ihn um, wenn ich aus dem Haus gehe oder mit jemandem rede.«

»Wisst Ihr, was Eck ihm versprochen hat für diese ruchlose Tat?«

»Er soll nach Hessen zum Landgrafen reiten mit einem Brief vom Hofrat. Er soll erst später wiederkommen, wenn sich alles beruhigt hat.«

Anna Lucretia lief zum Schlafzimmer und öffnete die Bettgardinen. Dort lag Überreiter, aschgrau im Gesicht, zähneklappernd, weinend. Sein Körper bebte. Als er die Tochter des Herzogs erblickte, zog er die Decke über seinen Kopf. Theresa legte sich neben ihn und streichelte zärtlich seine Haare.

»Niklas, es ist vorbei. Siehst du, es war kein guter Einfall, hierher zu kommen. Bitte das Fräulein um Verzeihung! Das ist alles, was du noch tun kannst.«

Anna Lucretia setzte sich an die andere Seite des Bettes und zog vorsichtig die Decke von Überreiters Gesicht. Mit ihrem Vater hatte sie getobt; bei diesem verzweifelten, weinenden Riesen war sie sanft.

»Ihr müsst mich um nichts bitten, Meister Niklas. Ich bitte Euch um Verzeihung. Ich musste Euch belügen. Das bedauere ich tief, obwohl ich nicht anders konnte. Ich habe es zu lang getan, das hat uns alle in Ecks Hände gebracht. Verzeiht mir, dass ich Euch nicht die Wahrheit gesagt habe, als Theresa sie schon kannte.«

Der Riese weinte so heftig, dass das Bett erbebte.

»Großer Gott, gütiger Gott! Verzeiht mir, Fräulein! Ich verzeihe Euch auch, doch was ändert das noch? Ich bin ein toter Mann und verdammt für die Ewigkeit.«

»Nein, Meister Niklas, Ihr könnt Euch noch retten. Ihr müsst nur unseren Peiniger aufdecken. Eure Reue soll nicht umsonst sein. Deswegen bin ich gekommen.«

Er grub sein nasses Gesicht in Theresas Busen.

»Geht weg! Ihr spielt wieder mit mir. Alle spielen mit mir, nur du nicht, Theresa. Ich war so blind. Du musst mir verzeihen. Du bist die beste Frau, der ich im Leben begegnet bin, und es reichte mir nicht. Vergib mir!«

Der Kärglerin war auf einmal nicht mehr nach Mitleid. Sie packte seine Haare und zog seinen Kopf von ihrer Brust.

»Hörst du zu, du dumpfer Esel? Das gnädige Fräulein sagt dir, du kannst dich noch retten. Das würde sie vor mir nicht sagen, wenn es nicht stimmte, glaub mir. Also, Fräulein, redet! Er kann sich noch so zieren, er wird tun, was Ihr sagt.«

Anna Lucretia legte ihm beruhigend eine Hand auf die Schulter. Sie meinte, einen kapitalen Keiler zu berühren. Er roch auch danach, stellte sie erstaunt fest. Doch wenn er Theresa gefiel, sollte es ihr recht sein.

»Ihr werdet mit Eck spielen, Baumeister.«

»Eck?« Er quiekte wie aufgespießt. »Niemals! Der befiehlt seinen Männern, mich zu töten, wenn er hört, der Herzog lebt noch.«

»Ganz und gar nicht. Ihr sagt ihm, Ihr hättet es getan. Widmannstetter und mein Vater seien tot. Ihr verlangt, was er Euch versprochen hat. Den Brief für den hessischen Landgrafen. Mit seiner Unterschrift und seinem Siegel. Hört Ihr? Ihr bringt ihn zu mir. Das ist alles. Fürchtet Euch nicht! Vor der Stadtresidenz wird Weißenfelder das Ableben Herzog Ludwigs verkünden.«

»Woher wisst Ihr, was Eck mir versprochen hat?«

»Der Brief für den Landgrafen? Von Theresa. Außerdem hat er Euch in Aussicht gestellt, dass ich Euch heirate. Ob ich will oder nicht. Vielleicht auch einen hohen Posten am Münchner Hof, damit Ihr zeigen könnt, dass Ihr besser seid als alle Italiener. Habe ich recht?«

»Woher wisst Ihr das?«

»Ich bin der einzige politische Kopf in der Familie.« Anna Lucretia lachte. »Außer meiner Tante Sabina und meiner

Großmutter, der verstorbenen Herzogin. So, Baumeister, seid Ihr bereit?«

Überreiter sprang aus dem Bett, dass es krachte. Er bot einen erbärmlichen Anblick: zerzaust, zerkratzt, zerstochen, mit Blutspuren im Gesicht und auf der Kleidung.

»Das sieht ganz wunderbar aus«, jubilierte Theresa. »Der Hofrat wird dir jedes Wort glauben. Raus jetzt! Du gehst wieder hinten über den Friedhof. Niemand darf dich sehen, bis du die Burg erreichst. Ihr, Fräulein, geht in die andere Richtung, nicht wahr?«

»Gut geraten, Theresa. Ich gebe Weißenfelder die nötigen Instruktionen.«

31

Überreiter betrat das Zimmer der Verschwiegenheit nun schon zum zweiten Mal an diesem Morgen. Eck sah müde aus, fand der Baumeister, was er nicht für möglich gehalten hätte. Das verlieh ihm ein wenig Selbstsicherheit.

»Es ist vollbracht«, sagte er leise. »Widmannstetter und der Herzog. Mit den Weibern war nichts zu machen. Die Herzogin war wohl noch in der Residenz auf ihrem Krankenlager. Bis dort konnte ich nicht vordringen. Habt Ihr meinen Geleitbrief für den Landgrafen von Hessen? Ich muss zusehen, dass ich hier schnell verschwinde.«

»Gemach, guter Baumeister, so eilig ist es nicht. Erzählt mir genau, was geschehen ist.«

Dreimal musste Überreiter schildern, wie er erst den Gelehrten und dann den Herzog mit Widmannstetters Dolch getötet hatte. Eck war misstrauisch, doch konnte er in den Schilderungen keinen Fehler entdecken. Außerdem war immer noch sichtbar, dass der Hüne in einen heftigen Kampf verstrickt gewesen war. Schließlich wurde es Überreiter zu viel.

»Her mit dem Brief jetzt, Hofrat!«

Eck wunderte sich, dass der bisher so leicht zu manipulierende Baumeister nun so zielstrebig war. Doch die Not, so sagte er sich, ist immer der beste Lehrmeister. Er nahm einen Bogen aus seinem Schreibpult, öffnete das Tintenfass, spitzte langsam und sorgfältig einen Gänsekiel und schrieb dann. Endlich trocknete er die Tinte. Schließlich übergab er

Überreiter zögernd den Brief an Philipp. Dieser las ihn und staunte insgeheim über die Dreistigkeit des Schreibens. Eck gratulierte darin dem protestantischen Landgrafen von Hessen zum Tod des Störenfrieds Herzog Ludwig X. von Bayern. Den Überbringer dieses Schriftstücks bezeichnete er als unverzichtbaren, verdienten Helfer der gemeinsamen Sache und bat, ihn so lang wie nötig bei sich zu behalten und großzügig zu versorgen.

»Zufrieden?«

»Ihr habt Eure Unterschrift vergessen und das Siegel.«

Eck nahm das Stück Papier wieder an sich und unterschrieb den Brief. Er faltete ihn langsam zusammen, schrieb auf die eine Seite den Namen des Landgrafen, ließ Siegellack auf die andere tropfen und drückte endlich seinen Ring hinein. Er machte keine Anstalten, Überreiter das Schriftstück zurückzugeben.

»Ich werde Euch ein Pferd und Geld mitgeben. Doch das dauert noch ein wenig. Solang könnt Ihr hierbleiben.«

»In diesem Raum? Niemals. Ich muss Landshut so schnell wie möglich verlassen. Vielleicht hat mich jemand erkannt.« Überreiter griff mit einer raschen Bewegung nach Ecks Brief und hielt ihn in der Hand, bevor der Hofrat protestieren konnte. »Das ist die Versicherung, dass ich am Leben bleibe, Doktor. Wenn das Pferd bereitsteht und das Geld, findet Ihr mich im Weinkeller. Glaubt nicht, dass mir etwas zustoßen kann. Ich bin auch mit Ludwig fertig geworden.«

In diesem Moment öffnete sich hinter Eck eine Tür. Ein Bewaffneter kam herein und flüsterte dem Hofrat etwas ins Ohr. Überreiter legte unauffällig die Hand auf seinen Dolch. Diese Geste entging Eck jedoch nicht.

»In der Stadt ist gerade der Tod des Herzogs bekannt gegeben worden. Geht in Euren Weinkeller! In einer halben Stunde habt Ihr Euer Pferd und könnt aufbrechen.«

Als Überreiter den Raum verlassen hatte, wunderte sich der Bewaffnete.

»Ich hätt ihn gleich hier abstechen können.«

»Nein«, meinte Eck. »Es darf keine Verbindung zu mir geben. Nehmt drei Männer und folgt ihm in den Weinkeller. Das ist der richtige Ort für seinen Tod. Vergesst nicht meinen Brief!«

Doch als die vier Soldaten einige Minuten später Überreiter dort suchten, war er nicht mehr zu finden.

32

In Ursulas Haus hielt Anna Lucretia eine ganze Weile Ecks Brief, den unwiderlegbaren Beweis seines Hochverrats, sprachlos in den Händen. Die Bedrohung ihres Vaters, ihres Verlobten, ihrer eigenen Zukunft war vorüber. Sie wusste nicht, ob sie sich freute. Die Ängste, die Anspannung, die Schuldgefühle und Zweifel der letzten Wochen hielten sie noch so fest umklammert, dass die Erlösung ihr ferner schien denn je. Sie erschrak zutiefst darüber. Gab es keinen Weg zurück zu dem, was ihr Leben vor dieser Höllenfahrt ausgemacht hatte? Ursula, überrascht von ihrem Zögern, umarmte sie zärtlich.

»Bringt diesen Brief zu Eurem Vater und zu Hofrat Weißenfelder! Er verbrennt Euch sonst noch die Finger.«

Die junge Frau schüttelte den Kopf.

»Erst zu Johann Albrecht, ich kann nicht anders.«

Widmannstetter war sofort voller Sorge, als er ihr versteinertes Gesicht erblickte.

»Was bedrückt dich, Liebste? Du hältst den Beweis in Händen. Ist es nicht das, was wir uns gewünscht haben?«

»Doch, alles ist da.«

Ihr Verlobter verstand die Welt nicht mehr.

»Dann sind die Rätsel gelöst, meine Lucretia. Dein Vater ist gerettet und wir sind frei.«

Sie fing an, bitterlich zu weinen.

»Frei? Wovon denn? Ich habe das Gefühl, nie wieder frei zu sein. Es war zu viel. Es ist zu viel geschehen. Ich weiß nicht mehr, wer ich bin. Kannst du mich noch lieben?«

Langsam und zärtlich streichelte Widmannstetter ihre braunen Locken, den verzerrten Mund, die schluchzende Brust und küsste die Tränen von ihren blassen Wangen.

»Natürlich liebe ich dich noch, mehr denn je. Du bist eine andere geworden, die ich sogar noch mehr liebe als die alte Anna Lucretia.«

»Du kennst mich ja gar nicht. Ich war verlogen, hinterlistig, wild und unberechenbar. Werde ich so bleiben? Kann ich nicht mehr zurück?«

»Und auch wenn? Willst du das überhaupt, meine geliebte Frau? Du hast uns alle errettet, also kann es so falsch nicht gewesen sein.«

»In diesen schrecklichen Zeiten gewiss nicht. Aber in unserer Ehe? Als Mutter? Ich will wissen, was richtig ist. Ich will nicht mehr so zerrissen sein. Muss man immer so zerrissen leben? Ich könnte diesen Zwiespalt nicht ertragen und auch du nicht.«

»Das kann ich sehr wohl. Hast du das nicht verstanden in den letzten Wochen? Doch du wirst nicht zerrissen sein, weil du weißt, dass ich dich liebe – genauso, wie du bist. Was du aber jetzt noch brauchst vor unserer Hochzeit, ist ein neues Pomander. Das alte tut es nicht mehr. Was meinst du? Wir lassen die Ambrastückchen drin. Muskat, Nelken und Iriswurzel passen immer noch. Das Veilchenöl können wir weglassen, denn du bist keine Jungfrau mehr. Erröte nicht! Ich war dabei, nicht wahr? Rosenduft passt nun zu dir, die schönste, edelste aller Blumen und voller Dornen. Das ist genau richtig. Wie du siehst, haben sogar Blumen zwei Gesichter. Was möchtest du noch?«

Anna Lucretia musste lächeln.

»Ganz viel will ich noch. Myrrhe, weil sie in den ersten Frühlingstagen die Lieblingsblume der Bienen ist. Ich will Narde, weil Maria Magdalena damit die Füße Jesu salbte.«

»Und die Apostel schrien auf, weil die sündige Frau ihren Herrn berührte.«

»Genau! Und der Erlöser tadelte sie und sagte, sie sollten die Frau in Ruhe lassen, sie hatte gut getan und war fortan von ihren Sünden gereinigt.«

»Das ist es, was du brauchst. Schon Plinius schrieb, Narde sei der feinste aller Düfte. Was willst du noch?«

Sie wurde wieder ernst.

»Ich will noch Wermut, gemeinen Wermut.«

Er verstand sofort, was sie ihm damit sagen wollte.

»Weil die Frauen ihn im Kindbett bekommen! Oh, mein gelehrtes Weib, meine süße Lucretia! Das musstest du in diesen Zeiten für dich behalten? Meine tapfere Frau, wie kannst du nur an meiner Liebe zweifeln? Du bist die Einzige, die ich will. Hörst du?«

Nun konnte sie endlich lachen.

»Dieser Brief wartet.«

Er biss auf ihr Ohrläppchen.

»Du willst nur, dass ich dich noch mehr begehre.«

»Dann tue das, mein Liebster. Ich habe es verdient.«

33

BEIM MITTAGSLÄUTEN DES 4. JANUAR ritt Hofrat Weißenfelder zur Burg Trausnitz, um Eck und seine Männer zu arretieren. Doch dieser hatte die Burg schon vor über einer Stunde mit seinen Soldaten verlassen. Weißenfelder konnte nur die Köche Theodor Grünberger und Xaver Kurzbein festnehmen, die sich wegen der Ankündigung des Todes Ludwigs in Sicherheit gewähnt hatten. Noch bevor ihre peinliche Befragung begann, gestanden sie ihre in Ecks Auftrag gegen reichliche Bezahlung begangenen Taten. Eck hatte sehr früh erkannt, dass der Herzog am süßen Fluss litt. Dessen Leidenschaft für die neue italienische Küche wollte er nutzen, um ihn, ohne Verdacht zu erregen, ins Grab zu bringen. Die Theorien des Paracelsus waren Eck bestens bekannt. Dieser Mordanschlag wäre ihm bestimmt gelungen, hätte Widmannstetter nicht sowohl die Schriften des umstrittenen Arztes als auch etliche arabische Manuskripte gekannt. Die Köche äußerten nur vage Vermutungen, warum sie den Herzog mit Süßem umbringen sollten. Es hätte wahrscheinlich mit Württemberg zu tun, denn Eck hatte allen, die von ihm Geld bekamen – es waren nicht wenige – eingeschärft, jede Botschaft von dort abzufangen. Deswegen hatte Langhahn dem Boten vergifteten Hypocrassenf gegeben und Kurzbein ihn die Kellertreppe heruntergestürzt, als diesem schlecht wurde. So kamen sie an seinen Brief, den sie später Eck aushändigten. Nach dem Verbleib Kärgls gefragt, behaupteten beide zunächst, nichts davon zu wissen. Als man ihnen die Daumenschrauben zeigte, führte Kurzbein Weißenfelder in die Kammer, die er früher mit Langhahn geteilt hatte. Unter dem Bett lag die Leiche des alten Küchenmeisters. Sie wies keine andere Blessur auf als die vom Schlag auf den Kopf, den er bei seiner Entführung erlitten hatte. Ob er an dessen Folgen oder an Aufregung gestorben war, ließ sich nicht feststellen. Sein Tod schien sinnlos, denn der Zuckerschrank, dessen Schlüssel er ja nicht mehr besaß, war unversehrt geblieben. Als sie davon erfuhr, weinte Theresa und trauerte ehrlich und von ganzem Herzen. Doch der Baumeister Überreiter war frei und ihr ergeben. Sie wusste ihr Glück zu schätzen.

Als Herzog Christoph von Württemberg am nächsten Tag in Landshut ankam, wurde das letzte Rätsel aufgeklärt. Philipp von Hessen und Ulrich von Württemberg bereiteten tatsächlich im Geheimen einen Angriff gegen das katholische Braunschweig vor. Eck hatte davon Kenntnis, denn er pflegte regen Kontakt mit dem hessischen Landgrafen. Eck wollte nicht, dass Bayern seine vertraglichen Verpflichtungen erfüllte, dem ihm verhassten Herzog Heinrich von Braunschweig beizustehen und einen kostspieligen Krieg zu führen. Gegen das Versprechen, beide Herzöge zum Wortbruch zu zwingen, bekam Eck Geld von den zwei lutherischen Fürsten. Mit Wilhelm hatte er leichtes Spiel, das war ihm bewusst, doch nicht mit dessen Landshuter Bruder und seiner unbeugsamen Schwester. Eck störte sich an Ludwig und der bayerischen Doppelherrschaft schon seit Langem. Deshalb sollte dieser sterben – und wenn nicht am süßen Fluss, dann an etwas anderem und schneller. Sabina staunte über diese Mitteilungen.

»Wie hast du das alles herausgefunden? Bezahlst du überall Spione?«

Der junge Herzog lachte.

»Das war nicht nötig, Mutter. Mein Vater hat damit geprahlt, Eck wäre so gut bezahlt worden und hätte den Münchner Hof so fest in der Hand, dass der Angriff gefahrlos stattfinden könne. Er wollte sich unbedingt mit mir versöhnen und hat mir als Preis Braunschweig angeboten. Ich bin zum Schein darauf eingegangen, bis ich genug wusste.«

»Dein Vater ist noch dümmer als böse. Was für ein Glück!«

Am Nachmittag des 5. Januar ließ der Kanzler Rosenpusch die Landshuter Bürger vor die Residenz rufen. Vor seinem trauernden Volk erschien Ludwig mit seiner Schwester, seinem Neffen, seiner Tochter, der Mätresse und dem künftigen Schwiegersohn am großen Fenster des Piano nobile. Die Einwohner sanken ergriffen auf die Knie. Zusammen mit ihrem wiederauferstandenen Fürsten stimmten sie das ›Te Deum laudamus‹ an, bevor sie vor Freude so laut schrien, wie sie seit dem gestrigen Tag geklagt hatten. Nie hatte Landshut ein schöneres Ende der Zeit zwischen den Zeiten erlebt als in diesem Jahr 1542. Die Tänze und Schlittenfahrten wollten kein Ende nehmen. Der Hof, die Bürger, das Gesinde und die Bettler teilten sich so brüderlich wie fröhlich den Wildschweinpfeffer, das Einzige, was die verbrecherischen Köche auf der Trausnitz noch zubereitet hatten. Die nächste große Feier stand schon zehn Tage später an: die Hochzeit des Fräuleins von Leonsperg. Neue Köche würden bis dahin neue Köstlichkeiten zaubern.

Was danach geschah

Am 15. Januar 1542 heirateten Anna Lucretia und Johann Albrecht Widmannstetter in Landshut. Ihre Ehe wurde sehr glücklich. Von ihren zahlreichen Kindern überlebten drei Töchter: Maria Jacobe, Virginia Cassandra und Hilaria Justina. Unter Ludwigs Schutz konnte der Gelehrte seine wissenschaftlichen Studien weiterführen; ihm verdanken wir die erste Übersetzung des Korans aus dem Jahr 1543. Nach dem Tod des Herzogs 1545 diente er zunächst dessen Bruder Ernst, dem ungeweihten Erzbischof von Salzburg; danach dem Bischof von Augsburg. 1554 trat er als Kanzler in den Dienst König Ferdinands von Habsburg und wurde mit der Reform der Universität Wien beauftragt. Anna Lucretia starb – noch jung – im Jahr 1556. Daraufhin ließ sich Johann Albrecht zum Priester weihen und verstarb, kein Jahr nach seiner Frau, in Regensburg, wo sie begraben lag.

Im Frühling 1542 griff die protestantische Partei das Herzogtum Braunschweig an und eroberte es im Sommer. Unter Ecks Einfluss verweigerte Herzog Wilhelm den Beistand Bayerns. Ludwig nahm in Landshut den vertriebenen Herzog Heinrich auf. Erst dann wagte er mit seinem Hofrat Weißenfelder eine Anklage gegen Eck, der darin der Bestechung sowie der Bestechlichkeit und des Verrats bezichtigt wurde. Die zwei Brüder stritten erbittert darüber, versöhnten sich wieder – doch es half nichts: Leonhard von Eck musste sich niemals verantworten. Bis zu seinem Tod als sehr reicher Mann im Jahr 1550 lenkte er die Geschicke des Münchner

Hofs und Bayerns. Er bekämpfte den katholischen Kaiser stärker als die protestantischen Reichsstände, verriet abwechselnd den einen oder die anderen und lehnte trotzdem jeden Kompromiss in Religionsfragen ab. Diese Politik führte zu einem allgemeinen Rückzug der Katholiken im Reich nach Süden. Dennoch wird er noch heute gefeiert als der Vater des modernen bayerischen Staates.

Ludwig starb schon im Jahr 1545 in seiner fertiggestellten neuen Residenz in Landshut. Die Einheit von deutschem und italienischem Bau, die mit der Beratung Widmannstetters entstandene Bilderwelt des italienischen Teils, sind ein Juwel der Renaissancearchitektur in Deutschland – das erste und vielleicht vollkommenste seiner Art. Sie verkörpern das Ideal eines Fürsten, der sich nicht mehr auf einer Burg verschanzt, sondern unter seinem Volk lebt. Sabina und Ursula von Weichs pflegten ihn zusammen bis zum Ende. Letztere bekam danach die Pension einer legitimen Witwe. Nach dem Tod seines Vaters Ulrich 1550 wurde Christoph regierender Herzog von Württemberg. Er konvertierte zum Protestantismus wie auch seine Mutter Sabina, die bei ihm lebte. Nicht zuletzt wegen Ecks Politik sahen beide keine Möglichkeit mehr, sich dem Vordringen der Lutheraner entgegenzustellen.

Im Festsaal der neuen Residenz, zwischen Bildern von Feldherren, Staatsmännern, Dichtern und Philosophen, ließ Herzog Ludwig unter den Taten des Herkules diese Worte schreiben: »Eintracht lässt kleine Dinge wachsen, Zwietracht zerstört die größten«.

Rezeptteil

Hypocras

Wer Wasser trank, war ein armes Schwein – und nicht selten ein totes. Bis weit ins 19. Jahrhundert stillte niemand freiwillig seinen Durst mit dieser gefährlichen Flüssigkeit. Verschmutzt, verseucht, zu kalt, zu trüb: genug Gründe, sich davon fernzuhalten. Also wurde vom Bauern bis zum Adligen am liebsten Wein getrunken. Bier nur, wenn Klima und Boden keinen Wein hergaben. Beide Getränke waren sicher, nährten, wärmten, berauschten, auch wenn ihr Alkoholgehalt meistens deutlich geringer war als heute. Im Wein, dem Blute Christi, sah man das ewige Leben. Ein warmer, roter Wein, versetzt mit teuren Gewürzen und seltenem (Kandis-) Zucker von der Insel Kandie (d.i. Zypern), glich dem Lebenssaft, dem Blut. Warm und feucht wie dieses ist das Leben; kalt, ob feucht oder trocken, sind die Nacht, der Winter, der Tod.

Deswegen verabreicht Sabina dem verletzten Widmannstetter zunächst einen Hypocras; der Name dieses Getränkes bezieht sich auf Hippokrates und verdeutlicht, dass es sich primär um ein Heilmittel handelt. Heute nennen wir es einen ausgezeichneten Glühwein oder Punsch. Ein Heilmittel eben ...

Zutaten zu Sabinas Hypocras:

1 Flasche Rotwein

ca. 75 g Zucker

Jeweils 1 TL gemahlener Zimt, Ingwer, Gewürznelkenpulver, Kardamom, Muskatnuss

1 Schote langer Pfeffer (Kubebenpfeffer)
1 EL getrockneter Salbei

Zubereitung:
Die Zutaten 10 Minuten leise köcheln lassen, dann sorgfältig abseihen und warm in kleinen Gläsern oder Tassen trinken.
Kann auch kalt innerhalb einer Woche getrunken werden.

Öffnet den Magen, beruhigt ihn auch …

Oder Zutaten für einen blumigen Hypocras:
1 Flasche aromatischer Rotwein
2 EL Rosenwasser oder Orangenblütenwasser
30 g Zimtstangen
60 g Ingwerwurzel
400 g Zucker

Zubereitung:
Den Wein mit dem Rosen- oder Orangenblütenwasser vermischen. Die Gewürze nicht zu fein im Mörser zerstampfen, mit dem Zucker in ein sauberes Mulltuch geben, zusammenknoten und im Wein mind. 3 Stunden ziehen lassen. Mehrmals abseihen, bis die Flüssigkeit klar bleibt.

Rosen- oder Orangenblütenwasser kann man selbst herstellen: 1 oder 2 Tropfen Rosen- oder Neroliöl (kann auch Duftgeranien- oder Bergamottöl sein) mit ¼ L Wasser mischen.

Ein wohlschmeckender Dessertwein!

Blamensir

VON DER GRIECHISCHEN ANTIKE bis zur Aufklärung dominierte in der Kochkunst (wie heute noch in den asiatischen Küchen) eine feste, ausgeklügelte Gesundheitslehre: die Temperaments- oder Körpersaftlehre des Galenos von Pergamon. Jede kulinarische Kombination ließ sich davon ableiten, jedes Rezept hatte als Ziel das ideale Gleichgewicht des Lebens, die Balance von Wärme und Feuchtigkeit im menschlichen Körper.

Die Eigenschaften warm und feucht charakterisieren das Element ›Luft‹, aus dem Himmel und Engel gemacht sind. Deswegen wurde das Fleisch von Tieren, die den Himmel bevölkern, als besonders edel und bekömmlich angesehen. Der Adel aß mit Leidenschaft Vögel, am liebsten Singvögel, da sie schon den Garten Eden bewohnten; sonst Hühner, Fasanen, Rebhühner und Wachteln in rauen Mengen. Das Blamensir, eine erlesene Süßspeise, ist der Gipfel der mittelalterlichen Eleganz und bleibt auch noch weit in die Neuzeit hinein beliebt. Zur Hühnerbrust kommen weiße Mandeln und Reis aus dem Mittelmeerraum (schon damals das Abbild des Paradieses) sowie der seltene, teure Zucker. Das Gericht erhält seinen Namen von seiner weißen Farbe: ›Blanc-manger‹, weiße Speise in Französisch. Es ist die Farbe der Unschuld, der Jungfräulichkeit, auch der ritterlichen Opferbereitschaft, weil es die Farbe des Gotteslamms ist. Man glaubte, diese Tugenden mit dem Blamensir zu sich zu nehmen.

Zutaten (für 4 Personen):
6 parierte (d.h. von Haut, Knochen und Fett befreite) Hühnerbrustfilets
300g geschälte und gemahlene Mandeln
1 l Wasser oder Milch
30 g Schmalz
30 g Reismehl
100 g Zucker

Zubereitung:

Milch oder Wasser erwärmen, die Mandeln hinzugeben, ca. 1 Stunde ziehen lassen. Dann abseihen, dabei die Mandelmasse sehr gut ausdrücken. Zucker in die Flüssigkeit geben und das Ganze zum Kochen bringen. Die Hähnchenbrustfilets in der Mandelmilch ca. 20 Minuten bei wenig Hitze gar ziehen lassen. Dann aus der Milch nehmen.

Schmalz in einem Topf erhitzen und die Reisstärke darin anschwitzen. Dann die Mandelmilch vorsichtig (Klumpen!) dazugeben, sorgfältig glatt rühren und 20 Minuten auf kleiner Flamme einkochen.

In dieser Zeit die Hähnchenbrustfilets in einem Mörser oder einem Fleischwolf so fein wie möglich pürieren. In den fertigen Mandelpudding einrühren, evtl. mit etwas Mandellikör, Rosen- oder Orangenblütenwasser abschmecken, abkühlen lassen.

Nur Mut! Es ist eine wirklich delikate Speise, die jedem schmecken wird. Wenn Sie tollkühn sind, probieren Sie die Fastenzeitversion des Blamensir: Ersetzen Sie die Hühnerfilets durch dieselbe Menge Hecht- oder Zanderfilets. Auch sehr fein!

Im Mittelalter liebte man es, Speisen zu färben. Man glaubte, ihnen damit weitere heilende oder kräftigende Eigenschaften hinzuzufügen, da Farben höchste Symbolkraft besaßen. Deswegen greift Sabina zu den kandierten Veilchen, um das Blamensir zu bestreuen. Violett, zu gleichen Teilen aus Rot und Blau gemischt, ist die Farbe der Besonnenheit, des Maßes, des bedachten Tuns, des Gleichgewichts zwischen Himmel und Erde, Leidenschaft und Verstand, Liebe und Weisheit. Das alles wünscht sie ihrem Bruder in diesem kritischen Moment.

Blamensir färbte man besonders gern, man findet z.B. Rezepte für vierfarbiges Blamensir. Eine ganze Sprache der Speisen und Farben!

Hypocras-Senf

Das Fleisch von Vierbeinern, die ständig die kalte Erde berührten, galt als grob und schwer verdaulich. Die begleitenden Soßen sollten nach der Lehre Galens würzig und pikant sein, also warm und trocken, um ihre Verdauung zu ermöglichen.

Der Oberkoch erweist dem Boten aus Württemberg scheinbar eine große Ehre, als er ihm zum gepökelten Schweinefleisch edlen Hypocras-Senf anbietet. Sonst hätte er ihm Meerrettich oder Essig/Knoblauchtunke angeboten.

Zutaten:
100 g Senfsaat, gelb, schwarz oder gemischt
1 Prise Salz
Hypocras

Zubereitung:

Senfsaat im Mörser oder in der Gewürzmühle fein zerstoßen und so lange mit dem Hypocras verrühren, bis die gewünschte Konsistenz erreicht ist.

Diese süßsaure, pikante Soße begleitet jede Art von gekochtem Fleisch, einen Tafelspitz z.B., würde auch aber sehr gut zu Rehmedaillons oder langsam gegarter Entenbrust passen.

Malvasierwein

Dieser uralte, natursüsse Wein von der Malvasia-Rebe kommt ursprünglich aus Griechenland und Zypern. Heute wird er auch auf Madeira, in Kalifornien und Südafrika produziert. Man musste ihn nicht mit Zucker, Honig, Kräutern oder Gewürzen versetzen, damit er süß schmeckte. Dies allein wäre schon Wunder genug gewesen. Seine herrlich goldene Farbe erinnerte dazu an die wärmenden Sonnenstrahlen, an das sagenumwobene Metall der Ewigkeit, an alles Edle, Leidenschaftliche, Erhabene. Deswegen findet er seinen Platz auf der Tafel des Verlobungsmahls sowie beim intimen Liebesmahl von Ludwig und Ursula. Die Menschen waren damals verrückt danach und hätten viel gegeben für dieses göttliche Getränk. Der Herzog von Clarence, zum Tode verurteilt wegen Hochverrat an seinem Bruder Eduard IV. von England, bat darum, man möge ihn in einem Fass Malvasierwein ertränken. Wir trinken ihn heute als Dessertwein mit italienischen Cantuccini oder zu einem Schokoladenkuchen (Fondant).

Salbeitorte

Die prächtig blühende Salbeipflanze stammt aus der Mittelmeerregion. Den Griechen und Römern galt sie als heilig. Sie ernteten die Blätter in einer speziellen Zeremonie mit einem Messer, das kein Eisen enthalten durfte. Den Römern verdankt die Pflanze auch ihre Verbreitung in nördlichen Gefilden und ihren bedeutsamen Namen. ›Salbei‹ kommt von ›salvare‹ – ›retten‹ oder ›sich wohlfühlen‹. Den Christen war Salbei heilig, weil die Jungfrau Maria auf der Flucht nach Ägypten sich mit dem Jesuskind hinter einem Salbeibusch versteckte. So entkamen sie den Häschern des Königs Herodes. Salbei rettet also vor dem sicheren Tod, verspricht ewiges Leben – ob in dieser Welt oder der nächsten. Das glaubten auch die Araber, die fragten: »Wie kann einer sterben, in dessen Garten Salbei wächst?« Heute ist erwiesen, dass Salbei stark antibakterielle und antientzündliche Eigenschaften besitzt. Das war lebensnotwendig in einer Zeit ohne Mittel gegen Infektionen aller Art. Folglich fand man Salbei in Seifen, Duftmischungen, Schönheitsprodukten, Wein, Bier, Essig, Brühen, Soßen, Käse, Füllungen. Sogar in der Kirche befand sich Salbei im Duftöl der Altarlampen. Man nahm es ein gegen Husten, Erkältungen, für eine gute Verdauung oder weil es Blut und Leber reinigte. Frauen, die Fehlgeburten erlitten hatten oder in Gefahr waren, eine zu erleiden, kauten Salbeiblätter, die überdies vergilbte Zähne bleichten. Die ideale Pflanze für ein Verlobungsmahl, wenn der Koch daraus eine feine Torte nach neuester italienischer Art in der zartgrünen Farbe der Hoffnung und des Frühlings zauberte.

Zutaten (für 4 Personen):
250 Blätterteig
20 schöne Salbeiblätter
1 Bund Petersilie
100 g Zucker
etwas geriebener Ingwer
6 Eier
¼ l Sahne
Salz und Pfeffer
1 El. Butter

Zubereitung:
Den Backofen auf 200°C vorheizen. Den Blätterteig dünn ausrollen und in eine gebutterte runde oder quadratische Backform (Springform, Tarteform) legen. Salbei und Petersilie mit der Sahne im Mixer pürieren, mit Zucker, Eiern, Pfeffer, Salz und Ingwer mischen. Die Farbe kann man intensivieren mit etwas Spinatsaft. Backzeit ca. 40 Minuten. Kann warm oder bei Zimmertemperatur gegessen werden. (Aus dem Kochbuch der Philippine Welser)

Das süße Renaissancerezept schmeckt sehr gut, wenn auch für uns etwas ungewöhnlich. Die Kombination von Kräutern und Zucker wird heute von vielen Köchen wiederentdeckt, u.a. in der Form von süßem Pesto kombiniert mit Obst oder Eis. Eine salzige Version erhält man, wenn man den Zucker durch 100 g Parmesan oder frischen Ziegenkäse ersetzt. Die Salbeitorte kann auch in individuellen Förmchen gebacken werden.

Geschmorte Hühner auf katalanische Art

In Boccaccios Dekameron kann die reiche Florentinerin nie genug bekommen. »Wo immer sie schöne Kapaune auftrieb, ließ sie diese sorgfältig mästen und für sich bereiten. Die breiten Bandnudeln mit Parmesan aß sie nicht vom Teller, sondern gleich aus der Schüssel und schlang alles so gierig in sich hinein, als sei sie nach langem Fasten aus dem Hungerturm entkommen. Junge Milchkälbchen, Rebhühner, Fasane, Turteltauben, fette Krammetsvögel, lombardische Suppen, Eierkuchen mit Holundersauce, Kastanienkuchen verschwanden in ihrem Magen …«

Damit entsprach die Dame bestimmt nicht dem Schönheitsideal ihrer Zeit, dem Mittelalter, welches schlanke, langhalsige Madonnengestalten bevorzugte. Wohl eher kam sie dem Ideal der Renaissance entgegen, die sich an entblößten weiblichen Kurven nach antiker Art labte. Diese Revolution in der Erotik (selbstverständlich aus Italien!) fand auch auf dem Teller statt. Italien erfand die Renaissance auch in der Küche, sozusagen eine erste ›nouvelle cuisine‹. Wie im Frankreich von Paul Bocuse begann alles mit einem der ersten Bestseller des damals brandneuen Buchdrucks. Der Patriarch von Aquileia, unweit von Venedig, hatte einen außergewöhnlichen Leibkoch, einen gewissen Maestro Martino da Como. Das war nicht verwunderlich, denn bei (katholischen) Kirchenfürsten wurde fürstlich gespeist. Doch Maestro Martino wusste anscheinend um seinen Wert. Er wollte nicht in Vergessenheit geraten, was sonst das Schicksal jedes noch so guten Kochs sein musste. In einem ziemlich schlechten, aber geradlinigen Küchenlatein schrieb er das ›libro de arte coquinaria‹, das Buch der Kochkunst. Sein Latein war dennoch gut genug, um den ersten Leiter der päpstlichen Bibliothek, den Humanisten und Literaten Bartolomeo Platina (geb. 1421 in Piadena bei Cremona, gest. 1481 in Rom), darauf aufmerksam zu machen. Wahrscheinlich kannte Platina Maestro Martino sogar persönlich und sicherlich die hervorragende Tafel des Bischofs von Aquileia. Platina übertrug im Jahr 1474 das Buch des Meisterkochs in ein klassisch-literarisches Latein, fügte ihm noch einige Kapitel über Essensphilosophie und die rechte Lebensweise hinzu und verpasste ihm den schicken Titel ›De honesta voluptate ac valetudine‹ (Von der Eehrlichen, zimlichen, auch erlaubten Wollust des leibs). So ausgestattet wurde das Buch ein immenser Erfolg: in knapp 100 Jahren über 30 Auflagen, unzählige Übersetzungen ins Französische, Englische und Deutsche. Der in Italien und seine Kochkunst vernarrte bayerische Herzog Ludwig X. besaß mit Sicherheit dieses Buch, das wiederum bestimmt seinem Küchenmeister und seinem Mundkoch zur Verfügung stand.

Bartolomeo Platina und Maestro Martino nehmen beherzt Abschied vom Mittelalter, in dem ausschließlich als gut galt, was teuer und exklusiv war, d.h. Unmengen an Gewürzen oder Prestigeobjekte. Das waren z.B. zähe Adler oder uralte Bärengroßväter, stundenlang vorgekocht, dann gebraten und mit dicker Pfeffersoße überzogen – das Einzige, was sie noch genießbar machen konnte. Damit wollte Martino Schluss machen. Die reichlich vorhandenen und schmackhaften Lebensmittel sollten auf möglichst natürliche Art zubereitet werden: durch sanftes Kochen oder Braten, durch gezielt sparsames Würzen, damit der Eigengeschmack erhalten blieb. Auf diese Weise wurde die Zubereitung von vielen Fleisch- und Gemüsegerichten deutlich kürzer und einfacher. So empfiehlt der päpstliche Bibliothekar, Fisch, gerade die edlen Sorten wie Lachs und Forelle, am besten im Ganzen in ausreichend großen Gefäßen zu kochen, nicht in armselige Stücke zerkleinert.

Platina interessierte sich nicht nur für modische Gemüse- und Pastagerichte, wie Italien sie schon kreiert und verfeinert hatte. Das Studium antiker Kochbücher wie das des Apicius, die fleißige Mönche über viele Generationen kopiert hatten, öffnete neue Horizonte. Vor allem der Handel mit den Arabern erwies sich als außerordentlich fruchtbar. Es kamen Neuheiten wie Anis, Datteln, Granatäpfel und Bitterorangen, oder Altbekanntes wie Zucker und Reis, die nun dank eines wachsenden Reichtums immer häufiger verwendet wurden. Auf Verlangen ihrer Herren, die in Damaskus, Alexandria oder in Spanien und Sizilien morgenländische Gastfreundschaft genossen hatten, begannen die Köche, die Methoden der arabischen Küche nachzuahmen. Dieser orientalische Einfluss ist bei dem Italiener Maestro Martino unverkennbar. Seine Soßen und Schmorgerichte bereitet er mit Rosinen, Pflaumen und Trauben zu; seine Süßspeisen sind so zahlreich wie vielfältig. Vom edlen Zucker macht er ohnehin – ganz wie die Araber – reichlich Gebrauch. Das erste uns überlieferte Rezept für ein Risotto zeigt einen eindeutig nahöstlichen Einschlag:

»Man lasse den Reis in einer Brühe schwach kochen, bis die Flüssigkeit aufgesogen worden ist. Dann etwas stehen lassen, alles mit Safran, Ingwer und Zimt mischen und schließlich drei Eigelbe unterrühren.«

Diese neue italienische Küche, die zum ersten Mal predigt, Qualität wäre besser als Quantität, nimmt sogar ländliche Speisen auf wie Martinos ›maccaroni siciliani‹. Doch die Hauptnahrungsmittel der Armen, die Breie und Pürees aus verschiedenen Getreidesorten, Hülsenfrüchten und Gemüse, übernimmt sie nicht: »Sie gehören zu den Bauern, die es gern essen und für die es gut ist wegen ihrer Armut und ihrer Arbeit.« Von der Tomate war noch keine Rede. Sie war zwar gerade in der alten Welt angekommen, galt aber als zwar hübsch, doch leider giftig. Ihr Siegeszug setzte erst viel später, im 18. Jahrhundert, ein.

Nun aber zu unseren Hühnern auf katalanische Art, einem Paradebeispiel der neuen italienischen Küche der Renaissance.

Wie für das Blamensir schon erwähnt, aß der Adel mit Leidenschaft Vögel, diese den Himmel bevölkernden Tiere. Dabei blieb es zunächst. Auch die Temperamentslehre des Galenus galt weiter. Erst in der Barockzeit nahm ihre Bedeutung langsam ab, bis sie in den Kochbüchern der industriellen Revolution nur noch bei der Krankenkost zu finden war. Für ein edles Fleischgericht nahm man am allerliebsten Vögel. Ein Rezept aus Katalonien versprach wahrhaft himmlische Genüsse. Zu dieser Zeit war der Herrscher über Barcelona und die Balearen kein Geringerer als der spanische König, dank Kolumbus der reichste Mann Europas, außerdem mit den besten Verbindungen zur arabischen Küche. Da er auch König Siziliens und Neapels war, gab es sogar zwei Brücken zu morgenländischen Köstlichkeiten. Platina lobt die Katalanen in höchstem Maße. »Sie sind in Bezug auf das Essen eine äußerst reinliche Nation. Sie gleichen in ihren Werkzeugen, ihren Sitten und ihrer Lebensweise sehr den Italienern …«, die natürlich in Sachen Kunst und Essen unerreichbar sind und bleiben.

Zutaten (für vier Personen):
2 kleine Hähnchen (jeweils unter 1 kg Gewicht), alternativ 3 schöne Stubenküken
Salz und Pfeffer
100 g ganze, ungeschälte Mandeln
80 g Brotwürfel
2 EL Butter
3 EL Essig
1 TL geriebener Ingwer
½ TL Zimt
3 EL Zucker (oder milder Honig)

Zubereitung:

Die küchenfertigen Hähnchen innen und außen mit Salz und Pfeffer einreiben. Im Backofen ca. 20 Minuten braten (200°C Umluftgrill oder 220°C Ober- und Unterhitze).

Sollten Sie im Sommer gerade grillen, so stecken Sie die Vögel auf einen Bratspieß oder legen Sie sie in eine Grillschale. Aufgepasst! Sie sollen nicht verbrennen oder trocken werden. Haben Sie schwache Glut oder heiße Asche, so rösten Sie die Mandeln ca. 15 Minuten darin in einer Grillschale oder einer Kastanienpfanne.

Am einfachsten, wenn auch nicht so authentisch, ist es, die Mandeln sanft mit etwas Butter in einer Pfanne zu rösten

(15 Minuten). Dann zerstampfen Sie die Mandeln im Mörser oder mahlen Sie sie fein in der Küchenmaschine. (Ich persönlich stampfe gerne. Es ersetzt manche Gymnastikstunde. Das Stampfen im Zeitalter der Universalzerkleinerer mag prähistorisch anmuten, erfüllt aber – abgesehen vom Kalorienverbrauch und der Stärkung der Oberarmmuskulatur – wichtige Funktionen. Diese urtümliche Bewegung hat, langsam ausgeführt, auf mich die gleiche Wirkung wie fortgeschrittene Meditation. Etwas schneller und kräftiger gestampft, zerbröseln, Brot und Mandeln gleich, sämtliche angestauten Aggressionen, Ressentiments oder sonstige Frustrationen.)

Dann die Brotwürfel in heißer Butter goldbraun rösten, mit Essig beträufeln und ebenfalls zerkleinern (Mörser oder Küchenmaschine). Schließlich zerteilen Sie die Hähnchen, legen die Stücke in einen gusseisernen Topf (Typ Le Creuset) oder einen gewässerten Römertopf. Mit den Mandeln, dem Brot, Ingwer, Zimt und Zucker bestreuen und zugedeckt ca. 45 Min. im Backofen bei 160°C garen lassen.

»Es gibt kaum ein schmackhafteres Gericht«, schreibt Platina. Es ist in der Tat ein wundervolles Essen. In der Renaissance hat man dazu Weißbrot gegessen. Warum nicht? Meiner Meinung nach wäre heute aber am besten Couscous Natur mit reichlich Butter. Noch feiner: Couscous mit Butter, etwas Zimt, Rosinen, ein paar klein geschnittenen Datteln und 1 bis 2 EL Orangenblüten- oder Rosenwasser. Klingt nach marokkanischer Hofküche, wäre aber absolut im Geist der italienischen Renaissance.

Noch eine Frage? Ach ja, der Essig. Platina sagt nicht, welchem Essig der Vorzug zu geben ist. Weinessig, ob rot oder weiß, tut es auf jeden Fall. Wohlschmeckend und dem Rezept gerecht wären ein Balsamico bianco, Honig- oder Apfelessig; spanisch und edel ein Jerezessig.

Ein Tipp: Das Grillen der Hähnchen verleiht ihnen Geschmack, vor allem, wenn sie auf Glut gegrillt wurden. Ist Ihnen das zu umständlich, so zerteilen Sie zunächst die Hähnchen und braten die Teile in Butterfett, bis sie goldbraun sind. Legen Sie diese danach in den Topf aus Gusseisen oder den Römertopf, so müssen Sie die Zeit im Backofen bei 160°C verlängern (auf 60 bis 70 Min.).

Lombardischer Reistopf

Hörte man in der Renaissance ›Lombardei‹, verstand man ›Mailand‹, seit eh und je die reichste Stadt Italiens und Zentrum einer raffinierten Lebenskunst, die nicht nur Privileg der Wohlhabendsten war. Schon im 13. Jahrhundert wurden ›Die Wunder von Mailand‹ (so ein Buchtitel) genau dokumentiert. Der ehrwürdige Bruder Bonvesin de la Riva ließ die staunende, regelmäßig hungernde Welt wissen, wie ungehemmt, wie beständig seine ca. 150.000 Mitbürger ihre Lust auf Fleisch befriedigen konnten. Alle denkbaren wilden oder zahmen Tiere landeten Tag für Tag auf ihrem Teller: nicht nur die täglich 70 geschlachteten Ochsen, unzählige Schweine, Schafe, Lämmer und Ziegen, sondern auch Hühner, Kapaune, Gänse, Enten, Pfauen, Fasane, Tauben, Rebhühner, Wachteln, Amseln und viele Arten von kleinen Wildvögeln. In den Stadtgräben wimmelte es von Fischen und Krebsen. Die großen Seen am Fuß der Alpen lieferten frische Ware, ganz abgesehen von den allgegenwärtigen Aalen, dem Stockfisch aus dem nördlichen Meer, den Schnecken und Fröschen. Um Getreide brauchte man sich keine Sorgen zu machen: Der kältefreundliche Weizen wie der wärmeverliebte Reis gediehen üppig auf diesen gesegneten Böden. Reichte es doch einmal nicht, sorgten Kastanien und Panico, eine Hirseart, die man zu Polenta kochte, dafür, dass niemand Hunger leiden musste. Die Liste der Nüsse, Kräuter, Pilze, des Obstes und Gemüses von Bruder Bonvesin ist so lang, dass er selbst darüber in Ekstase gerät. Das alles, um verständlich zu machen, welche Bilder der Begriff ›lombardischer Reistopf‹ nördlich der Alpen weckte, zumal Reis ein ausgesprochenes Luxusgut war (wie heute echte Trüffel). Im Vergleich zur Lombardei war der Garten Eden eine karge Gegend. Das Rezept stammt von Bartolomeo Scappi, worauf Signor Soldani die Festgäste bestimmt aufmerksam gemacht hat. Der Mann war der Michelangelo der italienischen Renaissance-Küche, jahrzehntelang Koch für römische Kardinäle und Päpste. Bevor er sie am Ende seiner Karriere in einem Buch herausgab (der Bibel der Köche seiner Zeit und noch lang danach), wurden seine Rezepte als ganz besondere Geschenke in Kirchen- und Adelskreisen weitergereicht.

Johann Albrecht Widmannstetter, der in Rom für den Papst gearbeitet hatte, bevor er nach Landshut kam, mag vielleicht auch manche Rezepte aus der päpstlichen Küche dem bayerischen Herzog mitgebracht haben.

Zutaten (für 4 Personen):
300 g Risotto-Reis
1 l gute Hühnerbrühe oder -fond
300 g Hähnchenbrust oder -schenkel
12 kleine Würstchen (Typ Nürnberger)
2 Eigelb
75 g Butter
50 g Parmesan
50 g Zucker mit einem Teelöffel Zimt vermischt

Zubereitung:

Den Reis mit dem Hähnchenfleisch und den Würstchen in der Hühnerbrühe gar kochen. Abseihen (die Brühe anderweitig verwenden, z. B. für ein Risotto). Fleisch und Würstchen klein schneiden. Ein Drittel des Reises in eine gebutterte Auflaufform geben, mit der Hälfte des Fleisches belegen. Mit der Hälfte der Parmesan-Zimt-Mischung bestreuen. Dann wieder eine Schicht Reis darüber verteilen, mit dem verquirlten Eigelb bestreichen, dann wieder eine Schicht Fleisch und die Käse-Zucker-Mischung. Mit dem letzten Drittel Reis abschließen und die Butter in Flocken darauf verteilen. Bei 180°C ca. 30 Minuten im Ofen backen. Warm in der Form servieren.

Dieses Rezept geht in die Geschmacksrichtung einer marokkanischen Geflügelpastilla. Über Sizilien kamen viele arabische Einflüsse in die frühe italienische Küche. Vor süßem Käse sollte man keine Angst haben: Die Skandinavier lieben ihn, die Basken essen ihren wunderbaren Schafkäse mit Quitten- oder Kirschmarmelade, die Italiener ihren mit Senffrüchten. In der französischen Gastronomie trägt jeder schwer beladene Käsewagen auch eine Auswahl von ›confits‹, feinen, oft hausgemachten Obstmarmeladen.

Sollten Sie sich nicht damit anfreunden können, ersetzen Sie die Käse-Zucker-Schichten durch guten, mit Muskatnuss gewürzten Rahmspinat und geben Sie Safran in die Kochbrühe von Reis und Fleisch. Schmeckt köstlich und ist ausgesprochen farbenfroh. In der Renaissance hat man statt Hähnchenfleisch auch Gänse- oder Entenbrust, Kapaun, Taube oder Rebhuhn verwendet. Ich halte eine oder zwei Tauben oder vier Wachteln für eine gute Wahl.

Götterwein

Wasser trank man nur, wie schon gesagt, wenn es gar nicht anders ging; Milch schon gar nicht – für uns ganz undenkbar. Abgesehen davon, dass nicht jeder Milch verträgt, war sie oft eine einzige Keimbrühe und so empfindlich, so schwer zu transportieren oder frisch zu halten, dass es einfach nicht infrage kam, sie zu trinken, sobald sie den Kuhstall verlassen hatte.

So blieben also wirklich nur die alkoholischen Getränke, die man selten pur zu sich nahm. Dafür gab es viele Gründe: Oft waren sie nicht sehr schmackhaft, der Wein zu sauer oder zu leicht, das Bier zu bitter oder zu schnell gebraut, d.h. ohne den runden, süffigen Geschmack, den wir heute so schätzen. Dazu kamen die Leidenschaft früherer Zeiten für starke Aromen und Gewürze sowie die ausufernde Fantasie um Lebensmittel, geboren aus religiösem Glauben und der Temperamentslehre. Das Ergebnis waren unzählige Duftmischungen für Wein, Obstwein und Bier: Rosenwein, Veilchenwein, Salbeiwein oder -bier, Bier mit Zimt und Honig. Ambra- und Moschuswein gehörten zu den ganz raffinierten und teuren Mischungen. Ähnliches galt übrigens für Essig, dessen unendliche Vielfalt wir erst heute wiederentdecken.

Der Götterwein – im Gegensatz zum Hypocras, der ein Glühwein war – ist eine Art besonderer Sangria, ganz hervorragend als Aperitif, als Dessertwein für den Sommer oder zu spanischen Tapas.

Zutaten (für 4 Personen):
2 Bio-Zitronen
2 aromatische Äpfel (z.B. Rubinette, Cox Orange, Renette, Elstar, Pink Lady)
7 dl roter Burgunderwein
50 g Zucker oder Honig
6 Nelken
1 EL Orangenblütenwasser (finden Sie in Bioläden, türkischen oder orientalischen Supermärkten), wahlweise
1 EL getrocknete Orangenblüten
1 TL Raute oder 1 EL Cynar (oder jeder andere aromatische Magenbitter)

Zubereitung:

Zitronen und Äpfel in dünne Scheiben schneiden. Mit den übrigen Zutaten mischen und zugedeckt mindestens drei Stunden kühl stellen. Abseihen und kalt servieren. Haben Sie statt der Raute Cynar ausgewählt, so geben Sie diesen erst beim Servieren hinzu.

Der Wein kann sowohl ein schwerer Rotwein sein als auch ein leichter, fruchtiger; auch ein Rosé ist denkbar. Die Zitronen können durch Bio-Orangen ersetzt werden; auch eine Mischung ist möglich. Bis zum 18. Jahrhundert hat man oft etwas Ambra oder Moschus dazugegeben, sodass es wohl tiefer, aromatischer geschmeckt haben muss. Ein guter Ersatz dafür wäre hochwertige, echte Vanille, direkt aus der Schote gekratzt. Oder, noch aparter: ein wenig geriebene Tonkabohne. Sie würzt sehr stark, hat ein unvergleichlich warmes Aroma nach Edelhölzern mit Noten von Mandel, Vanille und Karamell.

Artischocken mit Rinderknochenmark, Zitronen und Muskatblüte nach Frantz de Rontzier

Wie schon angedeutet, ›entdeckte‹ die neue italienische Küche das Gemüse, aber nur bestimmte Sorten. Denn was die Bauern tagaus, tagein zu sich nahmen (alle Wurzelgemüse, Kohl oder Kraut, die übelriechenden Zwiebeln samt der ganzen Familie der Knoblauchgewächse), weckte bei den Wohlhabenden in der Renaissance nicht über Nacht ein heißes Begehren. Gartenkunst ja, in der Renaissance packte die Begeisterung ganz Europa, gärtnern jedoch nein, das verbot die Temperamentslehre. Denn das Element Erde, trocken und kalt, war der krasse Gegensatz zum Element Luft, feucht und warm, in dem sich der Adel zu Hause wähnte. Zu der kalten, trockenen Erde gehörten die hässlichsten Elementarwesen, die Zwerge. Diese schauten grimmig drein und spielten denen, die ihnen über den Weg liefen, derbe Streiche. Die Zwerge unterschieden sich nur wenig von den Bauern, diesen sehr realen Wesen. Ins Gespräch kamen Bauern höchstens mit dem Rindvieh, dessen Fleisch als völlig unverträglich galt für die feinen Leute.

Nur zum Vergleich: Zum reinen Element Feuer gehörte der unsterbliche Salamander; zur edlen Luft die traumhaften Sylphen, die Naturgeister, die Paracelsus so eindringlich beschrieben hat; zum Wasser die geheimnisvollen, schönen, aber gefährlichen Undinen, sozusagen die Süßwassersirenen; dem Element Erde verbunden war die Melancholie, also das Starre, Trübe, Passive. Nichts, was damit in Berührung kam, konnte einen raffinierten Magen zufriedenstellen. Doch die Zuchtspargel und die ebenfalls gezüchtete Artischocke, die Gemüsestars der Renaissance, schienen wie geschaffen für die edlen Lufttemperamente. Beide waren Blumen, Töchter der Luft und der Sonne. Ihre wilden Ahnen kamen, wie die göttlichen Zitrusfrüchte, aus der Wiege der wiederentdeckten Zivilisation, dem Mittelmeerraum – insbesondere aus Italien.

Wenden wir uns nach diesem Exkurs wieder der Artischocke zu. Schnell wurde sie zum Liebling aller Mächtigen. Das prächtige Distelgewächs kann menschenhoch werden. Seine herrliche, lilafarbene Blume hat die Form einer Krone; die furchterregend stacheligen Blätter, der phallische Körper der Pflanze versprechen ewige Potenz und Liebeslust. Katharina von Medici, die die schöne, gefährliche Italienerin nach Frankreich brachte, fütterte damit König Heinrich II., ihren Gemahl. So hoffte sie, ihn den Armen seiner Mätresse Diane de Poitiers zu entreißen. Doch Heinrich blieb der zehn Jahre älteren Diane (s)ein Leben lang verbunden, wenn auch nicht treu. Denn gleichzeitig gebar Katharina dem Untreuen zehn Kinder. Artischocke bedeutete Manneskraft, das war nun erwiesen. Also hielt die Artischocke, meist getrocknet oder in Pulverform, Einzug in die Apotheken. Man empfahl sie gegen Melancholie, Trübsinn, Starre und Lustlosigkeit. Sie galt als harntreibend und verdauungsfördernd. Den Greisen sollte sie die Kraft der Jugend zurückgeben. Das mag unglaubwürdig klingen, doch es stimmt: Die Artischocke ist tatsächlich eine medizinisch hochpotente Pflanze. Ihre Bitterstoffe treiben noch den schwächsten Verdauungstrakt zu Höchstleistungen. Sie ist voller Antioxidantien. Wie man an greisen Ratten erfolgreich testen konnte, kann sie sogar Blutgefäße erweitern und regenerieren. Viagra et. al. schaffen das nur für kurze Zeit …

Zutaten (für 4 Personen):
4 mittelgroße Artischocken (oder 4 tiefgekühlte Artischockenböden; auf keinen Fall Dosenware)
4 Scheiben Toastbrot
2 EL Butter
1 großer Markknochen, gekocht, das Mark herausgeholt (oder 2 EL Schweineschmalz)
½ EL weiche Rosinen
1 dl trockener Weißwein
1 TL Muskatblüten (Macis), gemahlen oder im Mörser zerstampft
1 Zitrone
Salz und Pfeffer

Zubereitung:

Den Stiel der Artischocken abschneiden, die Schnittflächen mit etwas Zitronensaft einreiben. Die Artischocken in reichlich Salzwasser garen (je nach Größe zwischen 20 und 40 Minuten). Im Sud erkalten lassen. Die Blätter auszupfen und das Heu entfernen, sodass nur noch die Böden bleiben. Wenn die Blätter fleischig sind, können Sie sie mit einer kleinen Senfvinaigrette servieren. Benützen Sie tiefgekühlte Böden, so kochen sie diese 15 Minuten in Salzwasser und lassen sie dann abkühlen.

Die Toastbrotscheiben in heißer Butter leicht rösten, auf Teller verteilen und die Artischockenböden darauf setzen.

Das gekochte und leicht gehackte Rindermark (oder das Schweineschmalz) in einer kleinen Kasserole auslassen, mit den Rosinen, dem Wein und dem Macis mischen. Die Flüssigkeit zur Hälfte einkochen; löffelweise über die Artischocken gießen. Das Ganze mit Salz, Pfeffer und etwas Muskatblüten bestreuen.

Die Verwendung der Rosinen zeugt wieder einmal vom arabischen Einfluss auf die Küche der Renaissance. Der arabischen Gartenbaukunst verdanken wir die Zähmung der wilden Distelpflanze. Sie bauten diese schon sehr früh in Spanien an. Von dort gelangte sie im 14. und 15. Jahrhundert nach Sizilien, wo der Einfluss der arabischen Küche noch heute deutlich spürbar ist.

Muskat und Macis (Muskatblüte): Persönlich würde ich auf das Bestreuen mit Macis beim Servieren verzichten. Es gibt genug davon im Gericht selbst; außerdem sollte es nicht den feinen Geschmack der Artischocke und des Rindermarks überdecken. Deswegen würde ich lieber einige frisch gehackte Kräuter verwenden: Kerbel, glattblättrige Petersilie, Schnittlauch, Estragon, Fenchelgrün, Bärlauch in der Saison – was auch immer Sie benutzen, es wird garantiert schmecken. Der doppelte Gebrauch von Macis im Originalrezept soll nur zeigen, wie luxuriös, wie reich und mächtig der Gastgeber ist, wie edel seine Gäste.

Muskatnuss und Macis waren lange Zeit die teuersten und seltensten Gewürze, die es gab. Safran war zwar auch teuer, aber nur, weil man davon Unmengen an Krokusblüten benötigt, um eine winzige Menge Safran in der Hand zu halten.

Die kleine Krokusblume ist alles andere als geheimnisvoll: Sie wächst mit Vorliebe in Spanien und Italien, weigert sich aber auch nicht, diesseits der Alpen zu blühen. Katharina von Bora, Luthers Eheweib, baute sie in Wittenberg an. Dagegen die Muskatnuss: Die Frucht des Muskatbaumes umwehten mehr Legenden als alle teuren Gewürze Indiens. Der Baum wächst auf den Molukken, die man damals Gewürzinseln nannte und die das eigentliche Ziel von Kolumbus gewesen waren. Heute gehören sie zu Indonesien. Noch im 17. Jahrhundert vermutete man dort das Paradies. Da hatten die Niederländer längst die Portugiesen vertrieben, die einheimische Bevölkerung ausgerottet und durch asiatische Arbeitssklaven ersetzt (so viel zur Realität des Paradieses). Als die große Pest in London wütete (1665), stiegen die Preise für die Muskatnuss ins Unermessliche. Man hielt die Nuss für das einzig probate Mittel dagegen. Die kleine Insel Run (3 x 1 km) der Banda-Inselgruppe war auf den englischen Karten größer geschrieben als Japan. 1667 kam es zu einem historischen Tausch: Run ging endgültig an die Niederländer, dafür erhielten die Engländer das bis dato niederländische Neu-Amsterdam, das sie in New York umtauften. Aus Run wurde erst mal gar nichts, denn der einzige Zweck des Besitzes war, das Monopol auf die Muskatnuss zu erhalten. 1770 ließ ein pfiffiger Franzose namens Pierre Poivre ein paar Setzlinge stehlen. Diese pflanzte er erfolgreich auf Mauritius und La Réunion ein. New Yorks Aufstieg war da schon unaufhaltsam …

Wurzelgemüse in Biersud

Die Kraft der paradiesischen Gewürze vermochte sogar die banalsten bäuerlichen Gemüse zu adeln. Da störte nicht mal das Armeleutegetränk Bier. Das Rezept ist gedacht als kleine, würzige Beilage.

Zutaten:

500 g Wurzelgemüse (Karotten, Pastinaken, Petersilienwurzeln – einzeln oder gemischt. Sehr hübsch ist es, verschiedene Karottensorten zu nehmen: Ur-Karotten, gelbe und orangefarbene Möhren)
20 cl dunkles Bier
1 Zimtstange
3 Nelken
geriebene Muskatnuss
Salz und Pfeffer
1 Prise brauner Zucker

Zubereitung:

Die Gemüse schälen und würfeln; in einen Topf geben, alle weiteren Zutaten hinzugeben. Den Topf mit einem Deckel schließen, 20 Minuten köcheln lassen. Dann weitere 10 Minuten ohne Deckel weiterköcheln lassen, bis das Bier leicht eindickt. Zimtstange und Nelken entfernen und servieren.

Diese Beilage schmeckt hervorragend zu einer guten Bratwurst oder zu einem Schweinebraten, den es bekömmlich macht. Auch lauwarm zu einer Brotzeit; zu Brezel und bayerischem Obatzt'n; zu dunklem Brot und Liptauer Käse.

Niederbayerische Schuchsen

DIESES URALTE SCHMALZGEBÄCK entspringt der reichen Folklore des Dreikönigstages und gehört noch heute zur bayerischen Landküche.

Der Dreikönigstag ist ein alter Festtag, der erste nach der Wintersonnenwende, an dem es spürbar heller wird: daher die leuchtenden Gestalten der Drei Weisen aus dem Morgenland. Wer würde sie schon leer ausgehen lassen, die frierenden Könige, die die frohe Botschaft überbringen? Im Mittelalter und auch noch in der Renaissance wurden sie von allen Reisenden verehrt. Zugleich waren sie Schutzpatrone der Gasthäuser, deren alte Namen ›Zum goldenen Stern‹, ›Königshof‹, ›Zu den drei Königen‹, ›Drei Kronen‹, ›Zum Mohren‹ oder ›Zum wilden Mann‹ (dem schwarzen König Kaspar) davon erzählen. Was bekamen also die reisenden Könige und ihre Vertreter im Hier und Heute, die Sternsinger? Ein paar Münzen, Kletzen, Birnen- und Apfelschnitze, die letzten Lebkuchen und in Niederbayern alle Art von Schmalzgebäck wie unsere Schuchsen. Deren Name kommt von ihrer Größe, von ›eines Mannes Schuhlänge‹. Einen Tag vor dem Fest backten die Bäuerinnen Unmengen davon, um sie allen, die auf den Hof kamen, zu schenken. Wer lustig war, konnte also auf Betteltour gehen und bekam überall eine Schuchse, nachdem er ein Verslein oder ein Liedchen vorgetragen hatte. Das ehemalige Chorherrenstift von Herrenchiemsee verteilte aus sozialer Fürsorge jeden Samstag, besonders aber am Dreikönigstag, große Schuchsen aus Roggenmehl.

Zutaten:
1 Pfund Topfen
1 Pfund Roggenmehl
für die salzige Variante: Salz, Pfeffer, Muskatnuss
für die süße Variante: 1-2 EL Zucker, Zitronenschale, Zimt oder Muskatnuss

Zubereitung:

Den rahmigen, nicht zu wässrigen Topfen mit so viel Roggenmehl verkneten, dass ein zarter, formbarer Teig entsteht. Für einen pikanten Teig mit Salz, Pfeffer und Muskatnuss würzen; für einen süßen Teig mit 1-2 EL Zucker, Zitronenschale, Zimt oder Muskatnuss würzen. Eine etwa faustgroße Teigkugel zum länglichen Teigfleck ausrollen und in heißem Schmalz oder Butterfett goldgelb backen. Schuchsen sollen dick auflaufen. Die süßen Schuchsen mit Zimtzucker zu Kaffee oder Kompott reichen, die salzigen als Abendessen zu einem Salat mit viel frischen Kräutern oder auch zu Sauerkraut und Würstchen.

Die Schuchsen kann man auch mit einer Mischung aus Roggen- und Weizenmehl machen oder aus Dinkelmehl. Am kräftigsten schmecken aber die aus Roggenmehl.

Bibliografie

Die in diesem Buch erwähnten Speisen, von denen einige zum Nachkochen ausführlicher beschrieben wurden, haben alle eine lange Geschichte. Sie sind sorgfältig recherchiert, meist auch selbst gekocht und – selbstverständlich – kein ausschließliches Produkt meiner Fantasie. Im Folgenden finden Sie eine Auswahl der Bücher, die mich bei der Speisenauswahl inspiriert haben.

Bitsch, Irmgard / Ehlert, Trude / Ertzdorff, Xenja von (Hrsg.): Essen und Trinken in Mittelalter und Neuzeit, Sigmaringen 1990

Bourin, Jeanne / Thomassin, Jeannine: Les recettes de Mathilde Brunel. Cuisine médiévale pour table d'aujourd'hui, Flammarion 1983

Dapper, Alexandra: Zu Tisch bei Martin Luther, Halle (Saale) 2008

Ehler, Trude: Das Kochbuch des Mittelalters. Rezepte aus alter Zeit eingeleitet, erläutert und ausprobiert von Trude Ehlert, Düsseldorf 2000

Horn, Erna: Das altbayerische Küchenjahr. Ein kulinarischer Kalender, Passau 1974

Lutz, Peter: Mein new Kochbuch. Würst vom Salm, Salbeimäuschen und weitere Rezepte aus der mittelalterlichen Burgküche, Nidderau 2005

NN: Allerley Speis' & Trank. So kochten die Deutschen im Mittelalter, Euskirchen 2009

Peschke, Hans-Peter / Feldmann, Werner: Das Kochbuch der Renaissance, Düsseldorf / Zürich 1997

Sim, Alison: The Tudor Housewife, Sutton Publishing 1998

Whiteman, Robin / Talbot, Rob: Brother Cadfael's Herb Garden. An Illustrated Companion to Medieval Plants and their Uses, Little Brown 1996

Weitere historische Romane
finden Sie auf den folgenden Seiten oder im Internet:
www.gmeiner-verlag.de

Bernhard Wucherer
Der Peststurm
978-3-8392-1350-6

»Der schwarze Tod im Allgäu. Fesselnd bis zur letzten Seite!«

Staufen im Jahr 1635. Inmitten des Dreißigjährigen Krieges bricht die Pest aus. Aber nicht nur der schwarze Tod fordert Opfer. Zwischen dem Totengräber und der Familie des Staufener Kastellans, Ulrich Dreyling von Wagrain, ist noch eine alte Rechnung offen und der missgünstige Dorfschuster setzt alles daran, die jüdische Familie Bomberg aus ihrem Haus zu vertreiben und zu vernichten …